Yazar Hakkında

Esra Ezmeci, İstanbul'da dünyaya geldi. 2008'de İstanbul Bilgi Üniversitesi İletişim Fakültesi'nin Halkla İlişkiler bölümünde lisans öğrenimini tamamladı. 2011 yılında ise İstanbul Haliç Üniversitesi'nde Psikoloji alanında yeniden lisans öğrenimi gördü. Bölümünü birincilikle tamamlayan Ezmeci, ardından aynı kurumda Klinik Psikoloji üzerine yüksek lisansa başladı. Yüksek lisansın ardından öğrenimine, Adli Bilimler alanında doktora yapmak üzere devam etti.

Kariyerine İstanbul Çapa Devlet Hastanesi'nin Psikiyatri bölümünde staj yaparak başlangıç yapan Ezmeci, sonrasında uzun yıllar boyunca İstanbul Zeytinburnu Balıklı Rum Hastanesi'nde Klinik Psikolog olarak çalıştı. Ardından kendi terapi merkezini kurarak, danışanlarına profesyonel destek vermeyi sürdürdü. Bireysel danışmanlık, aile-ilişki-evlilik danışmanlıkları, ergen psikolojisi, bağımlılık tedavisi vb. alanlarda klinik hizmeti vermenin yanında özellikle "Geçmiş Temizleme Terapisi" ve konuya yönelik kaleme aldığı makaleler ve kitaplarıyla farklı kitlelere danışmanlık vermeye devam ediyor.

Uzman Klinik Psikolog Esra Ezmeci, *Süt Lekesi, Düştüğünde Kalkarsan Hayat Güzeldir, Kararı Ben Veririm* ve *Kadınlar Sıcak Erkekler Soğuk Sever* adlı çok satan kitapların yazarıdır.

DESTEK
yayınları

DESTEK MEDYA GRUBU

DESTEK YAYINLARI: 1530
PSİKOLOJİ: 21

ESRA EZMECİ / İZ BIRAKTIĞIN KADAR VARSIN

İmtiyaz Sahibi: Destek Yapım Prodüksiyon Dış Tic. A.Ş.
Genel Yayın Yönetmeni: Ertürk Akşun
Yayın Koordinatörü: Özlem Esmergül
Editör: Özlem Küskü
Son Okuma: Devrim Yalkut
İllüstrasyonlar: Emirhan Perker
Kapak Tasarım: İlknur Muştu
Sayfa Düzeni: Cansu Poroy
Sosyal Medya-Grafik: Tuğçe Budak - Mesud Topal

Destek Yayınları: 1.-200. Baskı: Kasım 2021
201.-250. Baskı: Aralık 2021
251.-260. Baskı: Şubat 2022
261.-280. Baskı: Mart 2022
281.-320. Baskı: Nisan 2022
321.-340. Baskı: Haziran 2022
350.-360. Baskı: Temmuz 2022
361.-370. Baskı: Ağustos 2022
371.-390. Baskı: Eylül 2022
Yayıncı Sertifika No. 13226

ISBN 978-625-441-485-5

Abdi İpekçi Caddesi No. 31/5 Nişantaşı/İstanbul
Tel. (0) 212 252 22 42 – Faks: (0) 212 252 22 43
www.destekdukkan.com
info@destekyayinlari.com
facebook.com/DestekYayinevi
twitter.com/destekyayinlari
instagram.com/destekyayinlari
www.destekmedyagrubu.com

Destek Dukkan

Deniz Ofset – Çetin Koçak
Sertifika No. 48625
Maltepe Mahallesi
Hastane Yolu Sokak No. 1/6
Zeytinburnu / İstanbul
Tel. (0) 212 613 30 06

DESTEK yayınları KARAKARGA BEYAZ BAYKUŞ genç DESTEK

Uzman Psikolog

ESRA EZMECİ

İz Bıraktığın Kadar Varsın

İlişkilerde Vazgeçilmez Olmanın,
İz Bırakmanın ve Çapalamanın
Çok Boyutlu Yolları

DESTEK yayınları

İÇİNDEKİLER

ÖNSÖZ

Çevremizde, işyerimizde, sokakta, hayatın akışında bazı özel insanlar vardır. Günlük hayat koşturmacasında durakta otobüs beklerken, sinema gişesinde film beğenirken, bazen manavda sebze meyve seçerken anlık rastlaşmalarda bile gözlerimizi onlardan alamayız. Kiminin giyim tarzı, kiminin burnumuza çalınan kokusu, bazen de gülüşündeki farklı bir hava bakışlarımızı onlara kilitler. Konuşmalarındaki özgüven, davranışlarındaki karizma gözümüzden kaçmaz. İçinizde bir yer hareketlenir, o kişilerin saniyeler içinde bıraktığı izleri fark eder ve meraklanırız, daha çok tanımak, daha çok yakınlaşmak isteriz.

Bazı hikâyelerde sıra dışı insanların sıra dışı tavırlarını büyülenerek dinleriz. Tarih böyle unutulmaz karakterlerle doludur. Filmlerde gözlerimizi alamadığınız, imrendiğimiz yaşayan karakterler girer hayatımıza. Hayatı anlamlandırmada ilham olur bazıları, bazıları baştan çıkaran tavırlarıyla aklımızı alır, kimisi zekâsıyla, kimisi iletişimdeki ustalığıyla bizde iz bırakır. Tüm bu hikâyeler gücünü gerçek hayattan alır, pek çoğu masa başında üretilmiş hayali karakterler gibi gelse de aslında hepsi burada bizimle yaşarlar.

Konu vazgeçilmezlik ve iz bırakma olunca bu tip insanların romanlarda, tarihin bir yerlerinde, filmlerde ya da bizden çok uzakta var olacağı yanılgısına düşeriz. Hatta bu kişiler öyle kişilerdir ki bizi teğet geçerler çoğunlukla, onlara ulaşmak bile çok zordur.

Muhteşem Süleyman'ın vazgeçilmezi Hürrem Sultan, Mısır Kraliçesi Kleopatra, flört ustası Don Juan, dişi ve seksi Marilyn Monroe... Çok fazla uzağa gitmeyelim, günümüzün etkileyici kişiliklerini düşünün.

Size "onlar" gibi biri olmaya hazır mısınız desem ne derdiniz?

Mitolojide anlatılan meşhur bir hikâye vardır, başlangıçta dört kollu dört bacaklı ve birbirlerine yapışık halde gezen, hem kadın hem erkek özelliklerini taşıyan bir varlık olan insan, Zeus tarafından ikiye bölünür. İşte o günden beri herkes diğer yarısını aramaktadır. Bu masalsı anlatım bugün pek çoğumuz tarafından hâlâ sürdürülmektedir. Bir yerlerde birileri bizi bekliyordur, biz dünyada onu arar dururuz. Ruh eşi dediğimiz kişidir bu, vazgeçilmezimizdir, bir gün çıkıp gelecektir ve ancak o zaman tamamlanmış hissedeceğizdir...

Peki bu ne zaman olacaktır?

Sahiden de elmanın diğer yarısı var mıdır? Saklanmış mıdır? Bulunabilir mi?

Mükemmel ilişkilere dair saflığımızı korumak güzeldir ancak ilişkiler sadece bu saf bakıştan ibaret değildir. Ruh eşi vardır belki ama yaratılabilir de, hatta bir başkası için o kişi sizsiniz...

Kendiniz için vazgeçilmez aşkın gelmesini beklemeyin, siz bir başkasının vazgeçilmezi olun.

Kusursuz bir bütün için harikulade parçalar gerekir. Tıkır tıkır işleyen bir sistem ancak böyle yürür, bir kovandaki arıları ya da devasa bir karınca yuvasını düşünün.. İlişkiler de böyledir, hiçbir şey tek başına tüm ilişkiyi ayakta tutmaya yetmez. Fırtınaya yakalanmış bir tekneye yelkenler tek başına yardımcı olamaz, sağlam bir motor, belki devreye girmesi gereken kürekler ve güvertede teknenin seyrini sağlayan hünerli birkaç insan lazımdır.

Bu bir keşif yolculuğu olacak, yelkenlerinizi ayarlayın, birazdan rüzgâr onları şişirecek ve gitmeye korktuğunuz yabancı kıyılara sürükleneceksiniz. Korkmayın, bu yabancı topraklar aslında şimdiye dek ayak basmadığınız kendi kıyılarınız olacak...

Bu kitap sizi cesaretlendirecek, gün yüzüne çıkarmaya cesaret edemediğiniz hazinelerinizi fark etmenizi sağlayacak, kurumuş ve çoraklaşmış toprağınızı altüst edip havalandıracaksınız. Baştan söylemekte fayda var, bu kitaptaki satırlar sizi avutmak ya da oyalamak için yazılmadı. Bu nedenle sahici bir yüzleşme yapmanız, bazı alışkanlıklarla vedalaşmanız, yenilik için kapılarınızı sonuna kadar açmanız gerekiyor...

Çünkü ilişkilerde cesur olmak, özgür doğanızı hissettirebilmek fark yaratmanız için şart. Tarih nice korkak insan hikâyesiyle doludur ama biz hiçbirinin adını duymamışızdır.

Cesur olduğunuz kadar iz bırakırsınız ve iz bıraktığınız kadar yaşarsınız...

Ufak bir not: Kitabın bazı bölümlerinde notlar almanız ya da size yönelteceğim soruları yazmanız ve cevaplamanız gerekeceğinden kitabı okumaya başlamadan önce kendinize bir defter ve renkli kalemler seçmenizi öneriyorum. Bazı şeyleri yazarak görselleştirmek, arada açıp okumak, kendinize hatırlatma notları yazmak takıldığınız yerleri çözmek için oldukça yararlı bir yoldur. İyi okumalar...

1. BÖLÜM

VAZGEÇİLMEZLİĞİN DOĞASI

Tutkulu Bir Eylem Planı

İlişkilerde mutlu olmanın ya da gerçek aşkı bulmanın kolay olduğunu düşünürüz ya da bu bizim için imkânsız bir hayaldir. İki uç arasında salınıp dururken hayatımıza birileri girer. Bazılarıyla bir süre yol alırız ancak hayal kırıklıkları ve kalbimizde acıyla ilişkilere tövbe ederiz. Ya da bir çeşit mahkûmiyete dönüştürürüz ilişkimizi, özellikle evliysek ve sorumluluklar, çocuklar varsa kendimizden feragat edip pek çok şeyi sineye çekmek zorunda kalırız.

Uzun soluklu ilişkiler ya da büyük aşklar tesadüfen ortaya çıkmazlar. Hepsinin arkasında çeşitli dinamikler vardır, çabalar ve iyi niyetli taktikler gizlidir.

Vazgeçilmez olmak akıllıca dizayn edilmiş bir eylem planını uygulamakla mümkündür. Doğru zamanda, doğru şeyleri yapabilme farkındalığınız geliştikçe artık ilişkilerinizde hayal kırıklıkları yerine mutluluk ve doyumdan söz edebilirsiniz. Ele aldığınız her konuyu başka bakış açılarıyla görebilme becerisini artırdıkça ilişkinizi yönetmede ustalaşırsınız.

Daha önceki kitaplarımda sıklıkla değindiğim konular arasında öz değer, özgüven, değersizlik duyguları vardı. Bunlar öncelikle kendinizi değerlendirmek ve bir ilişkide hangi konumda bulunacağınızı anlamak açısından her zaman bize lazım olacak. Kendinize ayna tutmadan, eksik gördüğünüz yerleri onarmadan kalkışacağınız her ilişkide, eğer o kişi de benzer şekilde aynı sorunlardan mustaripse, üzüntü ve kalp kırıklıkları kaçınılmaz olacaktır. Üstelik kendinizi yeterince tanımadan çıkacağınız her yolculukta başkalarının algıları üzerinden yönetilmeye mahkûm olursunuz. Kendi sınırlarınızı keşfettiğinizde, potansiyelinizi zirveye çıkardığınızda köle olmaktan çıkarsınız, artık direksiyon sizdedir.

Yaşadığımız dünyada değişen koşullar ilişkilerimiz için de bazı şeyleri güncellememiz gerektiğini bize sıklıkla hatırlatır. Dijital bir çağda yaşamak, ekonomik zorluklar, evlilik ve ilişki modellerinin değişmesi, kadınların daha sağlam ve güçlü şekilde hayata katılması, öğrenilmiş ve zorla dayatılan kalıpların daha çok fark edilmesi ve değişim için çiftlerin daha gönüllü olması bunlardan bazıları. Elbette değişmeyen sorunlar da var, aldatmalar, boşanmalar, psikolojik ve fiziksel şiddet madalyonun hâlâ öteki yüzünde duruyor.

Yüzlerce insana danışmanlık veren uzman bir psikolog olarak bu hızlı dünyanın ilişkilere getirdiği yeni problemler görüyorum. Aşırı fedakârlık, kapris, naz, alınganlık gibi yanlış tutumlar ilişkileri çıkmaza sürükleyebiliyor. Bozulan dengeler artık kendini daha çok hissettiriyor. Kadınların erkekleştiği, erkeklerin kadınsılaştığı ilişki dinamikleri gittikçe yaygınlaşıyor. Artık son yıllarda ilişkilerde en çok şımaran tarafın erkekler olduğunu gözlemliyorum, tabii bu yanlış tutum kadınlar tarafından da yapılıyor. Bunların nedenleri arasında aile ve kültürel kodlamalar önde geliyor. Anne tarafından fazlasıyla şımartılan erkek çocuklar toplumda çokça yaygın, bunu biliyoruz. Kadınlıksa erkekliğe göre daha geri plana atılan bir şey –bunun için adımlar atılmaya çalışılsa da– ve ne yazık ki günümüzde kadınlık söz konusu olduğunda pek çok açıdan eşitlikten de söz edemiyoruz. Bu durum da kadınlarda sindirilmişlik ve aşırı fedakârlık olarak kendini gösteriyor. Dengesi kaybolan her ilişki de üzüntüye sebebiyet veriyor.

Öte taraftan gücünü toplayan kadınlar da erilleşme tehlikesine düşüyor, para kazanma ve hayatta kalma adına çabalama dişiliği gölgeliyor. Bu durumlar da yine ilişkilerde dengesizliğe neden oluyor. Bozulan dengelerin iki boyutu kadın-erkek doğası ve kültürün getirdikleri aşılmaz dağlar gibi önümüzde uzanıyor.

Vazgeçilmez olmanın ve iz bırakmanın altın kuralları bu işimize de yarar, kaybolanın dengelerin karşı tarafa hatırlatılması, ilişkideki adaleti kurmak, sevgi ve bağlılığın kurulması adına yapılmalıdır. Kadın olsun erkek olsun fark etmez unutulan insani değeri anımsatmak bile önemli. Eril ve dişil enerjilerin farkında olduğunuz, herkesin sınırlarını çizebildiği, herkesin kendi olabildiği, öz doğasına göre eyleme geçebildiği, doyuma ulaşabildiği, mutlu ve özgür hissedebildiği, tüm duyuların işin içine katıldığı, renklerin, kokuların, dokunuşların, seslerin zevkle algılandığı bir ilişki inşa etmek imkânsız değil.

Hiçbir ilişki ya da hiçbir evlilik çabasız, emeksiz, özen göstermeden sağlıklı kalamaz. Kalplerin birbiri için çarpması yeterli değildir uzun soluklu ilişkiler için. Bir süre sonra çiftlerin birbirine körleşmesi kaçınılmazdır. İlişkiler hep daha fazlasına ihtiyaç duyar.

Bu dünyada yeşertip büyütmek istediğiniz her şey için geçerlidir. Bir bitkiyi büyütmek için sadece su yetmez, güneşini ayarlamanız, bazen de toprağına gübre eklemeniz gerekir. Diyelim bir kitap yazmak istiyorsunuz, düşünceler kendiliğinden zihninizde canlanmaz, okumalar yapar, sonrasında geceler günler boyu yazacaklarınızı düşünür ve iyi hale getirmek için çalışırsınız. Güçlü ve zinde bir beden için sadece sağlıklı beslenmeyle yetinmezsiniz, yürüyüş, spor yapar, psikolojik açıdan güçlü olmak için ruhunuzu da beslersiniz. Müzik dinler, şiir okur, doğada gezinirsiniz.

Gerçekçi beklentilerle yola çıktığınızda ve bir bebeği büyütür gibi ilişkinize gereken özeni gösterdiğinizde o ilişki sürdürülebilir hale gelir. Sevmeyi bilmeden, alma-verme dengesini kurmadan, empati, dürüstlük, samimiyetle hareket etmeden sahici bir ilişkiden de söz etmek olanaksızdır.

Birini hayatınızda tutmak için tek boyutlu çözümler uzun süreliğine işinize yaramazlar, bir süre sonra ömürlerini doldururlar. Ancak siz karşı tarafı çok boyutlu olarak sarıp sarmaladığınızda vazgeçilmez olursunuz!

Vazgeçilmezlik aynı zamanda size güç aşılar, bu yol haritasını takip ettiğinizde sonuçlar her zaman hayal ettiğiniz gibi olmasa da artık kaleniz daha sağlamdır. Çünkü bu rehberle sadece ilişkilerinizi doğru yönetebilmekle kalmaz, kendinize yönelik farkındalığınızı da geliştirmiş olursunuz. Zırhınızı kuşanır, iş, aile, sosyal ilişkiler gibi pek çok alanda daha güçlü bir hale gelirsiniz.

Bu kitapla sizlere ilişkilerinizde vazgeçilmez olmanın ve iz bırakmanın esaslarını anlatacağım. Erkek ve kadınların birbirlerine körleştiği noktaları hatırlatmak ve bunu yansıtmanın incelikli yollarından bahsedeceğim. Tek boyutlu değil çok boyutlu olarak bir ilişkiyi var etmenin ve onu korumanın eylem planına hazırsanız başlayalım...

Vazgeçilmez olmak için
ihtiyaç duyduğunuz
şey kendi donanımınızı
güçlendirmek ve doğru
eylemlerde bulunmaktır.

İz Bırakmış Bir Kişilik: Hürrem Sultan'ın Sırrı Neydi?

Tarihin tozlu sayfalarını karıştırdığınızda nice ölümsüz aşk hikâyesine rastlarsınız. Her türlü zorluğa direnen ve zamanı aşan aşklardır bunlar... Onları bir araya getiren şey nedir diye düşünürsünüz, ruh eşi dediğimiz kişilerdir bunlar ve adeta birbirleri için yaratılmışlardır.

Hürrem Sultan ve Kanuni'nin aşkı da Osmanlı tarihinin ve belki de dünyanın en çok konuşulan eşsiz hikâyelerinden birisidir. Ukrayna asıllı bir cariyenin Kanuni'nin gönlünü çalmasıyla başlar her şey. Eskiden harem âdetlerine göre hareme giren her kadına bir isim verilirdi. Hürrem adı da şen, sevinçli, mutlu anlamına geldiğinden bu cariyeye Hürrem denmişti. Çünkü Hürrem gerçekten de ona verilen ismin hakkını verir gibi şen şakrak bir kadındı. Anlatılanlara göre Hürrem o dönemdeki güzellik algısına göre aşırı güzel bir kadın da değildi, öyle ki kemerli bir burnu vardı. Venedikliler tarafından yapılan portrelerde ince yüz hatlarına sahip olduğu görülürdü ancak buna rağmen Hürrem'in başka sırları vardı...

Saraya girince yoktan bir hayat var etti Hürrem. Sıfırdan gelmesine rağmen sarayda kendisine bambaşka bir dünya kurdu ve yıllar boyu kendisinden söz ettirmeyi başardı. Sultana takdim edilen bu cariye zekâsıyla dikkat çekti, cazibesiyle Kanuni'yi baştan çıkardı ve kendine âşık etmeyi başardı.

Peki Hürrem'in sırrı neydi?

İlk başlarda hiçbir şey Hürrem için kolay olmadı. Çünkü saraya girdiğinde ve padişahla gönül ilişkisi başladığında sarayda başka bir rakip onu bekliyordu. Mahidevran Sultan, Kanuni'nin ilk nikâhlı eşiydi ve Mustafa adında bir oğlu vardı. Zekâsı ve cazibesiyle sultanın aklını alan Hürrem bir şekilde Kanuni'yi evlenmeye ikna etti. Padişahın annesi Ayşe Hafsa Sultan ve Mahidevran'dan sonra saraydaki en etkili üçüncü kadın olarak yerini aldı. Ancak onun gözü birincilikteydi...

Mahidevran'la giriştiği rekabet gün geçtikçe sertleşti. Osmanlı tarihçilerinin aktardığına göre Hürrem, Mahidevran'la öyle bir mücadeleye girmişti ki bir gün Mahidevran, Hürrem'e ağır hakaretlerde bulundu ve onu tokatladı. Bu kavgaya şahit olan Kanuni ise Mahidevran Sultan'ı Manisa'ya oğlu Şehzade Mustafa'nın yanına gönderdi. Tarihi kaynaklara göre bu durum bir elçinin Venedik'e gönderdiği raporlara bile girmişti. Raporlara göre padişah Mustafa'nın annesi Mahidevran'ı ilgiden yoksun bırakıp tüm sevgisini Hürrem'e yöneltmişti. Zaman içinde Hürrem dediğim dedik inadından vazgeçmedi, Kanuni'ye kurduğu baskılarla Mahidevran'ı tamamen İstanbul dışına attırdı, öyle ki Mahidevran Bursa'da hayata veda etmek zorunda kaldı. Onun sürgününden sonra padişah üzerindeki etki ve nüfuzunu gittikçe artıran Hürrem Sultan, Osmanlı saraylarında kadın saltanatını başlattı.

Hürrem, uzun kızıl saçlı, beyaz tenli, yeşil gözlü, hafif balıketinde, muazzam bir gülüşe sahip, neşeli bir kadındı. Gençliğinde oldukça çekici bir kadın olduğu söylenen Hürrem yaşı ilerledikçe ve gençliğinin çekiciliğini kaybetmeye başladıkça neşeli ve canlı ruh haliyle cazibesini korumayı başarmıştı. Bu noktaya kadar olanları dikkatli bir gözle okumayı başardığımızda söylenebilir ki Hürrem ilerleyen yaşlarına dek aşkının tutkusunu hep harlamıştı. Hedef odaklı değil süreç odaklı bir kadındı, bu özelliği onun dişil enerjisinin yüksek olduğunu gösterir. Çünkü dişil enerjisi yüksek kadınlar sonuca değil akışa odaklanırlar, sezgilerini iyi kullanırlar, sadece kendilerine değil karşısındakinin sevgisine ve bakımına da yoğunlaşırlar. Kendini Kanuni'nin kalbine gömmeyi başaran Hürrem iz bırakmanın yollarını gayet iyi biliyordu.

Kanuni'den toplamda 6 çocuk dünyaya getiren Hürrem hem sultanın gönlünü fethetti hem de onun tüm güvenini ve sevgisini kazandı. Sultanın ona olan zaafından sıklıkla faydalandı, hatta pek çok tarihçiye göre Osmanlı Devleti'nin izlediği politikaları değiştirmesinde ciddi bir rol oynadı.

Hürrem, o denli maharetliydi ki bir zaman sonra Osmanlı yönetiminde söz sahibi olan tek kadın haline gelmişti. Sarayda ilklere imza atıyor, kendi mührünü yaptırıyor, divan toplantılarını bizzat katılamasa da izliyor ve devlet işleriyle ilgileniyordu. Hatta Hürrem o denli ileri gitmişti ki Mahidevran Sultan'ı ve ondan dünyaya gelen oğlu Mustafa'yı boğdurmayı bile denemişti. Kendisi için tehlike yaratacak herkesi Kanuni'nin kanına girerek ya ortadan kaldırtıyor ya da cezalandırıyordu. Tüm bu trajedilere rağmen Kanuni, aşkı Hürrem'den asla vazgeçmiyordu.

Kimine göre entrikacı, kimine göre dişi bir şeytan olarak tarif edilen Hürrem Sultan'ın cariyelikten padişahın nikâhlı karısı olmaya uzanan yolculuğu çarpıcı dönüm noktalarıyla doluydu. Hürrem sadece bu tanımlardan ibaret değildi elbette, o hem eş, hem sevgili, hem anne, hem de devlet otoritesine sözünü geçirmeyi başarmış bir kadındı. Çocuk yaşta ailesinden koparılıp köle pazarında satılan, sonrasında sultana takdim edilen köle Hürrem sadece tarihi bir kişilik olarak değil, baskın, karizmatik ve ezber bozan duruşuyla da incelenmeyi hak ediyordu.

Osmanlı döneminin en etkileyici kadınlarından olan Hürrem Sultan'ın çekiciliği hakkında tarihçiler de hemfikirdir. Kimine göre o "gerçek" bir kadındır, kimine göre onu saraydaki diğer kadınlardan farklı kılan bir havası ve cazibesi vardır, giyimine fazlasıyla özen gösterir ve neşeli kahkahalarıyla sarayın duvarlarını çınlatır. Hürrem bir erkeği kendisine bağlayacak derinliğe sahiptir.

Kanuni'nin Hürrem'e olan aşkı öyle derindir ki ondan başka kadına bakmaz olur. Böylesi bir durum saray yaşamı için alışıldık değildir elbette. Kanuni aynı zamanda çok büyük bir şairdir, her defasında karısı Hürrem Sultan'a olan aşkını ve sevgisini verdiği hediyelerle ve ona yazdığı gazellerle gösterir,

Muhibbi mahlasıyla yazdıkları en güzel aşk şiirlerine örnektir... Herhalde aşağıdaki kelimeler Kanuni'nin ona olan aşkını anlatmaya yeter de artar bile...

"Benim birlikte olduğum, sevgilim, parıldayan ayım, can dostum, en yakınım, güzellerin şahı sultanım.

Hayatımın, yaşamımın sebebi cennetim, Kevser şarabım, baharım, sevincim, günlerimin anlamı, gönlüme nakşolmuş resim gibi sevgilim, benim gülen gülüm.

Sevinç kaynağım, içkimdeki lezzet, eğlenceli meclisim, nurlu parlak ışığım, meşalem. Turuncum, narım, narencim, benim gecelerimin, visal odamın aydınlığı.

Nebatım, şekerim, hazinem, cihanda hiç örselenmemiş, el değmemiş sevgilim. Gönlümdeki Mısır'ın Sultanı, Hazreti Yusuf'um, varlığımın anlamı."

Kayıtlı arşiv belgelerine göre Kanuni'nin bu yoğun sevgisi tek taraflı değildi, sefere çıktığında Hürrem de ona mektuplar yolluyor, iletişimi asla kesmiyor ve uzaktan eşini hem motive ediyor hem de yoğun aşkını ve özlemini kelimelerle ona fısıldıyordu. Bugün Topkapı Sarayı arşivinde tutulan bu mektuplarda Hürrem Sultan bozuk Türkçesiyle bile Kanuni'ye aşk sözcükleri fısıldamaktan geri kalmıyordu. Ona *"Benim sultanım, can ve gönülden sevgili şahım ve ruh-ı revanım"* diyor ve özenle seçtiği kelimelerle ustaca bağ kuruyordu.

Hürrem, padişahın çıktığı uzun seferlerde kaleme aldığı mektuplarda ona olan aşkını, sevgisini ve muhabbetini ifade ediyordu. Tatlı diliyle ve etkileyici bir üslupla yazdığı mektuplarda zekâsı ve renkli ruhunu yansıtıyor, eklediği şiirlerle Kanuni'yi yüceltiyordu.

"Ömrüm, azizim, sultanım.

Allah'tan tek dileğim ve yüreğimin biricik arzusu, size tekrar kavuşabilmek ve ışık saçan yüzünüze bir defa daha bakabilmektir. Artık bir daha ayrılık olmasın. Rabb'imden elbette dilerim ki benim sultanım, candan ve gönülden sevdiğim şahım, dünyada ve ahirette hep mutlu olasınız. Düşmanlara karşı daima zaferler kazanasınız. İyi biliyorum ki benim sultanım, bu kulunu, kaderin bir cilvesi ile gördü ve sevdi, bu kuluna mutluluk ve huzur ihsan etti. Bu cariyesinin gözyaşlarını dindirip sevindirdi. Sultanım sayesinde doğru yolu bulup iman ettim. Bu yüzden, mutlu olacağım gün, sadece size kavuşacağım gündür. Size gözyaşlarımı damlattığım bir elbise gönderdim. Hatırım için giyesiniz."

Kanuni Hürrem'in mektuplarında büyük mutluluk buluyor, seferlerde ona eşlik edenlerin aktardıklarına göre her mektup sonrası yüzünde güller açıyordu. Bu mektuplara dair ilginç olan noktalardan biri Hürrem'in ona sadece aşktan, sevgiden bahsetmemesiydi. Hürrem aynı zamanda can yoldaşı olarak gördüğü sevgili eşi uzaktayken de ona İstanbul'dan bilgiler aktarıyor, politik gelişmeleri anlatıyor, alacağı pozisyonlar için taktik veriyor, böylece hem onun güvendiği bir rehber haline geliyor hem de ona destek oluyordu. Kanuni uzaktayken ve uzun yorucu seferlerin içindeyken bile en büyük gücü ona Hürrem sunuyordu. Hem aşk, hem sevgili, hem dost, hem de onun akıl hocasıydı Hürrem.

Hürrem Sultan giyimine kuşamına fazlasıyla özen gösterirdi, taşlara ve mücevherlere meraklıydı. Her zaman güzel ve bakımlı dolanırdı. Aynı zamanda çok hayırseverdi. Daha sonraları Haseki Sultan adıyla anılan Hürrem, İstanbul'da Haseki semtiyle bildiğimiz bölgeye yaptırdığı cami, medrese, mektep, şadırvan ve hastaneden dolayı bölgeye adını vermişti. Topkapı Sarayı'ndaki Harem Dairesi de onun ısrarıyla yaptırılmıştı. Biricik eşinin arzusunu geri çevirmeyen Kanuni, Mimar Sinan'a ısmarladığı Harem'i sırf Hürrem istediği için saraya ekletmişti.

İstediklerini yaptırma konusunda ikna becerileri muazzamdı. Kanuni'nin zaaflarından faydalanmasını da çok iyi biliyordu. Kanuni'nin kızı Mihrimah'a olan sevgisini bildiğinden, bir isteği olduğunda onun adını kullanıyor ve "Mihrimah'ın yüzü suyuna" cümlesine mektuplarında sıkça yer veriyordu. Bazen telkinleriyle saraydaki görev dağılımlarını yönlendiriyor, bazen de sonu idamlara varacak kararlar aldırıyordu. Hürrem Sultan işte böyle saray âdetlerini değiştirecek ve imparatorluğun kaderini etkileyecek kadar ciddi bir rol oynuyordu.

Hürrem sarayda sürdürdüğü günler boyunca bilgisini ve kendisini sürekli geliştirmiş, sultanla felsefe ve şiir konularında konuşabilen tek kadın haline gelmişti. Saraydaki görkemli hayat zenginlik, iktidar, aşkla bezeli olmasına rağmen çetin bir mücadele içinde geçiyordu. Çünkü Kanuni'den sonra tahta kendi oğullarından birini yerleştirmeye çalışıyor, bir yandan da bu güç savaşını ustaca yönetmeye çalışıyordu. Aksi takdirde oğulları boğdurularak öleceklerdi. O sadece aşkını düşünmüyor, bir anne olarak oğullarının geleceğini de yönetmeye çalışıyordu. Rakiplerinin adımlarını izliyor, hamlelerini ustaca yapıyor ve akıllıca bir savaş sanatı oynuyordu ve bunu yaparken Kanuni'sinin biricik aşkı olmaya devam ediyordu. Kendisi bu başarının meyvesini göremeden ölecekti ama bunu da başardı ve oğlu Selim'i tahta oturtmayı başardı. Bilinmeyen bir hastalıktan öldüğündeyse 53 yaşındaydı.

İşte Hürrem'in hikâyesi...

Pek çok tarihçi Hürrem'in nasıl olup da Kanuni'yi bu denli etkilediğini ortaya koyamadı. Ancak aşikâr olan o sevdiği adama hükmetmeyi bilen akıllı bir kadındı. Kanuni'yi çok iyi tanıyor ve ona göre hareket ediyordu. Onun ihtiyaçlarının ve zaaflarının farkındaydı. Sakinliği ve derinliği elden bırakmıyor, kendini daima geliştiriyordu. Güçlü bir kadındı ama masumiyetini korumasını biliyordu. Hem akla hem de ruha hitap ediyordu. Kanuni tüm dünyaya kafa tutan bir padişahtı ama onun da zaafları vardı, sevgiye, aşka, anlaşılmaya ihtiyaç duyuyordu ve Hürrem o boşlukları çok iyi bir şekilde doldurmasını bilmiş ve onda iz bırakmıştı.

Vazgeçilmezlik Sanatının İki Oyuncusu Vardır

Vazgeçilmezlik sizinle başlar ve ötekiyle devam eder. İlişki dediğimizde en az iki kişiden söz ederiz, davranış ve düşüncelerimizi yansıtacak bir aynamız yoksa bu tek kişilik bir gösteriye dönüşür. İlk kabul bunun iki kişilik bir oyun olduğunu görmek ve kuralları ona göre oynamaktır.

Kadın erkek ilişkilerinde sıklıkla girilen döngülerden biri doyma ve uzaklaşma döngüsüdür. Cinsellik erkek için önemli bir güdüdür ve erkekler mutlu bir cinsellik yaşadığı kadınlardan kolayca vazgeçemezler. Ancak tek başına cinsellik erkekleri ilişki içinde tutmak adına işe yaramaz. Kadın ise sevgi ve güven bağları üzerinden ilerler, eğer bu sağlanamazsa kadın da ilişkiden uzaklaşır. İşte kısırdöngü de burada başlar, istediğini alamayan erkek kaçar, uzaklaşan erkek kadının hayal kırıklığı yaşamasına neden olur, böylece ilişkiler krize sürüklenir.

İlişkiyi bir arada tutacak yenilikçi dinamikler tam da burada devreye girer. Kadın için de erkek için de tutkunun ateşini harlayacak bazı özel taktikler, iki tarafı da sahip olma duygusuyla harekete geçirecek bir eylem planı gerekir. Sahip olma duygusu çocukluğumuzdan beri hepimizde vardır, küçükken bir oyuncakla başlar, sonra arkadaşlar ediniriz, ev, araba alırız. Sevgilimizi ya da eşimizi de sahiplenmeyi severiz. İşte bu sahip olma duygusunu tetiklemek ilişkilerde vazgeçilmezlik adına önemlidir.

Aşk ya da tutkulu ilişkilerde sadece doyumu ya da şehveti tetiklemek kısa süreli çözümler sunar. Doyuma kolayca erişen herkes gözünü başka bir tarafa çevirebilir. Vazgeçilmez olmayı hedeflediğinizde yavaş ve derinden ilerlersiniz. Kısa süreli bir yaz sağanağı yerine, topraklarınızı zenginleştirecek bereketli yağmurlara kavuşmuş olursunuz.

Vazgeçilmez olmak sadece bedensel görünüme ya da güç gösterisine bağlı değildir, tamamen psikolojik bir süreçtir. Yapmanız gerekenlerden biri yaptıklarınızı karşı tarafın gözleriyle izlemektir. Burada kendinizi tanımak kadar karşı tarafı gözlemlemek büyük sırdır. İyi bir gözlemci olduğunuzda, karşı tarafın ne zaman neye ihtiyacı olduğunu bilirsiniz. Bunu bir çeşit savaş sanatı gibi düşünün, elbette iyi niyetli olan bu sanatta karşınızdakinin kalbini fethetmek ve onun için vazgeçilmez olmak amacınızdır.

İlişkilerde iyi bir gözlemci olmak, kendi içdünyanızda kendi dertlerinizle boğuşmak yerine bakışları dış dünyaya çevirmek önemlidir. İçedönüklük hemen hepimizin zaman zaman ihtiyaç duyduğu ve sığındığı bir liman. Bir problemi çözerken, mutsuzken, kendimizle ilgili önemli bir karar alırken biraz köşemize çekilmek, sessiz sakin düşünmek isteriz. Ancak ilişkiler söz konusu olduğunda karşı tarafın ihtiyaçları, duyguları, düşünceleriyle bir etkileşim içinde oluruz. Zaten ilişkilerin amacı da budur, karşılıklı bir etkileşim kurmak, paylaşmak, yansıtmak ve bağ kurmak.

Vazgeçilmezlik sanatının iki oyuncusu vardır, siz ve vazgeçilmez olmak istediğiniz kişi. Kendinizi, beklentilerinizi, güçlü ve zayıf yönlerinizi tanımadan yapacağınız hamleler sizi boşluğa düşürebilir. Bu nedenle önce kendilik algınızı güçlendirmeli, kendinizi sıkı bir değerlendirmeden geçirmelisiniz. Burada size cesaret ve berrak bir zihin gerekir, alışageldiğiniz ve size yapışan her şeyden soyunmalı, kendinize yeni bir kişilik inşa etmelisiniz. Bir sonraki bölümde buna dair detayları ve bunun yollarını anlatacağım.

İkinci mesele kendinizi çözümledikten sonra hedeflediğiniz kişiyi analiz etmektir. Bu kişinin ihtiyaçları nedir, zaafları, güçlü yönleri nelerdir, nelerden etkilenir... Buna benzer noktaları tespit ettikten sonra ise eylem planı devreye girer.

Dedektif edasıyla
yapılan sıkı bir gözlem
her an işinize yarar.
Hem kendinize hem de
sevgilinize yeni gözlerle
bakmayı öğrenin.

Gözlem, ne istediğinizi bulmak için size gereklidir. Bir maceraperestle mi karşı karşıyasınız yoksa iflah olmaz bir romantikle mi? Yeni ilişkiden çıkmış ve hâlâ enkazını kaldırmaya çalışanla mı ya da deneyimsiz biriyle mi? Her insanın biricikliği şüphe götürmez, karakter, kişilik tipleri, mizaç, ruh halleri, yaşantılar, tecrübeler... Şimdiki zamanda tüm bunlarla örülü bir halde bulunuruz ve bunlar bizi yeterince karmaşık bir hale getirir.

Gözlem karşınızdakinin ilişkiye yaklaşımıyla da sınırlı kalmamalı. Hayata karşı duruşu nasıl? Nelerden hoşlanır? Damak tadı nedir? Ne tür kitaplar okur? Hangi kokulardan hoşlanır? Hobileri var mıdır? En kırılgan tarafı neresidir? Hayattaki hedefleri ve beklentileri nelerdir? Soruları çoğaltabiliriz. Cevaplarsa sizi iz bırakmanız için hazırlayacağınız eylem planına götürür. Her eylem planı kişiye özeldir unutmayın, kendi cevaplarınıza eğilerek kendi metodunuzu geliştirmeniz bu nedenle önemlidir.

Hürrem'in hikâyesini şimdi biraz da size bu anlattığım perspektiften analiz edin. Hürrem kendi gibi olmayı başarmış ama aynı zamanda karşısındakine de kendi gibi olabilme gücünü vermişti. Sevdiği adamı hem desteklemiş hem de ruhunu okşamıştı ve tüm bunları yaparken kendi ağırlığını ortaya koyabilmişti. O sıkı bir gözlemciydi.

İlk günden itibaren elde edeceğiniz donelerin her biri önemli. Kitapta bulacağınız ipuçları hemen her durumda işinize yarayacak şeyler ancak belli durumlarda sezgilerinize yaslanarak kendi formüllerinizi üretebilirsiniz. Hem kendinizi hem de karşınızdaki kişiyi tanıdığınızda nasıl adımlar atacağınızı sezgisel olarak zaten keşfedeceksiniz.

Vazgeçilmez İnsanların Ortak Özellikleri Nelerdir?

Vazgeçilmezlik denince aklınıza hemen hayatınızdaki kişi üzerinde baskın bir tehdit unsuru yaratmak gelmesin. Vazgeçilmezlik algısını nasıl yaratacağınızı incelikli olarak özetlemeden önce bu konunun altını çizmek gerek diye düşünüyorum. Vazgeçilmezlik sizin her zaman el altında olmadığınızı, her ne olursa olsun bir ilişkide boyun eğici ya da aşırı fedakârca davranmayacağınızı ifade eder. Yani siz eğer isterseniz bir şeylerden kolaylıkla vazgeçebilirsiniz ama aynı zamanda eğer isterseniz de ilişkinize güçlü bir şekilde bağlanabilirsiniz. İlişkinizin ağırlık merkezini karşınızdakinden ziyade kendinize kaydırdığınız bir eylem planıdır vazgeçilmezlik.

Bazı insanları bırakmak istemeyiz, onlarsız yapamayız.

Geçmiş yaşantılarınıza baktığınızda bazı insanları unutmadığınızı, bazılarının size aşk acısı çektirdiğini görürsünüz. Hatta üzerinden yıllar geçse ve acılarınız hafiflese, unutsanız bile bu insanların hayatınızda iz bıraktığını fark edersiniz. İşte burada iz bırakmayla birlikte ele aldığımız bu vazgeçilmeme hali, sadece uzun ilişkileriniz için değil kısa flörtler, yeni bir ilişkinin tohumlarını ekmek, evliliğinizi daha taze ve dinamik kılmak için de oldukça işe yarar araçlardır.

Kimse vazgeçilmez değildir,
sadece bazı insanlardan
vazgeçmek daha zordur.

Vazgeçilmezlik duygusu söz konusu olduğunda benim sıklıkla tarif ettiğim bir durum var. Beni asla bırakmaz, beni asla unutamaz denen kişiler hiçbir zaman vazgeçilmez olmazlar. Hatta ilişkilerinde bağımlı olan kişiler vazgeçilmesi de en kolay kişiler olurlar ne yazık ki... Fazla fedakârlık yapan, aşırı verici davranan, sevgisini ve orada olduğunu her fırsatta fazlasıyla belli eden, karşı tarafa hiçbir şekilde kaybetme korkusu hissettirmeyen insanlar daha kolay vazgeçilen insanlardır. Neden mi? Çünkü karşı taraf ilişkide her şeye razı ve hazır olan kişiye yönelik tutkusunu ve korkularını yitirir. Böyle bir kişiye duygusal yatırım yapma ihtiyacı hissetmez çünkü nasılsa o hep oradadır...

Peki, kimlerden daha zor vazgeçeriz?

"Elde olan"
cazibe uyandırmaz,
insanı diri tutan şey
elde etme çabasıdır.

Her an cepte olma duygusu tutkunun ateşini söndürür. Doğamız gereği bizi merakta tutan, heyecanlandıran, şaşırtan şeylere doğru çekiliriz. Bu sürprizli durum elbette yorucu ya da keskin davranışlarla yapılmamalı, doğal bir akışta sürdürülmelidir. Zihnimizde idealize ettiğimiz hayaller zamanla sihrini kaybeder. Elde edilen her şey eskisi kadar heyecan verici olmaz.

Genel olarak bazı basit –basit olan zordur ilkesini unutmadan– kurallar vazgeçilmez bir insan profili oluşturmada size rehberlik eder. Dilerseniz şimdi, ilerleyen bölümlerde detaylı bir şekilde ele alacağımız genel başlıklara kabaca bir göz atalım ve vazgeçilemeyen insanların ortak özellikleri nelerdir bakalım...

Özgüvenlidirler: Vazgeçilmezlik özgüvenli bir duruşla yakından ilişkilidir. Yukarıda özetlediğim gibi korku ve tutku mekanizmalarını yeteri kadar ateşlemezseniz kolaylıkla vazgeçilirsiniz. Özgüven meselesine hemen her kitabımda sıklıkla değiniyorum. Özgüven bizi biz yapan ve her alanda işimize yarayacak olmazsa olmazlardan biri çünkü. Bir insanın neleri sevip sevmediğini bilmesi, sınırlarını net bir şekilde belirlemesi, kendisini öfkelendiren şeylerin farkında olması, ben bunu asla kabul etmem diyeceği noktaları keşfetmesi, hayattaki amacını bilmesi ve amaca yönelik davranması kişiyi özgüvenli yapar.

Özgüven, kişinin kendisine olumlu duygular beslemesi, cesaretli ve yürekli olması ve tüm bunların sonucunda çevresindeki insanlarla barışık yaşamasıdır.

Vazgeçilmez insanlara baktığımızda genellikle gördüğümüz temel özelliklerden biri bu kişilerin sınırlarının net bir şekilde belirlenmiş olmasıdır. Hayattaki duruşu ve hedefleri netleştirmek kişinin karakterinin ne denli güçlü ve sarsılmaz olduğunu anlatır bize ve tüm bu özellikler oldukça ilgi çekici ve tutkuyu ateşleyici özelliklerdendir. Burada muhtemelen oluşacak bir yanlış anlaşılmayı da giderelim, özgüvenli olmak sert, agresif olmak demek değildir, bilakis kendinden emin bir sakinlik vardır özgüvende, barışçıldır. Tuttuğunu koparır özgüvenli insanlar ama bunu incelikle ve kendinden emin bir şekilde yaparlar.

İlişkilerinizde korku ve
tutku mekanizmalarını
yeteri kadar
ateşlemezseniz kolayca
vazgeçilen insan
olursunuz.

Kavga, tartışma, kabalaşma eğilimi yoktur. Bir çeşit diplomasi ya da soğuk savaş diye özetleyebileceğimiz stratejik bazı hamleler uygularlar. Strateji kelimesi negatif bir çağrışım barındırsa da aslında her zaman vurguladığım gibi iyi bir iletişim için her zaman stratejilere muhtacız. Aksi halde karşımızdakinin kalbini kazanmak ya da günlük rutinimizde hayatımızı sürdürmek hepimiz için olanaksız olurdu. Özgüvenli insanlar fazlasıyla nazik ya da dişil-eril özellikleri fazlasıyla baskın biri de olabilir. Özetle özgüvenli olmak sert biri haline gelmek değildir.

İletişimi iyi bilirler: İletişim söylediğinizden çok daha fazlasını içerir. İnsan olarak bizleri diğer canlılardan ayıran başlıca özelliklerimizden biri konuşabilmemiz, düşüncelerimizi ifade edebilmemizdir. Bizler bilinçli olarak karşımızdaki kişilerle kendi düşüncelerimize yönelik iletişim kurma eyleminde bulunuruz. İletişim becerilerinde iyi olmak sizi vazgeçilmez kılar.

İyi bir iletişim tatlı dille
her şeyi söyleyebilme ve
sınırlarınızı çizebilme
gücünü size verir.

Kendinizi iyi ifade etmek, duygularınızı net ve açık bir şekilde dile getirmek, güzel sözler söyleyebilme becerisi, ikna etmek, kırıcı olmamak, beden dilini etkili bir şekilde kullanabilmek iyi iletişim için edinmeniz gereken becerilerden. İletişim becerilerini etkin kullanan biri karşısındakini kırmadan, yanlış anlaşılmalara sebebiyet vermeden kendini ifade eder. İletişim sadece karşınızdaki kişiyle yapılan bir şey de değildir, kendinizle kurduğunuz iletişimde de ustalaşmanız gerekir.

Karamsarlık ve kapristen uzaktırlar: Trip, tavır, kısıtlama, kızgınlık özellikle ilişkilerin ilk aşamalarında yapılmamalı. Karşınızdakinde alışkanlık yaratmak ve vazgeçilmez olmak için en azından 42 gün çok fazla gürültü yapmayın. Ama bu size yönelik kaba ve olmaması gereken davranışlara müsaade etmek anlamına gelmiyor lütfen dikkat! Sadece onun hayatına fazla müdahaleci olmakla ilgili durumlardan söz ediyorum. "Mesajlarıma neden yanıt vermedin, neden aramadın, neredesin, yanında kim var?" gibi karşınızdakinin hayatını aşırı derecede irdeleyici ve kontrol edici tavırlarınızı özellikle ilk aylarda mutlaka bir kenara bırakın. Karşınızdakine keyif alacağı, içinde bulunmaktan mutlu olacağı bir alan, bir dünya yaratmaya bakın. Birinde keyif uyandıracak bir alan yaratmadan o kişiye çapa atamazsınız. 5. Bölüm'de çapalamadan detaylı bir şekilde bahsedeceğim. ama şimdilik kısaca tarif etmek gerekirse çapa atmak demek ilişkinin kökleşmesini sağlamak demektir.

Bir ilişkinin kök
salması için pozitif
ve anlamlı anılar
üretmeniz gerekir.

Eğer siz karşınızdakinin eğleneceği bir dünya yaratmak yerine trip ve tavırlarla örülü bir hapishane inşa ederseniz, zaten alışkanlık geliştirmesini istediğiniz birini daha ilk günden korkutup kaçırırsınız. Henüz sizinle güzel anılar biriktirmemiş birisinin sizden vazgeçmesi de kolay olur. Bu yüzden karşınızdakine güzel duygular hissettirmeye çalışın, tavır, trip, kapris, öfke gibi davranışları belirginleştirmeyin.

Kibarca reddederler: *Kadınlar Sıcak Erkekler Soğuk Sever* kitabımda ilişki aşamalarında nasıl davranmanız gerektiğini özetlemiş ve özellikle ilk zamanlarda karşı taraftan gelen cinsellik talebini nasıl yöneteceğinizi anlatmıştım. Karşı tarafın cinsellik beklentisi kimi kadınları, bazı sebeplerden dolayı doğal olarak, öfkelendirip kızdırabiliyor. Ancak eğer ki birisiyle yakınlaşmak ya da uzun soluklu bir ilişkiye girmek ve vazgeçilmez olmak istiyorsanız reddetme tarzınızın da sert ve kırıcı olmaması gerekiyor. "Ama sen bunu nasıl söylersin, git başımdan, asla olmaz!" gibi kızgınlık taşıyan cümleler yerine daha nazik savuşturma teknikleri üzerine yoğunlaşın. Sadece cinsellik konusunda değil, sizden istenen herhangi bir şey olduğunda ve siz bunu yapmak istemediğinizde kibar bir şekilde "Teşekkür ederim düşünmüyorum, şimdilik bunu yapabileceğimi sanmıyorum..." gibi cümlelerle istekleri öteleyebilirsiniz. Özellikle ilişkilerin ilk günlerinde insanlar birbirlerini test ederler, sınırları keşfetme üzerine yoğunlaşılan bu günlerde esnek biri olduğunuz izlenimi verin, kapı duvar olmak yerine yumuşaklığı seçin.

Tez canlı tepkiler vermezler: Kadınların özelliklerinden biri de her şeyi hızlı olarak aynı anda düşünme becerisidir yani sabırsızlık biraz kadınların doğasında vardır. Tez canlılık yerine sakinlik ve sabırlı olmak üzerine eğilin. Reaksiyonlarınız ani olmasın, biraz es verip kendinizi içsel olarak gözlemlemeyi, sonra tepki vermeyi alışkanlık haline getirin. "Onu neden yapmadın, bunu neden almadın?" gibi şikâyetlerinizi kendinize saklayın. Hiçbir şeyi bir anda yapmayın, tez canlı olmayın.

Zihinsel olarak sakinlik elde etmek pek de kolay olmayan bir beceri kabul edelim ama bunu nasıl geliştirebilirim noktasına odaklandığınızda yavaş da olsa yol alabildiğinizi göreceksiniz. Bunun için kendinizi gözlemeniz önemli, önemli kararları vermeden önce üzerine düşünün, öfkelendiyseniz sakinleşmeyi bekleyin.

Dinlemeyi bilirler: Dikkatle dinlediğiniz birinin takdirini kolaylıkla kazanırsınız. İnsanlar genellikle aktif dinleme yapmazlar, dinliyormuş gibi görünürler ve kendi konuşma sıralarını beklerler. Dinliyormuş gibi görünürlerken de zihinleri kendi anlatacakları ile meşguldür.

İyi dinleyen iki kulak
fazla konuşan bir ağızdan
daha etkilidir!

İnsanlar kendilerini dinleyen, anladığını söyleyen, anladığını davranış ve sözleriyle birlikte gösteren insanlara daha yoğun duygular beslerler. İlgi duyduğunuzu belli ederek, bazen araya girip soru sorarak karşınızdakini can kulağıyla dinlediğinizi gösterin. Genellikle çok yakınımızdakilerin bizi dikkatle dinlemediğinden şikâyetçi oluruz, özellikle bazı sorunlarla uğraşıyorken ya da kronikleşmiş bir problemden mustaripsek insanlar defalarca aynı şeyi dinlemekten sıkılırlar. Ancak dinlemenin iyileştirici gücünü keşfetmek problemler ortadan kalkmasa bile işe yarar, duygusal yakınlığı sağlar.

Uzlaşmayı seçerler: Her konuda uzlaşmacı bir tavır takınan insanlardan vazgeçmek zordur. Sadece kendi ilişkinizle ilgili meselelerde değil, farklı alanlara yönelik çözüm yolu üreten, araştıran, kollayan insanlara karşı alışkanlık geliştirirsiniz. Karşı tarafı düşündüğünüzü belli edecek davranışlarda bulunursanız, tartışma anlarında "Gel bak boşuna tartışıyoruz, çok da önemli değil haklılık-haksızlık, bir orta yol bulalım, şöyle yaparsak bu konuyu daha iyi çözebiliriz..." diyebiliyorsanız ya da karşı taraf herhangi bir sorunla uğraşırken "Ben senin çok yorulduğunu anladım, bu stresi atlatabilmek için bugün daha erken uyu, çok geç saatlerde iş problemleriyle uğraşmayıp biraz ertele..." gibi çözüm yolları üretebiliyorsanız karşınızdakini de iyi hissettirirsiniz. Negatif bir şeyi pozitife dönüştürebilme becerisi sizi her konuda uzlaşmacı biri yapar.

Uzlaşmacı kişiler problemlerden yakınmak yerine onu çözmeye odaklanırlar ve uzlaşmayı bilenler her zaman iyi hissettirirler.

Uzlaşmacı olmak karşı tarafa kendinizle ilgili problemleri alt etme konusunda ne kadar becerikli olduğunuzu hissettirir. Yani siz sadece başkalarının problemlerine yönelik değil kendi dertlerinizi de çözme konusunda güçlü olduğunuza dair bir imaj çizmiş olursunuz. Bu güçlü imaj da vazgeçilmez olmanın unsurlarından biridir. Bu tavrı soğukkanlı bir şekilde uygularsanız ayrılıklar söz konusu olduğunda dahi karşı tarafın size dönüşünü kesinlikle garantilemiş olursunuz. Problemlerle baş edebilme kapasitenizin gücünü karşı tarafa hissettirmek cesur tavrınızı vurgular, insanlar sizi kaybedebileceklerini bilirler ve kartlarını ona göre oynarlar.

Çapalama yaparlar: Karşı tarafa sevdiğinizi belli etmek, sevginizi hissettirmek alışkanlık kazandırmak ve vazgeçilmez olmak açısından önemli. Dokunmak, temas kurmak, saçını okşamak, sarılmak, küçük öpücükler vermek ilişkinizi besler. Karşı tarafta iz bırakmanıza yarayacak çok önemli bir yol da çapalamadır. Çapalama iz bırakmada en etkili yöntemdir ve bizler farkında olmadan pek çok şey tarafından çapalanırız. Kabaca çapalama güzel bir anının tortusunu bedene ve zihne kaydetmektir. Kaydedilen bu anılar ilişkinizin en önemli dinamiği haline gelirler ve sizi unutulmaz kılarlar. Hafızayı tetikleyen çapalamadan ve yollarından çok daha detaylı bahsedeceğim.

Kısıtlamazlar: Özellikle ilişkinizin ilk zamanlarında yapmamanız gereken davranışlardan birisidir kısıtlama. Birilerine direktifler vermeyi, birilerini yönlendirmeyi sevebilirsiniz ancak karşı tarafta baskılama yaratan kısıtlamalar yapmak ilişkide uzaklaşmaya yol açar. Aksine karşı tarafa vereceğiniz özgürlük hissi sizi daha değerli yapar ancak bu özgürlük alanı sınırsız değildir. İncelikli bir şekilde bu sınırlar belirlenmelidir.

Hayattan keyif alırlar: Sadece sevgiliniz ya da eşinizle birlikteyken değil onsuzken de mutlu olmayı öğrenmelisiniz. Sıklıkla bahsettiğim gibi hayatınızın merkezinde sadece siz varsınız, yalnızken de hayattan keyif alanlar vazgeçilmesi en zor insanlardır. Çünkü bu tarz insanlar başkalarıyla da güzel ve değerli anlar yaratmasını çok iyi bilirler.

Doğal ve samimidirler: İlişkilerde doğal olmak önemli, bazen kendinizle dalga geçmek, bazen düştüğünüz komik bir durumu anlatmak, "Ay ben aptalım!" diyebilmek sizin gerçek ve doğal biri olduğunuzu vurgular. Espri yapmak, bazen rahat bir kıyafetle buluşmaya gitmek, yapamadığınız şeylerin olduğunu da kabul ederek bilmiyorum diyebilmek, bazen yardım istemek sizin doğal halinizi parlatır.

Gizemli bir yanları vardır: Kişiliğinize derinlik katmak için gizemli olun. Her şeyinizi açık etmeyin. Bazen yok olmayı becerin. Gizemli olan her şey ilgi çeker ve cazibe uyandırır. Merak uyandıran insanlar kolay vazgeçilmezler. Kişiliğinize dair çözülemeyen bir şeylerin var olduğu hissi karşınızdaki kişide ilgi uyandırır. Tekdüzelikten uzak, kolayca çözülmeyen biraz ketum tavırlar size cazibe katar.

Güler yüzlüdürler: İçten bir gülümseme çok şey anlatır. Tek bir gülümseme ile karşınızdakine onlarca mesaj verirsiniz. Kendinize güvendiğinizi, iyi niyetli olduğunuzu, eğlenceli tavrınızı, barışçıl kişiliğinizi, rahatlığınızı, pozitif ruh halinizi tek bir seferde yansıtırsınız. Üstelik gülümseyerek karşı tarafta güvenli bir alan hissi yaratırsınız. İletişim kurma konusunda insanlar sizden çekinmezler ve zor durumlarda bile yüzünüzü asmamanız sizi vazgeçilmez yapar.

Sınır çizmeyi bilirler: Sınırlar sizin ne olduğunuzu ve ne olmadığınızı tanımlar. Sınırlarınızın farkında olmak neye sahip olduğunuzu size gösterir ve siz de böylece sahip olduklarınızın sorumluluğunu üstlenirsiniz. Örneğin bir işte çalışırken görev tanımlamanız vardır ve sadece o işin gerekliliklerinden sorumlusunuzdur. İşiniz evrakları düzenlemek olsun, siz gidip de mutfakta yemek yapan birinin işinin sınırlarını ihlal etmezsiniz. Sınırları bilmek hem kendinizi korumak hem de karşınızdakinin kırmızı çizgilerini ihlal etmemek için gereklidir.

Sınırların silikleşmesi ya da tutarsız oluşu ilişkilerinizdeki dengeyi bozar. Bazen hayır demek, geri çevirmek, yapamayacağınızı net bir şekilde ifade etmek sınırlarınızı belirginleştirir.

Tel örgülerle çevrilmiş bir bahçeye izinsiz girmeye çalıştığınızda başınıza gelecekleri az çok tahmin edebilirsiniz. Kişisel sınırlar söz konusu olduğunda ne yazık ki bunları kolaylıkla ihlal edebilirsiniz, çünkü fiziksel dünyadaki gibi tel örgüler, uyarı levhaları ya da yanıp sönen kırmızı uyarı ışıkları yoktur etrafımızda.

Kendilerini geliştirmişlerdir: İlgi alanlarınızı genişletmek, farklı konulara dair bilgi ve içgörü geliştirmek sizi değerli kılar. Özellikle bir konuda derinleşmek işiniz ya da hobi olarak ilgilendiğiniz alanda yeteneklerinizin gelişmesine katkıda bulunur. Karşı tarafı etkilemenin yollarından biri entelektüel anlamda ya da entelektüel anlamda olmasa da genel kültürünüzün zengin olmasıdır. Farklı alanlarda bilgi sahibi olmak size meseleleri çok boyutlu görebilme imkânı sağlar insanları daha kolay çözümlersiniz, beklentilerini bilir ve ona göre hareket edersiniz. Genel kültürünüzü geliştirmek her konuda bilgi sahibi olmak anlamına gelmez, öğrendiklerinizi akıl süzgecinden geçirmek, üzerine düşünmek ve içselleştirmek önemlidir. Ezberlemek için değil anlamak için meraklı bir doğaya sahip olmak sizi vazgeçilmez kılar.

2. BÖLÜM

VAZGEÇİLMEZLİĞİN ALET ÇANTASI

Gerçek Kendiliğinize Ulaşmak Neden Önemlidir?

Vazgeçilmezliğin alet çantasından söz edelim şimdi. Bir şeyi tamir etmek için gerekli alet edevatlar vardır. Söz konusu insan olduğunda da durum aynıdır, içsel mekanizmalarımızda ters giden bir şeyler varsa sistemi daha iyi hale getirmek için harekete geçmemiz gerekir.

Bunlardan ilki gerçek kendilik algınıza ulaşmaktır. İnsan zihni kendini oyunlar oynayıp kandırabilir. Sahte bir kendilik algısı inşa edip onun "gerçek kendisi" olduğunu zannedebilir. Bizler kendimizi öteki üzerinden okuruz, yani çevremizdeki insanlardan aldığımız geribildirimler bize dair bir şeyler anlatır. Bazen samimi dostlarımızdan gerçekçi ve işe yarar bildirimler alırken bazen de çarpıtılmış aynalardan yansıyanlar bize ulaşır. Kimine göre çok zekiyizdir, kimine göre çok ukala. Kimi bizi fazla cimri bulur kimi de fazlasıyla eli açık.

Peki, hangisi gerçektir? Bunu nasıl bilebiliriz?

Kendilik algısı, bireyin bedensel ve ruhsal açıdan kendisini nasıl algıladığını ifade eden bir kavramdır. Pek çok psikolog ve psikiyatr kendilik kavramı üzerine düşünmüş ve farklı görüşler üretmiştir. Genel tabiriyle kendilik, etrafımızdaki diğer insanların düşünce ve davranışlarını anlamak için kullandığımız bir yapıdır.

"Ben kimim?" sorusuna verdiğiniz cevaptır kendilik. Sizin geçmişiniz, deneyimleriniz ve gelecekle ilgili beklentilerinizden etkilenir. Daha önceki kitaplarımda şemalardan bahsetmiştim sizlere. "Ben kimim?" sorusuna verdiğiniz cevaplar sizi kendilik şemanıza götürür. Bebekliğin ilk yıllarında anne ile bebeğin kurduğu ilk iletişim ve sonrasında ergenlik dönemi yaşantıları kendilik algısını belirler. Annenin bebeğe sevgiyle bakması bebekte "Ben değerli bir varlığım ve seviliyorum..." düşüncesini üretir ve kendisine dair ilk izlenim bu şekilde zihne kaydedilir. Bu ilk kayıtlar önemlidir, çünkü insan zihni başlangıçta boştur, bizi biz yapan her şey zaman içinde zihnimizde tıpkı bir bilgisayar yazılımı gibi inşa edilir.

Ergenlik de bu anlamda önemli bir eşiktir, çünkü ergenlik beden algısının uyanmaya başladığı yaştır. Cinsiyet hormonlarının bedeni değiştirdiği, cinselliğin keşfedildiği, sesin kalınlaştığı, kadınların regl olmaya, erkeklerin sakallarının çıkmaya başladığı bu dönemde yansıyan her şey kendilik algısını büyük ölçüde etkiler.

İşte geçmiş bizi bir şekilde oluşturur, parçalar birleşir, herkesten gelen farklı parçalar kişiliğimizde başka bir tarafın sivrilmesine ya da örtülmesine yol açar. Aşırı fedakârsanız bunun bir nedeni vardır, özgüven yoksunluğu çekiyorsanız bunun bir nedeni vardır, bizi biz yapan her bir özelliğimiz geçmişimizle bağlantılıdır. Geçmiş temizleme terapileri de bu amaçla yapılır, kötü ve olumsuz kodlamalar temizlenip gerçek olanla barışılır. Geçmiş yaşantımızda duyduklarımız, gördüklerimiz ve yaşadıklarımızla iki tip kendilik algısı geliştiririz.

Kendilik algısı yüksek olan insanlar kendilerini hem bedensel hem de ruhsal açıdan bütünlük içinde algılarlar yani kendilerini severler. Özsaygıları, özgüvenleri ve ben idrakleri güçlüdür. Kişiler arası ilişki ve etkileşim kurmada başarılıdırlar. Kendilerini üretme ve gerçekleştirme yetenekleri gelişmiştir. Sosyal süreçleri daha iyi kullanırlar, yeni durumlara ve süreçlere uyum yetenekleri yüksektir. Bu insanlar bahsettiğim dönemlerde değerli hissetmişlerdir, ilgi ve alaka beklentileri karşılanmış ve destek almışlardır.

Düşük kendilik algısı ise insanı depresyona, kaygı ve korkuya götürür, kendi potansiyelini ortaya çıkarmaya engel olduğundan başarısız, yetersiz ve değersiz hissetmeye yol açar. "Ben değersizim!" diyen insanlar bu gruptadır, kendilerini yetersiz hissederler, anksiyete, bağımlılık düşük kendilik algısının sonuçlarındandır.

Şimdi kısa bir süre kitaba ara verin, ayna karşısına geçin ve kendinize bakın. Neler görüyorsunuz? Kendiniz için neler düşünüyorsunuz? "Ben kimim?" sorusuna verdiğiniz cevaplar neler? Zihninizden geçenleri defterinize yazın, önce olumlulardan başlayın, sonra olumsuzlara geçin. Kendinize asla yalan söyleyemezsiniz, her şeyi kendinize itiraf edin, bu rahatlatıcıdır. Eğer ayna karşısında kendinize dair olumlu duygular üretiyorsanız sağlıklı bir kendilik algınız var diyebiliriz ancak tam tersine kendinizi işe yaramaz, beceriksiz, berbat, iğrenç gibi kelimelerle tanımlıyorsanız kendilik algınızı yeniden şekillendirmeniz gerekir.

Kendilik algısının üzerinde durma sebebim biraz da bu yüzden, ilişkilerde sıklıkla tekrarladığınız hayal kırıklıklarının sebebi çoğu zaman içdünyanıza gömülü olan bu yanlış algılardandır. Siz farkında olmasanız da içdünyanıza yerleşik olan bu şemalar davranışlarınızdan sızar, ilişkilerinizde, iş yaşantınızda, çocuğunuza davranışınızda bunun izlerini görmek mümkündür.

Davranışlarınız
sizin içsel resminizin
temsilleridir, içinizde
ne varsa dışarıya onu
yansıtırsınız.

Kendilik algısı:

- Özelliklerinizi fark etmenizi
- Yeteneklerinizi keşfetmenizi
- Diğer insanlarla kurduğunuz iletişimi
- Geçmiş ve bugünkü deneyimlerinizi
- Amaçlarınızı
- İdeallerinizi içerir.

Kendilik algınızı değiştirmek ve güçlü bir kendilik algısına sahip olmak için:

Kendinize inanın! Tüm büyük maceralar sadece bir adımla başlar, kendilik algınızı değiştirme yolunda atacağınız ilk büyük adım kendinize inanmaktır. Kendinize inanmanız, yeteneklerinizi geliştirme ve ideallerinizi yaratmada size gereken umudu ve gücü aşılar. Kendi sınırlarınızı yeterince tanımak, neleri yapıp neleri yapamayacağınızı belirlemeniz demektir. Hepimizin yetenekleri belli konularda daha gelişmiş, belli konularda daha zayıftır. Örneğin mükemmel piyano çalan biri bu üstün dehasına rağmen sosyal ortamlarda iyi bir konuşmacı olmayabilir. Ya da teknoloji meraklısı bir başkası, çöp adam bile çizemez. Ulaşılması imkânsız ve gerçekçi olmayan hayalleri düşlemenizden söz etmiyorum, kendi yetenekleriniz doğrultusunda ilerlemek hem mantıklıdır hem de size zaman kazandırır. Güçlü inanç bu uğurda size gereken mücadele gücünü verir, sizi diri tutar ve siz inanırsanız herkes inanır.

Öz bakımınızı yoğunlaştırın. Bu kitabın öncelikli hedefi sizsiniz, başkalarıyla ilgilenmeden önce kendinizi iyi hissetmek için tabiri caizse elinizden ne geliyorsa yapmalısınız. Belki yoruldunuz, belki kendi ayaklarınız üzerinde durmaya çalışıyor ve ağır bir mücadele veriyorsunuz, belki çocuklarınızın bakımıyla tamamen siz ilgilenmek zorundasınız ve yalnız hissediyorsunuz... Hayat zorluklarla bizi daima sınar, bu hepimiz için geçerli. Problemlerle uğraşırken kendimizi unuturuz, kendi duygusal ve bedensel ihtiyaçlarımızın farkında pek olmayız. Ama hem ruhsal hem de bedensel sağlığımız bize sunulmuş en önemli hediyeler. Kendinizle ilgilenin, yorulduysanız yaptığınız şeye birkaç gün ara verin. En sevdiğiniz şeyleri bu kez kendiniz için yapın. Evde sıkıldıysanız sosyalleşin, kendinize bir masaj hediye edin, çiçekçiden kendiniz için bir çiçek seçin, bazı işler bekleyebilir arada kaçamak yapın.

Kuaföre gidin, duş öncesinde evinizde tütsü ya da aromatik yağlarla ortamın kokusunu değiştirin, komik bir film açın, kahkaha atın, güzel bir müzik açın, şiir okuyun, kısacası kafanızı gömdüğünüz yerden çıkarın ve hayatın geçiciliğini kendinize hatırlatın. Hatta bunu tam bu satırları okuduktan sonra hemen şimdi yapın, ertelemeyin.

Güçlü taraflarınızı belirleyin. Özsaygınızı ve kendilik algınızı yükseltmenin yolu güçlü yönlerinizi bilmekten geçer. Geçmişte muhakkak bir şeyleri başardığınız, başka insanlara dokunduğunuz anlar olmuştur. Kendinizi içsel olarak gözlemleyin, neleri iyi yaptığınızı belirleyin. İletişim becerileriniz çok iyi olabilir, belki insanlara akılcı tavsiyeler vermekte başarılısınızdır, belki organizasyon becerileriniz mükemmeldir. En iyi yaptığınız ve sevmekten keyif aldığınız şeylerin listesini defterinize yazın. Hayallerinize ve ideallerinize ulaşmak için eksik olan noktaları not edin ve bunları geliştirmek için adım atın.

Kendinizle olumlu bir iç diyalog gerçekleştirin. Sıklıkla çuvaldızı kendimize batırırız ama burada bazen abartıya düşüp kendimizi tamamen değersizleştirme tuzağına düşebiliriz. "Sen hiçbir şeyi beceremezsin, her şeyi eline yüzüne bulaştırırsın, çirkinsin, değersizsin!" gibi kelimeler iç diyaloğunuzda ne kadar sıkça tekrarlanıyorsa o denli zayıf bir kendilik algısı geliştirirsiniz.

Hatta bazen işler yolunda giderken bile kendinize olumsuz düşünceler fısıldayabilirsiniz. Bunun psikolojideki adı Imposter Sendromu'dur yani sahtekârlık sendromu. Bu sendroma göre kişiler kendilerini yetersiz gördüklerinden elde ettikleri başarıları hak etmediklerine ya da bunların tesadüfen gerçekleştiklerine dair güçlü bir inanış içindedirler. Genellikle iş yaşantısında ortaya çıkan bu sendrom, yüksek mevkilerde olsa dahi kişilerin kendilerini yeterli ve yetkin hissedememelerine yol açar. Bu insanların zihninde tek bir ses çınlar: "Bu başarı sana ait değil!"

Gündelik hayatta etrafımızdaki insanlarla etkileşim halindeyken bir yandan kendimizle diyaloğumuzu da sürdürürüz. Şimdi kendinizi bir aile yemeğinde hayal edin, etrafınızdaki insanlar bir şeyler anlatırken bir yandan onların dedikleri üzerine düşünürsünüz, sonra cevap verirsiniz, ardından bu cevap üzerinden kendinizi tartarsınız, ortamdakilerden birinin kıyafetlerini incelersiniz, başka birinin konuşmasını dinlerken yarın yapmanız gerekenler konusunda kendinize zihninizden direktifler verirsiniz. Özenle pişirdiğiniz keki tadan arkadaşınızın yüzündeki ifadeyi izlersiniz, eşiyle ne kadar mutlu olduğunu seyreder içinizden "Ah!" dersiniz...

Zihninizde bazı sesler belirir: "Ne kadar da mutlular, ben zaten mutluluğu hiç hak etmiyorum ki. Kekim berbat oldu zaten neyi iyi yapabilirim ki? Ayşe ne kadar da güzel, keşke ben de biraz zayıflasam, bu halimle nasıl güzel olabilirim ki? Yarınki toplantıya hazırlanmam lazım, bu sefer beni kesin kovacaklar..." Kısaca zihniniz onlarca şeyle doludur, kendiniz ve dış dünyanın etkileri arasında salınır durursunuz, bazen geçmişe gidersiniz bazen geleceğe uzanırsınız. Bu etkileşim içindeyken de duygularınız devrededir, mutluluk, öfke, kaygı, değersizlik ve pek çok duygu zihninizde resmi geçit yapar. Şimdi size tarif ettiğim şekilde zihninizde olanları dışarıdan gözlemlemeye çalışın, kendinize bir başkası olarak bakın. Kendi iç diyaloğunuzda kendinize yönelttiğiniz bu cümleleri bir başkasına da aynı şekilde söyleyebilir misiniz? Birisine değersizsin demek, kekin berbat olmuş ya da çok çirkinsin demek o kişiye nasıl hissettirirdi?

Bilinçaltınız bilincin
kendisine verdiği her
direktifi sorgulamadan
uygular, çirkinsin
dediğinizde çirkindir,
başarısızsın dediğinizde
başarısız...

Nedense başkalarına karşı taktığımız pembe gözlükler söz konusu olan kendimiz olduğunda devre dışı kalır. Kendi içsel resminizi olumlu düşüncelerle inşa etmelisiniz, olumsuz bakış açınızı tıpkı diğer insanlara da yaptığınız gibi kendinize de uygulamalısınız. İç diyaloğunuzu yenileyin, olumsuz direktifleri kaldırın, yerine olumlu mesajlar koyun ve kendinize bu olumlu mesajları göndermeye başlayın. 21 günlük bir çalışma yapın ve kendiniz için gereken olumlu mesajları zihninizde ve sesli olarak tekrarlayın, defterinize yazın. 5. Bölüm'de yer alan olumlu çapalama yapmanın yollarını okuyarak ve çalışarak, bu noktada büyük bir sıçrama elde edeceğinizden şüpheniz olmasın.

Olumlu bir iç diyalog
geliştirmek kendilik
algınızda olumlu
iz bırakmaktır.

Bazı olumlu iç diyalog örnekleri:

“Şu an mutsuzum ama bu duygunun geçeceğini biliyorum.”

“Başarılı olacağımı biliyorum.”

“Daha önce başardım, şimdi de başaracağım.”

“İyi şeyleri hak ediyorum.”

“Çok güzel olmasam da çekici bir tarafımın olduğunun farkındayım.”

“Bazen güçsüz düşsem de yeniden ayağa kalkacağıma inanıyorum.”

“Kendim için en iyisini inşa edeceğimden eminim.”

“Hatalarımdan ders çıkarıyorum ve bunları tecrübeye çeviriyorum.”

“Sevilmeye ve değer görmeye layığım.”

“İnsanlar beni değerli buluyor ve benimle vakit geçirmek istiyorlar.”

İlişkinize Hikâye Katın

Bizi iz üstünde tutan her şey merak uyandırır kabul edelim... Düşünün, bir polisiye dizisinde merakımızı diri tutan, katilin bizi şaşırtması ihtimalidir. Ya da farklı şeylerin kokusunu aldığımız anlarda onun peşine düşüp anlamayı isteriz. Kafamızda bulmacalar çözer, akıl yürütmeleri yaparız. Kısaca zihin oyun oynamayı sever, tıpkı fareyle oynayan bir kedidir insan zihni. İşaretleri izler, ipuçlarını biriktirir, yapbozun parçalarını bir araya getirmeye çalışır. Bu biraz da insanın evrimsel olarak hikâye yaratmayı sevmesinden doğar.

Arzular imgelerin içinde yaşar; yani ne kadar çok hikâyeniz varsa o denli güçlüdür ilişkiniz!

Hatırlayın, defalarca izlemekten zevk aldığımız filmler nasıl başlar? Kadın ve erkek ya tuhaf bir şekilde karşılaşırlar ya da kendilerini tesadüfen bir ortaklığın içinde buluverirler. Zor bir durum, komik bir an kadını ve erkeği bir araya getirir.

Günlük yaşantılar filmlerdeki gibi sürprizli karşılaşmaların pek sıkça görülmediği bir yerdir ancak bu sihirli karşılaşmaların içinde kendimizi bulduğumuzda da büyük bir heyecan ve zevkle en yakınlarımıza hikâyemizi ballandırarak anlatırız.

Ancak bazı hikâyeler el yapımı olabilir...

İlişkilerin ilk anlarında ve ilk günlerinde mucize yaratmak imkânsız değildir. Özellikle flört ve yeni tanışmalarda kendinize dair yeni bir dünya algısı yani bir hikâye yaratmalısınız. Anlattıklarınızla, davranışlarınızla, kendi içdünyanızla bunun sinyallerini vermeli ve onu dansa davet etmelisiniz.

Peki, hayranlığını kazanmak ya da vazgeçilmezi olmak istediğiniz kişi için nasıl bir dünya yaratacaksınız?

Kendinize sormanız gereken soru bu olmalı. Karamsar, kıskanç, özgüveni düşük, öfkeli, zayıf biri olarak mı çıkacaksınız o kişinin karşısına yoksa her ne olursa olsun güçlü, zayıflıkları olsa da pes etmeyen, her anın tadını çıkaran, üzüntülerini tecrübeye dönüştürmüş, her halükârda umudunu kaybetmeyen, eğlenmesini ve gülümsemeyi unutmayan biri olarak mı?

Güzel bir dünya algısı
yaratmadığınız birini
elinizde tutamazsınız.

Neden o özel kişiye güzel bir dünyanın var olduğu algısını sunmalısınız?

Genellikle ilişkiler bittiğinde erkekler ilk olarak kadınlara yönelik kötü şeyleri hatırlama eğiliminde olurlar. "Bana bunu nasıl dedi, bu mesajı bana nasıl yazar, bunu bana nasıl yapar?" gibi olumsuz ve negatif şeylerdir ilk başta tekrarlanan. Bu yaklaşık bir haftalık bir süreçtir, bir haftadan sonra ise erkekler size dair güzel şeyleri hatırlamaya başlarlar. Eğer ki siz kendinize dair güzel bir algı yaratmazsanız karşınızdaki kişi de size dair güzel şeyleri anımsamaz. Sevgilinizle kavgalarda küslük olduysa bir hafta beklemeniz de bu nedenle önemlidir. Bu bir haftalık bekleyiş negatif şeylerin pozitife doğru evrilmesi açısından değerli bir süreçtir.

Bugün bizler biliyoruz ki biyolojik yönden beynimiz biz farkında olmadan anılarımızı yeniden düzenler. Hatta sahte anılar ürettiği bile bugün bilimsel olan bir gerçektir. Hal böyleyken bizler farkında olmasak da pozitif şeyleri hayatımıza çağırma eğiliminde olabiliriz, tabii bu kötü eğilimleri çağırmak manasına da gelebilir. Bir haftalık erteleme taktiğini biraz zor olsa da deneyin.

Çoğu insan o özel insanla arasında sonsuz mutluluk, romantizm ve cinsel çekim olmasını arzular ancak bu gerçekçi bir yaklaşım değildir. Baştan bu kabulü yapmak sizin ilişki sürecinde nasıl iz bırakmanız gerektiğinin de altını çizer aslında.

Gelişigüzel bir mutluluk, gelişigüzel bir doyum yoktur, hepsi çabayla gelir ve kendinizi sürekli büyütmeli ve bu anlamda uyanık olmalısınız.

Yoğun duygular beslediğimiz insanlara karşı gelecek senaryoları üretme eğiliminde oluruz. Onunla uzun soluklu bir ilişkiye imza atmak, belki birlikte yaşamak, belki evlenmek ve ondan çocuk sahibi olmak ya da birlikte iş kurmak ve daha yüksek idealler uğruna birlikte mücadele etmek...

Durduğunuz yer neresi olursa olsun bu nokta hikâyenizin tamamen sizin lehinize değiştiği nokta olacak. Yeter ki bu noktaya gelene kadar uygulamanız gerekenleri uygulayın.

İz Bırakan Bir Kişilik Geliştirin

Öğrenmek insanlığın en temel becerisidir. Bir insan yeni şeyler öğrenmiyorsa, kendini geliştirmiyorsa geriler. Dünya hızlı bir şekilde ilerliyor ve gelişiyor. Bu gelişmeleri takip etmemek, bu gelişmeler ışığında gelişmemek sizi tercih edilmeyen birisi yapar. Gelişimi takip etmeyip geri plana düşen herkes sadece özel ilişkisinde değil, iş, okul ve sosyal yaşantısında da geri planda kalır. Hem bu güncellikten yoksun olmanın getirdiği bir uzaklaşma hem de günlük sohbetlere dahil olamamanın getirdiği bir dışlanma ortaya çıkar.

Etkileyici insanlar pek çok alanda bilgi ve birikim sahibidirler. Pek çok konuda temel bilgilere sahip olmakla birlikte bir iki konuda da uzmanlaşmış ve derinleşmişlerdir. Sadece mesleki konulardan öte yaşam becerilerini artırmış, boş zamanlarını değerlendirmekten öte bir konuda belki de hiç merak etmediğiniz kadar incelikli bilgilerle donanmışlardır. Onlarla konuşmaktan, yeni şeyler, yeni bakış açıları öğrenmekten keyif alırız.

Böyle insanların hem iş hem de insan ilişkilerinde başarısız olması imkânsızdır. Gelişim yüzyıllardan beri öncelenmiş ve insana telkin edilmiş bir meseledir. Felsefe, dini inanç ve öğretiler, eğitim almak için gittiğimiz okullar ve üniversiteler, şu an elimizde tuttuğumuz internet dünyası aslında bizim gelişim odaklı kalmamız içindir. Kendini geliştirmeyen ve öğrenmeye kapalı olan birinin kendine ve başkalarına faydalı olması da imkânsızdır. Doğamız gereği, maddi ve manevi doyumun temelinde kişisel gelişim vardır. Bu yüzden kişisel gelişim vazgeçilmezliğin de köşe taşlarındandır.

Kişisel gelişim insanın kendini sürekli yenilemesi, yeni şeyler denemesi ve sürekli öğrenmesi demektir. Hobiler, kitap okumak, gezmek, başka insanlarla birlikte etkinlikler düzenlemek, merak etmek, soru sormak, bir kavram ya da düşünceyi uzun uzun düşünmek, akıl yürütmeleri yapmak, insanları gözlemlemek, yeni yerlere gittiğimizde oranın kültürünü incelemek, oradaki insanlarla sohbet etmek, onları dinlemek... Bunların hepsi gelişimimizi sağlar. Gelişimine önem veren insan, karşısına çıkan her şeyi öğrenmek için bir fırsat olarak görür ve kendisi fırsatlar yaratır.

Kişisel gelişim size neler katar:

- Kendinizi ve başkalarını daha iyi tanırsınız. İhtiyaçlarınızı ve isteklerinizi daha iyi anlarsınız. Karşılaştığınız durumlarda detaylara takılmak yerine, asıl ihtiyaçlarınızı fark eder ve bunu talep edersiniz.
- İletişim becerileriniz gelişir. Kendinizi daha iyi ifade eder ve başkalarını da daha iyi anlarsınız.
- Sosyal çevreniz genişler. Çevrenizde az sayıda insan olduğunda o kişilere bağımlı olma ihtimaliniz artar. Sosyal çevrenizi genişleterek ilişkilerdeki kaygı ve aşırı zihin

meşguliyetini ortadan kaldırabilirsiniz. Sosyal anlamda beslendiğiniz kaynakları artırmış olursunuz. Bu sayede hayatınızın her alanında yepyeni fırsatlarla karşılaşma olasılığınız artar.

- Vizyonunuz ve ufkunuz genişler. Yakın çevreniz dışındaki insanların yaşayış şekilleri ve dünya görüşlerini tanırsınız. Bu sayede olaylara daha geniş bir açıdan bakar ve daha doğru kararlar alırsınız.
- Çağın gerisinde kalma ihtimaliniz düşeceğinden gençlerle iletişiminiz kolaylaşır. Varsa çocuklarınız, öğrencileriniz ve çevrenizdeki gençlerle sağlam bağlar kurabilir ve onları daha iyi anlayabilirsiniz.
- Problem çözme ve analiz etme becerileriniz gelişir. Karşınıza çıkan problemler karşısında çaresiz hissetmek yerine alternatifler üretebilirsiniz. Etkileyici insanlar iyi bir problem çözücüdürler.
- Esnek ve çok yönlü düşünürsünüz. Daha kıvrak bir zihin elde eder, yaratıcı ve etkileyici düşünceler bulursunuz.
- Diğer insanların saygı ve takdirini kazanırsınız. Kendini geliştiren ve aktif olan bir insan, bazen kıskanılsa bile her zaman diğerlerinin gözünde hayranlık uyandırır.
- Başkalarına yardımcı olur ve rehberlik edersiniz. Kişisel gelişime yaptığınız yatırımla sadece kendinize değil sevdiklerinize de örnek olur, bazen yol gösterir, bazen de yollarını açarsınız.
- Başarıyı daha kolay yakalarsınız. Hayat tecrübeniz ve geniş çevreniz sayesinde ne iş yaparsanız yapın başarılı olabilirsiniz.
- Güvenli alanınızın dışına çıkarsınız. Güvenli alan şimdiye kadar her zaman yaptığınız şeyler, zaten hayatınızda

olan kişiler ve bulunduğunuz mekânlardır. Yeni şeyler yaparak sınırlarınızı zorlar ve yeni özelliklerinizi keşfedersiniz.

- Cesaretiniz ve özgüveniniz artar. Hedef koyup onu gerçekleştirdiğinizde ve yeni bir şeyi denediğinizde bir sonraki adım için kendinize güveniniz artar. Özgüven kendiliğinden bize gelmez. Altı dolu yani sağlam özgüven daha önce başardıklarınızla oluşur. Daha önce şunu yaptım şimdi de bunu yapabilirim diyebilmek özgüveniniz için çok kıymetlidir.
- Ruhsal anlamda kendinizi daha güçlü hissedersiniz ve fiziksel dayanıklılığınız artar. Hobiler ve kişisel gelişim sayesinde birçok psikolojik rahatsızlıkla mücadele etmek kolaylaşmaktadır. Ruh sağlığınızın iyileşmesi de bağışıklık sisteminiz başta olmak üzere tüm bedeniniz üzerinde olumlu bir etki yaratır.
- Kendinizi geliştirdiğiniz için yaptığınız her işte fikri sorulan biri haline gelirsiniz.
- Sosyal hayatınızda size iyi gelen ve bir şeyler öğrenebileceğiniz insanları seçmeye başlarsınız. Günlük muhabbetleriniz de dahil olmak üzere hayat kaliteniz artar.

Kendinize Özel Bir Değişim Programını Nasıl Planlayacaksınız?

Değişim ve dönüşümün ilk adımı karar vermek ikinci adımı da bu kararları istikrarlı ve iradeli bir şekilde uygulamaktır.

Her pazartesi başlanmayı bekleyen diyetler, her hafta sonunun ardından vedalaşılan alkol ya da sigara, ilk dersten sonra gidilmeyen spor salonları ya da kurslar, hayalini kurduğunuz ama sürekli ertelediğiniz girişimler, yarım bırakılan onlarca kitap size tanıdık geliyor mu?

Hepimiz bir şeyleri erteleme eğiliminde oluruz zaman zaman ama bu hayatınızın geneline yayılmamalı. Konfor alanı tehlikelerle doludur, ruh, beden ve zihin gelişiminiz için harekete geçmenizi engeller.

Artık kendinizden ve tekrarladığınız şeylerden sıkıldıysanız, yeni sulara açılmak, yeni şeyler keşfetmek istiyorsanız, öncelikle kendinize bir kişisel gelişim planı hazırlayın.

Kişisel gelişim planını belirlemeden önce kendinize sorun:

- Şu an ne durumdayım? Kendimden ve elde ettiklerimden memnun muyum?
- Bugün kendim ve başkaları için iyi bir şeyler yaptım mı?
- 1 yıl sonra nerede olmak istiyorum?
- 5 yıl sonra nerede olmak istiyorum?
- Temelde beni ne tatmin eder? Aşk, para, güç, itibar, saygı, işe yaramak, birilerine iyi gelmek, değer üretmek?...
- En çok neye değer veriyorum?
- Zamanımı dengeli kullanabiliyor muyum? İş, maneviyat, aile, arkadaşlar, kendime yatırım, sosyal sorumluluk, eğlence hayatımda ne kadar yer işgal ediyor?
- Hedeflerime ulaşmak için ihtiyacım olan şeyler neler?
- Nasıl bilinmek istiyorum?
- İnsanlara ne verebilirim?
- Güçlü ve zayıf yanlarım neler?
- Hayatımda şükrettiğim nelere sahibim?

Her soruyu tek tek, defterinize yazarak cevaplayın. Düşünceler dağınıktır, kolayca uçup giderler, yazmak hem düşüncelerinizi toparlamanıza yardım eder hem de yazdıklarınızı kayıt altına almak ve aradan zaman geçtikten sonra yazdıklarınıza bakmak gelişiminizi izleme fırsatı sunar.

Şimdi yazdıklarınızın ışığında kendinize bir kişisel plan hazırlayın. Bu plan herkese özel olacaktır elbette.

Örnek bir plan vermek gerekirse:

- Uyanma ve uykuya gitme saatlerimi yeniden düzenliyorum.
- Gün içinde kahve, sigara, çay tüketimimi sınırlandırıyorum. (Ya da aşırıya kaçtığınız herhangi bir şey yemek, tatlı gibi...)
- Haftalık beslenme planımı elden geçiriyorum.
- Eğlenceye ayırdığım zamanı kısıyorum ve daha çok kitap okumak için zaman yaratıyorum. (Aylık olarak okuduğunuz kitapların listesini tutabilir, okuduğunuz kitaplarla ilgili internet sitelerinde yorumlar yazabilir, başka okurlardan öneriler alabilirsiniz. Okuma sonrası süreçler sizi düzenli okuma konusunda motive eder.)
- Yeni bir dil öğrenmek için kursa yazılıyorum.
- Mesleki anlamda kendime yeni bir beceri daha katmak için .... kursuna başlıyorum.
- Günlük sosyal medya meşguliyetimi azaltıyorum ve yerine bana bir şeyler öğretecek içerikler koyuyorum.
- Bütçeme göre ayda birkaç kez yaşadığım şehrin kültürel faaliyetlerine katılıyorum, tarihi dokusunu görmeye gidiyorum.

- İnsanlara yardımcı olabileceğim gönüllülük projelerine katılıyorum.
- Uzman olduğum bir konuda eğer yapabiliyorsam bir genci yetiştiriyorum ve onun hayatına dokunuyorum.
- Yaşanmış hayat hikâyelerini inceliyorum ve insanların nelerden feyiz aldıklarını öğreniyorum. (Kendinize bir rol model belirleme noktasında bu işinize yarayacaktır çünkü zoru başarmış insanların hikâyeleri hepimize ilham verir.)
- Başka insanlarla daha çok iletişim halinde oluyorum, önyargılarımdan uzaklaşıp onlarla sohbet ediyor ve onların hikâyelerini dikkatle dinliyorum.
- Kendi yeteneklerimi geliştirmek için haftada birkaç saat resim yapmaya/müzik aleti çalmaya/yazmaya zaman ayırıyorum.

Örnekler çoğaltılabilir. Kendinize günlük, haftalık, aylık ve yıllık olmak üzere esnek ve gerçekçi kişisel gelişim planları belirleyin. Bu planları görebileceğiniz yerlere asın ve bu planlara sadık kalmaya çalışın. Attığınız her küçük adım için kendinizi ödüllendirin. Kişisel gelişim yolunda size örnek, ilham ya da destek olabilecek ve hatta size eşlik edebilecek insanlarla vakit geçirin. Kendinize kişisel gelişim günlükleri tutun. Böylece geçmişe ara ara bakarak ne kadar ilerlediğinizi fark eder ve daha çok motive olursunuz.

Olumsuz Düşüncelerden Kurtulun

Hepimizin hayatını etkileyen olumsuz düşünceler vardır. Kendini gerçekleştiren kehanetten sıklıkla bahsediyorum, kendi zihninizde korku ve kaygılardan dolayı kurguladığınız her düşünce gerçekleşme potansiyeli taşır ve yüksek oranda da gerçekleşir. Olumsuz düşünceler hayatı negatif bir bakış açısında görmenizi teşvik eder, sadece siyah vardır bu anlamda, iyi olasılıklar sizden çok uzaktadır. İnsanlar hep kötüdür, her şey ters gider, hep mutsuzluk var olacaktır...

Her şeyi olumluya çeviren Pollyannacı bir duruş sergilemeniz anlamsız olur, ancak köklerdeki olumsuz şemalarınızı keşfetmek kendi potansiyelinize erişmek için gizli bir anahtardır.

Olumsuz düşüncelerden kurtulmak için:

1. Olumsuz düşüncelerinizi fark edin. Olumsuz düşüncelerden kurtulmak için önce bunları fark etmeniz gerekir. Örneğin "Gelecekte başarılı olamayacağım, iyi bir evlilik yapamayacağım, istediğim üniversiteyi kazanamayacağım..." gibi düşünceler olumsuz olanlara örnektir. Bu düşünceler sizde bir duygu oluşturur, mutsuzluk duygusu. Sıklıkla kendinize "Sürekli depresifim, mutsuzum, acaba neden?" diye soruyorsanız nedenleri fark etmediğiniz olumsuz düşüncelerdir.

2. Olumsuz düşünceleri olumlu düşüncelere çevirin. Burada olumlu düşünmekten bahsetmiyorum, kastettiğim özellikle olumsuz düşünceyi olumluya çevirmek. "İyi düşünelim iyi olsun..." şeklindeki düşünce mantıklı ve işe yarar değildir. Mantıklı düşüncedir işinize yarayacak olan. Kendinize sürekli bir şeyleri telkin etmeniz, "Her şey çok iyi olacak, çok param olacak, iyi bir evliliğim olacak..." demeniz zihni rahatlatmaz. Hepimizde var olan akıl kendisine sürekli öğütlenen bu iyimser telkinlere şöyle bir cevapla gelir: "İyi de bunları nasıl elde edeceksin?"

Olumlu düşünceler geliştirmek aslında kendinize yatırım yapmaktır, böylece hedeflerinizi ve eylemlerinizi netleştirmiş ve gerçekleştirmiş olursunuz.

Olumlu düşündüğümüz her şeyin gerçekleşmesi ihtimali fazlasıyla saf ve iyimser bir bakış açısı olur. Gerekli olan olumlu düşüncenin altını mantıklı nedenler ve eylemlerle doldurmaktır. Örneğin daha başarılı olmak sizin olumlu düşünceniz olsun, peki daha başarılı olmak için neler yapacaksınız? "Şu eğitimi aldım, şimdi üstüne bu konuyla ilgili başka bir eğitim daha alabilirim, iletişim becerilerimi geliştirebilirim, şu kişiyi tanıyorum, onunla bir işbirliğine gidebilirim..." şeklinde devam eden bir eylem planı çıkarmalısınız. Kendi kendinize "Herhalde ben bir sene sonra daha başarılı olurum..." demeniz yeterli değildir. Olumluya çevirdiğiniz düşünceniz "İyi bir evlilik yapacağım..." olsun örneğin, iyi bir evlilik için neleri göz önünde tutmalısınız? Bir kere kendinizi pek çok alanda geliştirmiş olmalı, seçici davranmalı, sınır çizmeyi ve hayır demeyi öğrenmeli ve kendinize yönelik farkındalığınızı geliştirmiş olmalısınız. Aksi halde sadece hayaller kurarak iyi bir evlilik inşa edemezsiniz.

3. Negatif insanlara karşı uyanık olun. Hayatımızdaki herkesi seçemiyoruz elbette, özellikle ailelerimiz ya da iş ortamında birlikte vakit geçirmek zorunda olduğumuz insanlarla temasta kalmak zorundayız. Ama arkadaşlarımızı ve özel hayatımızda vaktimizi paylaşacağımız insanları seçebiliriz. Pozitif ve neşeli insanlarla birlikte olmak olumsuz düşüncelerden kurtulma noktasında önemlidir. Sizi motive eden insanlarla birlikte olursanız kendinizi çok daha iyi hissedersiniz. Burada altını çizmemiz gereken önemli bir nokta şudur: Kötü anlarında size ihtiyaç duyan, kayıp, ölüm, hastalık gibi sorunlarla mücadele eden insanları uzakta tutmaktan bahsetmiyorum. Negatif insanları bir heves kırıcı gibi düşünün, başarılı ya da mutlu anlarınızda sizinle olmaktan kaçınan, sizi olumsuz anlamda aşağıya çekmeye çalışan, sürekli eleştiren, dedikodu yapan, yalan söyleyen ve sınırlarınızı ihlal eden insanlara karşı uyanık olmalı ve sınırlarınızı belirginleştirmelisiniz.

4. Yardım faaliyetlerine yönelin. Çeşitli yardım kuruluşları ya da bireysel olarak etrafınızdakilere yardımcı olmak olumsuz düşünceleri olumluya dönüştürmeye yarar. Hepimiz bazen başımıza gelenlerden dolayı kendimizi yalnız ve çaresiz hissedebiliriz ama en çaresiz olduğumuz zamanlarda bile yapabileceğimiz pek çok şey vardır. İçinden çıkamayacağımızı düşündüğümüz benzer durumları yaşayan insanlarla bir araya gelmek, onların derdine çözüm ortağı olmak bize pozitif bir bakış ve yaşama amacı sunar.

5. Basit şeylerden keyif almayı öğrenin. Hayatta her gün gördüğümüz, deneyimlediğimiz şeylerin kıymetini bir noktadan sonra görmemeye başlarız. Bunu en iyi hastalandığımız zaman fark ederiz. Sağlıklı bedenimiz ağır bir hastalık geçirdiğinde sadece yürümek ve nefes almak bile ne kadar değerlidir bunu anlarız.

İnsan geçmiş ve gelecek
arasında gidip geldiğinde
olumsuz düşüncelere
kapılır, olumlu
düşüncelerse şimdide ve
basit bir yaşamda gizlidir.

Pandemi sürecinde hayatımızın değişmesiyle ağacın yeşilini, denizin mavisini özler hale geldik. Küçük bir kafede bir fincan kahve içmek bile ne kadar da değerliymiş anladık. Hayatınızda rutin haline gelmiş alışkanlıklarınızın farkına varmak, onlar hâlâ sizinleyken değerini görmek olumlu düşünceler geliştirmek adına önemlidir.

6. Sevilmeye açık olun. Yaşamda size gerçekten de saf sevgi duyan insanlar var, anne babanız, çocuklarınız, sıkı dostlarınız, öğretmenleriniz, eşiniz, sevgiliniz... Sevmeye ve sevilmeye daima ihtiyaç duyarız ve bunu karşılıklı olarak beslediğimizde daha çok olumlu düşünceler üretiriz.

7. Hayatınızda iyi giden şeylerin farkında olun. Yaşam zor olsa da iyi giden bir şeyler daima vardır. Yürüyüşe çıktığınız parkta boş bir bank bulmak, işe giderken bindiğiniz metrobüste oturabilmek, başardığınız bir şeyden dolayı takdir almak, yardım ettiğiniz birinin problemini çözüme ulaştırmak ve daha pek çok şey. İlle de büyük mucizelerden söz etmiyorum, kaldı ki yaşamın kendisi gerçek bir mucizedir zaten ama basit anlarda gizlenmiş mucizeleri görmek size umut ve neşe verir. Geçmişteki kendinizle şimdiki kendinizi karşılaştırın, neler başardınız, hangi zorlukları atlattınız bir düşünün. Ara ara bu muhasebeyi yapmak size iyi hissettirir, sürekli yenileri kovalamak kadar geçmişten bugüne kazandıklarınızın kıymetini bilmek de çok değerlidir. Kendiniz için ulaşmak istediğiniz hedeflerin olması mükemmeldir ancak bu hedeflere ulaşırken elinizdekilerin değerini bilmek daha da mükemmel bir yaklaşımdır. Hayallerinize umutsuzluk ve karamsarlıkla değil umutla ve neşeyle yaklaşabilirsiniz.

8. Şikâyeti azaltın. Etrafınızda şikâyet eden insanlar vardır muhakkak, belki de fazlasıyla şikâyetçi olan kişi sizsiniz. Her şeyden mızmızlanmak, sürekli problemlerle ilgili şikâyetlenmek, sorun yaratmak olumsuz düşünceleri beslediği gibi insanları da uzaklaştırır ve bıktırır. Gün içinde nelerden şikâyetleniyorsunuz, nelerle ilgili negatif düşünceleriniz var? Bunları yazarak gözlemleyebilir, varsa çözümüne eğilebilirsiniz. Vaktinizi olumsuz düşüncelere odaklanarak şikâyet etmek yerine olumlu düşüncelerle geçirmeye odaklamalısınız.

9. Şükran ve memnuniyet duygularınızı besleyin. Şükretmeyi, teşekkür etmeyi hayatınıza katın. Şu anda elinizde olanların değerini fark etmek ruhunuzu besler. Bardağın sürekli boş tarafına bakmak, daha fazlası için hırsla ve kötü arzularla dolup taşmak hayatın lezzetini almanızı engeller.

10. Güzel şeyleri not etme alışkanlığı geliştirin. Her sabah başınıza gelen 3 güzel şeyi defterinize not edin. "Benim başıma hiç güzel bir şey gelmiyor..." diye düşünenler olduğunu biliyorum. Oysa farkında olmadığımız o kadar çok değerli şeye sahipsiniz ki... Sağlıklı olmanız, ellerinizin, bacaklarınızın tutması, nefes alabiliyor olmanız, yiyecek yemeğinizin olması sizce de değerli değil mi? Lütfen karamsar olmayın, özendiğiniz, imrendiğiniz insanların da basit ve rutin bir hayatları olduğunu unutmayın. Not edecekleriniz size basit gelse de yazın, yolda bir arabanın size yol vermesi, patronunuzun sizi takdir etmesi, bir arkadaşınızla buluşup yaptığınız sıcak bir sohbet, sevdiğiniz güzel bir yemeği yemek... Elinizdekilerin farkına varmakla çıkacağınız bu yolculuk sizin için listeye ekleyeceğiniz daha güzel şeylere ulaşma yolunda da teşvik olabilir ayrıca. Nelere sahip olduğunuzu gördüğünüzde yapmak istedikleriniz için de yola koyulma gücü bulabilirsiniz. Sonra bir sabah bakmışsınız ki bir zamanlar hayalini kurduğunuz şeyler sizin gerçekleriniz olmuş... Çoğu mutsuz durumu travmalar haricinde aslında kendimiz yaratırız. Hayatımızı da kendimiz yaratırız. Buraya kadar saydıklarımız aslında mutlu bir yaşamın sırları ve hiç de zor şeyler değil.

11. Mizah duygunuzu geliştirin. Espri yapmak, bazı şeylere gülüp geçmek, hatta kendinizle dalga geçmek yaşamınızı daha da kolaylaştırır. Her şeyi kendinize yönelik bir saldırı gibi görmemek, bir kusurunuzla ilgili şaka yapıldığında gülmek çoğu şeyi basitleştirir ve sizde kızgınlık, öfke uyandırmaz. Mizah duygusu size olumsuz söz ya da davranışlardan etkilenmeme gücü ve ruhsal dayanıklılık verir.

12. Spor yapın. Spor yapmak doğal olarak serotonin salgılamanıza yardımcı olur. Serotonin mutluluk hormonudur, bu hormonu doğal yollarla tetikleyerek kendi mutluluk kaynağınızı harekete geçirebilirsiniz. Sabahları erken kalkıp basit bir yürüyüş yapmak, gülmek, haftada birkaç gün evde egzersiz yapmak beden-ruh sağlığı için çok ama çok önemlidir. Genelde insan psikolojisinden bahsederken hep ruhtan bahsederiz ama insan hem beden hem de ruha sahiptir. Huzurlu ve mutlu bir ruh sağlığı için bedenimize de gereken özeni göstermeli, nasıl ruhumuzu besliyorsak onu da beslemeliyiz. Hijyenimize dikkat etmek, dişlerimizi fırçalamak, kilo problemimiz varsa çözmeye çalışmak, beslenmemize özen göstermek, kısaca sağlıklı bir beden için çalışmak mutluluğumuz için yapılacaklardan olmalı.

13. Güne olumlu bir motivasyon sözüyle başlayın. Kendiniz için tuttuğunuz defterinize özel bir bölüm açarak size ilham veren insanların sözlerini not edebilir ve her sabah bunların biri üzerine düşünmeye odaklanabilirsiniz. Bir sanatçı, yazar, bilimadamı, filozof ya da bir lider olabilir bu kişi. Hatta burada size önemli bir tavsiyem de yaşamda zorluklardan geçerek kendilerini inşa etmiş insanların biyografilerini okumanızdır. Hayranlıkla baktığımız çoğu insanın yaşamında ne denli büyük zorlukları aştığını görmek size de ilham ve dayanma gücü verir. Böylece anlarız ki başarılı, mutlu, anlamlı bir hayat için aslında çabalamak gerekiyor...

14. Etrafınızdakileri motive edin. Sadece kendinizi motive etmek değil başkalarını motive etmek de zihninizde olumlu düşüncelerin beslenmesini sağlar. Zihin asla unutmaz, hep kayıt halindedir. Siz ne kadar olumlu şeyle uğraşırsanız zihniniz ve ruhunuz da o denli olumlu içerikle dolar. Hayali olan birini iteklemek, birisine yazmak istediği kitapla ilgili ilham vermek, sınava hazırlanan bir genci motive etmek, bir şeyden korkan küçük bir çocuğu cesaretlendirmek... Başka hayatlara dokunmak sizi de zenginleştirir, elinizdekileri paylaşmak, bilginizi paylaşmak, sevginizi paylaşmak hepsi buna dahildir.

15. Başkalarının mutluluğundan mutlu olmayı öğrenin. Yaşam sadece sizin beklentilerinizden ve sizin hikâyenizden ibaret değil. Sosyal bir canlı olarak başkalarıyla sürekli iletişim halinde olmaya ihtiyaç duyarız. Temasta olduğunuz insanların başarılarını görmek, onları takdir etmek, mutluluklarına ortak olmak çok önemli. Bir başkasının başarısını kıskanmak ya da bundan dolayı mutsuz olmaktansa "Ne kadar güzel, o nasıl başarılı oldu, acaba ben de ne yaparsam benzer şekilde başarılı olabilirim?" tarzında olumlu bir düşünceye geçmelisiniz. İnsanları kıskanma düşüncenizi imrenme ve takdir etme düşünceleriyle değiştirin. Onları örnek alın, hatta "Ben de senin gibi başarılı olmak istiyorum. Neler yapmalıyım, bana neler önerebilirsin?" sorularıyla rehberlik alın.

16. Olumsuz yaşantılardan ders çıkarın. Terk edildiniz, çuvalladınız, bir projede başarısız oldunuz diyelim, "Vah bunlar başıma nasıl oldu da geldi?" sızlanması yerine başarısız olma nedenleriniz üzerine çalışın. Herkes hata yapar, hatasız insan yoktur. Ancak geçmişteki kötü tecrübelerden ders almak sizi hayat konusunda uzmanlaştırır. Bazı insanlara baktığınızda sezgilerinin çok güçlü olduğunu görürsünüz ya da henüz gerçekleşmemiş bir olasılığı bile önceden fark ederler ve engellerler, işte bu insanlar esasında zamanında yeterince hata yapmış fakat hatalarından dersler çıkarmış insanlardır. Başarısızlık, aldatılmak baş edilmesi kolay duygular değil ama üzüntüyle başa çıkabildiğiniz ölçüde yola güçlenerek devam edersiniz. Kendinize sorun, "Ben bu durumu neden yaşadım? Ben bu durumdan ne öğrendim?" diye. Aldatıldıysanız, hayal kırıklığı yaşadıysanız bu ilişki size ne öğretti? Fazla bağımlı olmamayı mı, aşırı fedakârlığın zarar verdiğini mi ya da vazgeçmeyi mi? Bir şeyi denedikten sonra olmadığını görmek size o yolu değiştirmeniz gerektiğini anlatır.

17. Gülümseyin. Her sabah aynada kendinize bakın ve gülümseme egzersizleri yapın. Hatta ağzınıza bir kalem yerleştirerek gülmeye çalışın, böylece yüz kaslarınız çalışır ve zihninize olumlu mesajlar iletirsiniz.

18. Eğlenin. Komik videolar izleyin, sizi güldüren karikatürlere bakın. Gülmek serotonin salgılamanıza yardımcı olur, üstelik bulaşıcıdır, diğer insanlara da iyi hissettirir.

19. Başarılarınızı küçümsemeyin. Başkalarının başarılı taraflarını överken kendinizi küçümsemeyin. Her zaman söylüyorum basit bir sandviçi bile süslemek ve onu lezzetli kılmaktan tutun da zor bir problemin çözümüne kadar iyi yaptığınız şeylerin farkında olun.

20. Bakımınızı ihmal etmeyin. En kötü ruh halindeyken bile bakımınızdan ödün vermeyin. Bu hem kendinize olan saygınız hem de dış dünyaya yönelik imajınızı korumak için önemlidir. Giyiminiz, makyajınız, kokunuz, duruşunuz her zaman gözetiminiz altında olmalı. İlerleyen bölümde bahsedeceğim tuzlu su uygulaması da enerjinizi yükseltmeniz için size lazım olacak.

21. Geleceğe dair olumlu bir vizyonunuz olsun. Daima olumlu bir gelecek algısı yaratın. Ders çalışırken, üniversite sınavlarına hazırlanırken, yeni bir projeye başlarken her zaman en iyisi olacak gibi hazırlanın. Defterinizin bir sayfasını gelecek tasarılarınız için ayırın, neyi hayal ediyorsunuz, nerede olmak istiyorsunuz yazın, hem de defalarca! Yazmak ve sesli olarak tekrarlamakla hayallerinizi aslında zihninize iyice yerleştirmiş olursunuz, bilinçaltınızı ikna eder ve hayallerinize doğru adım adım ilerlemeye başlarsınız.

22. Siyah ve beyazlara grileri de katın. Ya hep ya hiç düşüncesinde olmayın, grilere de yer verin. Bir şeyin ya var ya yok veya tamamen kötü tamamen iyi noktasında olmanız diğer renkleri görmenizi engeller.

Olumlu düşünce için egzersiz: Göğüskafesinizin tam ortasındaki boşluğa parmak uçlarınızla birkaç dakika vurmak hormonlarınızı tetikler ve kendinizi daha mutlu ve güçlü hissetmenizi sağlar.

Vazgeçmeyi Öğrenin

Bazı insanlar zarar verici ya da şiddet gördüğü ilişkilere hapsolarak takıntı geliştirirler ve vazgeçemezler. Bazılarımız için yeni başlangıçlar yapmak ve eski alışkanlıklardan vazgeçmek çok zordur. Alışkanlıkları değiştirmek, kötü de olsa ilişkinin yarattığı "konfor" alanını yıkmak ertelenir. İster yeni başlamış bir ilişkide olsun isterse uzun soluklu ve yerleşik bir düzende genellikle psikolojimiz yeni adımlar atma konusunda korkak ya da çekingen kalabilir. Sorunlar ortaya çıktığında iyimser bir tavırla her şeyi iyileştirme çabasının ucu kaçabilir. İşte tam da bu noktada her zaman değindiğim kehanet gerçekleşir, siz ne yaparsanız yapın ilişkiniz düzelmez. Üstelik kendinize duyduğunuz saygınız ve değeriniz de kaybolmaya başlar. İlişkinin merkezini başkasına kaptırdığınızda bir ilişkiden vazgeçmeniz de imkânsızlaşır özetle.

Var olan bir ilişki varsa, emek harcandıysa, çocuklarınız varsa örneğin öncelik her zaman sorunları düzelme eğiliminde olmaktır. Ancak hayatınızdaki kişi size zorbalık yapıyorsa, gaslighting uyguluyorsa, narsistik bir kişilik yapısına sahipse vazgeçmeniz gereken bir noktadasınızdır. Bazı ilişkiler sizin için çıkmaz bir sokağa dönüşür bazen, bazen de ilişkilerin miadı dolar. Bir ilişkinin miadının dolması demek ne yaparsanız yapın sorunların düzelmemesi, orta noktada buluşamamanız ve birbirinize zarar vermeye başlamanız demektir. Artık özgürlük yoktur, iki taraf da esirdir. İşte vazgeçme eylemi burada devreye girer.

Size zarar veren ve
yıkıcı bir ilişkinin
içindeyseniz asıl başarı
ilişkiyi kurtarmak değil
o ilişkiden vazgeçmektir.

Şimdi adım adım vazgeçebilme sürecinde neler yapacağınıza bakalım:

1. İlişkide size zarar veren noktaları yazın. İlişki size hangi konuda zarar veriyor, neleri eksiltiyor, hayatınızda nelerin kötüye gitmesine neden oluyor, sizin kişiliğinizde neleri etkiliyor tespit edin ve defterinize not edin. Basit bir gözlemle bunları bulup çıkarmanız mümkün. Burada dayanak noktanız ilişkiden önceki siz ve şu anki siz olmalı.

Örneğin psikolojiniz eskiye göre daha mı kötü durumda? İşinizle ilgili problemler yaşamaya mı başladınız? Kendinizi artık daha sıkışmış ve bağımlı mı hissediyorsunuz? Sosyal çevrenizle iletişiminiz azaldı mı? Yeni şeyler yapmak için kendinizi yeterince güçlü hissetmiyor musunuz? İnsan zihni her zaman bir şeyleri idealize etme peşindedir. Aslında size hiç uygun olmayan bir durumu sizin açınızdan çekilebilir bir hale getirmek için idealize ediyor olabilirsiniz. Mesela eşiniz ya da sevgiliniz size ağır bir psikolojik şiddet uyguluyordur ama siz "Bazı sorunları var ve zor günlerde onu yalnız bırakamam, üstelik arada sırada da olsa bana iyi davranıyor..." deyip sorunu kendiniz için katlanılabilir bir hale getirmeye çalışırsınız. Ama asıl gerçeği göz ardı edersiniz, gerçek sizin şiddete maruz kalmanızdır.

Yazarak iç gözlem yapmak kendinize körleştiğiniz yerleri somutlaştırmayı kolaylaştırır. Yazarken bir akış tekniği kullanabilirsiniz, olay akışını satır satır yazmak asıl problemin ortaya çıkmasına vesile olabilir. Örneğin sevgiliniz yaşam tarzınıza bir müdahalede bulundu diyelim, kız arkadaşlarınızla yemeğe gitmenizi engelledi ya da kıyafetlerinize laf etti. Yaşadığımız durumu en başından itibaren yazın, kullandığı sözcükleri, sizin söylediklerinizi ve sizin ne hissettiğinizi not edin. Böylece düşünceleriniz sadece zihninizde oradan oraya uçuşmaktan kurtulurlar ve derli toplu hale gelirler. Bunu bir alışkanlık haline getirdiğinizde de artık zihniniz düşünceyi izleme ve düşünce üzerine düşünmeyi öğrenir. Özellikle zor kişiliklerle bir arada yaşamak ve ona katlanmak sağlıklı düşünme yetinizi kaybetmenize neden olabilir.

İç gözlem yapma
becerisi önemlidir,
düşüncelerinizin üzerine
düşünmeyi öğrenin.

Aslında biz Türkler yerleşik kodlar ve kültürel açılardan fazla duygusal ve tez canlı insanlarız. İşimizde de ilişkimizde de hızlı ve fevri davranmaya biraz daha eğilimliyiz. Aklımıza düşenleri çokça sorgulamadan harekete geçeriz ya da iş işten geçtikten sonra mantığımızı devreye sokarız. Düşünce üzerine düşünmek çok önemli bir iç disiplindir. Böylece dış dünyanın akışına kendinizi kaptırmaz, "Ben bu konuda ne düşünüyorum, ben bu konuda ne hissediyorum?" sorularını kendinize sorarak elde ettiklerinizi inceleyebilirsiniz. "Bu düşünce ne ifade ediyor, işime yarıyor mu yoksa işimi daha da mı zorlaştırıyor, kendime açık olmadığım şeyler var mı, kendime daha fazla nasıl dürüst olabilirim, kendimi kandırıyor muyum, karşımdakini kandırıyor muyum?" Tüm bu sorular akış tekniğiyle iç gözlem yaparken kendinize sorabileceğiniz sorulardır.

Objektif bir bakışı ihmal etmemelisiniz. İlişkinizin sadece sorunlarını değil size iyi gelen ve iyileştiren noktalarını da yazın. Terazinin iki kefesini de dürüstçe tartın. Sonra çıkan tabloya bakın. Ne görüyorsunuz? İlişkinin getirdikleri mi yoksa götürdükleri mi fazla? Belki de siz ilişkinizde sadece basit bir şeye odaklandığınızdan çok iyi taraflarını görmezden geldiniz.

2. İlişkide kendi alanınızı gözden geçirin. Nasıl bir ilişki içinde olursanız olun kendi alanınızı ve sınırlarınızı daima koruyun. Aksi halde ilişki sona erdiğinde kendinizi düşeceğiniz bir boşluktan korumaya çalışarak ilişkiyi bitirmekten kaçınabilirsiniz. Oysa kendi ağırlığınızı hissettirdiğiniz bir ilişkide özgürsünüzdür ve hayatınızdaki kişi gitse bile kendi başınıza da var olabilirsiniz. Arkadaşlarınız, hobileriniz, keyif aldığınız alanlar ve siz kendiniz her zaman ilişkinin merkezinde olmalı. Böylece ayrılıklar sizin için yıkım olmaz.

İlişkilerde vazgeçme aşamasında bizi en fazla engelleyen şey sonrasında oluşacak belirsizliğe tahammül edemememizdir.

3. Değerinizi hatırlayın. İlişkide kontrolü tek bir tarafa vermemeniz gerekir. Gel deyince gel, git deyince git diyen birine itaat etmeniz ilişkinizde ipin ucunu kaçırdığınızın göstergesidir. Sizin de bir hayatınız, istekleriniz ve hayalleriniz var öyle değil mi? Orta noktada durmayı öğrenmelisiniz o halde. Tabii ilişkinin merkezi sizde olmalı demek sizin her istediğinizin gerçekleşeceği manasına gelmez. Kendi alanınızla birlikte ilişkinizi var etmeyi öğrenmelisiniz. Kendi değerimizi en çok biz belirleriz, bu nedenle başkalarının direktiflerini kendimize dayatmamalıyız. Sınırlar bir kez ihlal edildiğinde tekrar başa dönmek zor olabilir.

4. Hayır demeyi öğrenin. Vazgeçemeyen insanların genelde hayır demekte de zorlandıklarını görürüz. Bu zorlanmanın sebeplerini yine bahsettiğim yazma tekniğiyle tespit etmeniz gerekir. Korkularınızdan dolayı mı hayır diyemiyorsunuz ya da çekingen biri olduğunuz için mi hayır demekte zorlanıyorsunuz? Belki de sınırlarınızı çizemediniz ve sadece sevgilinize değil hayatınızda kimseye hayır kelimesini kullanamıyorsunuz. Vazgeçme aşamalarından söz ederken bir parantez açmam gerekli, özellikle hayır deme noktasında kendinizi geliştirmeniz, ufak ufak hayır demeyi öğrenmeniz belki de ilişkinizden vazgeçme sebeplerini de ortadan kaldırabilir. Yani siz kendi sınırlarınızı belirlerseniz dengeli bir ilişki inşa edebilirsiniz.

5. Ya benden sonra başkasıyla birlikte olursa düşüncesine hapsolmayın. Vazgeçme aşamasında en korkutucu ihtimal diğer tarafın başkasıyla yeni bir ilişkiye başlamasıdır. "Bu kadar emek verdim başkasıyla mı olacak, başkasının elini mi tutacak?" diye hayal etmek bile kimine kâbus gibi gelir. Burada kendinize şu soruyu sormalısınız: Neden beni mutlu etmeyen birinin bir başkasını mutlu etme ihtimali bu kadar önemli?

Özellikle danışanlarımdan da sıklıkla duyduğum bir cümle şudur: "Ben mutsuzluktan ölürken nasıl olur da o bir başkasıyla mutlu olur!" Burada gözden kaçansa sizin o ilişkideyken mutsuz olmanızdır, asıl gerçek bu. Siz bu gerçek durumu öteleyerek başka şeylere odaklanır ve konuyu saptırmış olursunuz sadece. Sevgiliniz sizden ayrıldıktan sonra Ayşe'yle ya da Ali'yle birlikte olmuş, evlenmiş, çocuk yapmış bunlar asıl mesele değildir. Siz onunlayken mutsuzdunuz. İşte asıl mesele bu. Bu sorgulama ve akıl yürütmelerde öncelik sizsiniz. Kendinize sorun: Siz bu ilişkide mutlu muydunuz?

Çok fazla kişinin bana gelip "Benden ayrılırsa şimdi başka birini bulacak!" dediğini biliyorum. Hatta benden sonra birisiyle olacağına ölse daha iyi olur diyenler bile var. Siz mutlu değilseniz onun mutlu olup olmamasının da bir önemi yok, bu konuda kendinizi nötrleştirmeli ve kendi duygusal gereksinimlerinize odaklanmalısınız. İlerleyen sayfalarda anlatacağım çapalama yöntemleri ile olumsuz duygularınızı nasıl nötrleştireceğinizi anlatacağım.

6. Kabullenmeyi hayatınıza katın. Hayatınızdaki kişi sevmeyi bilmiyor olabilir ya da sizi artık sevmiyor olabilir. Bu hepimizin başına gelir. Bu noktada kabullenmeyi öğrenmelisiniz. İlişkiler her türlü riski barındırır, aldatılmak, terk edilmek ya da severek ayrılmak... İlişkideki her ihtimali olgunlukla göğüslemeyi öğrenmelisiniz. İstemediğiniz bir olasılığı "Vay bana bunu nasıl yapar!" deyip saldırı olarak görmemeniz gerekir. Biz önceliği kendimizi düşünmeye verirsek vazgeçmek de bizim için daha kolay hale gelir.

Hayattaki her şey bizimle ilgili değildir. Bir ilişkinin dinamiği pek çok etkene bağlıdır, bir önceki kitabımda bunu detaylıca anlatmıştım. İlişkinin de kendi fizyolojisi, psikolojisi, kültürel kodları vardır. Hayatınızdaki kişinin çocukluğu, yetiştiği coğrafya, kodlamaları, şemaları ve daha pek çok şey sizinle birlikte ilişkinize eşlik eden şeylerdir. Olmayan bir ilişkiyi oldurmaya çalışmak yerine belki mutlu olacağınız başka birini hayatınıza sokma ihtimali üzerine düşünmeniz sizin için çok daha iyi olacaktır.

7. Her şeyi kontrol etmekten vazgeçin. Yukarıda söz ettiğim gibi belirsizlikten korktuğunuz için her şeyi kontrol etme davranışı sizin için dürtüsel bir hale gelebilir. Hatta sevgilinizin sosyal medyasında kimleri takip ettiğini, kimleri beğendiğini izlemek, bunlardan anlamlar çıkarmak sıklıkla yapılan bir şey. İster ilişki içinde olsun ister ilişkiden sonra olsun bir şeyleri sürekli kontrol altında tutmaya çalışmak hem yorucu hem de faydasızdır. Unutmayın korkular ve takıntılar ilişkinizi kurtarmaz, sadece kendinize zarar verirsiniz.

8. Sürekli ilişkinizden bahsetmekten vazgeçin. Bırakmak istediğiniz bir ilişki varsa, özellikle de kadınlar, ters giden şeyleri sürekli etrafındakilere anlatma eğiliminde olurlar. Her an herkesle ilişki sorunlarınızı konuşmak, sürekli olanları bitenleri pişirmek, zihninizde yaşadıklarınızla aranıza sağlıklı bir mesafe koyarak bakabilmenizi engeller. Anlattığınız her durumu tekrar tekrar yaşarsınız ve bu da bir çeşit bağımlılık hali oluşturur. Elbette konuşma ve rahatlama ihtiyacı duyabilirsiniz. Burada kendinize bu konuları konuşabileceğiniz objektif ve sağduyulu bir kişiyi seçin, belki yakın dostunuz ya da psikoloğunuz olabilir bu kişi. Size gerçekten öneride bulunabilecek, hata yaptığınız ya da görmediğiniz şeyleri size gösterecek biri olmalı. Sizin duygusal dünyanızı iyice karmaşıklaştıracak yorumculardan uzak durun.

9. Kendiniz için potansiyelleri çeşitlendirin. Kendi alanınızı koruma konusunda hobi, yetenek ve özel ilgi alanlarının gerekliliğinden söz etmiştim. Her birimiz insan olarak çok çeşitli yeteneklere sahibiz, sadece bir yeteneğe mahkûm değiliz. Her zaman dediğim bir şeyi tekrar anımsatıyorum, bir konuda derinlemesine bilgi ve deneyim sahibi olun ve diğer şeylerle ilgili de az da olsa bilgi ve deneyim edinin. Bu size hem özgüven kazandırır hem de sosyal çevrenizi zenginleştirirsiniz. Dayanak noktanız siz olursunuz, problemlerle baş edebilme gücünüz artar. İster ilkokul ister üniversite mezunu olun hiç fark etmez. İlişkilerde kim olursak olalım hepimiz aynı dertlerden mustaribiz ve bu çeşitlilik artık hepimiz için gerekli.

10. Kıskançlık krizlerini yönetmeyi öğrenin. İlişkiyi bitirme kararı verme sürecinde sevgilinizin bir başkasıyla olacağı fikri zaman zaman üzerinize çökebilir. İlişkiniz ters gitse de ve sizin için problemler gözden kaçmayacak denli aşikâr olsa da kıskançlık zinciriyle kendinizi ilişkiye bağlamış olabilirsiniz. Doğamızda hırs ve rekabet vardır ancak bunları zarar verici bir tarafa yönlendirerek değil, başka türlü dengelemenin yollarını bulmalıyız. Bir ilişki biter bir başkası başlar. Ayrılıklardan sonra sosyal medya hareketlerini izlemek, Whatsapp'ta çevrimiçi durumu gözetlemek size bir şey katmaz. Aksine sizi sürekli huzursuz eder ve zihninizde hikâyeler kurgulamanızı sağlar. Yani zarar verici tarafa doğru dengeyi bozar.

11. Zaaflarınızla ve zayıflıklarınızla yüzleşin. Vazgeçme sürecinde kendinizi tanımanız, güçlü ve zayıf yönlerinizi görmeniz ve bunları beceriyle yönetebilmeniz önemlidir. Hepimizin hayatta zaafları ve zayıflıkları vardır. "Bu ilişkiyi neden tercih ettik, bu kişinin nesi bana çekici geldi, altta yatan şemalarım neler, nasıl korkularım var, hayattan ne istiyorum, beklentilerim neler?" sorularına verecek yanıtları bulmalısınız. Zayıflıkları bulmak ve onları tamir etmek sizi daha güçlü kılar.

Genelde yanlış insanlar ve yanlış ilişkileri zaaflarımız neticesinde hayatımıza çekeriz.

12. Şemalarınızı tespit edin. Zaaflar ve zayıflıklar şemalarınızla ilgilidir. İlişkilerinizde tekrar tekrar aynı döngüyü yaşıyorsanız, sizi değersizleştiren insanları hayatınıza çekiyorsanız arka planda çalışan şemalarınızın olduğunu söyleyebiliriz. Çocukluk travmaları ve aile yaşantılarımız sonucunda oluşan çeşitli şemalar ruhumuzda oyuklar açar ve zaaflarımızı bilenler tıpkı bir virüs gibi bu oyuklardan sızarak hayatımıza yerleşebilir. Eksikliklerin yarattığı boşlukları türlü şeylerle doldurmak isteriz, bu boşluklar hepimizde vardır. Temelde eksik olan şeyden dolayı (sevgi ihtiyacı, değerli hissetmek, özgüven, özsaygı gibi) bazen boşlukları yanlış kişilerle doldururuz. Eksik olan şeyi bulduğunuzdaysa artık o ilişki sizin için bir bağımlılık olmaktan çıkar. Bu konuda kendinizi geliştirmek istiyorsanız terapi desteği alabilirsiniz ya da bir önceki kitaplarımda bahsettiğim şemaları okuyarak kendinizdeki şemaları tespit edebilirsiniz.

13. Ruhsal dünyanızı zenginleştirin. Meditasyon yapmak, doğayı seviyorsanız doğaya kendinizi bırakmak, inancınızı daima tazelemek, iyilik yapmak, hem kendi umudunuzu hem de dokunduğunuz insanların umudunu yükseltmek size çok iyi gelecek.

İlişkilerde İz Bırakmanın Bazı Özel Püf Noktaları

İlişkilerde iz bırakmak için sözlerimizle, bazı davranışlarımızla karşımızdaki insanda kalıcı bir etki yaratmalıyız. İz bırakmak demek siz o kişinin yanında olmasanız dahi kendinizi hatırlatabilmektir. İz bırakmanın bazı püf noktalarına bakalım:

İlk 21 gün şikâyet etmeyin: Bizim bir alışkanlığı değiştirmemiz için gereken süre 21 gündür. 42 gün ise yani 21 günü 2 kez döngüsel olarak tekrarlamaksa değiştirilen alışkanlıkların köklenmesini ve iyice yerleşik hale gelmesini sağlar. 63 gün de benzer şekilde hem unutmada hem kök salmada etkilidir. İlk 21 gün boyunca eleştiri, kıskanma, kapris gibi davranışlarınızı özellikle sergilememeniz mühim. İz bırakmak için ve daha sonrasında iyice kalıcı olmak için takviminizi ayarlayın.

Parfümünüzü değiştirmeyin: Herkesin tenine has bir parfüm vardır ama karakteri, ruhu yansıtan kokular da vardır. Kendinize ait bir parfüm seçmeniz kalıcı olmak için de önemlidir. Önemli olan başka bir nokta ise ilk buluşmadan itibaren hep aynı kokuyu kullanmanızdır. Bu çok önemli bir konu, kokunuzu sıklıkla değiştirmeyin. Koku ilk bebekliğimizden itibaren bağ kurmak için kullandığımız bir şeydir. Ve birisi sizi daima ilk kez karşılaştığı kokunuzla anımsar. İlk gün hangi kokuyla tanıştıysanız sonrasında da aynı kokuyu kullanın. Dirsek içi, göğüskafesi, kulak arkası, bilek içleri kokunuzun yenilendiği yerlerdir. Eğer birlikte yaşıyorsanız yatağınıza ve yastıklara kokunuzu bıraktığınızda o kişi için kalıcı olursunuz.

İlk buluşmada turuncu giyin: Birini ikna etme konusunda turuncu renk çok etkilidir. İlk buluşmalarda turuncu bir fular bağlamak, turuncu bir aksesuvar kullanmak da iz bırakmada çok etkilidir. Turuncu sizi daha çekici ve ilişkiye daha yatkın biri haline getirir. Örneğin cimri birinden para isterken de turuncu rengi kullanmak işinizi kolaylaştırır. Pembe ve mavi tonları sizin masumluğunuzu ve güvenilirliğinizi ön plana çıkarır. Özür konuşması yapacaksanız ya da bir konuda hata yaptıysanız ve af dileyecekseniz bu tonları kullanabilirsiniz.

Komik anlar yaratın: Zaman ayrılıklarda ya da ilişkilerde çoğu şeyi törpüler, geriye o insanla geçirilen güzel anların toplamı kalır. Gülmek, kahkaha atmak da bu unutulmaz anıları kalıcı kılmanın etkili bir yoludur. Komik filmler izlemek, güzel karikatürler paylaşmak, başına gelen komik bir şeyi utanmadan anlatmak ilişkilerin en doğal ve en güzel hallerindendir.

Her an müsait olmayın: Her davete icabet etmeyin, bazen erteleyin bazen çok önemli bir işiniz olsun. Unutmayın avcı avlanmayı sever ve siz bir şeyleri geciktirdiğinizde karşı tarafın heyecanı artar.

Sadece seksiliğe oynamayın: Kadınların sürekli dişi olması, seksiliğini ön plana çıkarması yorucudur. Düşünsenize seks sonrasında bile cinselliğin kendisine bir süre yabancılaşırız, ta ki bir sonraki cinselliği yaşamak için duygularımız ve bedenimiz hazır olana dek. İnsanın fizyolojisi her an sekse odaklı değildir, aksi halde yaşamamız çok daha zor hale gelirdi. Bunun için bedensel olarak hazır hale gelmemiz, enerji depolamamız, motive olmamız gerekir. Aralıklı zamanlar halinde bir araya gelir ve ilişkinin en özel kısmını yani cinselliği paylaşırız. Fakat siz karşınızdakini elinizde tutmak adına sürekli seksapelliğe oynarsanız onu bıktırabilirsiniz. Bazen çocuksu olmak, bazen doğal halinizi sergilemek ama bazen de ne kadar seksi olduğunuzu göstermek ve tüm bunları yaparken dişiliğinizi de yok etmemek gerekir. Sadece çocuksu ve saf olmak da aynı şekilde karşı tarafı sıkabilir, o yüzden her zaman dediğimiz gibi denge önemli.

Bir ileri bir geri yapın: Sürekli verici olduğunuzda kıymetiniz azalır. Bedel ödetme ile karıştırmadan bazen bir ileri bir geri taktiğini uygulayın. Bir konuda verici davrandıktan sonra biraz geri adım atın, sizden bir şey istediğinde hemen tamam demeyin, "Kesin bir yanıt vermeyeyim ama yapmayı deneyeceğim..." diyerek nazikçe verici olmayacağınızın altını çizin. Bunu yaparken tavırlı olmayın, gizemli bir geri çekilme hali yaratın, mesela telefonunu geç açın ama açtığınızda tatlı tatlı konuşun. Sizi hayatınızda en çok etkileyen insanlara bir bakın, hemen hepsinin ortak özelliği sabit ve alışıldık davranışlar sergilemeyen insanlardır. Bizim heyecanımızı diri tutan ve tutkularımızı ateşleyen de bu "dengesiz" tavırlardır aslında. Dengesizlikten kastettiğim her an hazırda olmamak ya da eldeki kuş gibi düşünülmemektir, kişilik bozukluğu olabilecek dengesiz tavırları kastetmiyorum. Her zaman dediğim gibi sizi üzen, aşağılayan, değersizleştiren kişileri hayatınızda sakın tutmayın. Evliliklerde de geçerlidir bu durum, ara sıra karşı tarafta merak uyandırmak monotonluğa kapılmayı engeller.

Aşırı sıcak yakar,
fazla soğuk üşütür,
ilişkinizde ılık
bir iklim yaratmak
için alma-verme
dengesini koruyun.

Çapalama yapın: Çapalama karşı tarafta olumlu bir duyguyu siz yanında olmadığınızda bile hatırlatmakla ilgilidir. Bedende avuç içleri, omuzlar, ense kökü kısmı, sırt bölgesi çapalama yapacağınız bölgelerdir. Birlikte güzel vakit geçirdiğiniz bir anın içindeyken eşinizin, sevgilinizin elini tutarak avuç içini sıkın ve güzel şeyler söyleyin. Omuz ve sırt da önemlidir çünkü bu bölgeler gece uyurken de bası hissettiğimiz alanlardır. Bunu kullanırken renk ve parfüm detayını da ilave ettiğinizde dokunma, koku, görsellik ve işitme ile birlikte dört duyuyu harekete geçirmiş olursunuz. Böylece o kişi siz olmasanız da o rengi her gördüğünde, o kokuyu her kokladığında, dokunsal olarak o bölgede her bası hissettiğinde sizi hatırlayacaktır. Bu bilimsel bilinçaltı teknikleridir ve herkeste işe yarar. Kalıcı olması için bir defa değil birkaç kez çapalama yapın.

Çapalamanın negatif olduğu durumlar hepimiz için tanıdıktır. Örneğin çocuklar balık yerken boğazına kılçık kaçtığında ve canı yandığında bir daha balık yemek istemezler. Bu yanlış çapalanmaya örnektir. Ya da siz küçükken sizi tırmalayan bir kedi artık sizin için negatif bir hale dönüşür. Çapalama her an bizimledir ve iz bırakan en etkili şeydir. Bunun detaylarını ilgili bölümde çokça anlatacağım.

Tuzlu suyu hayatınıza katın: Hayatınızda enerjisel değişim için tuzlu sudan faydalanın. İlk buluşmalarda ya da önemli görüşmelerden önce duşunuzu aldıktan sonra boynunuzdan aşağı tuzlu su dökerek durulanın. Her banyoda değil ama ihtiyaç duyduğunuz günlerden önce uygulayabilirsiniz. Dişiliği artıran tuzlu su karşı tarafta iz bırakmak için de kullanılması gereken bir metottur. Çapalama ile birlikte yaparsanız sizi de ruhsal anlamda daha iyi hissettirir. Tuzlu su ve çapalamadan söz etmişken bunların birer ritüel olmadığını, NLP dediğimiz psikolojide kullanılan tekniklerden birinde yer alan uygulamalar olduğunu söylemek isterim. Cinsellik öncesi uygulama yapmak isterseniz dirseklerinizin içine, eklem yerlerinize de uygulayabilirsiniz.

Su sesi olan bir yerde buluşun: Özellikle ilk buluşmalarınızı su sesinin olduğu ya da suyun görsel olarak algılanabileceği bir yerde, örneğin dev bir akvaryum, havuz, deniz kenarı ya da şehir içinde bahçesinde küçük bir şelalesi olan bir kafede yapmanız bir araya geldiğinizde algıladığınız huzurun zihninize kaydolmasını sağlar. Ayrılık konuşurken ya da bir problemi çözmek için de özellikle bu metodu uygulayabilirsiniz, su sesi hem sinirleri yatıştırır hem de dişil enerjiyi artırır.

Tüm bu anlattıklarım sadece yeni başlayan bir ilişki ya da flört halinde olanlar için değil kalıcı ilişkiler ve evlilikler için de yerine getirilmeli. Zamandan bağımsız olarak isteğimiz sevmek, sevilmekse şayet herkes ilişkilerine bu incelikli sırları katabilir. Hatta aile ilişkileriniz, iş ilişkileriniz ya da iletişimde olduğunuz diğer insanlar için de bu saydıklarımın bazılarını uyguladığınızda ne kadar işe yarar olduklarını göreceksiniz.

Hoşlandığınız Kişinin İlgisini Çekmek ve Onun Vazgeçilmezi Olmak İçin Ne Yapmalısınız?

İletişim her şeydir. Karşınızdaki kişi anlaşması zor bir insan olsa bile bazı yollarla sizi bir araya getirmede ve ikna etmede güçlü bir iletişim her kapıyı açar.

Hoşlandığınız kişinin ilgisini çekmek, onu etkilemek ve vazgeçilmezi olmak istiyorsanız bazı iletişim taktiklerine başvurabilirsiniz:

1. İyi bir dinleyici olun. Dinleyici olmanın öneminden bahsettik ama biraz daha açmakta fayda var. Bizleri sıkılmadan, özenle dinleyen insanlara karşı zaaf geliştiririz yani onlar bizim hassas noktamız haline gelirler. Genelde kendimizi dinleyecek birini bulamadığımızda mutsuz olur, şikâyet ederiz hatta bunun için psikologlara, terapistlere başvururuz. Demek ki dinlenmek doğamız, ruhumuz için çok önemli bir ihtiyaç ve yoksunluğunda çeşitli ruhsal sorunlar yaşayabiliyoruz. Anlamak ve anlaşılmak iletişimde el ele yürür, bunu yapabildiğiniz insanlar sizin için vazgeçilmez olurlar. Objektif ve aktif bir dinleme insana kendini değerli ve iyi hissettirir.

İyi bir kulak
olduğunuzda
karşınızdakinin kalbini
fethedersiniz, çünkü
dinlemek demek sevmek
demektir.

Dinlemek konuşmaktan daha zordur, hele ki günlük rutinde sıklıkla yakınımızdaki insanları dinleme sabrını göstermeyiz. Genellikle sık tekrarlanan şeylere duyarlılığımızı yitiririz ama bu problemlerin ortadan kalkması anlamına da gelmez. İletişim kurma ihtiyacında olan kim olursa olsun, sanki ilk kez dinliyormuş gibi özenle kulak vermeyi öğrenmelisiniz.

Etkilemek istediğiniz kişiyi sadece sorunları çözerken değil her an dikkatle dinleyin, iyi bir gözlemci olun, sorular sorun, "Bugün biraz sessizsin, anlatmak ister misin, canını sıkan bir şey mi oldu?" diyerek iyi bir dinleyici olarak hazır bulunduğunuzu belli edin ama ısrarcı olmayın. Kendisini hazır hissettiğinde dinleyecek birinin olduğunu anlasın yeterli. Hatta size kızdığı anlarda bile öfkenize hâkim olup "Bir dakika, sen kızdın tamam ama bir anlat neden bu kadar tepki verdiğini dinlemek istiyorum?" diyebilin.

Dinlemek kadar önemli bir diğer nokta objektif olmaktır. Karşınızdakinin anlattığı her şeyi sırf göz boyamak için onaylamayın, nazikçe katılmadığınız noktaları söyleyin, "Bak şurada haklısın ama şurada da biraz haksızlık etmiş olabilir misin?" gibi dengeli cümlelerle ayna tutun. İnsanlar objektif ve net duruşu severler ve önemserler, bu davranışların özünde dürüstlük yatar. Zarar etme pahasına bile olsa dürüstlüğünüzden vazgeçmeyin. Karşı taraf bunun onun iyiliği için olduğunu anlayacaktır.

2. Hak verin. Kimse yüzde yüz haklı olamaz, bu tarz durumlarda karşınızdakinin haklılık payı 0,01 olsa bile bu noktayı gözetin ve onunla empati kurmaya çalışın. Minimum bir konuda ortak fikirde buluşmaya çalışın. Bu iletişiminizi güçlendirecek zemini yaratır, aksi halde hiçbir dayanak noktası kalmayan bir zeminde buluşmanız imkânsız hale gelir. Üstelik siz her konuda empati çabanızı gösterdiğinizde karşı tarafın da vazgeçilmezi olursunuz. Sevgilinize "Evet orada gerçekten de haklıymışsın..." ya da eşinize "Annem biraz bu aralar kırıcı olabiliyor ben de farkındayım, haklısın..." ya da patronunuza "Ah ben onu size haber vermeyi atladım çok haklısınız..." gibi cümleleri kullanmaktan çekinmeyin.

3. Empati yapın. Özellikle tartışmalarda kontrolü elden bırakmamanız gereken bir nokta empatidir. Başkalarının ayakkabılarıyla yürüyebilmek diye bir deyim vardır, herkesin hayat tecrübesi farklıdır ve evet gerektiğinde başkalarının ayakkabılarını giyerek onların yürüdüğü yolun manzarasına göz atmak gerekir. Hayat herkes için daima günlük güneşlik değil ancak bazı anlar ve durumlar vardır ki empatiyi gerektirir. Ancak burada gizli bir tuzak da vardır, kimsenin zarar verici davranışlarını geçmiş yaşamdaki zorluklarla örtmesine izin vermeyin. Bu sizi suiistimale açık hale getirir. Bu nedenle zayıf noktalarınızı ve zaaflarınızı da iyi yönetmeyi öğrenmelisiniz.

4. Konuşurken kendinizi net ifade edin. Biriyle iletişim kurarken "Hı hı..." ya da "Evet, aynen..." gibi cümlelerle geçiştirmeyin, kendi fikirlerinizi daha net ifade edin, bazen karşı çıkın bazen onaylayın, her ne söylüyorsanız söyleyin ama net cümlelerle kendinizi dile getirin. Tartışmayı ötelemek için "haklısın", "aynen" gibi kelimeler hiçbir işe yaramaz, sadece geçiştiricidirler. Üstelik bu tarz geçiştirici kelimeler karşı tarafa kaybetme korkusu taşıdığınız ya da umursamadığınız mesajını verir.

5. Beden dilinizi kullanın. Beden dili iletişimin sessiz bir aracıdır ancak sessizken bile çok fazla şey söyler. İlişkilerinizde etkili beden dilini kullanmak kimi zaman sözcüklerden çok daha büyük etkiler yaratır. Bakışlarınız, yüzünüz, kaşlarınızın ve alnınızın hareketleri, omuzlarınızın dik ya da çökük olması, otururken el ve kollarınızın durumu, bacaklarınızı nasıl konumlandırdığınız hepsi bir mesaj taşır. Sağlıklı beden dilinizi keşfetmek için ayna karşısında kendinizi geliştirecek egzersizler yapın. Mesela öne doğru hafifçe eğilmek samimi bir iletişimin göstergesidir, bu karşı tarafı dikkatle dinlediğinizi ve önemsediğinizi gösterir. Bakışlarınızı yere kilitlemeniz gizlediğiniz bir şey olduğu algısı uyandırır, karşı tarafa kilitlemeniz de rahatsız ve tehdit edicidir. Tebessüm içeren bir ifadeyle bakışlarınız bazen karşınızdaki kişiyle buluşsun bazen sağa sola baksın, özetle doğal halinizde olsun.

Karşınızdaki bir şeyler anlatırken gülümsemek sevecen tavrınızı gösterir. Kollarınızı bağlamayın, sizi özgüvensiz gösterir, ayrıca karşı tarafa kendinizi kapattığınız anlamına gelir. Bazen el parmaklarınızı birleştirmek otorite göstermek adına kullanılabilir, parmakları birleştirmek bir konuda sizin bilgili olduğunuzu gösterir. Burunla ya da kulakla oynamak sizin dürüst olmadığınızı gösterir, bunun yerine ara sıra ellerinizi avuç içleri dışarıya bakacak şekilde açmanız daha olumlu bir mesaj verir. Özellikle iş görüşmelerinde bunu yapabilirsiniz, erkekler de kravatlarıyla oynamaktan kaçınmalılar. Saçlarla, tırnaklarla oynamak da karşı tarafı dinlemediğiniz algısı uyandırır. Bacak bacak üstüne atmak bir şeyler gizlediğinizi gösterir, iki ayağınızın da yere basar pozisyonda olması daha sağlıklıdır. Şimdiye dek saydıklarımı karşı taraf nasıl takip edecek, hepsini tek tek anlamlandırmak için uğraşacak mı diye sorabilirsiniz. Beden dili otomatikman algılanır, yani siz üzerine düşünmeseniz de gerekli mesajlar gerekli yere iletilir, bu nedenle beden dili üzerine çalışmak ve farkındalık geliştirmek çok önemlidir. Çünkü gündelik hayatımızda zihnimiz düşüncelerle doluyken otomatik pilotta yaşarız, elimiz kolumuz nasıl hareket ediyor, nasıl bir pozisyonda oturuyoruz, yüzümüzün durumu ne bunları pek düşünmeyiz. Ancak her yaptığımız karşı tarafça algılanır. İş görüşmelerinde özellikle bu davranışları takip ederler, sizi beden diliniz üzerinden okurlar. Kısacası, net olmak, dik durmak, dinlediğinizi göstermek, bakışlara dikkat etmek çok önemlidir.

6. Benzer fikir ve görüşleri belirginleştirin. Sizinle aynı görüşlere sahip olduğunu bilen birinin size gardı da düşecektir. Önceki maddelerde söz ettiğim haklılık payını gözetmek ve empati yapmak kadar önemlidir bu durum. "Ben de seninle aynı görüşteyim..." ya da "Evet bak orada gerçekten de doğru bir tespit yaptın..." gibi cümleler kullanın. Özellikle konuşmanız gereken hassas konuları telefonda uzaktan konuşmak yerine yüz yüzeyken yapın. Çünkü bakışlarınız, beden diliniz bazen kullanmanız gereken sözcüklerden çok daha fazlasını söyler ve iletişiminizi daha sağlıklı hale getirir. Yüz yüze olmak daha ikna edicidir.

7. Karşı tarafı önemsediğinizi belli edin. Birinin zor zamanında yanında olmak, onun için endişelendiğinizi ya da onu önemsediğinizi göstermek iz bırakmak ve vazgeçilmezlik için önemlidir. Bizi önemseyen insanları daha çok severiz öyle değil mi? Zor anımızda yanımızda olmayan, arayıp sormayanları da o kadar önemsemeyiz. Eğer ilişkilerinizde karşı tarafın ilgisini canlı tutmak istiyorsanız ona yönelik ilginizi zaman zaman hatırlatın. "Hafif bir kırgınlığın vardı, bak sana vitamin aldım bunu iç istersen birkaç gün..." "Geçen gün çok arayıp bulamadığın kalemlerden aldım sana..." "Bu aralar çok üzgün olduğun için bize konser bileti aldım..." "Hava çok yağmurluydu eve rahat gidebildin mi?" gibi uygun durumlara uygun çözümler geliştirerek onun size olan bağlılığını güçlendirmiş olursunuz.

8. Hem avantajları hem de dezavantajları gözetin. Karşınızdakine bir şey anlatırken hem avantajlardan hem de dezavantajlardan söz edin. Mesela bir yere tatile gitmek istiyorsunuz ve onu ikna etmek için neler yapacağınızı düşünüyorsunuz. Oranın önemli bir özelliğini anlatarak söze başladıysanız sonrasında uygun olmayan bir özelliğini de söyleyin, bu sizi objektif yapar. Artılarına ve eksilerine rağmen neden buraya gitmek istediğinizi özetlemeniz ikna etme yolunda daha güvenilir bir adımdır. Üstelik ilişkinizdeki güçlü rolünüzü de korumuş olursunuz.

9. Tartışmalarda çözüm odaklı olun. Krizleri tırmandırmayın, uzlaşma için çözüm odaklı olun. Çözüme varmayan sorunları büyütmek ve sürekli temcit pilavı gibi pişirmek ilişkinize zarar verir. Vazgeçilmez insanlar aynı zamanda uzlaşmacı kişilerdir. Yeni tanıştığınız insanlarla, flörtünüzle, uzun ilişkilerinizde, iş yaşantınızda alternatif çözümlere yönelmeniz daha çok tercih edilmenizi ve kalıcı olmanızı sağlar.

10. Direksiyonu kaptırmayın. Tüm bu maddeler işe yarar ancak tek bir koşulda: Hâkimiyeti asla kaybetmemelisiniz. Tüm saydıklarımı uygularken kendinizi paraladığınız ya da kendinizden feragat ederek çırpındığınız bir duygu durumuna sürüklenmeyin. Odak noktasında sizin olmadığınız ilişkiler için aşırı fedakârca tutumlar size kaybettirir.

3. BÖLÜM

ENERJİNİZİ TAZELEYİN

Bedeninizin ve Ruhunuzun Farkında Olun

Kendinize yeterince öncelik veriyor musunuz?

Ruhunuzu besliyor ve kendinizi şımartıyor musunuz?

Kendinden vazgeçmiş biri nasıl bir başkasının vazgeçilmezi olabilir ki?

Herkesten vazgeçseniz bile kendinizden vazgeçmemelisiniz. Kişisel bakım ya da diğer adıyla öz bakım, oldukça geniş bir anlam ifade eder, hem bedensel hem de ruhsal bakım akla gelmelidir.

Kendiniz için yapabileceğinizin en iyisini tespit ediyor ve uyguluyorsanız öz bakımınıza öncelik veriyorsunuz demektir. Kendi ihtiyaçlarınızı tanımak, karşılamak ve kendinize özen göstermek bir lüks değil, psikolojik olarak sağlıklı olmanın bir göstergesidir. Kişisel bakımına özen gösteren insan diğer insanlar tarafından da farklı karşılanır.

Bedenimiz bizim evimizdir. Hayatın koşuşturmacası içinde evinizi ne kadar düşünüyorsunuz? Ona nasıl bakıyorsunuz? En son ne zaman kan değerlerinizi, vitamin ve mineral ihtiyaçlarınızı kontrol ettirdiniz?

Düzenli uyumak, yeteri kadar su içmek, hastalıklarınızın tedavisi için çaba göstermek, sağlıklı beslenmek, zararlı alışkanlıklardan kaçınmak ve spor yapmak bedeninizi sevdiğinizi ve ona özen gösterdiğinizi gösterir. Kişisel bakımı bir bina gibi düşünürsek bunlar o binanın temelini oluşturur. Binanın temeli sağlam olmazsa mutlaka bir yerlerden çatlamaya başlar.

Bu binanın ilk katı hijyendir. Hijyen sadece sağlığınızı korumanızda değil, özgüveninizin artmasında da etkilidir. Her sabah 10 dakikanızı ayırarak duş almak sizi gün boyu hem bedenen hem de zihnen iyi tutar. Tırnaklarınızın, burnunuzun ve kulaklarınızın temiz olduğundan emin olun. Dişlerinizi günde iki kez fırçalayın. Her gün temiz kıyafetler giyin. Gün içinde terleme ihtimalinize karşı mutlaka deodoran kullanın. Koku konusunda bir diğer kilit nokta da ayaklarınızdır. Çoraplarınızı her gün değiştirin, eve girdiğinizde ayaklarınızı yıkayın ve ayakkabılarınızı havalandırın.

Binanın ikinci katı ise bakımdır. Saçlarınıza şekil vermek, makyaj yapmak, takı takmak, içinde mutlu hissedeceğiniz kıyafetler ve ayakkabılar giymek buna dahildir. Bunlar bizim bir ortama ilk girdiğimiz andan itibaren nasıl karşılanacağımızı ve nasıl bir algı yaratacağımızı belirler. İyi giyinen bir insan girdiği ortamda saygı uyandırır. Giyinmek ve makyaj beğenmediğiniz yerleri gizlemek ve beğendiğiniz yerleri parlatmak için elinizdeki kozlardan biridir. Pahalı giyinmek hedefiniz olmamalı, kendi giyim tarzınızı belirleyip çok basit ve ekonomik yollarla da istediğiniz şıklığı, seksiliği ya da resmi görünümü elde edebilirsiniz.

Bu binanın enerjisi ise ruhunuzdur. Hayatın getirdiği her türlü zorluğa karşı binanızın dayanıklılığının artması psikolojik açıdan sağlıklı olmanıza bağlıdır. Sağlıklı ve dayanıklı biri daha özgür, daha bağımsız ve esnektir. İnsanı güçlü kılan şeyler bunlardır. Ayrıca ruhsal ve fiziksel anlamda kendine iyi bakan, kişisel bakımını ihmal etmeyen kişinin öz değeri yükselir. Kendinize değer vermeniz size karşı hayranlık ve saygı uyandırır. İlişkilerinizde, işinizde başarılı olmanız, hayatın akışına uyum sağlayabilmeniz ruh sağlığınıza bağlıdır. Unutmayın hayat her zaman günlük güneşlik değil. Bazen dolu yağar, bazen fırtınalar kopar. Eğer özen göstermezseniz bina bu fırtınalara dayanamaz ve zarar görür. Psikolojik bir rahatsızlığınız olduğunda, sizi zorlayan durumlarda, çözemediğiniz ve sıklıkla tekrar eden problemlerle boğuştuğunuzda psikolojik destek almayı ihmal etmeyin.

Bedeniniz sizin eviniz,
ruhunuzsa gizeminizdir.
İkisinin uyumundan
olağanüstü etkiler doğar.

Bedeniniz her an faaliyettedir, çalışırken, uyurken, yürürken, dinlenirken tüm sistemler harıl harıl çalışır. Siz uyurken o uyumaz, gece gündüz size hizmet eder ve sürekli değişim halindedir.

Bu değişimlerin ne kadarının farkındasınız? Ne kadarını hissediyorsunuz? Bedeninizin söylediklerinin ne kadarını duyuyorsunuz?

Bedensel farkındalığı yaşamak, sağlıklı bir ruh hali için de gereklidir. Örneğin sürekli hastanenin yolunu tutuyorsunuz, ağrıkesiciler içiyorsunuz. Dayanıksızlığınızdan, şansınızdan yakınıyorsunuz. Peki ya bedeniniz sizinle konuşuyorsa? Örneğin üzüntüden başınız ağrıdığında, kaygıdan mideniz yandığında bu mesajları okumaya çalışıyor musunuz?

Bedenin bir dili vardır ve asla yalan söylemez. Yaşadığınız şeylere tepki verir. Hoşlanmadığınız bir ortamda rahatsızlık hissedersiniz, gergin bir konuşma öncesinde karnınız ağrır, aşırı stres midenizi bulandırır. Bu tepkileri anlayabilmek kendinizi tanımanızı kolaylaştırır.

Beden ve ruh birbirinden ayrışmış şeyler değildir. Bu yüzden görmezden geldiğiniz, bastırdığınız şeyler, ifade etmediğiniz duygular, koruyamadığınız sınırlar, bedeninizde bir şekilde kendisini gösterir. Ağrılar, sızılar, kasılmalar, halsizlik, yorgunluk, alerjik reaksiyonlar, çarpıntı, baş dönmesi, gaz sancısı, uyku ve yeme problemleri bedeninizin sizinle konuşma şeklidir. Bu sinyalleri hemen susturmaya odaklanmak yerine, nedenlerini araştırmak sizi iyileştirir. Böyle zamanlarda özellikle düşünce ve duygularınıza yönelmek önemlidir.

Defterinizi alıp sessiz bir odaya geçin. İçinizden geçenleri ve aklınıza o an gelenleri, hiç sansürlemeden ve müdahale etmeden olduğu gibi yazın. Zihniniz duruluncaya kadar ne durumda olduğunuzu, neler düşündüğünüzü, neler hissettiğinizi not edin. Başınıza gelenleri nasıl anlamlandırıyorsunuz? Bu olaya başka bir gözle nasıl bakılabilirdi? Küçük de olsa her olay bize bir şeyler anlatır, bunu bulmaya çalışın. Bir daha bunu yaşamamak için neler yapabilirsiniz?

Aynı şekilde ruhunuz da bir mesaj kaynağıdır. Bu aralar kendinizi öfkeli hissediyor, etrafınızdaki insanlara küçük şeyler yüzünden bağırıyorsunuz diyelim. Sonra da kendinizi suçlu hissediyorsunuz ama sonra yine kendinize hâkim olamıyorsunuz. Böyle zamanlarda kendinize kızmak yerine, ruhunuzda neler olduğunu anlamaya çalışın. Tahammülünüzün düşmesinin bir sebebi olmalı! Olmak istediğiniz yerde, olmak istediğiniz kişilerle misiniz? Olmak istediğiniz yerde olmak için şimdi nasıl bir adım atabilirsiniz? Bulunduğunuz yerde mutlu olmak için nasıl bir fark yaratabilirsiniz?

Rahatsız olduğunuz bir durum geliştiğinde psikolojiniz stres tepkileri üretmeye başlar. Bunlar öfke, takıntılar, donukluk ya da panik hali olabilir. Fakat istediğiniz bir yolda hayal ettiğiniz şeyi elde etmek için aktif bir şekilde hareket ederseniz, vücudunuz da görev modunda olur. Daha sağlıklı ve canlı hisseder, daha kolay motive olursunuz. Üstelik tüm bunları tek başınıza yapmak zorunda değilsiniz. Psikolojik destek alarak bir psikolog eşliğinde kendinizi daha iyi tanımayı ve ihtiyaçlarınıza uygun adımlar atabilmeyi öğrenebilirsiniz. Şu anda bunun için imkânınız yoksa kişisel gelişim, psikoloji ya da felsefe kitapları da bu konuda etkili olabilir.

Sürekli bir farkındalık halinde kalmak mümkün değildir. Zihin çoğunlukla otomatik pilotta hareket eder. Kendinizi bazen akışta bazen de farkındalıkta bulursunuz. Önemli olan bu ikisinin dengelenmesidir.

Zihninizi dengelemek için:

Yapabiliyorsanız her gün 2-3 kez en az 1 dakika durun. Bir yere uzanın ya da rahat bir pozisyonda oturun. Durduğunuz bu süre boyunca sadece nefes alıp verin ve gözlemleyin. Bedeninizde, zihninizde neler oluyor? Çevrenizde neler var? Neredesiniz, kiminlesiniz? Kendinizi nasıl bir durumda görüyorsunuz? Hiçbir şey yapmadan durabilmek çok önemli bir beceridir. Farkındalık için zihninizde alan açmanızı sağlar.

Bedenin ve ruhun farkında olmak hayat yolculuğumuz boyunca sürekli geliştireceğimiz bir beceridir. Bir iki kere kendini dinlemekle elde edilmez, sürekli bir disiplin gerektirir. Gün içinde birkaç kez durma molaları vermek, yapamıyorsanız en azından uyumadan önce iç gözlem yapmak bu disiplinin yerleşik hale gelmesine yardımcı olur.

Dişil ve Eril Enerji Şemaları

Doğada neden dişi ve erkek gibi bir ayrım var hiç düşündünüz mü? Sadece insanlarda değil, hayvanlarda, bitkilerde erkek ve dişi ayrımı söz konusudur. Basitçe ele alırsak, doğada iki tür çoğalma vardır. Birisi ancak mikroskopla görebileceğimiz küçük canlılarda görülen doğrudan bölünerek çoğalmadır. Bu tür çoğalmada bölünen canlının kendisiyle aynı olan ikinci bir canlı oluşur. Bu üremeyle çeşitlilik pek sağlanamaz, hücre tıpatıp benzerini kopyalar.

Fakat bu tür canlılar hariç, türün devamı genelde erkek ve dişi olmak üzere çift cinsiyet üzerinden gerçekleşir. Bu ikili sistemin canlılara kattığı temel fayda çeşitliliği daha yüksek oranda sağlamaktır. Üremeden sonra dünyaya gelen yeni canlı, birbirinden farklı iki canlının DNA'larının bileşimini taşır. Böylece kendisini oluşturan canlılarla da başka bir canlıyla da tıpatıp aynı olmaz. Çeşitlilik sayesinde canlıların afet, hastalık gibi yok olma tehlikelerinde bir kısmının hayatta kalma ihtimali artar, bu evrim mekanizmasının basamaklarından biri olan doğal seçilimdir, uyumlu olan hayatta kalır. Örneğin salgın bir hastalık yayıldığında, o canlı türünün bir kısmı o hastalığa karşı daha dayanıklı iken bir kısmı ise daha dayanıksız olur. Mesela aslanların hepsi tıpatıp aynı olsaydı ani bir iklim değişimi aslan türünün tamamen yok olmasına sebep olabilirdi. İşte bu çeşitlilikten dolayı bazıları yeni koşullara uyum sağlayabildi ve böylece türünü devam ettirebildi. Bu yüzden canlılar için erillik ve dişillik temel bir meseledir.

Bir canlının dişi ya da erkek olmasına göre genleri, hormonları, vücut ve beyin yapısı farklılaşır. Bu farklılıktan dolayı doğada dişiliğin ve erilliğin kendine özgü enerjileri vardır. Romantik anlamda kadın erkek ilişkisinde, bu iki cinsiyetin birbirine çekici gelmesinin en büyük sebebi bu enerjilerin karşıtlığıdır. Yani mıknatısın zıt kutuplarının birbirini çekmesi gibi, dişil ve eril enerji de cinsel anlamda birbirini çeker.

Canlılar genelde tamamen eril ya da tamamen dişil enerjiye sahip olmaz. Bu enerjiler farklı durumlarda farklı oranlarda dengelenir. Bir erkekte dişil enerjiler, kadında da eril enerjiler daha baskın olabilir. Bu konuda doğru ya da yanlıştan söz edilemez. Özellikle günümüzde toplumsal rollerin değişmesi ve kadının iş hayatına büyük oranda girmesiyle yeni dengeler ortaya çıktı. Örneğin bir kadının nerdeyse tamamen dişil enerjide olması iş hayatında onu pasifleştirebilir. Çünkü günümüz iş dünyası eril bir özellik olan hedef odaklı olmayı gerektirir. Ya da bir erkeğin nerdeyse tamamen eril enerjide olması uzun ilişkide partneriyle duygusal derinlik kurmasını, onu bu anlamda tatmin etmesini zorlaştırabilir. Çünkü bakım verme ve duygusal yakınlık gösterme dişil bir özelliktir.

Genel kanıya göre, kadın erkek ilişkisinde cinsel çekimin en yüksek olduğu durum, kadının dişil enerjisinin, erkeğin de eril enerjisinin aşırı baskın olduğu durumdur. Ancak unutmamalı ki cinsel çekimin aşırı ve şiddetli olması, her zaman sağlıklı bir ilişki getirmez. Hatta aşırı cinsel çekim çoğu zaman şemaların tetikleneceğinin ve toksik bir ilişkinin başlayacağının habercisidir. Bu tarz ilişkilerde erkeğin aldatması ve kadının erkeğe aşırı bağımlı hale gelmesi ihtimali çok yüksektir.

Diğer yandan eril enerjisi yüksek bir kadınla, dişil enerjisi yüksek bir erkeğin kurduğu ilişkide de tutkunun hemen kaybolması ve çiftler arasında tatminsiz bir ilişki oluşması riski doğar. Bu tarz ilişkilerde genelde kadın ilişkideki rolleri domine eder. Buna bağlı olarak üzerinde aşırı bir sorumluluk ve duygusal yük olabilir. Kontrol sahibi olmasına rağmen, ilişkiden tatmin olmayan tarafın kadınlar olduğunu görürüz. Bu iki uca da kaymamanın tek yolu, bireylerin kendi içinde eril ve dişil enerjilerini dengelemesi ve içinde bulundukları durumlara göre uygun olanı ortaya çıkaracak şekilde esneklik kazanmasıdır. Böylece birey, eril enerjinin faydalı olacağı durumlarda eril enerjiyi, dişil enerji gerektiren durumlarda dişil enerjiyi kullanır. İki enerjiyi de artırmayı ve kullanmayı bilen insan hayatını daha rahat yönetir. Çünkü kendi doğasını tanır ve hayatın akışıyla uyum sağlayabilir. Bu da vazgeçilmezliğin kapılarını kolaylıkla aralar.

Dişil Enerji Nedir?

Dişil enerji hedef ve sonuç değil, akış odaklıdır. Su elementi ay ile ve Uzakdoğu öğretilerinde yin enerjisi ve gece ile bağdaştırılır. Su gibi esnek, akışkan ve uyumlu bir enerjidir. Temelde akışta keyif almayı, ihtiyacı olanı kendine çekmeyi, sevgi, ilgi ve bakım vermeyi içerir. Sezgiseldir.

Dişil enerji dengedeyse:

- Dişil enerjisi dengede olan kişi hassas, nazik ve kabul edici olur. Bu yüzden dişil enerjisinin dengede olduğu kişilerin yanında huzurlu ve kapsanmış hissederiz. Dişil enerji insanın sivri uçlarını yumuşatır.
- Toplumda sevgi dolu bağlar kurmanız ve birbirinize uyum sağlamanız kolaylaşır. Duygusal zekâ ve empati yeteneğiniz dişil enerjiyle ilgilidir.

- İletişim konusunda daha etkili olursunuz. İyi bir dinleyici ve konuşmacı haline gelirsiniz, düşüncelerin, duyguların alışverişini sağlamaktan keyif alırsınız.
- Yaratıcılık, estetik ve güzellik dişil enerjiye atfedilir. Sanat, müzik ve estetik değeri olan uğraşlar, sonuç değil süreç odaklı ise dişil enerjiyle ilgilidir.
- Sezgileriniz güçlüdür, kalbinizin sesini dinlersiniz. Ayrıca etrafınızda olan bitene karşı daha hassas olursunuz. Hayatı anlamlandırma ve büyük resmi görme beceriniz artar.
- İltifatları, hayranlık ve sevgi enerjisini alabilirsiniz. Böyle şeyler sizi rahatsız etmez aksine motive eder.
- Kendi bedeninizle barışık olursunuz. Bedeninizi iyi tanır ve ihtiyaçlarını rahatça talep edersiniz.

Dişil enerji dengede değilse:

- İhtiyaçlarınızı manipülasyon ya da pasif agresyonla karşılamaya çalışırsınız.
- Fazla korumacı hisseder ve dış dünyadan sürekli bir saldırı beklentisi içinde olursunuz.
- İlişkilerinizde aşırı bağımlı hale gelirsiniz ve sürekli "alacaklı", "muhtaç", "mağdur" pozisyonlarında olursunuz.
- Sürekli başkalarından onay almaya çalışır ve bu yolda kendinizi feda edersiniz. Sürekli birileri sizi sevsin diye mücadele edersiniz.
- Eleştiride aşırıya kaçarsınız.
- Aşırı anaç ya da tam tersi açısı flörtöz bir yapıya bürünürsünüz. Anaçlık aşırı kontrolü, flörtözlükse sınırların kaybolması tehlikesini getirir.

Dişil Enerji İçin 21 Adım

1. Öfkelendiğiniz zaman kendinizi geri çekin. Öfke, fevri ve saldırgan tavırlar sergilememize sebep olur. Dişil enerjide ise bu tip tavırlar yerine daha sakin ve düşünceli adımlar ön plandadır. Yani öfkelendiğinizde dişil enerjide kalmak adına olaylardan biraz uzaklaşmanız ve sakinleşince konuşmaya devam etmeniz daha iyi olur.
2. Öz bakımınıza dikkat edin. Her gün duş almak, dişleri fırçalamak, saçların, tırnakların ve cildin bakımlı olması, algılanan ve hissedilen dişil enerjiyi artırır. Kendinize bu açıdan özen göstermeye dikkat edin.
3. Kadınlarla vakit geçirin. Kadınlarla vakit geçirmek, sohbet etmek, onlarla etkinlik yapmak hormonlarınızı ve alışkanlıklarınızı etkileyerek dişil enerjinizi yükseltir.
4. Kendinizi alma enerjisine alıştırın. Eril enerjideki kadınlar sürekli fedakârlık yapmaya çalışır ve verici konumdadırlar. Dişil enerji ise almayı kabul edebilmekle ilgilidir. Partnerinizden bir hediye, ilgi, sevgi, iltifat ve para alırken bunları içtenlikle kabul edin. Bunlara değer olduğunuzu ve hak ettiğinizi kendinize söyleyin. "Hiç gerek yoktu..." demeyin. Nazikçe teşekkür ederek kabul edin.
5. Dinlemeyi öğrenin. Eril enerjideyken dinlemekten çok kendi cevabımızı hazırlıyor oluruz. Çünkü eril enerji rekabeti sever. Dişil enerjisi yüksek bir kadın ise etrafındakileri içtenlikle dinlemeyi ve empati yapmayı bilir. Etkin dinleme tekniklerini öğrenin.
6. Andan keyif alın. Dişil enerji sürekli problemleri düşünmek, planlar yapmak yerine anı yaşamaktan ve keşfetmekten keyif alır. Bunun en kolay yolu da duyularınıza odaklanmaktır. Görmek, koklamak, duymak, dokunmak

ve tatmak. Tüm bunların ne kadar farkındasınız? En son ne zaman bir portakalı kokladınız? Ne zaman bir ağaca dokundunuz merakla?

7. Yaratıcı aktiviteler yapın. Yeni yemekler denemekten, resim, seramik gibi sanat dallarına kadar, yaratıcı olan her şey dişil enerjiyi artırır. Yargılardan uzak, özgürce bir şeyler üretmek dişil enerjinin özüyle temas kurmanızı sağlar.
8. Dans edin. Dans etmek hormonlarınızı düzenler, hareketliliğinizi ve esnekliğinizi artırır. Ayrıca bir sanat aktivitesi olduğu için yaratıcılık da içermektedir ve dişil enerjinizi birçok yönden artırmış olur.
9. Kadınsı hissettiren kıyafetler ve kokular kullanın. Dişil enerjinizi artırmak istiyorsanız kadınsı görünmekten ve kokmaktan korkmayın. Erkek kesim kıyafetler yerine, hatlarınızı kadınsı gösteren nazik ve klasik parçaları tercih edin.
10. Gizemli olun. Kadınların yaptığı en büyük hatalardan biri her şeyi detaylarıyla aktarmaya ve belli bir reaksiyonu alana kadar ısrarla kendini ifade etmeye çalışmaktır. Bunun yerine daha gizemli olun. Merak edip sorulmayan şeyleri anlatmaya çalışmayın. Sorulan soruları da tüm detaylarıyla anlatmak yerine özetleyerek cevaplayın.
11. Doğada vakit geçirin. Doğada bitkilerle, toprakla, hayvanlarla vakit geçirmek, modern dünyada uzak kaldığınız yanlarınızla temas etmenizi sağlar. Genel anlamda eril ve dişil enerjinizi dengelemenize yardımcı olur.
12. Kendinizi sevin. Kendinize karşı şefkatli ve merhametli olun. Olduğunuz halinizle çok güzelsiniz bunu fark edin. Kendinize sarılın, kendinizi takdir edin ve şımartın. Kendini sevmek bir alışkanlık gibidir ve zamanla edinilir bunu unutmayın.

13. Hayatınızın merkezinde kendiniz olun. İlişkilerimiz düzelsin diye kendimizi eşimizin, ailemizin, çocuklarımızın hayat akışına bıraktığımız, sürekli bir çaba içerisinde kaldığımız olur. Fakat dişil enerjideki kişi çabalayan değil çabalanandır. Bunu yakalamak için önceliğinizin kendiniz olması gerekir.

14. Yeterli miktarda su tüketin. Su tüketimi hem genel sağlık için hem de dişil enerji için çok önemlidir. Su tüketimine dikkat etmek kendinize dikkat ettiğinizi ve değer verdiğinizi gösterir. Kendine değer veren bir kadının da dişil enerjisi yükselir.

15. Su ile vakit geçirin. Su dişil enerjiyle çok ilişkilidir. Enerji açısından toprak gibi dengeleyici bir etkisi vardır. Tüm mitolojilerde su kadınlıkla ilişkilendirilir. Özellikle duş alırken omuzlarınızdan aşağı tuzlu su dökmenin dişil enerjinizi tazeleyici bir özelliği vardır.

16. Kendi cinselliğinizi keşfedin. Dişil enerji cinsellikle barışıktır. Kadınların da cinsellikten keyif alabileceğini unutmayın. Nelerden hoşlandığınızı keşfedin ve cinselliğe mesafe koymayın. Bunun yerine cinsellikten nasıl keyif alabileceğinizi öğrenin. Partnerinize karşı bu konuda açık olmaya çalışın.

17. Yumuşak ve naif olun. Sert ve kaba davranışlar dişil enerji akışını engeller. Bunun yerine daha nazik ve yumuşak hareket edin. Kibar konuşmaya çalışın. Kendi başınızayken bile naif davranın.

18. Esnek olun. Dişil enerji kurallar cenneti değildir. Sınırlarınızı bilin, hayatınızda prensipleriniz olsun. Fakat gerektiğinde esneyebilmek dişil enerjinin ürünüdür.

19. Yardım istemekten çekinmeyin. İnsan olarak kendinize yetebiliyor olmanız önemlidir. Fakat bütün yükü sırf taşıyabiliyorsunuz diye sırtlanmaya çalışmayın. Yardım istemek güçsüzlüğün değil, akıllılığın göstergesidir. Üstelik yardımlaşmak insanları birbirine yakınlaştırır. Bunun yerine çevrenizdekilerden yardım istemeye kendinizi alıştırın.

20. Takdir ve teşekkür edin. Dişil enerji güzellikleri gören ve takdir eden taraftadır. Etrafındaki güzellikleri takdir ederek çoğaltır. Çevresindekilere destek olur ve onları cesaretlendirir.

21. Gülümseyin. Gülümsemek ve başı hafif yana eğmek oldukça dişil hareketlerdendir. Genel anlamda hissettiğiniz ve etrafınıza yaydığınız enerjinin kalitesini yükseltir. Daha memnun ve umutlu hissedersiniz.

Eril Enerji Nedir?

Eril enerji hedef odaklıdır. Ateş elementi güneş ile ve Uzakdoğu öğretilerinde yang enerjisi ve gündüzle bağdaştırılır. Eril enerji hareketli ve azimlidir. İhtiyaçlarını elde edebilmek için azimle çabalarken canlı hisseder. Hayattaki motivasyonu amacı doğrultusunda ilerlemek ve başarılı olmaktır. Sezgi ve duygudansa, mantıklı taraf ağır basar.

Eril enerji dengede ise:

- Fiziksel olarak kendinizi canlı ve güçlü hissedersiniz. Bu canlılık duruşunuza ve hareketlerinize yansır. Enerjik ve hızlısınızdır. Omuzlarınız, sırtınız dik ve dünyada kapladığınız alan geniştir.
- Enerjinizi bir hedefe yönlendirmede ve dikkatinizi bu hedef için yapacaklarınızın üzerinde yoğunlaştırmada başarılısınızdır. Başarı odaklı olursunuz. Kendinizi cesur ve gözü kara hissedersiniz. Elde etmek istediğiniz şeylere

karşı daha kolay motive olursunuz. Aktif hissedersiniz, kendinize olan inancınız tamdır.

- Sorun çözmekten keyif alırsınız. Etrafınızda ortaya çıkan problemlere, çatışmalara ve çıkmaz durumlara karşı daha girişken olursunuz. Sorunları hallettikçe kendinizi tamamlanmış hissedersiniz.
- Rekabet, iddia ve risklere karşı konulmaz bir arzu hissedersiniz. Bu şekilde gelişime ve üretime katkıda bulunursunuz. Hızlı karar verirsiniz.
- Analiz yeteneğiniz güçlüdür. Mantıksal çıkarımları daha rahat yapar, bu sayede pratik çözümler gerektiren şeylerde başarılı olursunuz.
- İyi bir lider olursunuz. Çevrenizdeki insanları desteklemeyi, cesaretlendirmeyi ve onlara rehberlik etmeyi seversiniz. Disiplinlisinizdir. İnsanları iyi analiz ettiğiniz için görev paylaştırma gibi konularda da daha başarılı olursunuz.
- Alçakgönüllü, duygusal açıdan sabit ve aynı zamanda cömertsinizdir.

Eril enerji dengede değil ise:

- Başarısızlığa tahammülünüz azdır. Kendinize ve başkalarına zarar verecek hırslar ve arzularınız vardır. Bir şeyi elde edemediğinizde alternatifleri denemek yerine, inat edersiniz ya da başarısız olma korkusuyla denemekten kaçınırsınız.
- Sinirli ya da saldırgan olursunuz. Egonuz kırılganlaştığı için küçük şeyler bile sizi öfkelendirebilir. Özgüveniniz az olduğu için sorun çıktığında saldırgan hareketlerle kendinizi kanıtlamaya çalışırsınız.

- Yargılayıcı olursunuz. Kendinizden memnun olmadığınız için başkalarının yaptıklarını sürekli eleştirirsiniz.
- Bencil ve cimri olursunuz. Bencil insan başkalarına karşı destekleyici ve rehberlik edici bir motivasyondan yoksundur, lider olamaz. Eril enerji vermekle ilgili olduğundan kaynaklarınızı paylaştıkça eril enerjiniz artar.
- Duygularınızı ve başkalarının duygularını görmezden gelirsiniz. Bu da sizi soğuk ve itici biri yapar.

Eril Enerji İçin 21 Adım

1. Spor yapın. Spor yapmak testosteron hormonunu artırır. Bu hormon eril enerjimizi artırır ve mücadeleci yanımızı geliştirir. Ayrıca kan dolaşımınızı düzenler, duruşunuzu düzeltir ve genel anlamda enerjinizi artırır.
2. Dik durun ve mimiklerinize dikkat edin. Dik duruş, sakin ve ciddi bir yüz ifadesi eril enerjiyi yükselteceği gibi özgüveninize de katkı sağlar. Ayrıca kadınların bu iki özelliği çekici bulduğu araştırmalarla desteklenmektedir.
3. Savunma sporları öğrenin ve pratik edin. Savunma ve dövüş sporları mücadeleci yanınızı geliştirir ve içinizdeki eril enerjinin artmasını sağlar. Eril enerjiyi en çok yükselttiği düşünülen alan budur.
4. Erkek erkeğe vakit geçirin. Erkeklerle vakit geçirmek ortamdaki eril enerjiye uyumlanmanızı kolaylaştırır. Bu yüzden erkek erkeğe muhabbet etmek, aktivitelere katılmak, genel eril enerjinizin yükselmesine yardımcı olur.
5. Hedefler belirleyip onları elde etmek için çabalayın. Eril enerji mücadele, çaba ve problem çözmeyle ilişkilendirilir.

Bu yüzden kendinize günlük, haftalık ya da aylık hedefler belirleyin ve bunlara ulaşmaya çalışın.

6. Mastürbasyonu azaltın. Mastürbasyon, vücudunuzdaki testosteron hormonunun azalmasına neden olur. Bu dengeyi tekrar sağlayabilmeniz günler sürebilir. Mastürbasyon yapmadığınızda ise hormon dengenizdeki sabitlik eril enerjinizi yükseltir.
7. Düzenli uyuyun. Bilindiği gibi testosteron en çok gece uyurken salgılanır. Bu yüzden uyku düzeninize dikkat etmeniz ve özellikle gece uyumanız hormon dengenizi ve dolayısıyla eril enerjinizi dengede tutmanızı sağlar.
8. Kendinize rol model bulun. Daha eril olduğunu düşündüğünüz insanları izleyin. Bu tarz insanlarla vakit geçirip onlardan da bazı tüyolar alabilirsiniz. Bir örnekten öğrenmek çok daha kolaydır.
9. Yavaşlayın. Eril enerji bir telaş içinde değildir. Hareketleri yavaş ve kendinden emindir. Adım adım hedefine yaklaşır ve bu süreçten keyif almaya çalışır.
10. Liderlik yapın. Liderlik etmek eril enerjiyi yükselten davranışlardan biridir. Bir oyunda, işyerinde ya da evde liderlik yapabileceğiniz sorumlulukları almaya çalışın. Yeni şeyler organize etmeyi ve insanları destekleyerek yönlendirmeyi deneyin.
11. Kendi sorumluluğunuzu alın. Eril enerji maddi açıdan bağımsız insanlarda çok daha yüksektir. Bu yüzden kendi yaşam sorumluluğunuzu alın, ihtiyacınız olmasa bile kendi paranızı kazanmaya çalışın.
12. Vermeyi öğrenin. Eril enerji vermekle ilgilidir. Sevdiğiniz insanlarla kaynaklarınızı paylaşmaktan çekinmeyin. Sağlayıcı bir rol üstlenmek, başkalarına yardımcı olmak eril enerjinizi yükseltir.

13. Başkalarını cesaretlendirin. Etrafınızdaki insanları cesaretlendirmek, onları motive etmek sizin destekleyici olma özelliklerinizi geliştirir. Bu da eril enerjiyle ilişkilidir.

14. Kısık sesle konuşmayın. Kısık ve çekingen bir ses tonu hem sizin daha az eril hissetmenize hem de karşınızdaki kişinin sizi daha az eril algılamasına sebep olur. Bunun yerine güvenli, sakin ama biraz yüksek ses seviyesinde bir konuşma benimseyin.

15. Aktif bir rol edinin. Hayatta pasif kaldığınız alanları belirleyin. Bu alanlarda daha aktif olabilmek için neler yapabileceğinizi düşünün. Eril enerji mücadeleci ve aktiftir.

16. Bazı yiyecekleri tüketmeye özen gösterin. Kabak çekirdeği, ıspanak, nar, zencefil, tereyağı, zeytinyağı, kırmızı et gibi gıdalar testosteron hormonunu önemli derecede artırır.

17. Sigara, alkol ve madde kullanmayın. Sigara, alkol ve madde kullanımı genel olarak enerjinizi azalttığı için eril enerjiyi de önemli derecede azaltır ve sizi pasif bir duruma iter. Mücadeleci yanınızı köreltir.

18. Kan değerlerinize baktırın. Vücuttaki bazı mineral ve vitaminler hormon dengenizi değiştirebilir. Özellikle çinko, magnezyum ve D vitamini düşüklüğü eril enerjinizin düşmesine sebep olabilir.

19. Erkeksi hissettiren kıyafetler ve kokular kullanın. Eril hissetmek için içten dışa bir uyum sağlamanız gerekmektedir. Örneğin daha erkeksi kabul edilen giysiler, renkler ve kokular kullanmak eril enerjinizi artırmanıza yardımcı olur.

20. Güç gerektiren işleri siz yapın. Evde, işte ya da herhangi bir yerde. Alışveriş poşeti taşımak, ağır şeyleri kaldırmak gibi güç gerektiren işleri yaparak da eril enerjinizi artırabilirsiniz.

21. Sevdiğiniz kişiyi şımartın. Eril enerji kızmak, bağırmak, şiddet uygulamak değildir. Eril enerji sakin, aklı başında, koruyucu ve sağlayıcı olmakla ilişkilidir. Sevdiğiniz insanlara hediyeler alın, güzel sözler söyleyin. Onların ihtiyaçlarını gözetin. Böylece yeterlilik duygunuz gelişir ve eril enerjiniz artar.

Enerji Dengelemek İçin Tuzlu Su

Günlük hayattaki stres, yediklerimizdeki katkı maddeleri, hormonal düzensizlikler ve öfke enerji dengenizi bozar. Vücudunuzdaki her bir hücrenin arasında elektrik akımı vardır ve bu düzensizlikler bu akımın iletimini sarsar. Aslında tüm sistemimiz bir enerji akımı ile çalışır. Örneğin EEG beynimizdeki nöronların elektriksel aktivitelerini ölçer, anımsama, bilgiyi işleme gibi durumlarda nöronlar elektrik enerjisiyle ateşlemeler yapar. Epilepsi hastalarında görülen bayılmaların nedeni esasında bu elektriğin kesilmesidir. Bu elektriksel akışı desteklemede tuzlu su oldukça işe yarar.

Amacı: Tuzlu su bu bozulan dengelerin düzenlenmesine; kişilerin dişilik veya erik enerjilerini yükseltmesine yardımcı olur.

Nasıl Yapılır?

Dişil enerji için:

1 litre suya 2 çorba kaşığa tuz koyulur. Enerji akışının sağ omuzdan olmasından kaynaklı sağ omuzdan sol omza doğru aşağıya doğru uygulanır. Haftada 1 kez uygulanması önerilmektedir.

Eril enerji için:

1 litre suya 1 çorba kaşığı tuz koyulur. Enerji akışının sol omuzdan olmasından kaynaklı sol omuzdan sağ omza doğru aşağıya doğru uygulanır. Haftada 1 kez uygulanması önerilmektedir.

Himalaya ya da sofra tuzu kullanabilirsiniz. Tuzlu su herkesin kendi enerji dengesini düzenleyen bir uygulamadır. Eğer mümkünse küvetinize doldurduğunuz suya tuz atarak, mümkün değilse vücudunuza dökerek dışsal olarak destekte bulunabilirsiniz.

Bilirsiniz toprakta çıplak ayakla yürümek elektrik enerjinizi dengeler ve kendinizi topraklarsınız. Esasında bu ayrımı havuzda ve denizde yüzme deneyimleri üzerinden saptamak da kolaydır. Denizde yüzmek içerdiği tuz nedeniyle daha dinlendiricidir. Evde uygulayacağınız tuzlu su da bu işe yarar. Bunlar tedavi edici yöntemler ya da ritüel değildir, bilimsel bir altyapısı olan destekleyici uygulamalardır.

Tuzlu su ile ayrıca erkek bebek sahibi olma ihtimalini de artırabilirsiniz. Öncelikle bu konuda not etmem gereken şey bu yöntemin tıbbi bir yöntem olmadığı, sadece ihtimalleri artıran yöntemler olduğudur. Kadınlar için sodyum, potasyum ve protein yönünden zengin beslenmek, et, muz, patatesi bolca yemek, yumurtlama gününde (genellikle regl gününden sonraki 12-14. günler arası) birliktelik yaşamak, tuzlu su ile durulanmak, erkeğin cinsellikten bir saat kadar önce kafeinli içecekler içmesi erkek bebek ihtimalini güçlendirir.

Kız çocuk içinse, yarım litre süt ve yarım litre suyu karıştırın ve belinizden aşağı dökün. Birliktelik yaşayacağınız dönemlerde özellikle kendinizi sütlü suyla durulayın ve bir gece öyle kalın. Peynir, yoğurt ve süt ürünlerini bolca tüketin. Yumurtlama döneminden 2 gün önce ya da 2 gün sonra birliktelik yaşamak kız çocuk ihtimalini artırır.

Bol su içmek dişil enerjiyi artırır. Gün içinde en azından 2 litre su içmeye özen gösterin. Alkali su içmekse dişilik enerjisini dengeler. Alkali su enerjinizi nötrler ve üreme organlarıyla ilgili sorunları kolayca iyileştirir. Bunun için 2 litre suya bir yemek kaşığı karbonat atın ya da yarım limon sıkın. Her gün taze olarak hazırlayın.

Tuzlu suya dair önemli bir not:

Tuzlu suda sosyal medya üzerinden bilgi verdiğimde altını sıklıkla çizdiğim bir konu var, tuzlu suyu eski sevgilim bana dönsün, falanca kişi bana âşık olsun diye yapmayın. Sizlere önerdiğim her metot öncelikle kendiniz için yapmanız gereken şeyler. Size iyi gelen her şey zaten dış dünyanızdaki koşulları değiştirmeniz için ihtiyaç duyduğunuz gücü de size verir. Beklenti içine girdiğinizde bu durum kaygı üretmenize ve yapacaklarınızın hiçbir işe yaramamasına neden olur.

Tuzlu su zaman içinde dengesi bozulan enerjilerinizi toparlamanız için hayatınıza katılmalıdır. Haftada en az bir kez, en çok iki kez oda sıcaklığındaki tuzlu su ile enerjinizi dengeleyin. Uygulama detayları için Instagram'daki ilgili videolarımı mutlaka izleyin. Tuzlu su ile dengeleme çalışmaları yapmak hayatınızdaki problemli kişileri bir anda değiştirmeyi, sizi sürekli aldatan sevgilinizin bir anda size bağlanmasını sağlamaz. Hedeflediğimiz şey sizin kendi olumsuz ve eril enerjilerinizi dengeye getirmektir. Lütfen tuzlu suyu bu amaçlarla yaptığınızın farkında olun ki faydası size de bulaşsın.

Enerji Dengeleyici Meditasyonlar

Meditasyon rahatlama ve arınma için etkili bir yoldur. Esasında meditasyonun amacı zihni dinginleştirmek ve sakinleştirmektir. Yorgun bir zihin yorgun bir beden demektir, dikkat ederseniz düşüncelerle doluyken yatağa gittiğiniz bir gecenin sabahında dinlenmeden uyanırsınız. Rahatlatıcı bir uyku uyuyamaz, bedeninizin gevşemesine izin vermezsiniz. Dinlenmiş bir zihin enerjilerinize dair farkındalığınızı da artırır. Düşünün aşırı gürültülü bir odada kimin ne dediğini anlayamazsınız. Duymak için sessizlik gerekir.

Temelde meditasyonun amacı odaklanmadır. Odaklanmayla yargılamadan, müdahale etmeden zihninizi ve bedeninizi gözlemlersiniz. Bu yüzden bir şeyleri çözmeye çalışmak yerine kendinizi daha iyi tanımak için düşüncelerinizi ve duygularınızı izler, kendiniz hakkında bir şeyler fark edersiniz. Çeşitli düşünceler ve duygular gelir geçer, biriyle yaptığınız bir tartışma, sizi üzen bazı kelimeler, ödemeniz gereken faturalar, yetiştirmeniz gereken bir iş, ağrıyan bacağınız, dışarıdan gelen gürültüler... Hem içdünyanızdan hem de dış dünyadan gelenlerle siz merkezde kalıp sadece gözlemci olarak her şeyi dinler, düşünceleri takip eder ve duygu geçişlerini gözlemlersiniz. Yeni başlayanlar için hayli zor olan gözlemleme becerisi zamanla öğrenilir ve zihni yönetme, odaklanma ve sakinleşme becerileri gelişir.

Meditasyonla derin bir gevşeme deneyimlenir. Vücudunuzun çeşitli yerlerinde stresten dolayı oluşan kasılmalar, ağrılar ve uyuşmalar bu derin gevşemeyle çözülür. Çünkü meditasyonda yavaşlayan nefesle kaslar da rahatlar. Kan basıncı düşer, beyne giden oksijen miktarı artar, nabız yavaşlar, stres hormonu olan kortizol seviyesi düşer, daha az tedirgin hissedersiniz. Daha az kaygılı, huzurlu ve iyi hissedersiniz.

Meditasyonla daha iyi odaklanmak, zihninizi dinlendirmek ve kendinizi yatıştırma becerinizi geliştirmek gibi hedefleriniz olabilir. Fakat her şey gibi bu da sabır ve çaba gerektirir. Beyninizin içindeki bağlantılar yavaş yavaş değişeceğinden, meditasyonun etkileri de beyinle ilgili olan her şey gibi 21 günden sonra başlar.

Meditasyonda en yüksek verimi alabilmek için istikrarlı ve düzenli olmak gereklidir. Her gün aynı saatte yapmak bu nedenle iyidir. Meditasyonu bir uzmandan ders alarak öğrenebilir ya da kendi kendinize deneyimleyebilirsiniz. Meditasyon içeriği olan Terapi Evreni gibi uygulamalar kullanabilir ya da internette Youtube gibi sitelerden pratikleri izleyerek, dinleyerek öğrenebilirsiniz. Şimdi kendi kendinize yapabileceğiniz iki örnek meditasyonu inceleyelim.

Meditasyon 1:

- Sessiz bir alana geçin. Meditasyon sırasında yalnız olun.
- Rahat bir pozisyonda oturun. Omurganızın düz ve oturuşunuzun dik olmasına özen gösterin. Elleriniz iki yanda ya da bacaklarınızın üzerinde olabilir. Bacaklarınızı oturduğunuz yerde yere doğru bırakabilir ya da bağdaş kurabilirsiniz.
- Gözlerinizi kapatın. Derin bir nefes alın, 2 saniye tutun ve yavaşça verin. Nefesi burnunuzdan almaya ve ağzınızdan vermeye çalışın.
- Normal nefes alıp verme hızınıza dönün. Nefesinizi sadece burnunuzdan alıp burnunuzdan verin. Nefesinize müdahale etmeyin, kendi haline bırakmaya çalışın.

- Nefesinizin burnunuzdan, boğazınızdan ve karnınızdan geçişini izleyin. Sadece nefes alıp verişinize odaklanmaya çalışın.
- Zihninizde düşüncelerin akmaya başladığını fark ederseniz, sakince odağınızı tekrar nefesinize getirin.
- Kalabildiğiniz kadar bu şekilde kalın.
- Hazır olduğunuzda gözlerinizi açın ve etrafı gözlemleyin.
- 1 dakika kadar çevrenizde olup bitenleri inceleyin ve yavaş yavaş hareket etmeye başlayın.
- Meditasyonu bitirin.

Bu meditasyona ilk günler beşer dakika olarak başlayıp sonra süresini uzatarak devam edebilirsiniz.

Meditasyon 2:

- Sessiz bir alana geçin. Meditasyon sırasında yalnız olun.
- Rahat edebileceğiniz bir yere uzanın.
- Gözlerinizi kapatın ve vücut ağırlığınızı uzandığınız yere bırakın.
- Tüm vücudunuzu hissedin, ayaklarınızdan itibaren tepe noktanıza kadar zihninizde tüm vücudunuzu tarayın. Yavaş yavaş vücudunuzun her noktasını rahatlatın.
- Derin bir nefes alın, 2 saniye tutun ve yavaşça verin. Nefesinizi verirken vücudunuzun daha da rahatladığını hissedin.
- Normal nefes alıp verme hızınıza dönün. Nefesinizi sadece burnunuzdan alıp burnunuzdan verin. Nefesinize müdahale etmeyin, kendi haline bırakmaya çalışın.

- Başınızdan ayağınıza doğru bir enerji koridorunun uzandığını imgeleyin. Bu koridorda sizi yoran, yıpratan şeylerin olduğunu hayal edin.
- Sıkıntıların her nefeste bu koridordan çıkıp uzaklaşarak sizi tek ettiğini düşünün.
- Bedeninizde ve ruhunuzdaki enerji akışını tıkayan engellerin kalktığını hayal edin.
- Bir süre bu şekilde kalın.
- Hazır olduğunuzda gözlerinizi açın ve etrafı gözlemleyin.
- 1 dakika kadar çevrenizde olup bitenleri inceleyin ve yavaş yavaş hareket etmeye başlayın.
- Meditasyonu bitirin.

Enerji Koruma Kalkanı

Bazen kendinizi çok iyi hissetseniz bile etrafınızdakilerin enerjinizi emdiğini ya da başkalarının negatif enerjisini bir sünger gibi içinize çektiğinizi hissedersiniz. Böyle zamanlarda kendi enerjinizi korumak ve başkalarının enerjilerinden korunmak için enerji koruma kalkanı yapabilirsiniz. Diyelim ki toplu taşımadasınız ya da enerjisini sevmediğiniz insanlarla aynı ortamda vakit geçiriyorsunuz. Kısa bir süre için gözlerinizi kapatın. Tam karnınızda camdan bir top hayal edin. Bu top yavaş yavaş dönsün ve büyüsün. Tüm vücudunuzu içine alacak kadar büyüdüğünde onu büyütmeyi bırakın. Bu topun sizin enerjinizi içeride ve başkalarının enerjisini dışarıda tuttuğunu hayal edin. Şimdi güvendesiniz. Ayrıca enerjisini istemediğiniz insanlarla temas kurmamak, göz temasında bulunmamak, ellerinizi önünüzde bağlamak ya da önünüzde kenetlemek de enerji paylaşımına engel olacaktır.

4. BÖLÜM

5 DUYUYA HİTAP EDEREK ÇOK BOYUTLU İZ BIRAKMANIN BAZI DEĞERLİ YOLLARI

Beş Duyuyu Harekete Geçirmek Neden Önemlidir?

Bizler dünyayı algılarımızla, duyular yardımıyla anlamlandırırız. Çevremizden sürekli sinyaller alırız, bu sinyaller beynimizde ilgili yerlerde işlenir ve böylece dış dünyaya dair bir algı geliştiririz. Koklama, tat alma, işitme, görme ve duyma duyularımız olmasa dış dünyada olan bitenden haberdar olamazdık.

Bir suyun kenarında orman yürüyüşü yaptığınızı hayal edin. Suyun sesi kulaklarınıza gelir, yanınızdan bir arı geçer ve vızıltısından onun bir arı olduğunu anlarsınız. Aynı zamanda sarı-siyah tombul bedenini görürsünüz ve sonra konduğu kırmızı renkli çiçekleri. Çiçeklerden bir tanesini koparır, kadifemsi yapraklarının kokusunu içinize çekersiniz. Yanınızda sıralanmış çamların kokusu gelir burnunuza ve parlak yeşil yapraklarından gözlerinizi alamazsınız. Termosunuza doldurduğunuz yeni çekilmiş tanelerden demlenmiş kahvenizden bir yudum içersiniz ve sonra ayaklarınızı serin suya daldırır ormanın sesini dinlersiniz.

Basit bir yürüyüşün beş duyuyla nasıl zenginleştiğine dikkat edin. Hiçbir şeyin farkında olmadan ormanın kenarından hızlı bir tempoyla geçip gidebilirdiniz de... Ama duyularınızın kapısını açtığınızda bu basit yürüyüş sizin için derin bir deneyime dönüşmüş olur.

Bugün tüketimin tamamen 5 duyuya endekslenmiş olduğunu söylersem şaşırmazsınız sanırım. Çünkü bugün tüm şirketler en çok 5 duyuya hitap etmeyi becerebilen ürünlerin tercih edildiğini biliyorlar. Çünkü davranışları etkileyen şey 5 duyuya giden algıları tetiklemek ve ruhsal bir etki yaratmak kısaca iz bırakmak...

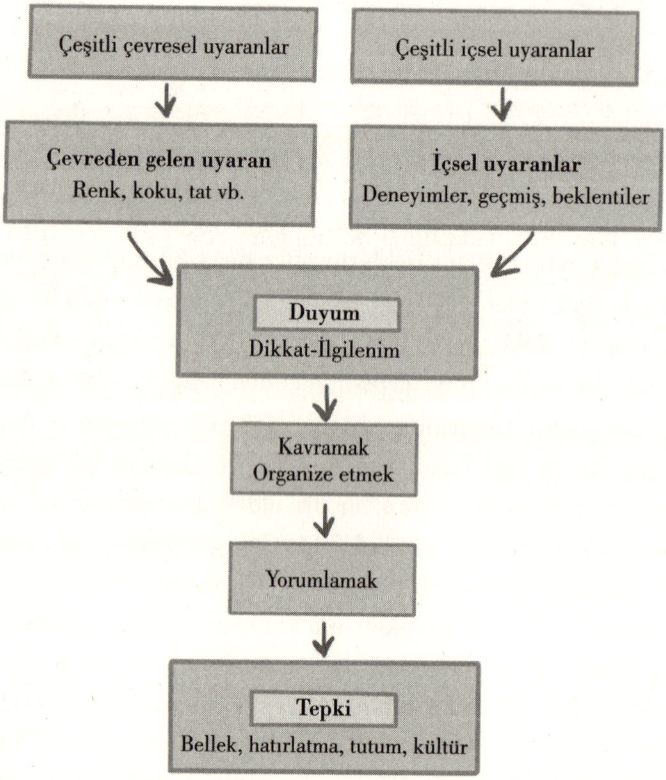

Algılama Süreci

İnsanların ihtiyaçları algılarını etkiler ancak tam tersine algılar da ihtiyaçlarını belirler. Algıladıklarımız bizim için belli bilgiler ve anlamlar demektir. Bu birikim aynı zamanda bizde duygu oluşturur. Sosyal psikolojinin incelediği bu alana göre algılarımız aslında epeyce karmaşık bir yapıdadır. Geçmiş tecrübelerimiz, düşüncelerimiz, eylemlerimiz, hafızamız, beklentilerimiz, önyargılarımız, ihtiyaçlarımız, karakterimiz, mizacımız algılarımızı etkiler.

Algının oluşması için bir uyaran olmalıdır ve insanlar çok düşük düzeydeki uyarıcılara karşı tepki oluşturmazlar. Örneğin gözün görebilmesi için eşik değerinde yani minimum miktarda ışığa ihtiyaç vardır. Ya da koku duyusunun algılanabilmesi de yine minimum düzeyde bir kokunun olmasıyla mümkündür. Özetle duyularımızla bilgi ve anlam ürettiğimiz bir dünyada algı yaratmak çok değerli ve önemlidir.

Bunu basit bir yolla evde kendi başınıza deneyimleyebilirsiniz. Tüm duyu yollarınızı bir anlığına devre dışı bırakın ve dış dünyayı algılamaya çalışın. Örneğin gözlerinizi bağlayın ve evde başka bir odaya gitmeye çalışın ya da kulaklarınızı kapatıp bir süre sessizliğe bırakın kendinizi. Gripken burnunuz tıkandığında hiç tat alamadığınızı anımsayın. Duyularımız bizim dünyayı anlamlandırma rehberlerimizdir. Dış dünyayı algılamak onlar olmadan mümkün olamaz.

Koku Duyusunun İz Bırakmada Etkisi

Koku duyusu en ilkel ve en önemli duyulardandır. Henüz ateşi keşfetmemiş atalarımız çevrelerini ve bulduklarını koklayarak tanımlamaya, yorumlamaya çalışıyorlardı. Bugün aslında bu davranışları bizler de sürdürürüz, dolaptan çıkardığımız yemeği koklarız, manavdaki en iyi domatesi koklayarak buluruz ya da duman kokusu aldığımızda nereden geldiğini koklayarak takip ederiz. Bazı kötü kokular bize "Beni yeme!" mesajı verir, bazı kokular cinselliği tetikler, kısaca koku duyusu bizi hayatta tutar.

Koku hücreleri aldıkları bilgiyi doğrudan beyne ilettikleri için en hızlı aktarılan duyumuz kokudur. Dilde bulunan tat alma hücrelerinin sayısından katbekat fazla olan koku hücreleri bu duyuyu bizim için daha hassas ve keskin bir hale getirir.

Koku duyusu beyindeki duygu ve hafıza bölümünde yer alır ve bugün psikolojide koku duyusu en güçlü bellek unsuru olarak kabul edilir yani koku hafızası hepimizde çok güçlü bir şekilde çalışır. Yapılan araştırmalara göre koku duyusu anıların hatırlanması ve stresin dindirilmesinde etkindir.

Peki, kokular insan davranışlarını nasıl etkiler?

Bunu önce biraz pazarlama stratejilerinde nasıl kullanıldığından hareket ederek açıklamaya başlayalım. Örneğin bir çalışmada süpermarkette kullanılan ekmek-vanilya karışımı kokuların fırın bölümündeki satışları artırdığı gözlenmiştir. Yine giyim mağazalarında kadın reyonlarında çiçek kokularının kullanıldığı günlerde, kullanılmayan günlere oranla daha fazla satış gerçekleştiği tespit edilmiştir. Yine başka bir örnekte bir giyim markası sattığı tişört ve gömleklerde temiz çamaşır kokusu kullanarak satışlarını artırmıştır.

Kokular direkt olarak ruh halimizi etkiler. Geçmişteki yaşantımızla bağlantı kurduğu gibi yeni anıları kaydederken de işin içindedir. Duygusal bağ kurmada en etkin olan duyumuz koku almadır. Bu nedenle bazı kokular bizi çocukluğumuza götürdüğünde orada uzun süre kalmak ister, kokuyu içimize çeker ya da o kokuyu bir şekilde almak, tatmak, koklamak isteriz.

Kokular Bağ Kurmada Nasıl Etkilidir?

Koku hafızası unutulmazdır.

Koklama, bebeklerin henüz anne karnındayken tamamen gelişebilen tek duyusudur. Diğer duyularımız doğduktan sonra da gelişmeye devam eder. Fakat koku alma konusunda dünyaya hazır bir şekilde geliriz. Çünkü yangın, zehir gibi tehlikeleri fark etmemiz, koku duyumuza bağlıdır. Koku duyusunun dünyayı, insanları ve mekânları algılama şeklimiz üzerinde oldukça büyük bir etkisi vardır. Biz farkında olmasak bile beynimiz koku bilgisini işler ve bazı yargılara varır.

Kokunun beyinde algılandığı ve diğer bölgelere dağıtıldığı alan, hafıza merkezine çok yakındır. Bu yüzden koku ile hafıza arasında çok sağlam bir bağ oluşmuştur. Hafıza merkezi aynı zamanda duyguların da işlendiği bir yerdir. Bu yüzden duygular, anılar ve kokular birbiriyle birlikte işlenir. Yani aklınıza bir anı geldiğinde, o anda ne hissettiğinizi hatırlamanız ve burnunuza o ortamın kokusunun gelmesi bu sayede olur. Örneğin kendinizi sevdiğiniz birine sarılırken hayal edin. Hemen burnunuza o kişinin kokusu gelecektir. Ya da çocukluğunuzda gittiğiniz bir akrabanızın evinin kokusunu hayal edin. Aklınızda burada yaşadığınız bazı anılar fotoğraflar halinde belirir. Bu bağlantı düşündüğümüzden çok daha güçlüdür. Yani bir şeyin hafızanızda kalmasını istiyorsanız kokunun gücünü kullanabilirsiniz.

Her insanın aynen parmak izinde olduğu gibi, kendine ait bir kokusu vardır. Bilinçli olarak düşünmesek bile, kokumuz bizim partner seçimimizi etkiler. Karşımızdaki kişinin bizim genetik yapımızla uyumlu ve sağlıklı olup olmadığı hakkında bilgi verir. Bu yüzden bazı insanların normal şartlardaki kokusu bize rahatsız edici gelirken, bazılarının kokusu terliyken bile çekici gelir. Bu farklılık tamamen genetik uyumla ilgilidir. Birçok hayvan da partnerlerinin uygunluğunu koklayarak değerlendirir. Hatta öpüşmenin koklama eyleminin dönüşümüyle geldiği söylenir. Çünkü tat alma duyumuz da koku alma duyumuzla bağlantılıdır.

Koku bilimi kendine büyük şirketlerin kurumsal kimliğinin oluşmasında da yer bulmaktadır. Büyük oteller, zincir mağazalar kendi kokularını oluşturmak ve müşterilerinin zihninde özel bir algı oluşturmak için kokuya yatırım yaparlar. Böylece otellerin, restoranların ve mağazaların marka kimliklerinin oluşumunda, isim ve logo gibi, koku da hızla yerini almıştır. Çünkü bir markanın kendi kokusunun olması o markayı daha prestijli bir konuma getirir ve akılda kalıcılığını artırır. Üstelik koku sayesinde markalar insanların onları nasıl algılayacağını belirlerler. Örneğin mutluluk, cinsellik, güven, canlılık gibi hisleri, kendilerine özel tasarlattıkları kokuyla müşteride uyandırarak, sanki o hisleri marka veriyormuş gibi bir algı oluştururlar. Bu da markanın çekiciliğini artırır.

Parfümünüzü Seçerken Dikkatli Olun

Parfümlere gelmeden önce bedensel bazda baktığımızda kimi zaman duygularımızı coşturan, bizi derinden etkileyen, kimi zaman aşk, aidiyet ve tutkuyu tetikleyen şey aslında "ten kokusu"dur. Ten kokumuz genetik, beslenme ve sağlık durumumuza göre ortaya çıkan ve feromon dediğimiz kimyasallarla karşı cinsi etkilememize neden olan kendimize has kokumuzdur. Esasında birisiyle flört etme ya da ondan uzaklaşma eğilimini parfüm kokusundan önce ten kokumuz belirler. Bazen bazı insanların vücut kokuları bizi inanılmaz iter, bazısı da çiçeğin tepesinde dolanan bir arı gibi bizi cezp eder, hem de hiç farkında olmadan. İşte bu davranışların geri planında çalışan kimyasallar feromonlardır.

Kadın ve erkeklerin hormonal yapıları ve vücut tipleri farklı olduğu için ortaya çıkan kokular da farklıdır. Evrimsel açıdan kokunun bizi nasıl hayatta tuttuğundan bahsetmiştim, buna bir de bedenimizden salgılanan kimyasallar yani feromonları eklemeliyiz. Yapılan araştırmalara göre ter bezleri ve jenital organların çevresinden salgılanan feromonlar bebeklerde anneyi tanımadan yetişkinlikte karşı cinsi çekici bulup bulmamaya kadar pek çok konuda etkilidir. Koku alma duyusunun en hızlı çalışan duyu olduğunu da biliyoruz, özetle birini çekici bulup bulmama konusunda beynimiz saniyeler içerisinde karar verir.

Kokunun hafızayla ilişkisini, insan psikolojisine etkisini ve kimlik oluşturmadaki önemini artık biliyoruz. Tüm bu bilgiler ışığında vazgeçilmezlik söz konusu olduğunda koku, gizli bir silaha dönüşür. Unutmayın siz de bir markasınız.

Her insanın diğer insanlar üzerinde yarattığı bir algı vardır. Giyiminizle, tavrınızla, konuşmanızla ve kokunuzla yarattığınız algı, insanların sizi zihinlerinde nerede konumlandırdığını ve size nasıl davrandığını belirler. Bu yüzden kendi markanızın kimliğine koku üzerinden de yatırım yaparak, hem kendi algınızı hem de başkalarının algısını yönetebilirsiniz. Bunun için önceliğiniz kendi kokunuzu bulmak ve kokunuz konusunda sabit kalmak olmalıdır. Nasıl ki büyük markalar imajları konusunda hassas davranıyor ve büyük değişiklikler yapmıyorsa, siz de kokunuzu sabit tutmalısınız. Kokunuz sizin imzanızdır.

Kendi kokunuzu bulmanızda size en çok yardımcı olacak özelliğiniz teninizdir. Çünkü parfümü tutan, üzerindeki yağ oranı ve bakterilerle parfümün kokusunu etkileyen şey cildinizdir. Bu yüzden bir parfüm farklı iki kişide aynı kokuyu vermez. Cilt yapınıza ve zevklerinize en uygun parfümü bulduğunuzda kendinize en uygun parfümü de bulmuş olursunuz.

Cilt yapısı ve kişisel zevklere ek olarak dikkate alınması gereken önemli unsurlardan biri de parfümlerdeki esans miktarıdır. Parfüm seçerken şişenin üzerindeki bazı kısaltmalar gözünüze çarpar: EDT, EDP ve EDC.

Peki bunlar ne anlama gelir?

Eau De Parfüm (EDP), Eau De Toilette (EDT) ve Eau De Cologne, aslında parfümün kendisini oluşturan esansın yoğunluğuna göre yapılmış bir ayrımdır. Parfümlerdeki esansın yoğunluğu kokunun kalıcılığından etkisine kadar pek çok şeyi belirler. Bu nedenle parfüm seçerken, kokusu kadar, kullanacağınız mevsime, günün zamanına ve yere göre de kararınızı vermeniz önemlidir.

EAU DE PARFUM (EDP)

Parfümde EDP kısaltması varsa, o parfümün, diğer parfümlere göre esans yoğunluğu en fazla olan kokulardan biri olduğunu anlayabilirsiniz. EDP'lerde esans yoğunluğu yüzde 10 ile 20 arasında değişir. Genel olarak EDP'ler kış aylarında veya gece aktivitelerinde kullanmaya daha uygundur.

EAU DE TOILETTE (EDT)

EDT parfümlerde esans yoğunluğu EDP'ye oranla çok daha azdır; yüzde 4 ile 10 arasındadır. Bu oran EDT'leri gündelik kullanım için en uygun parfümler yapar. Dört mevsim kullanmaya en uygun olan EDT'ler bu yüzden daha çok tercih edilir.

EAU DE COLOGNE (EDC)

EDC'ler esans yoğunluğu en az olan parfümlerdir. Kalıcılığının da düşük olması nedeniyle EDC'lerin kullanım oranı diğerlerine göre çok daha azdır. Yüzde 2 ile 4 arasında değişen esans yoğunluğu nedeniyle EDC'ler koku hassasiyeti olanlar tarafından tercih edilir.

SAF KOKU

Esans yoğunluğu bakımından neredeyse saf denebilecek parfümlerdir. Esans yoğunluğu yüzde 40 ile 50 arasında değişen bu kokular genellikle özel üretilir.

Cildinizin yağlı olması parfümün kokusunu yoğunlaştırır ve kalıcılığını artırır. Bu yüzden çiçeksi, meyveli hafif kokular parfümünüzün aşırı ağırlaşmasını önler. Daha baharatlı kokular kullanmak istediğinizde parfümün miktarını az tutabilirsiniz veya EDP yerine EDT kullanabilirsiniz. Çünkü EDT parfümlerin yoğunluğu daha azdır. Cildiniz kuruysa parfümünüzün kalıcılığı da daha az olur. Bu yüzden misk ve odunsu tonları olan parfümler cildinizle harika bir denge kurar. Cildiniz kuruysa ama çiçeksi kokuları seviyorsanız, parfümü sıktığınız alanları önceden nemlendirmeniz iyi olur. İsterseniz parfüm yerine saf kokulu yağlar kullanabilirsiniz ya da EDP ürünleri tercih edebilirsiniz.

Esmer tenliyseniz misk, amber ve baharat, beyaz tenliyseniz çiçek ve meyve kokuları sizin için daha uygun olabilir. Buğday tenliyseniz de bu ikisi arasında farklı karışımlardan tercih yapabilirsiniz. Parfüm kutuları da içeriği hakkında size yardımcı olabilir. Genelde daha ağır kokular daha koyu renkte şişelerde sunulur. Kahverengi ya da mor şişeler daha baharatlı, beyaz ve pembe şişeler daha çiçeksi olabilir.

İmza parfümünüzü seçmekte acele etmeyin. Hangi tarz kokuları sevdiğinizi belirledikten sonra parfümerideki uzmanlardan size uygun seçenekleri sunmalarını rica edin. Sonra bu kokulardan en beğendiğiniz 3-4 tanesini birbirinden uzak bölgelere sıkarak deneyin. Parfümlerin kokusu zamanla değiştiği için acele etmeyin. Üzerinizdeki parfümlerle birkaç saat vakit geçirin. Sevdiklerinizin fikrini de alabilir hatta parfümü almayı ertesi güne bırakabilirsiniz. Bu sırada daha doğru bir değerlendirme yapabilirsiniz. Üzerinizdeki kokular içinize sinmediyse başka bir gün başka parfümleri deneyin. Seçim işlemi uzun sürse de sonuç inanın buna değecek.

Baştan Çıkarıcı Parfüm Var mıdır?

"Bir erkeği ya da kadını baştan çıkaracak koku veya parfüm hangisidir?" sorusu sıkça yöneltilen sorulardan biridir. Koku tercihi oldukça kişisel bir konudur, çekici gelen koku türleri kişiden kişiye farklılık gösterir. Üstelik işin kimyası ve biyolojisi de ortadayken tamamen parfümlere yaslanmak da çözüm değildir.

Parfümler aslında sizin idealize ettiğiniz, model aldığınız, olmak istediğiniz kişinin yansımasıdır. Bu sebeple öncelikle sizi baştan çıkarması gerekir. Bunu sağladığınız durumda, bu yansıma karşınızdaki kişilere de geçer.

En baştan çıkarıcı
parfüm, sizde
en iyi kokan,
kokusunun içinde
kendinizi en
rahat hissettiğiniz
parfümdür.

Parfüm tercihleri çok özel ve biriciktir evet, ancak yine de bir genelleme yapmak gerekirse, erkeklerin çiçekli, baharatlı, meyveli ve misk içeren parfümlere daha fazla ilgi duyduğunu söyleyebiliriz. Partnerinizde hedeflediğiniz o cinsel isteği, vazgeçilmezliği uyandırmak için parfüm seçiminizi yaparken içerik olarak bu esansların olmasını göz önünde bulundurabilirsiniz.

Kadınları baştan çıkaran kokular ise genelde taze, odunsu, misk, baharat ve narenciye içerikli parfümlerdir. Bu kokuların alt tonlarında vanilya, sandal ağacı, yasemin ve lavanta olduğunda uyanan tutku ve arzu afrodizyak etkisi yaratır.

Parfüm seçimi kadar onu kullanmak da önemlidir. Kendinizi parfüm banyosuna maruz bırakmayın, özellikle kan akışının hızlı olduğu boyun bölgesi, kulak arkası, bilek ve dizlerin içleri parfüm sıkabileceğiniz uygun yerler. Ter kokusu karşı cinsi etkileyen feromonları barındırsa da yoğun ve ağır kokular karşı cinsi uzaklaştırır. Bu nedenle hem parfüm hem de deodoranları temiz tene uygulamak gerekir.

Yedikleriniz ten kokunuzu çok etkiler. Arada sırada beslenme detoksları yapabilir, birkaç gün sadece sebze ağırlıklı şeyler tüketerek ve bol su içerek arınma programları yapabilirsiniz. Tansiyon, şeker, kilo problemleriniz varsa doktorunuza danışmadan diyet programları uygulamamalısınız.

Tat Alma Duyusunun İz Bırakmada Etkisi

Tat alma duyumuz aslında koku alma duyumuzla birlikte çalışır hatta bir şeyin tadını almadan önce kokusunu alırız. Tattığımız şeyler vücudumuzdaki kimyasalların salınımını sağlar, bu kimyasallar da salgı bezlerini uyarır ve böylece yine beyindeki anımsama merkezi harekete geçer.

Tat duyusu görsel olarak da uyarılır. Reklamlarda bolca gördüğümüz gibi yiyecek ya da içeceklerin lezzetini algılamamız için bazı taktikler uygulanır. Çorbadan yükselen dumanlar, kullanılan sebze meyvelerin renkleri ve tazeliği, iştahla yemek yiyenler bizde de o ürünü tüketme dürtüsü uyandırır.

Tat alma duyusu sadece lezzetle ilgili değildir, tüm duyularınızla ilgilidir. Özel bir gece için iz bırakma bölümünde tat alma duyusunu uyandıracak önerilerimi okuyabilirsiniz.

İşitme Duyusunun İz Bırakmada Etkisi

Sesler bellek üzerinde etkilidir. Belli bir ruh hali yaratmada aktif rol oynayan sesler çeşitli duyguların uyandırılmasında işe yarar. Örneğin klasik müzik sakinleştirirken rock müzik heyecan verir.

Tüketici davranışlarını inceleyen çeşitli araştırmalara göre reklamlarda kullanılan sesler ve müzikler insanları o ürünü almaya ikna eder. Örneğin bir cips reklamı sizi çıtırtı sesleriyle etkiler ya da sebzelerin yerken çıkan sesleri tazeliğini çağrıştırır. Önemli günler ya da şampiyonluklarda çalınan marşlar duygusal olarak bizi etkiler ve motive eder, takım ruhunu, birlikteliği, toplumsal bütünlük duygularını harekete geçirir.

Partnerinizle birlikteyken dinlediğiniz müzikler, doğal bir ortam yaratmak için kullanacağınız sesler (yağmur ya da su sesi) ve en önemlisi sizin ses tonunuz bağ kurmada etkilidir. Yavaş ve sakin konuşmak karşı tarafı etkiler, kullandığınız kelimelerin vurgusu, kahkaha atarken çıkan ses, fısıltılar hepsi sesin iz bırakan yollarındandır.

Hem Kulağa Hem Kalbe Hitap Eden Bir Ses Tonu

Ne söylediğiniz kadar nasıl söylediğiniz de önemlidir. Ses tonlamanız, vurgular, sesinize katacağınız yumuşaklık ve tatlılık kişiliğinize dair bazı mesajlar verdiği gibi karşınızdaki kişiyle kurduğunuz iletişimin gücünü de artırır.

Etkili bir ses tonuyla konuşmak için:

- Sesinize bir melodi katın: Nasıl her şarkının bir melodisi varsa ve bu melodi bizde çeşitli duygular uyandırıyorsa kendi sesinize de bir melodi katın. Durağan ve monoton bir tını yerine daha ahenkli konuşmak karşınızdakini sıkmaz.
- Ses temponuzu ayarlayın: Bazen hızlı bazen yavaş konuşuruz. Heyecanlıyken ya da üzgünken farklıdır sesimiz. Karşınızdakinin ihtiyacına göre belli durumlarda konuşma temponuzu ayarlayın.
- Tonlamaya dikkat edin: Duygu ve düşüncelere göre sesin yükselip alçalmasına ve konuşmaya duygunun katılmasına tonlama denir. Tonlama sadece işitme duygusuyla fark edilir ve söylemek istediğinizin duygusunu tamamen değiştirebilir. Örneğin bir emir cümlesini yumuşak bir tonlamayla söylerseniz emir gibi algılanmaz ya da basit bir şeyi söylerken seçeceğiniz tonlama karşıdakini incitebilir. Sıklıkla "Ben aslında öyle demek istememiştim, sen beni yanlış anladın..." ifadesinin arkasındaki neden tonlamadır.
- Alıştırma yapın: Kendi sesinizi kaydedip dinleyin, hızlı mı yavaş mı konuşuyorsunuz? Tekdüze bir ritim mi var? Kelimeleri yeterince düzgün telaffuz ediyor musunuz? Ayna karşısında beden dilinizi de izleyerek sesli şekilde kitap okuma alıştırmaları yapın, şarkı söyleyin.

- "S" harfini kullanın: "S" harfinin çok olduğu kelimelerle kurduğunuz cümleler çapalama etkisi yaratır. "Sana sımsıkı sarılmak istiyorum..." cümlesinde olduğu gibi özellikle çapalama yapacağınız anlarda "S" harfinin yoğun olduğu cümleler kurun.

Görme Duyusunun İz Bırakmada Etkisi

Dünyayı algılamada en önemli duyu görme duyumuzdur. O kadar etkilidir ki sadece gördüklerimizi işleyen beynimiz mantıkdışı olsa dahi gördüklerine inanır. Görme denince işin içine renkler, biçimler ve çeşitli düzenlemeler katılır.

Tercih ettiğiniz renkler fizyolojinizi, psikolojinizi, görsel ve estetik algıyı büyük oranda etkiler. Çünkü renkler hem estetik değer katar hem de bir kimlik oluşturur. Bazı renkler dikkat çeker, bazı renkler anımsanabilirlik açısından daha etkili iz bırakır.

Renk olarak tanımlanan şey aslında baktığımız nesnenin, yüzeylerin fiziksel bir özelliği değil ışığın neden olduğu algıdır. Yani bir nesnenin üzerine ışık düştüğünde, nesnenin yüzeyi bu ışıktan gelen bazı dalgaları emer, bazılarını ise yansıtır. Biz o nesnenin yansıttığı ışığı renk olarak görürüz. Bu dalga bilgisi gözümüze gelir ve beynimize iletilir. Beynimiz bu bilgiyi alır ve bu dalga bilgisini renk olarak görmemizi sağlar. Yani aslında nesnelerin rengi yoktur. Sadece ışığı yansıtma ve emme özelliklerinde farklılık vardır.

Farkında olmasak da beynimize ulaşan her renk bilgisi, beynimizdeki farklı alanları uyarır. Bu yüzden her renk zihnimizde farklı algılar, duygular ve etkiler oluşturur. Bu nedenlerle renklerin hayatımıza basit anlamda renk katmak dışında daha büyük işlevleri vardır. Renkler, bu etkileri öğrenmek ve kullanmak, ne tür bir algı yaratmak istiyorsak ona ulaşmak için elimizde sihirli bir değnek tutmak gibidir.

Giyiminizden makyajınıza, ev dekorasyonunuzdan saç renginize kadar renkleri kullanarak kendi kimliğinizi yaratabilirsiniz.

Renklerin Gücüyle İz Bırakma ve Renklerin Psikolojisi

Kırmızı

Aşk, şehvet ve tutkunun rengidir, teşvik edicidir ve ateşli bir cinsel yaşamı çağrıştırır. Özellikle kadınların karşı cinste cinselliği uyandırmak adına tırnaklarında, dudaklarında ve kıyafetlerinde kırmızı kullanmalarının erkeklerde cinsel arzuyu canlandırdığı kanıtlanmıştır. Pek çok ruj reklamında kırmızı dudaklar görürüz. Kadında seksapelliği çağrıştıran kırmızı renk erkekleri harekete geçirir. Cinsel hayatınızı canlandırmak için işe yatak odanızda kırmızı rengi kullanarak başlayabilirsiniz. Canlılık, heyecan ve dinamizmi ifade eden kırmızı aynı zamanda iştah açıdır. Pek çok içecek ve yiyecek markası bu nedenle kırmızıyı tercih eder. Kırmızı aynı zamanda kanımıza rengini verdiğinden zorbalık ve otorite ile de ilişkilendirilmiştir.

Kırmızı, nefes alışınızı ve kalp ritminizi hızlandırır. Tutku ve samimiyeti yüceltirken, alınganlığı da tetikleyebilir. Yemek odalarında iştah açıcı özelliğinden dolayı tercih edilebilir. Kırmızı o kadar güçlü bir renktir ki az yoğunlukta olduğunda dahi kolayca üstünlüğü ele geçirir. Bu sebeple yatak odanızda baskın bir kırmızı kullanmaktansa küçük objelerle tamamlayıcı olarak kırmızıyı dahil etmek daha iyidir.

Hiperaktif çocuğunuz varsa kırmızıyı fazla yoğun kullanmayın. Kırmızı konsantrasyon ve dikkati artırır, çalışma zamanlarında kırmızı objeler kullanılabilir. Ayrıca kadınlar iç çamaşırlarında da kırmızıyı tercih edebilirler, hatta siyahla kombinlemek daha büyük bir etki yaratır.

Pembe

Kırmızı kadar olmasa da aşk ve şehvetle ilişkilendirilen bir diğer renk pembedir. Daha az cüretkâr olan pembe kırmızıya oranla daha romantik bir aşkı çağrıştırır. Ayrıca kırmızı ve kırmızının diğer tonları olgunlukla ilişkiliyken pembe renk daha çok gençliği ifade eder. Kırmızıya göre daha az hareketlidir ve yumuşak duygular uyandırır. Daha çok romantizm ve sevgi duygularının harekete geçmesini istiyorsanız, pembe rengi dekorasyonunuzda kullanabilirsiniz.

Pembe rengi evinize baskın olarak ya da büyük parçalarda tercih etmek yerine ufak dokunuşlarla dahil edebilirsiniz. Örneğin pembe bir vazo içine koyacağınız kırmızı çiçeklerle oluşturacağınız renk harmanı iki rengin yaratacağı algıyı da dengeleyecektir. Yine benzer şekilde seçeceğiniz biblolar, mutfak eşyaları (tabak, tuzluk gibi eşyalar) ve tekstil ürünlerinde ikisinin karışımına odaklanabilirsiniz.

Pembe, dinlendirici ve insanı rahatlatan bir renktir. Aşk rengi pembe olanlar neşeli, heyecanlı ve eğlenceli kişilerdir. Örneğin, çarşaflarınızda, yatak örtünüzde uçuk pembeyi tercih etmeniz aşk ve sevgi duygularının tetiklenmesini sağlar. Çarşaflar için tercih etmeniz gereken bir diğer renk ise uçuk sarıdır. Pembe genel olarak olumlu duygular uyandıran bir renktir, beyazdansa pembe rengi seçmenizi öneririm. Hayal gücünü artırır. İlk görüşmelerde ya da iş görüşmelerinde kullanılmamalı.

Mor

Mor asaletle ilişkilendirilmiştir. Eskiden Antik Yunan'da kraliyet moru olarak geçen bir tür mor rengi sadece asillerin giydiği kıyafetleri boyamada kullanılırdı. Daha çok içedönüklüğü ifade eden mor maneviyat, sezgiler ve yaratıcılıkla ilgilidir. Artık ilişkilerde ve cinsellikte kırmızının tahtına oturmuş olan mor, tutkuyu, bağlılığı ve ihtirası da içinde bulunduran kompleks bir renktir. Hareketli bir cinsel yaşamı çağrıştırır. Mor rengin, özellikle eflatuna çaldığı tonları en çok arzu uyandıran tonlardandır. Ayrıca çatışmaların dahil olduğu ilişkilerde huzurun ve dengenin sağlanması için mor renginin kullanımı önerilir. Mor renk, yatıştırıcı özelliğinden dolayı özellikle uyku probleminden mustarip çeken kişilerce kullanılmalıdır. Mor kırmızıyla birlikte kullanıldığında etkisi artar.

Gri

Gösterişten uzak ve sönük renk gri geri planda kalmayı tercih edenlerin rengidir. Siyahla beyazın dengeli yapısı resmi ve klasik bir hava yaratsa da duyguları tetikleme açısından soğuk bir izlenim bırakır. Bu renk kararsız kişiler tarafından sevilir, bu tarz kişiler hiçbir konuda heyecanlanmadıkları gibi renk konusunda da son derece heyecansızdırlar. O yüzden de yorumsuz gölge rengini seçerler. Gri tercih eden erkekler cinselliği sakinleşme aracı olarak görürler. Gri kararsızlık enerjisi yayar, bu nedenle griyi tercih etmekten kaçının.

Kahverengi

Renkler arasında en zengin ara tonlara sahip olan kahverengi aslında evimizde halihazırda en baskın olan renktir diyebiliriz. Mobilya ve dekorasyonda ya da giyim kuşamda, ayakkabı ve çanta söz konusu olduğunda genellikle kahverenginin ve tonlarının kullanıldığını görürüz. İçinde barındırdığı sıcak renklerle güven, konfor, doğallık çağrıştırır. Toprak, ağaçların işlenmesiyle elde edilen ahşap, kahve, çikolata, dinginlik, denge, konfor, sadelik gibi etkiler uyandırır.

Aslında kahverengi hüzün duygusunu uyandıran bir renktir. Mobilyalarda çok baskın olsa da fazla yoğun kullanımından kaçınılmalı

Beyaz

Saflık, temizlik, sadeliği çağrıştırır. Özellikle cinsel hayatta sıradanlığı işaret eden beyazda işin içine biraz sıcak tonlar karışınca ise işler değişir. Beyaz, ince dokunuşlarla farklılaşan ve renklenen insanları anlatır. Beyaz seven kişiler cinsellikte sıra dışı olan kişiler değillerdir, farklılıktan çekinebilirler. Dekorasyondaki tercih edilirliğine bakacak olursak beyazın harekete geçirici bir renk olmamasından dolayı baskın kullanımından kaçınılmalıdır. Eğer beyaz tercih etmek istiyorsanız tek bir duvarda, canlı renklerle kombinleyerek kullanmanız önerilir. Beyaz sadece mutfak ve tuvalette kullanılmalıdır, depresyona sürükleyen başlıca renk beyazdır. Yatak odasında özellikle beyazdan uzak durmakta fayda var. İşyerlerinde de yoğun beyaz kullanımı iş verimini düşürür.

Turuncu

Yakınlığın sınırlarını zorlayan, sıcaklığa, temasa ve fantezilere çok açık, hatta onsuz yapamayan bir renktir. Turuncu seven kişiler duygusal ve hassas kişilerdir. Canlı ve heyecan verici ilişkiler tam onlara göredir. Cinsel ilişkide fantezileri oldukça geniştir ve şehvetlidirler. Sosyallik ve aktiflikle bağlı olan turuncu, spor kıyafetlerine ve aksesuvarlarına rengini vermektedir. Dekorasyon yaparken oturma odası, yemek odası, çocuk odaları, toplantı odalarında tercih edilebilir. İletişimin rengi olarak da bilinen turuncu, mavi gibi rahatlatıcı bir renkle de dengelenmesi koşuluyla yatak odasında oldukça işe yarayacaktır.

Turuncu çok önemli bir renktir. Turuncu rengi karşı tarafta sizi tekrar görme isteği uyandırır. Çekiciliği uyandırır. Giyiminizde turuncu ve maviyi dengeleyerek birlikte kullanabilirsiniz.

Yeşil

Yeşil güven ve huzuru temsil eder. Aşkta yeşil sakinleştirici ve huzur vericidir. Yeşil sadakatin rengidir. Cinsel yaşama denge ve ahenk katar. Doğanın rengi yeşil, gençlik rengidir, iyi bir sağlıkla ve iyileşmeyle ilişkilendirilir. Banyo duvarınıza yeşil renkte yaprakların, ağaçların olduğu bir tablo asabilir, hatta salon ya da çalışma odasının bir duvarını yeşile boyayabilirsiniz. Yeşil, insanların görmekten hiçbir zaman sıkılmayacakları tek renktir. Gündüz kullanım için çok uygun bir renktir fakat geceleri yatak odasındaki enerji için uygun bir renk değildir. Yatak odalarından uzak tutulması gereken renklerin başında gelmektedir. Yeşil renk aynı zamanda iş görüşmelerinde kullanılabilir. Güvenilirliğin rengi yeşildir, yeşil bir küpe ya da yeşil bir fular iş konuşmaları yapacağınızda size güvenilirlik katar.

Mavi

Gökyüzünün ve denizlerin rengi mavi, güven duygusunu uyandırır, sakinleştirir. Tansiyonu düşürür ve kalp atışını yavaşlatır. Özgürlük, ferahlık ve uyumu çağrıştırır. Mavinin yatak odasında kullanılması çiftler arası iletişime olumsuz etki edebilir. Özellikle yoğun miktarda mavi kullanımı depresif yapabilir. Mavinin yatak odasında tutkuyu desteklemediği gözlemlenmiştir, bu nedenle asla kullanılmamalı. Ergen çocuğunuz varsa yatak ya da çalışma odasında maviye yer vermemeye özen gösterin çünkü mavi depresyonu tetikler ve sürekli bir uyku hali yaratır. Turkuvaz depresyonu ve iç çalkantılarınızı azaltır. Kendi odanızda ya da çocuk odalarında tercih edebilirsiniz.

Siyah

Siyah saygınlığı ve zarafeti, seksiliği ve gizemi çağrıştırır, arzuyu tetikler. Örtücü siyah baştan çıkarıcıdır, ev dekorasyonunda mobilya seçiminde, yatak örtülerinde rahatlıkla kullanılabilir. Eğer arzu uyandırmak istiyorsanız siyahı mutlaka kırmızının yanında kombinlemelisiniz. Yatak odanızda siyahın kullanımında miktar çok önemlidir, diğer renkleri desteklemesi ve hizmet etmesi adına kullanmak çok daha uygundur. Bu iki rengin yatak odanızda birlikte kullanılması cinsel hayatınızdaki doyumu ve tutkuyu besler. Siyah aynı zamanda liderliğin ve saygının rengidir. Özellikle erkekler siyah renkli kemer, saat takmalıdır. İlk görüşmelerde de erkekler özellikle siyah giyerek daha çok etki bırakabilirler. Erkeği en etkileyici gösteren şey siyah gömlek ve siyah kordonlu bir kol saatidir.

Sarı

Sarı mutluluk verir, optimist olmayı sağlar. Özellikle çalışma ortamında bulundurulan sarı rengi insanları daha neşeli yapar ve daha konsantre olmalarını sağlar. Yalnız sarı kullanımını abartmamaya dikkat etmek gerekir. Çok fazla sarının insanlarda endişe yarattığı ve huzursuzluk verdiği çalışmalarla ortaya konmuştur. Yatak odanızda uçuk sarının yatak örtüsünde kullanılması özel alanınız olan yatağınızda huzur ve mutluluğu destekler. Sarı iletişimi güçlendirir, oturma odanızda bazı detaylarda sarı kullanabilirsiniz. İştah açan bir renk olduğu için çocuklarınızın yemek tabaklarını sarı seçebilirsiniz. Neşesizseniz, yataktan çıkmakta zorlanıyorsanız yine sarıyı evinizde kullanabilirsiniz. Çocuk odalarında mavi-sarı dengesi en uygun renklerdir.

Giyim Tarzınızla Kimliğinizi Oluşturun

Kıyafetler bedeninizi sarar, ruhunuzu ve kişiliğinizi dışa yansıtırlar. Kıyafet seçerken sadece bedeninizi örtmüş olmazsınız, rengi, kesimi, kumaşın dokusu, parlaklığı, etek-pantolon boyu, esinlendiği moda akımı gibi detaylar kişisel zevkleriniz ve haletiruhiyenizin bir panoramasıdır kısaca.

Şimdi kısacık hayal edin, bir sokakta yürüyorsunuz. Her gün işe, markete giden alışıldık kıyafetlerin içinde onlarca insan görürsünüz. Ancak kalabalığın arasında sıra dışı giyinmiş birisi varsa muhakkak gözünüze çarpar. Alışıldığın dışında kullanılan bir şapka, ilginç bir güneş gözlüğü, seksi bir deri ceket tüm ilgiyi bir anda üzerine çeker.

Daima ilginçlik peşinde olmak ve ilgi çekmek uğruna sizin ruhunuzu dışarıya yansıtmayan detayları kovalamanızdan söz etmiyorum. Ancak sıradan bir görünümü kırmak için bazı ufak taktikler deneyebilirsiniz. Bu hem sizi bakımlı hem de havalı gösterir.

Kıyafet seçerken amaca ve ortama uygun giyinmek önemlidir. Örneğin gideceğiniz ortam salaş bir yerse, abiye elbise ve topuklularla gitmeniz sizi tuhaf biri haline getirir, üstelik sizin için konforlu da olmaz. Bazı özel davetler, partiler, işyerleri ya da yemek davetleri için dresscode (kıyafet zorunluluğu) vardır. Örneğin resmi bir kıyafet zorunluluğu uygulanan bir yere kot pantolonla gidilmez, işyerinizde eşofmanla çalışamazsınız ya da özel partiler için şık bir gece elbisesi giymeniz beklenir.

Diğer yandan kıyafetlerinizin size uygun olması da önemlidir. Herkesin belli bir beden tipi ve her beden tipinin de vurgulanacak farklı bir özelliği vardır. Beden algısı ve ölçüleri konusunda sıkça yaşanan tartışmalar vardır, özellikle kadınlar için 34 beden dayatması, göğüs ve kalçaların oranları üzerinden yaratılmış ideal bir güzellik algısı vardır. Bugün artık beden ve kilo dayatması konusunda algılar yerle bir ediliyor, kimse aşırı zayıf ya da her an seksi olmak zorunda değil elbette. Yapmanız gereken sadece beden tipinize uygun seçimler yapmanız ve sizi daha çekici kılacak dokunuşları tamamlamanız.

Şimdi kadınlar için genel vücut tiplerini ve ideal kıyafetlerini inceleyelim. Kendinize aynada uzaktan bakın ve aşağıdaki tiplerden hangisine daha çok benzediğinizi tespit edin. İdeal beden tipinize göre yukarıda bahsettiğim renklerin rollerinden faydalanarak hem estetik görünümünüzü inşa edin hem de iz bırakan bir imaj yaratın:

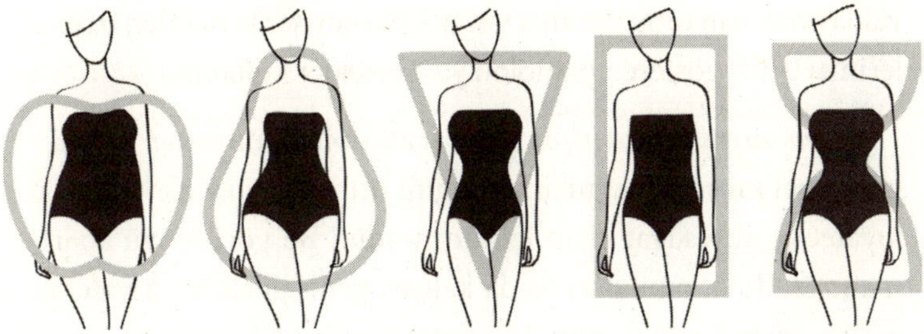

Vücut Tipleri

Armut tipi: Omuzların ve belin dar, basenlerin ise geniş olduğu vücut tipidir. Bu vücut tipine sahipseniz bedeninizi saran ve omuzlarınızı geniş gösteren kıyafetler size daha çok yakışır. Dikkati basenlerinizden yukarı çekmek için üst kısmınızda açık renk, alt kısmınızda koyu renk kullanın. Küpe ve kolye gibi aksesuvarları büyük ve renkli tercih edebilirsiniz.

Yuvarlak (oval) tip: Bel kısmının vücudun diğer kısımlarından geniş olmasıdır. Bu tipte iseniz bel kısmınızı kemer, lastik gibi şeylerle vurgulamayacak şekilde giyinmelisiniz. Üst kısma giyeceklerinizin dökümlü, alta giyeceklerinizin ise hafif dar olması dikkati güzel bacaklarınıza çekmenizi sağlar.

Dikdörtgen tip: Uzaktan bakıldığında bel, omuz ve basenin nerdeyse aynı hizada görünmesidir. Bu vücut tipinde de bel oyuntusunu vurgulamayan kıyafetler giymek sizi daha çekici gösterecektir. Üstünüze giydiğiniz kıyafetlerin hafif dar, altınıza giydiğiniz pantolon etek gibi kıyafetlerin bol ve asimetrik olması güzel olur.

Ters üçgen tip: Bu tipte omuzlar vücudun geri kalanına göre oldukça geniştir. Siluetinizi yukarıdan aşağı doğru genişleyecek şekilde gösteren kıyafetler sizin için en idealidir. Yukarılarda koyu aşağılarda açık renkler kullanın. Kum saati görünümüne yaklaşmak için omuzlarınızı vurgulamayan dar kıyafetler, basenlerinizi geniş gösteren pantolon ya da etekler kullanın.

Kum saati vücut tipi: Kum saati tipinde omuzlar ve kalça geniş, bel incedir. Belinizin darlığını ortaya çıkaracak her türlü kıyafet ve aksesuvar sizin için uygundur. Bu görüntüyü abartmamak adına, omuzları ya da kalçayı geniş gösteren kıyafetler yerine, vücudunuzu saran kıyafetler tercih edebilirsiniz. Ayrıca fazla dökümlü ya da salaş kıyafetler sizi olduğunuzdan daha şişman gösterebilir.

Doğru Makyaj Nasıl Yapılır?

İster sadece dışarı çıkarken basit bir dokunuş ister günlük olarak makyaj çoğu kadının yapmaktan zevk aldığı bir güzellik sırrıdır. Binlerce yıl öncesinde Mısır'da ve eski medeniyetlerde kadınlar gözlerine sürme çeker, dudaklarını ve yanaklarını boyarlardı. Hatta sadece kadınlar değil erkekler de çeşitli amaçlarla, kamuflaj, güç gösterisi, rütbe nişanesi olarak yüzlerini boyarlardı. Kültürden kültüre değişiklik gösteren makyaj uygulamaları tarih boyunca karşımıza çıkar, örneğin Uzakdoğu'da kadınlar beyaz pudralarla yüzlerine porselen görünümü verirlerdi, Hindu geleneklerinde kadınlar gözkapaklarını boyar, bedenlerini renklendirir ve ayaklarına kına yakarlardı.

Kadınlar olarak makyajı daha genç, çekici ve sağlıklı görünmek için yaparız. Makyajla cildimiz pürüzsüz, dudaklarımız canlı, gözlerimiz ise gizemli görünür. Aslında kıyafet seçimi yaparken uygulayacağınız temel tüyolar makyaj için de geçerlidir. En doğal makyaj, makyajsız gibi hissettiğiniz ve algılandığınızdır. Bu yüzden girdiğiniz ortama uygun şekilde makyajınızı az ve öz tutmaya çalışın. Dudaklarınızı vurguladıysanız gözlerinizi, gözlerinizi vurguladıysanız dudaklarınızı sade tutun. Bir diğer önemli nokta ise makyajın ten, göz, kaş ve saç renginizle uyumlu olmasıdır. Bunu sağlamak için ilk adım cildinizin alt tonunu bulmaktır. Gün ışığında bileğinizin iç kısmındaki damarları inceleyin. Damarların rengi yeşil ağırlıktaysa sıcak, mavi ve mor ağırlıktaysa soğuk, karışıksa nötr alt tonunuz vardır.

Sıcak alt tonluysanız makyajınız için kırmızı, kahverengi, sarı, turuncu gibi sıcak renklerin bazını oluşturduğu renkleri tercih edebilirsiniz. Kıyafetlerinizde de sıcak tonları kullanarak daha genç, enerjik bir görünüm sağlayabilirsiniz. Temel renginizi siyah yerine kahverengi olarak değiştirebilirsiniz. Beyaz yerine kırık beyaz kullanmanız genel görünümünüzle uyum sağlar. Ayrıca bakır, rose (gülkurusu), gold (altın) renkteki takılar size daha çok yakışır.

Cilt renginizin alt tonu soğuksa, makyajınızda mavi, pembe ve mor renklerin bazını oluşturduğu renkleri tercih etmelisiniz. Örneğin fondöten, allık ve far gibi malzemeleri seçerken ürün bilgisinde soğuk, pembe ve gül kelimeleri geçenler sizin için uygun olur. Kıyafetlerinizde de aynı şekilde mavi bazlı soğuk renkler sizi açar. Temel renginizi siyah ve gri olarak düşünebilirsiniz. Takılarınızda gümüş ve beyaz altın tercih edebilirsiniz.

Cilt alt tonunuz nötrse genel anlamda size her renk yakışır. Fakat takılarınız, kıyafetiniz ve makyajınızın renk tonu açısından uygun olması sizin bu bütün içinde parlamanızı sağlar.

Temel renkler ne kadar kendi içinde sıcak ya da soğuk olsa da her rengin sıcak ve soğuk alt tonu vardır. Örneğin kırmızı genel olarak sıcak bir renk olsa da, hem sıcak hem de soğuk tonu vardır. Bu sayede örneğin kahveleri seviyorsanız ve soğuk alt tonunuz varsa bej, toprak rengi gibi size uygun bir kahve tonu bulabilirsiniz.

Makyaj konusunda kendini geliştirmek, doğru makyaj tüyolarını öğrenmek için makyaj uzmanlarının önerilerini inceleyebilirsiniz. Unutmayın en doğal halinizi yansıtacak, abartıdan uzak bir makyaj ışıltınızı artıracaktır.

İlişkileri Düzelten Dekorasyon Önerileri

Dekorasyon beş duyunun işbaşında olduğu bir etkileme alanıdır. İnsan psikolojisinin mekândan bağımsız olduğunu düşünemeyiz, yaşadığımız alanların, yatak odamızın ya da dışarıda vakit geçirdiğimiz yerlerin dekorasyonunun ruh halimiz üzerinde nasıl etkisi olduğunu biliriz.

Bazı düzenlemeler ilişkilerde insanların birbirine sıcak davranmasını etkileyecek kadar önemlidir. Özellikle yatak odası dizaynı ilişkiler için kurtarıcı limandır çünkü yatak odası cinselliğin yaşandığı ve ilişkinin yüzde yetmişine karşılık gelen iletişimin ve yakınlığın kurulduğu alandır.

Yeni evleneceklerin, çeyiz hazırlayanların ya da evinde değişiklik yapmak isteyenlerin mutlaka dikkat etmesi gereken bazı noktalardan söz edeceğim. Yatak odanızda kullanacağınız bazı renkler sağlıklı bir uyku uyumanıza, eşinizle daha çok tartışmanıza, cinsellik yaşayamamanıza ve cinsel olarak birbirinizi çekici bulmamanıza neden olabilir.

1. Yatağınızın yüksek olmasına özen gösterin. Yer yatakları ya da alçak yataklar son dönemde farklı ev dizaynları yaratmak için oldukça popüler ancak yüksek yataklar enerjisel anlamda çok daha faydalıdır.

2. Yatağın aynı zamanda yatak başlığının olması da önemli. Uygun renkte ve dokuda seçeceğiniz büyük ve yüksek yatak başlıklarını tercih etmelisiniz.
3. Bazalı yataklar kullanıyorsanız içine doldurduğunuz şeyler enerjisel anlamda sizi ve eşinizi olumsuz etkiler. Yatağın altının ya da bazaysa için boş olması enerjinin dolaşımı için önemli.
4. Kullanılmış yatak ya da baza tercih etmeyin. Başkasının kullandığı yatakları evinizde, odanızda tutmayın çünkü yataklar enerjisel anlamda duyguların en çok geçtiği alandır.
5. Yatağınızda yuvarlak hatların hâkim olmasına özen gösterin. Sadece yatağınızda değil odanızda kullanacağız diğer objelerde keskin kesimlerin ya da sivriliklerin olduğu şeyleri tercih etmeyin. Keskin uçların belirgin olduğu yataklarda uyuyan çiftlerin daha sık tartıştığı söylenmiştir.
6. Komodin kullanacaksanız sadece tek tarafta değil iki tarafta da komodin kullanın, bir tarafta aydınlatmak için ışık varsa diğer tarafa da muhakkak bir aydınlatıcı yerleştirin yani dengeyi sağlayın. İki taraftaki komodinin ve aydınlatıcı lambanın da aynı olması önemli, bu denge unsuru çiftlerin iletişimi açısından çok etkilidir.
7. Tavandaki aydınlatmayı kullanmak yerine komodin üstündeki ışıkları tercih edin. Tavandan doğrudan yayılan ışık gündüz saatlerinde kullanıldığında bile agresyonu artırır.
8. Yatağınız kapıdan ne kadar uzakta olursa o kadar iyi, hatta kapıyı arkanıza almanız çok daha iyi ve arada mesafenin olması da gerekli.
9. Yatağınız pencerenin yanına yapışık konmamalı. Odanızın boyutları gereği yatağınız pencerenin yanında olmak

zorundaysa arada en azından 10 cm boşluk bırakmaya ya da bir obje koymaya özen gösterin.

10. Bazı renkler yatak odasında cinsel arzuyu ve iletişimi güçlendirmek için önemlidir. Mor ve mor tonları ile kırmızı yatak odasında cinselliği ve iletişimi en çok artıran renklerdendir. Lila, hafif turuncular ve hardal renkleri de idealdir. Beyaz, pembe, yeşil ya da mavi renkleri yatak odanızda tercih etmeyin.

11. Yatak odanızda ayna bulundurmayın. Çoğu yatak odasında ayna vardır. Ancak yatak odasında, ayna bulundurmanız önerilmez. Bunun nedeni sakin, dingin olması istenen yatak odasında aynaların ortama aktif bir enerji vermesidir. Bunun sonucunda huzursuzluk, rahatsızlık, uyku sorunları gibi durumlar ortaya çıkar. Evli çiftlerin yatak odalarında bulunan ayna ilişkide sadakatsizliği ve güvensizliği tetikler. Eğer odadan ayna çıkartılamıyorsa en azından yatağı yansıtmayacak, direkt yatağa bakmayacak şekilde konumlandırılabilir ya da üzeri örtüyle kapatılabilir. Sadece çiftler için değil bu öneri, tek başına yaşayanlar da yatak odasında depresif etkiler nedeniyle ayna bulundurmamalı.

12. Yatak odanızda çalışma masası ve televizyon da bulundurmamalısınız. Bunlar da iletişiminizi olumsuz etkileyen unsurlardır.

13. Kitaplık ya da kütüphane yatak odasında olmamalı. Elbette okuyacağınız kitaplar yanınızda olabilir.

14. Yatak odasında akvaryum, su ile ilgili resimlerin olmaması gerekir. Görsel olarak su ile ilişkili objeler enerjisel olarak daha çok para harcamanıza neden olur.

15. Çarşaf renklerinde kahverengiyi tercih etmeyin. Mavi, mor, pembenin uçuk tonlarını kullanabilirsiniz. Yatak

örtülerinizde ve nevresimlerinizde koyu renkleri de tercih etmeyin. Ninelerimizden annelerimizden hep sakız gibi çarşaf benzetmesini duymuşuzdur, temizlik, saflık vurgusu da beyaz renk üzerinden yapılır ama söz konusu ilişkimiz olduğunda beyazdan da kaçınmamız gerekir. Çünkü beyaz soğuk bir renk olarak cinsel iletişimi engeller. Açık ve uçuk renkleri tercih etmeniz yataktaki iletişimizin daha sağlıklı olmasına yardımcı olur.

16. Yatak odasında mümkünse aile resimleri bulundurmayın.

17. Yatak odasında gözetmeniz gereken önemli şeylerden biri de eşitliktir. Kullanacağınız objelerin bile ikişer tane olması gerekir.

Mekânın Enerjisini Dengelemek İçin Sirkeli Su

Bulunduğunuz odanın enerjisini dengelemek için yarım bardak suya bir tatlı kaşığı tuz, kalan yarısına da sirke koyun. Bardağı odanızda 24 saat bekletin ve sonrasında dökün. Üst üste iki üç gün yapabilirsiniz. Sarı bir sirke ile yapmak daha iyi olur, örneğin elma sirkesi tercih edebilirsiniz.

Özel Dekorasyon Önerileri

Feng Shui

Feng Shui temelde mekânların ve eşyaların düzenlenerek, ortamdaki enerjinin olabilecek en iyi düzeye getirilmesidir. Feng Shui'de nesneleri olabilecek en uygun yerlere yerleştirerek, mekânın enerjisinin artırılması hedeflenir. Antik Çin öğretisindeki inanışa göre Feng Shui'nin kaderimiz üzerinde de büyük bir etkisi vardır. Çünkü mekânların huzur, zenginlik, sağlık, uyum gibi enerjileri, içinde bulunan insanların enerjileriyle uyumlanır. Bu şekilde uyumlanan enerjilerimiz, bu olumlu enerjileri çekmemizi sağlar.

Feng Shui'ye göre dünyada 5 element vardır. Bunlar tahta, toprak, metal, su ve ateştir. Tahta gelişimi, metal zekâyı, toprak dengeyi, su bilgeliği, ateş ise tutkuyu simgeler. Her elementin bulunduğu alana kattığı bir enerji vardır. Geleneksel Feng Shui'de mekânların belli köşeleri belli enerjileri taşır. Her mekânın bir Bagua (enerji) haritası vardır. Elementleri mekâna bu haritaya göre yerleştirdiğinizde enerji akışını maksimum düzeye getirebilirsiniz.

Bagua Haritası Çıkarma

ZENGİNLİK Element: Ahşap	ŞÖHRET Element: Ateş	AŞK Element: Hava
AİLE Element: Ahşap	SAĞLIK Element: Hava	ÇOCUKLAR Element: Metal
BİLGELİK Element: Hava	KARİYER Element: Su	YARARLI KİŞİLER Element: Metal

Modern Bagua haritası

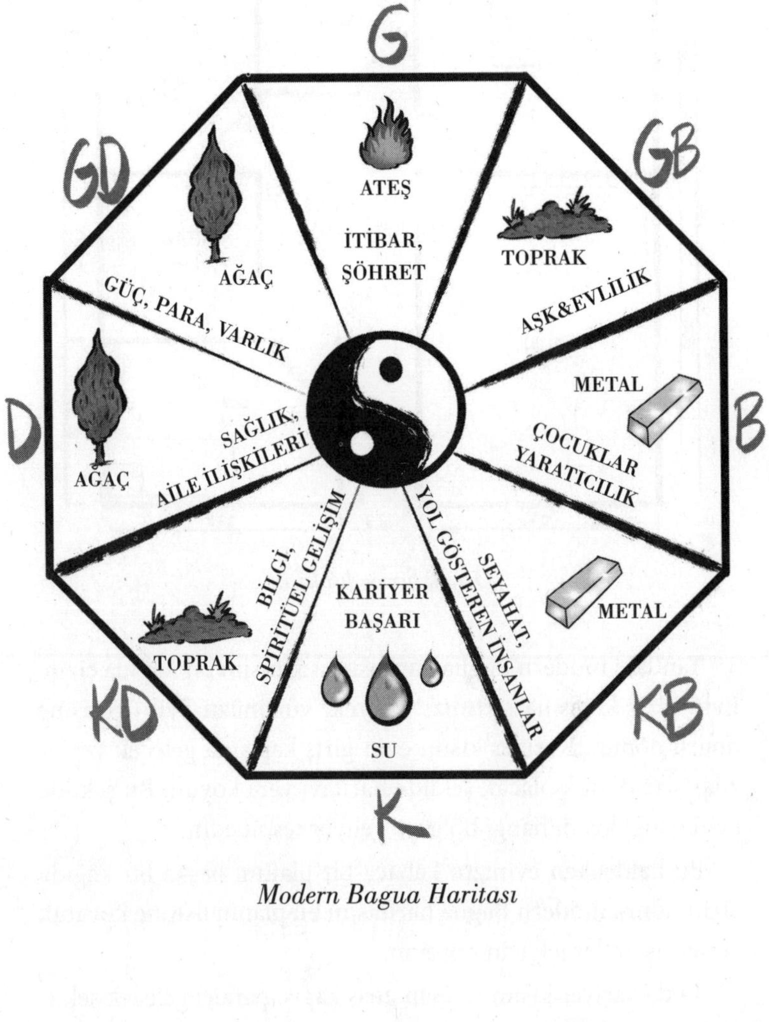

Modern Bagua Haritası

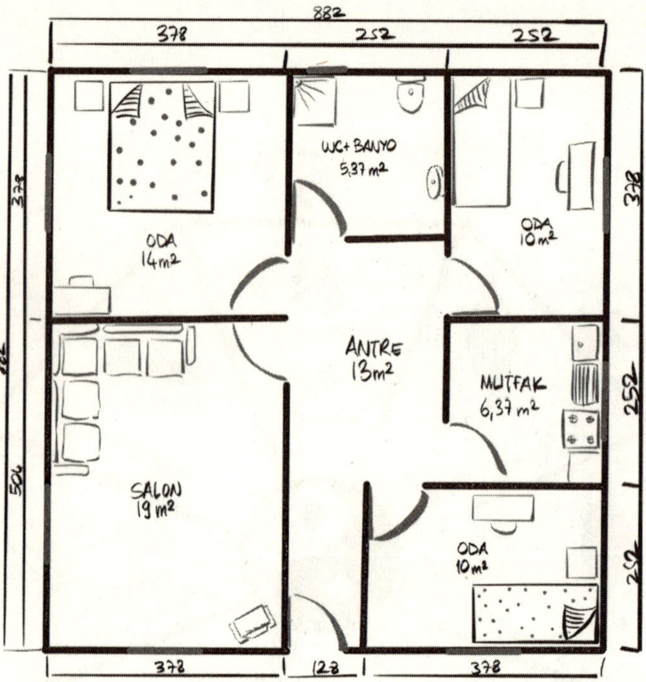

Örnek bir ev krokisi

Yandaki modern Bagua haritasının aynısını bir kâğıda çizin. Evin giriş kapısına sırtınızı vererek, yüzünüzü evin içerisine doğru dönün. Kariyer kısmı evin giriş kapısına gelecek ve yazılar size dönük olacak şekilde haritayı yere koyun. Bu şekilde evin hangi kısmı hangi bölgeye geliyor tespit edin.

Bu haldeyken evinizin kabaca bir planını başka bir kâğıda çizin, sonra modern Bagua haritasını bu planın üstüne koyarak yerleri işaretlemek için boyayın.

Ya da kariyer kısmı ve evin giriş kapısı paralel gelecek şekilde bu iki kâğıdı yan yana koyun. Şimdi evinizin hangi köşesinin ne ile ilgili olduğunu biliyorsunuz:

Kariyer alanı: Bu alan için en uygun renkler mavi ve siyahtır. Metal, su elementini destekler. Ayrıca ayna kullanarak bu alanın enerjisini artırabilirsiniz. Tahta elementi suyun enerjisini zayıflatacağından bu alanda ahşap, renk olarak da yeşil ve kahverengi kullanmayın.

Bilgelik ve yetenek alanı: Toprak renkleri, bej, altın sarısı ya da ten rengi gibi renkler bu alan için en uygunudur. Ateş elementi toprağı desteklediği için bu alanda mum kullanabilirsiniz.

Aile ve sağlık alanı: Bu alanda kahverengi ve yeşili rahatlıkla kullanabilirsiniz. Ayrıca aile fotoğraflarına yer vermek bu alan için uygundur.

Zenginlik ve bereket alanı: Bu alanda da yeşil ve kahve tonlarını kullanabilirsiniz. Ayrıca bu alanı zengin göstermek için pahalı eşyalarınızı buraya koyabilir ve altın sarısı nesneler yerleştirebilirsiniz. Bu alanda bitki yetiştirecekseniz, bitkilerin bakımlı olmasına dikkat edin. Bu alanda ayrıca sitrin taşı kullanabilirsiniz.

Şöhret ve itibar alanı: Bu alanda kırmızı, turuncu, mor ve pembe gibi sıcak renkleri kullanabilirsiniz. Mum ya da güneşli bir gün resmi gibi iç ısıtan objeler koyabilirsiniz.

Aşk alanı: Bu alanda da nötr ve toprak tonları kullanabilirsiniz. Ayrıca partnerinizle fotoğrafınız, size romantik gelen birkaç obje de yerleştirebilirsiniz.

Çocuklar alanı: Bu alanda beyaz, gri ve gümüş gibi metali hatırlatan renkler kullanabilirsiniz. Bu kısım ayrıca size çocuksu, yaratıcı ve özgür gelen nesneler ve sanat eserleri için de uygun bir alandır.

Yararlı kişiler ve seyahat alanı: Bu alanda da çocuklar alanı gibi gümüş ve toprak tonlarını kullanabilirsiniz. Ayrıca sevdiğiniz arkadaşlarınızdan gelen hediyeler ve gezdiğiniz yerlerden aldığınız hatıralar için harika bir alandır.

Odalar için tavsiyeler:

Giriş: Giriş alanı her zaman temiz ve düzenli olmalı. Bu kısmı olabildiğince geniş tutmaya çalışın. Alanı genişletmek için ayna, ferahlatmak için de ekstra aydınlatma kullanabilirsiniz.

Salon: Salonda dikkat edeceğiniz ilk şey rahatça hareket edebilmeniz olmalı. Eğer salonunuz çok küçükse fazla eşya doldurmamaya özen göstermelisiniz. Eğer mümkünse odadaki en büyük koltuk girişe bakıyor olmalı. Odadaki hiçbir eşyayı duvarla tam temas ettirmeyin ve aralarında en az 2 cm boşluk bırakın. Sehpaların köşelerinin hafif yuvarlak olmasına özen gösterin. Tül perde evin içindeki güzel enerjiyi korur. Eğer perde kullanmayacaksanız pencereye yakın bir yere bitki yerleştirin. Salonda baskın renkleri daha pastel ve hafif kullanmanız gözünüzün yorulmasını engeller. Bitkileri bu alanda rahatça kullanabilirsiniz. Lambader kullanacaksanız girişin tam çaprazına koyabilirsiniz.

Yatak odası: Yatak odasının genel anlamda soft renklerde olması dinlenmenize yardımcı olur. Yatağınızın başlığı duvara dayalı ve kapıyı görebileceğiniz şekilde olmalı. Komodin kullanacaksanız her iki tarafta da olması daha iyi olur. Yatak odasında her objeden iki tane olmasına dikkat edin. Partnerinizle olan fotoğraflarınız, mumlar ve diğer romantik öğeler yatak odası için idealdir.

Mutfak: Lavabo ve ocak karşılıklı olduğunda odada su ve ateş çatışması olabilir. Bu da ev içinde tartışmalara sebep olabilir. Bu yüzden bu ikisinin aynı hizada olması daha sağlıklıdır.

Mutfakta siyah ve kırmızıyı çok kullanmamaya özen gösterin. Masanın üzerine çiçekler koymak ve masayı gören bir ayna yerleştirmek evinizdeki bereketi artırır. Ayrıca bir kâse portakal da bulundurabilirsiniz.

Banyo: Klozetin kapağının açık olması evin tüm enerjisini emer. Bu yüzden kullanmadığınız zamanlarda kapalı olmalıdır. Banyo zenginliği temsil ettiği için akan musluk ya da sifonları mutlaka tamir ettirin. Damlayan ya da akıtan musluklar para kaybına sebep olur. Banyonuzu daima temiz, güzel kokulu ve ışıklı tutun.

Ev için genel tavsiyeler:

- Dağınıklığı toplayın. Dağınıklık enerji akışını bloke eder.
- Eşyaları bir alana yığmayın. Özellikle kilerlerin düzenli olması çok önemlidir.
- Evi sık sık havalandırın.
- Güneş ışığından yararlanın.
- Bitkilerin enerjisini kullanın. Özellikle havayı temizleyen bitkiler çok faydalıdır.
- Akvaryumunuz varsa mutlaka temiz tutun. Çünkü akvaryumun kirli olması hastalık enerjisi getirir.

Vastu Shastra

Vastu Shastra bir Hint öğretisidir. Türkçesi "konut öğretisi"dir. Feng Shui gibi, mekânlarda olumlu enerji akışını artırmayı amaçlamaktadır. Buna göre evin en önemli noktası evin merkezidir. Bu merkez tüm enerjinin toplandığı ve diğer taraflara dağıldığı alandır. Merkezin geniş, ferah ve ışıklı olması önemlidir. Siz de evinizin bir planını çıkarın ve merkezinin denk geldiği bölgeyi fazla eşyalardan arındırmaya ve temiz tutmaya çalışın.

Ev için genel tavsiyeler:

- Giriş kapısının kaliteli, gösterişli olması ve siyah olmaması önemlidir. Giriş kapısı için en uygun element ahşap olarak belirlenmiştir.
- Giriş kapısının dışında su elementini hatırlatacak şeyler, çöp ya da ayakkabılık gibi eşyalar olmamalıdır.
- Salonda elektronik aletler mümkünse güneydoğu tarafında olmalı.
- Yatağınızın karşısına ayna ya da televizyon koymayın. Bu çiftler arasında huzursuzluk yaratır.
- Yatak odası ve yatağın evin güneydoğu kısmında olması daha iyidir.
- Kırık eşyalar eve üzüntü enerjisi getirir, bu nedenle tutulmamalı, atılmalıdır.
- Olumsuz hisler uyandıran tablolar ve heykeller evin enerjisini emer, bunun yerine daha pozitif etkiler yaratan obje ve resimler kullanılmalı.
- Yatak odası gibi alanlarda su elementini hatırlatan objeler kararlılığı azaltır. Finansal ve duygusal iniş çıkışlara sebep olabilir.
- Kuru ve yapma çiçek kötü şans getirir.
- Eskimiş kıyafet ve ayakkabılar ev içindeki enerjinin yenilenmesini engeller.

- Gerçek ölü hayvan tahnitleri ya da derileri evdeki canlı enerjinin akışını engeller.
- Evinizde kaktüs ve bonzai gibi bitkileri beslemek evin enerjisini keskinleştirir.
- Reyhan, limon ağacı, bambu, yasemin evde büyütebileceğiniz bitkilerdendir. Bunun dışında havayı temizleyen bitkiler de kullanılabilir.
- Evde bitki yetiştirecekseniz bu bitkinin kurumuş yapraklarını ve dallarını temizleyin. Ayrıca eve sinek ve solucan gibi parazit canlıları çeken bitkiler ev için uygun değildir.
- Çalışma alanınız doğu ya da kuzeyde olmalı.
- Çalışmayan saatler evin içinde tutulmamalı.

Dokunmanın Muhteşem Hissi

Dokunma duyusu dünyayı tanımak kadar güven, konfor, huzur gibi duygularımızı uyandırmada çok etkilidir. Örneğin kışın yağmur yağarken battaniyenin altında olma hissi bize iyi gelir çünkü battaniyenin bedenimizle teması bizi rahatlatır. Benzer şekilde sıcak bir duş almak günün tüm yorgunluğunu söküp atar. Çıplak ayakla çimlerde yürümek, yumuşak bir halıya basmak, saten bir sabahlığın içinde olmak, kadife bir bornozla dolanmak bizde olumlu duygular uyandırır.

Kıyafet seçerken, evimize tabak bardak alırken ya da sebze meyve alırken dokunma duyumuzu kullanırız. Yumuşaklık, sertlik, ipeksilik, pürüzler, hafiflik, kayganlık, kuruluk dokunarak algılayabileceğimiz şeylerdir.

Giyiminizle, aksesuvarlarınızla olduğu kadar teninizle de dokunma duyusuna hitap edersiniz. Dokunmak bağ kurmada güçlü bir etkiye sahiptir. Sarılmak, el ele tutuşmak, uyurken bedenlerin birbirine teması ve elbette cinsellik dokunmanın gücünü daima bize hatırlatır. Birisine sadece dokunmak bile duygularınızı ifade etmeye yeter. Şefkatli dokunuşlar stres ve endişeyi ortadan kaldırır, temas ederek çok fazla şey söylemiş olursunuz.

Dokunma duyusu o kadar önemlidir ki bugün sosyal medyada sadece konuşarak kendimizi anlatmaktan öteye geçeriz, birbirimizi "dürterek" aslında dokunuruz. Dijital ortamda bile temasın gücünü hissetmek insanın duygusal dünyasının bir gereği. Dokunmak demek anlam yaratmak demektir.

Etkili Masaj Teknikleri

Dokunmanın en anlamlı yollarından biri masajdır. Masajın en temel etkisi rahatlamadır. Rahatlatan şeylere, karşı konulması zor bir arzu duyarız. Ayrıca siz ona rahatlatıcı sevginizi sunarken, onun size kendini bırakması da aranızdaki güven ve bağı geliştirir. Masaj sırasında partnerler kendilerini daha açık hissederler. Fiziksel yakınlık aradaki manevi duvarların da yıkılmasına yardımcı olur. Böylece partnerler arasındaki saldırganlık ve savunma dürtüleri azalır.

Masajın çiftleri, fiziksel ve duygusal açıdan birbirine yakınlaştıran bir etkisi vardır. Sevginizi ve yakınlığınızı güzel bir masajla partnerinize göstermeye ne dersiniz?

Öncelikle sizin rahat hareket edebileceğiniz, partnerinizin de rahatça uzanabileceği ya da oturabileceği bir alan seçin. Işıkları olabildiğince yumuşatın. Mumlar ve hafif bir müzik güzel bir ortam yaratır. Telefon, bilgisayar gibi elektronik aletleri kapatın ya da sessize alın. Oda kokusu ya da tütsüyle odanın havasını değiştirin. Odanın sıcaklığına göre bir battaniye ayarlayabilirsiniz.

Partnerinizin yüzüstü uzandığı yer ne çok sert ne de çok yumuşak olmalı. Yani siz masaj yaparken omurgasının duruşunun değişmeyeceği kadar sert, canını acıtmayacak kadar yumuşak olması yeterli. Masaj için en uygun yer yataktır. Bu sayede masaj sonrasında yakınlaşmak isterseniz kolaylıkla yakınlaşabilirsiniz. Partneriniz oturuyorsa dik oturduğundan, yatıyorsa da vücudunun simetrik durduğundan emin olun. Ayrıca hareketleri kolaylaştırmak ve masajın etkisini artırmak için meyve ve çiçek özlerinden yapılmış özleri, yağları karıştırarak vücuduna sürebilirsiniz. Örneğin, jojoba, lavanta, biberiye özlerini, vazelin, hindistancevizi ya da zeytinyağıyla karıştırabilirsiniz. Yağ kullanacaksanız elbiselerinizin uygunluğunu kontrol edin ve uzandığınız yere bir örtü serin. Yağı kullanmadan önce hafifçe ısıtın.

- Ellerinizle partnerinizin ensesinden omuzlarına ve sırtına doğru bastırarak yavaşça okşama hareketi yapın. Yukarıdan aşağı doğru yaptığınız bu hareketi 8-10 defa tekrarlayabilirsiniz. Yağ kullanacaksanız önce ellerinizi güzelce yağlandırın, sonrasında ellerinizle vücuduna masaj yapmaya başlayın.
- Parmak uçlarınızı partnerinizin omuzlarına yerleştirin. Hafifçe bastırarak yuvarlak hareketler yapın. Bu hareketi omurganın tam üstü hariç tüm sırta uygulayabilirsiniz.
- Ellerinizi açın, partnerinizin omuzlarına dik bir şekilde yani serçeparmağınız ve ellerinizin kenarı ona değecek şekilde hafifçe vurun. Bu vuruşlar hafif ve sık olmalı. Bu hareketi 10 saniye boyunca yapın, ara verin ve tekrar yapın.

- Ayaklarının altına ve avuç içlerine başparmaklarınızla yuvarlak hareketlerle bastırın. Ayrıca parmakları hafifçe çektikten sonra, aralarını da hafif hareketlerle okşayabilirsiniz.
- Partnerinizin sırt bölgesine hamur yoğurma hareketleriyle basınç uygulayın.
- Ellerinizi yumruk yapın ve parmaklarınızın dış kısmıyla masaj yaptığınız bölgeden kalbe doğru bastırarak yollar çizin.
- Parmaklarınızla başın üst ve arka kısmından başlayıp yuvarlak hareketlerle enseye yaklaşın.
- Partnerinizin yüzünü başının üstü karnınıza gelecek şekilde kucağınıza alın. Parmaklarınızla partnerinizin yüzüne burnundan ve çenesinden başının arka kısmına doğru okşama hareketleriyle masaja devam edin. Özellikle kaş çevresi, alın ve çene bölgesindeki kasların gevşemesi ve sinüslerin boşalması partnerinizi oldukça rahatlatacaktır.

Masaj yaparken dikkat edilmesi gerekenler:

- Masaj sonrası vücuttaki toksinlerin atılmasını kolaylaştırmak için partnerinizin su tüketmesini sağlayın.
- Masaj yaparken partnerinize hareketlerin sertliğini ve baskının kuvvetini ne şiddette istediğini sorun. Bu konuda "Biraz daha bastırayım mı?" diyerek geribildirim alın.
- Masaj yapacağınız bölgeyi seçerken de partnerinize danışın. Masaj sırasında iletişim halinde olmanız çok önemlidir.

- Masajdan önce duş almış olun.
- Yağ kullanacaksanız, partnerinizin alerjisi olmadığından emin olun.
- Ani ve sert hareketlerden kaçının.
- Boyun, kulakların altı, göz, koltuk altı, karın, omurganın tam üstü, böbrekler ve kasıklar amatör masaj için uygun değildir.
- Yağı direkt partnerinizin üzerine dökmeyin. Önce elinize dökün ve sonra elinizle yayın.

Özel Bir Masaj:

Günlük Eş-Masaj Tekniği: Partnerinizle koltuğun iki ayrı ucuna oturun ve ayaklarınızı birbirinize doğru uzatın. Aynı anda birbirinize ayak ve bacak masajı yapın. Her akşam bu şekilde birbirinize 20 dakika ayırarak muhabbet edebilirsiniz.

5. BÖLÜM

İZ BIRAKMAK İÇİN ETKİLİ BİR YOL: ÇAPALAMA

Çapalama Nedir?

Çapalama, partnerinize sizinle geçirdiği güzel vakitlerin ve güzel duyguların aklına gün içinde de gelmesini sağlamak üzere bazı özel yöntemlerle yapılan uygulamalardır. Çapalamada amaç yoğun bir duygu durumundayken o duyguyu hem bedensel hem de 5 duyu yoluyla karşımızdakinin zihninde köklendirmektir. Çapalamayı başkasına yapabileceğiniz gibi kendinize de yapabilirsiniz.

Çapalama bedende belli noktalara bası uygulanarak yapılır, örneğin sevgilinizle çok mutlu bir anı paylaşıyorsunuz. Birazdan daha detaylı anlatacağım şekilde sevgilinizin belli bölgelerine hafifçe bası uyguladığınızda o anın hatırasını onun zihnine kazımış olur, hapsedersiniz özetle. Çapalamada hedef olumlu duyguları hapsetmektir, sevgi, şefkat, haz, huzur odaklıdır. Çapalama yaparken 5 duyu da işbaşındadır, görsellik, koku, işitme, tat alma ve dokunma devrededir. İlişkiler 5 duyu ekseninde akarlar ancak biz bunları hiç fark etmeyiz, otomatik olarak yaparız ve geribildirimlerini alırız ancak üzerine hiç düşünmeyiz. 5 duyunun algılarınızı nasıl etkilediğini öğrendikten sonra şimdi işin içine çapalamayı da dahil ederek sihirli bir kapıyı daha açma vakti...

Çapalar, şimdiki zamandaki ya da geçmişteki deneyimleri hayatımızın herhangi bir evresinde canlandırmamıza sağlayan araçlardır. Yaşanan deneyimi tekrar yakalamak için kullanılırlar. Çapalar esasında her gün etrafımızda doğal bir şekilde oluşurlar. Örneğin yanınızdan geçen birinin parfümünün size başka birini anımsatması, komşunuzda yediğiniz limonlu kekin sizi çocukluğunuza götürmesi, duyduğunuz bir şarkının sizi lise yıllarına götürmesi örneklerinde olduğu gibi aslında her bir duyu da başlı başına bir çapa özelliği taşırlar.

Hayatımızın herhangi bir evresinde bazı şeyleri zihnimizde muhakkak çapalamışızdır. Çocukken geçirdiğiniz ağır bir hastalık sonucu içtiğiniz bir şurubun tadına ya da kokusuna benzer bir yiyecekle karşılaşırsanız hemen arkasından hastalıkla ilgili anılarınızı hatırlarsınız. Ya da kemoterapi almış biri hastanenin önünden geçerken bile midesi bulanmaya başlar. Çünkü artık onun için hastane mide bulantısıyla eşleşmiştir, orada hem görsel, hem dokunsal, hem de koku duyusu yoluyla etkilenmiş, acı hissetmiş ve tüm bunları zihnine çok boyutlu olarak kaydetmiştir. Onun için hastanenin penceresini bile görmek o anıları geri çağırmak için yeterlidir.

Çapalama, öncesinde ilişki kurduğunuz bir duruma yeniden erişmek için yapılan bir ateşlemedir. Duyusal uyarı ile içsel bilincinize bağladığınız anınızın kapısını aralarsınız.

Çapalamada amaç anlattığım örneklerdekine benzer şekilde olumlu duygu ve kayıtları depolamak ve derinleştirmektir. Tıpkı o hastaneyi gören hasta örneğinde olduğu gibi bu kez beden bir hatırlatıcı unsur olarak kullanılır. Bu hatırlama siz o kişinin yanında yokken bile meydana gelir, fiziksel olarak orada bulunmasanız dahi bedensel olarak uyarılma sonucu çağrılan anı size dair bir anı olur. Çapalamada tüm duyular işin içindedir ama dokunma duyusu önceliklidir. Diyelim partnerinizin ellerine çapalama yaptınız. Partneriniz elini bir yere çarptığında ya da uyurken elinin üstüne yattığında veya o noktayı uyardığında bu bölgeye yapılan çapalama sonucu tüm sistemler uyarılır ve o anıyı anımsar.

Hafızamız hem bilgiyi saklama hem de gerektiğinde geri çağırma ile ilgilenir. İşin içine duygular katıldığındaysa kaydedilen anı ya da bilgileri geri çağırmak bizim için daha kolaydır. Yapılan araştırmalara göre duygularımızla ilişkilendirdiğimiz şeyleri daha kolay hatırlarken, duygularımıza hitap etmeyen şeyleri hatırlamakta zorlandığımız ortaya çıkmıştır. Çapalamada duygusal hafızamız işbaşındadır. Yeni anılar duygusal bağ kurma açısından ne kadar güçlüyse hafızamıza da o kadar derin yerleşir, tam tersi durumda ise yüzeysel anılar olarak kalırlar. Çeşitli uyaranlarla duygularımız aktive olduğundaysa anılar birleşirler.

Çapalama hem kendi bedeninize hem de karşınızdakinin bedenine kurduğunuz hatırlatma alarmları gibidir. Kurduktan sonra çalan her alarm yoğun ve güzel duyguları anımsatır. Nasıl ki sabahları uyanmak için kurduğunuz alarm çalar çalmaz hazırlanmaya başlar, dişlerinizi fırçalar ve otomatik bir koşturma içine dalarsanız çapalama da zihninize aynısını yapar.

Partnerinize çapalama yaparken bunu ona söylememeniz gerekir çünkü bunu yapacağınızı söylemek hem karşınızdakini korkutarak size gardını almasına neden olur hem de elde etmek istediğiniz şeyi alamazsınız. Duygu kaybolur, kısaca büyüyü bozarsınız. Sevgilinizi karşınıza alıp "Şimdi sana çapalama yapacağım" dediğinizde savunmaya geçmesi doğaldır. Hem güven esasını zedelememek hem de doğallığı bozmamak adına bunu üzerine konuşmadan yapın. Altını çizmemiz gereken en önemli şey sizin bunu ilişkinizdeki güzel hatıraları canlı tutmak adına yaptığınızdır.

Huzurla birbirinize sarılmış film izlerken, ilk buluşmanızda geçirdiğiniz özel bir anı unutulmaz kılmak isterken ya da size özel bir teklifte bulunduğu bir anda yapacağınız çapalama onun zihninde bırakacağınız izlerdir... İyi niyet, sevgi, şefkat, güven, dürüstlükle bırakacağınız izler sizi vazgeçilmez kılar.

Çapalama size dair olan içsel durumları başka bağlamlarda ortaya çıkarmak, yer değiştirmek, potansiyelinizi engelleyen işlevsiz durumları veya bu durumların anılarını gidermek amacıyla da yapılır. Örneğin kayıtlı olumsuz bir duyguyu silmek için de çapalama yapılabilir ya da iş görüşmesine giderken stres ve heyecanınızı yenmek için daha öncesinde yaptığınız çapalamayı tekrar uyandırabilirsiniz. Geçmişteki bir anıyı yok etmek için de çapalama etkili bir yoldur. Ters çapalama ile önceki anıyı değiştirmek mümkündür, örneğin hayatınızdaki kişi eski sevgilisini unutamıyorsa ters çapalama ile yeni anı kayıtları oluşturabilirsiniz. Ters çapalama ile eski anıları silik hale getirip kendi anılarınızı derinleştirmeniz mümkündür.

Çapalama Nasıl Yapılır?

Çapa atma işlemi çapa denen ve uyarıcı özelliği olan duyusal durumun dokunma, işitme, görme, koklama ve tatma duyularıyla birlikte belli bir içsel duruma bağlanması ya da ilişkilendirilmesidir. Çapalama vücudun belli bölgelerine belli sürelerde ve belli bir basınçla bası uygulayarak yapılır.

Çapanın gücünü belirleyen dört faktör vardır:

- Çapanın vücuttaki yeri
- Çapanın alanı
- Çapanın tutulduğu süre
- Kişinin vücuduna uygulanan basınç miktarı

Çapalama yapılacak yerler kolaylıkla ulaşılabilir ve görülebilir bir yer olmalıdır. Çapa yaparken sıkça dokunulmayan, yara izi, kesik olmayan bölgeler seçilmelidir. Bedendeki yara izinin olduğu ya da kesik bulunan bölgeler zaten olumsuz çapalardır, bu nedenle bu bölgeler tercih edilmez. Bununla birlikte başka birine çapalama yapacaksınız o kişinin geçmiş hikâyesinde sizin bilmediğiniz olumsuz çapalar da mevcut olabilir. Bunu en iyi o kişinin belli bölgelerine dokunduğunuzda verdiği tepkilerden gözlemleyebilirsiniz. Bir yerine dokunduğunuzda ve olumsuz bir tepki aldığınızda başka bir bölgeyi seçebilirsiniz. Dokunulması zor olan yerleri seçmek çapa atmanızı zorlaştırır.

Çapalama yapabileceğiniz bazı özel bölgeler:

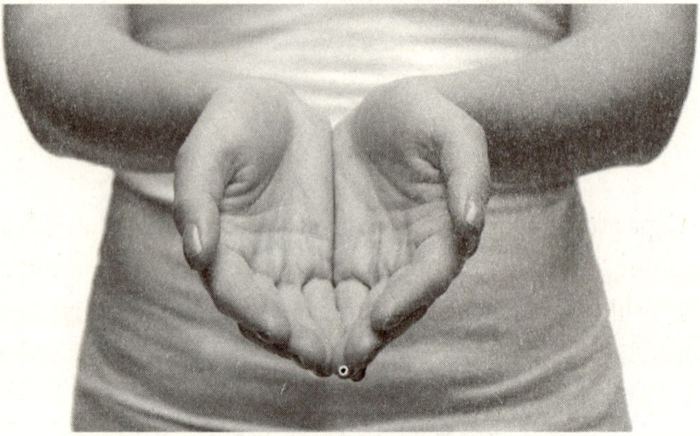

Avuç içlerinin orta kısmı

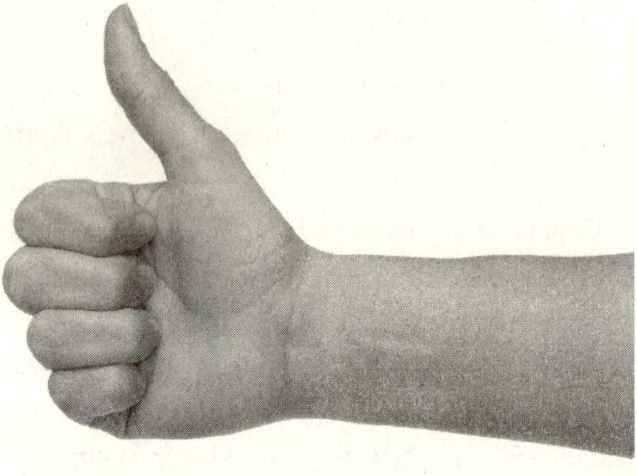

Başparmakların etli kısmı

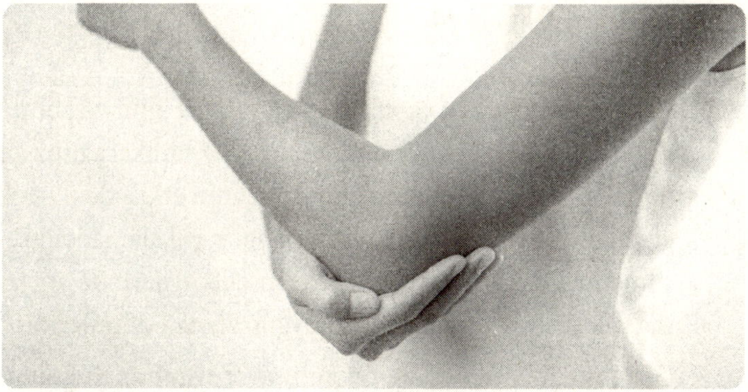

Dirsekler

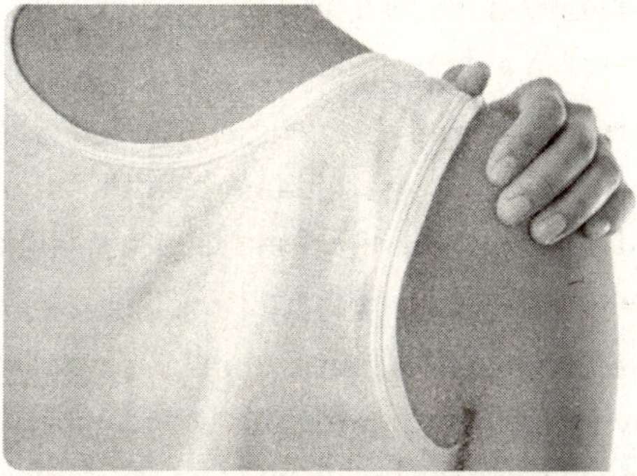

Omuz başları

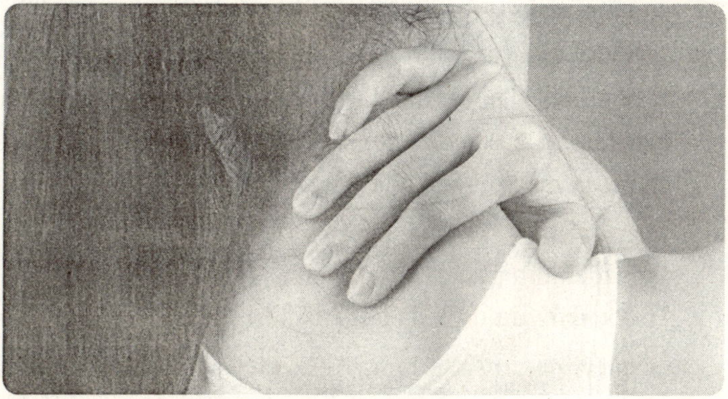

Ense bölgesi

Adım Adım Çapalama

- Çapalama yaparken çapalama yapacağınız anın ve anının değerli olması gerektiğini unutmayın. İz bırakacağınız an ne kadar derin ve anlamlı olursa çapanın etkisi de o denli güçlü olur. Mutsuz, gergin, stresli anlar çapalama için seçilmemeli, mutlu, huzurlu ya da cinsellik esnasında orgazma yakın anlar çapalama için uygun zaman dilimleridir.
- Gözetmeniz gereken en önemli şey duygunun yoğunluğunun en tepede olduğu anı yakalamaktır. Bunun için en uygun zaman isteğinizin gerçekleşmeye başladığı, değişimin zirveye en yakın olduğu andır.
- Saydığım bölgeleri birkaç saniye süreyle, çok hafif olmayacak ama çok da can yakmayacak ama kendini biraz hissettirecek kadar bası uygulayarak yani hafifçe sıkarak çapalama yapabilirsiniz.
- Çapalama için seçeceğiniz bölgenin alanını küçük tutarsanız daha kolay ve etkili olur. Birden fazla yeri çapalamak ya da elinizdeki çok daha büyük bir alanı çapalamak tekrar aynı yeri bulmanızı zorlaştırır. Örneğin kendinize çapa atacaksanız sol elinizin başparmak boğumunu seçebilirsiniz.
- Çapalama alanını küçük tutmak kadar tek bir noktaya odaklanmak da çok önemli. Tek bir noktaya odaklandığınızda çapanın gücü de artar.
- Çapa yaparken sıkı ve sabit bir basınç uygulanmalı. Karşınızdakinin asla canı yanmamalı, ama basit bir dokunma kadar yumuşak da olmamalıdır.
- Deneyime girdikçe birkaç kez çapalama tekrarlanmalı, 2-3 kez yeterli olacaktır. Çapalama sadece bir kez yapılıp

bırakılacak bir şey değildir. Deneyime girdikçe basınç miktarı derece derece de artırılabilir. Çapada uygulanan basınç 5-10 saniye kadar tutulmalıdır. Eğer kendinize yapacaksanız 1 dakikaya kadar çıkabilirsiniz.

- Çapayı ateşlerken de çapa yaptığınız yere dokunmalısınız. Örneğin aşağıdaki şekilde kendinize bir çapalama yaptınız, çapayı harekete geçirmek için çapa yaptığınız yere bası uygulamalısınız. Ateşleme yaparken diğer uyaranları da harekete geçirmelisiniz. Örneğin koku ya da işitme duyunuz da işin içine katılmalı. Bir başkasına yapılan çapalarda ateşleme çapa yapılan bölgenin uyarılması ile gerçekleşir. Omza yapılan bir çapa, o kişinin tekrar omzuna dokunması ile uyanır.

Olumsuz Duygulardan Kurtulmak İçin Kendinize Nasıl Çapalama Yapabilirsiniz?

Kendinize çapa atarken pozitif bir anıyı kendinize nasıl çapalayacağınıza bakalım. Korktuğunuz bir şey ya da sevmediğiniz negatif bir durum var ve bunu değiştirmek istiyorsunuz diyelim:

1. Önce rahatlayın, gözlerinizi kapayın. Zihninizi bir süre kendi haline bırakın ve yavaşça sakinleşmeye odaklanın.
2. Değiştirmek istediğiniz negatif anıyı zihninize getirin. Geçmişteki bir anıyı zihninizde canlandırmak için iki yol izleyebilirsiniz. İlkinde sanki o anıyı dışarıdan izleyen biri gibi zihninizde canlandırabilirsiniz yani o anının içindeki kendinize dışarıdan bakabilirsiniz. İkinci yolda

ise içedönük bir dikkatle geçmiş deneyimi yeniden yaşıyormuş gibi kendi içinizde tekrar deneyimleyebilirsiniz. İç gözlemle deneyimi yeniden hatırlama yaparken sessiz bir yer seçmelisiniz kendinize. Tüm dikkattiniz içe yönelmeli, her duyunuz işin içine katılmalı, içsesinize dahi dikkat etmelisiniz.

3. Şimdi son derece mutlu hissettiğiniz bir anıyı canlandırın zihninizde. O anının içindeyken duyusal olarak hissettiğiniz her şeyi şimdiye getirmeye odaklanın. Kokular, tatlar, renkler, sesler ne varsa hepsini tek tek bulun ve geri çağırın. Tüm duyularınızla deneyimin içine kendinizi yerleştirin, sizi sarsın ve sarmalasın ve her şeyi sırayla yeniden yaşayın. Örneğin en mutlu anınız babanızın size köpek aldığı gün olsun. Yine o günkü kendinizin içine girin ve her şeyi tekrar izleyin. Babanızın gülümseyerek size yaklaşması, "Sana bir sürprizim var..." demesi, sonra elinizden tutup sizi odaya götürmesi ve kapıyı açarak köpeği göstermesi, sizin köpeği kucaklamanız gibi adım adım hepsini tekrar izleyin. Sesleri, kokuları hissedin, heyecanınızı, coşkunuzu, köpek kucağınızdayken hissettiğiniz mutluluğu anımsamaya çalışın.
4. Bu duygu durumundayken elinizin ortasına ya da parmak boğumlarına diğer elinizle birkaç saniye bası uygulayın. Bunu 2-3 kez yapın.
5. Tamamen olumlu duyguların içindeyken çapalamanızı tamamlayın ve gözlerinizi açın.

Kaygı, korku, acı, üzüntü, keder gibi olumsuz duygularla başa çıkabilmek için bu şekilde çapalama yapabilirsiniz.

Tek bir deneyimi hatırlayıp o noktaya odaklanmak çapayı güçlendirir. Birden fazla anıya atlamak ya da birden fazla deneyimi çapalamak çapanın gücünü azaltır. Örneğin çok mutlu olduğunuz evlilik gününü, sonra balayını, sonra da ilk doğum heyecanınızı hatırladığınızda çapanın etkisi zayıflamış olur. Odak noktanızı kaybetmemeye dikkat edin.

Kaygı Çapalamasını Kendinize Nasıl Yapabilirsiniz?

Sosyal iletişiminizde sorunlar yaşıyorsanız ya da topluluk önünde konuşmak sizde aşırı kaygılı bir durum yaratıyorsa kendinize kaygı çapası atabilirsiniz. Örneğin bir hafta sonra önemli bir konuşma yapacaksınız ve şimdiden bu durumu yönetmeyi öğrenmek için çalışmaya başladınız.

- Sessiz bir ortam seçin. Gözlerinizi kapatın ve rahatlayın.
- Öncelikle kendinizi bir hafta sonraki konuşma sahnesinde hayal edin. Önünüzde oturmuş sizi dinlemeyi bekleyen onlarca insan var. Alkışlar bitmiş ve siz birazdan söze başlayacaksınız ve tüm gözler sizin üzerinizde. Sonra konuşmaya başlıyorsunuz ve herkes sizi can kulağıyla dinliyor. Özgüvenli bir duruşla konuşmanızı sürdürüyorsunuz, omuzlarınız dik, yüzünüzde kararlı bir ifade var. Gözleriniz kapalıyken gerçekten konuşabilir, sanki o gündeymiş gibi sesli bir şekilde anlatabilirsiniz. Sonra başarıyla konuşmanızı bitiriyorsunuz ve herkes sizi alkışlıyor. Yüzünüzde kocaman bir gülümseme var ve konuşmanızı başarılı bir şekilde tamamladığınız için çok mutlusunuz. Geleceği zihninizde canlandırmaktan başka bir yol da gerçekten üstesinden geldiğiniz bir konuşma gününü tekrar zihinde canlandırmaktır.

- Bu duygu durumunun zirvesindeyken sol el başparmağınıza 2-3 kez bası uygulayarak çapalamanızı tamamlayın. Gözlerinizi açın.

Üstesinden gelemediğiniz korkular, fobiler için bu çapalamayı kullanabilirsiniz. Köprüden geçerken, köpek da kedileri severken, yüksek ya da kapalı bir yerde bulunmak zorundaysanız bu çapalama sizin olumsuz deneyimlerinizi temizleyecektir.

Çapalamanın Etkili Olması İçin Güçlü Ruh Halleri

Çapalamanın etkili olması için önemli faktörlerden biri de duygu durumunuzdur. Güçlü bir ruh halinde iseniz kendinize yapacağınız çapalama da o derece etkin olur. Bunun için aşağıdaki duygu durumlarına odaklanabilirsiniz:

Kendine güvenen/ Coşkulu/ Sonuca ulaşan/
Kuvvetli/ Neşeli/ Mutlu/ Motive/ Başarılı/
Enerjik/ Güçlü/ Rahat/ Sağlıklı/ Heyecanlı/
Cesur/ Becerikli/ Sevgi dolu/ Şakacı

Bunlar aynı zamanda bizim olumlu duygularımızdır. *Kadınlar Sıcak Erkekler Soğuk Sever* adlı kitabımda duygu sözlüğünüzün zengin olmasının gerekliliğinden söz etmiş ve size duygularınızın ne denli zengin olduğunu göstermek için bir de duygu çarkı paylaşmıştım. Yine benzer şekilde çapalama yaparken de bu duygu çarkından faydalanabilir, hem sizin hem de karşınızdakinin duygu eşiklerini gözden geçirebilirsiniz.

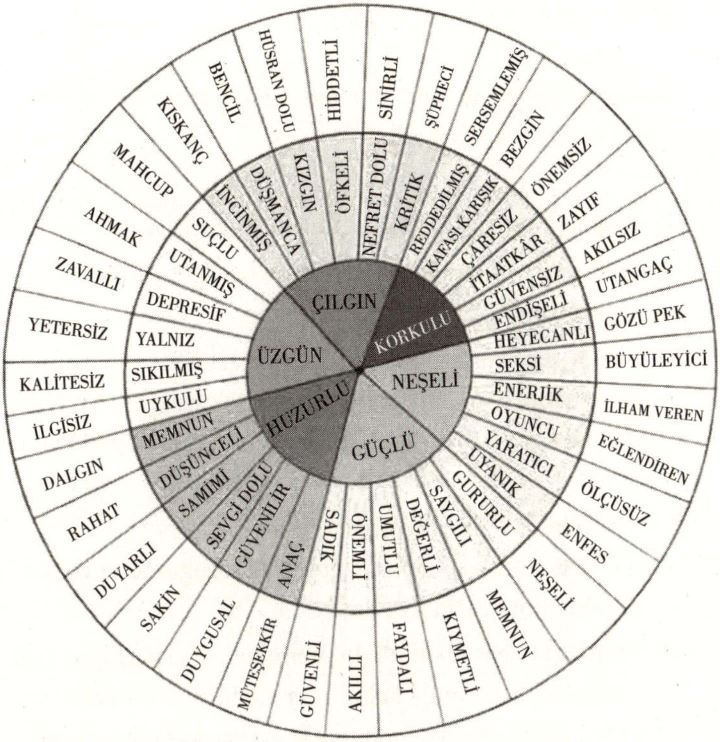

Duygu Çarkı

Güç ruh hallerini deneyiminize katmak için ön alıştırmalar yapabilirsiniz. Örneğin kendine güven ruh hali nasıldır deneyimleyin desem ne yaparsınız? Dik durursunuz, bakışlarınıza kendinize güvenen, kararlı bir ifade verirsiniz. Sesiniz daha güçlüdür ve sakin ama eminsinizdir. Neşeli olun dediğimde gülümsersiniz, coşkulusunuzdur. Duygu çarkından seçeceğiniz olumlu duyguları ayna karşısında çalışın. Bu hem bilinçaltınıza olumlu mesajlar vermeye de yarar.

Dişil Çapalama Nasıl Yapılır?

Üreme organlarını aktive etme ve doğurganlığı artırma amacıyla yapılan çapalamadır.

- Sakin ve yalnız kalabileceğiniz bir ortama geçin.
- Dilerseniz su sesi dinleyerek kısa bir süre zihninizi dinginleştirmek için meditasyon yapın.
- Sol el başparmağınızın ucuna dairesel çizimler yapın ve baskı uygulayın. Bunu birkaç kez tekrarlayın, en az üç dakika kadar sürdürün. Çapalama ve tuzlu su gibi uygulamaları mutlaka birkaç kez yapın, tek sefer yeterli olmayacaktır, tekrarladıkça köklenecektir.
- Sonraki adımda başparmağınızın ilk boğumuna ve sonraki boğuma baskı uygulayın.
- Elinizin bilek kısmındaki kemikle serçeparmağınızın bittiği yerin arasında kalan kısma dairesel hareketler yapın ve baskı uygulayın, bunu da birkaç kez tekrarlayın.
- En son avuç içinize sadece baskı uygulayın, dairesel çizimler uygulamayın.
- Çapalama esnasında zihinsel olarak da olumlu düşünceler içinde olun.
- Çapalamayı bitirin.

Tuzlu Çapalama

Özellikle kadınların âdet bitiminden veya âdetin başladığı günün 14. gününde bunu yapmaları çok iyi olur. Haftada bir yapılması da uygundur.

Amacı: Dişil enerjiyi artırmak ve ruhsal dinginliği sağlamak.

Yapımı: 1 litre suya 2 yemek kaşığı tuz eklenip karıştırılır ve derin, geniş bir kâseye dökülür.

1. Adım: Kabın önünde iken ellerinizi bitişik şekilde birbirine sürterek 2 dakika boyunca ısıtın.

2. Adım: Kabın üzerinde tekrar avuçlarınızı kâseye dönük şekilde 2 dakika tutun.

3. Adım: Ayaklarınızı 5 dakika boyunca kabın içerisinde tutun. (Enerji birikmeleri en çok ayaklarda olmaktadır.)

4. Adım: 5. dakikanın bitiminde ayaklarınızı kaptan çıkardıktan sonra ayak parmaklarınızın alt kısmındaki yumuşak dokuya 5 dakika boyunca yuvarlak ve yumuşak hareketlerle masaj yapın, sonrasında bastırın.

Bu adımları uygularken hafif bir müzik eşliğinde olumlu düşünceler ve olumlu mesajlar tekrarlayın.

İletişimsiz Çapalama

İletişimsiz çapalama enerjisel bir aktarım sağlama üzerine kuruludur. Ayrıldığınız, iletişim halinde olmadığınız ve sizden uzakta olan kişiye enerjisel olarak çapa atmaktır.

Birini çok fazla düşünmek sizde negatif duyguların çoğalmasına neden olabilir, aşırı düşünme sonucunda da modunuz düşer. Modunuzun düşmesi demek enerjinizin de düşmesi demektir. Çeşitli yöntemlerle var olduğu kesinleşen aura bizi çevreleyen enerji alanımızdır. Mutlu olduğumuzda enerjimiz yükselir ve bu olumlu duygu durumu auramıza yansır. Hatta insanlar bunu direkt olarak görürler ve ne kadar ışıltı dolu olduğumuzu söylerler. Tam tersine olumsuz duyguların esaretine kapıldığımızdaysa bu karanlık enerjiler yansır bu kez. Mutsuzluktan da öte bir hal sarar bizi ve insanlar fazla yaklaşmak istemezler.

İletişimsiz çapalama bu olumsuz duygu durumlarından kurtulmak amacıyla yapacağınız bir nötrlemedir esasında. Uzaktaki biriyle ilgili enerjinizi nötrlemek için ya da karşı tarafta bazı durumları uyandırmak için yapılabilir. İletişimsiz çapa kendi içinizde yaptığınız ama o enerjileri karşı tarafa yansıttığınız bir çapalamadır. Temas ve dokunma yoktur, sadece yansıtma üzerine kuruludur.

Bir kâğıt kalem alın. Bu kişiye dair hissettiklerinizi değil hissetmek istediğiniz duyguları kâğıda not edin. Sevgi, şefkat, güven, huzur, ilgi gibi olumlu duyguları seçin. Normalde aşırı düşündüğünüz birine karşı öfke, kıskançlık ya da nefret duyguları hissedebilirsiniz. İlkönce olumlu duygularınızı ele alın.

O kişiyle ilgili başlangıçta olan, ortada olan ve sonda olan 3 aşk dolu durumu hayal edin. Örneğin flört, birliktelik, evlilik gibi ya da keyifli bir an, ilişki, birlikte yaşamak gibi. Bu duygu durumlarını kendinizde konumlandırın ve bedeninizde bir noktaya odaklanın. Örneğin göğüskafesinize odaklanın ve gözlerinizi kapayarak hayal ettiğiniz 3 aşk durumunu zihninizde, bedeninizde seçtiğiniz bu noktaya konumlandırın. Her ikinizin de güçlü bir bağla zevk alacağı gelecek deneyimleri hayal ederek, görüntü, koku, ses ekleyerek 10 dakika bu duygulara odaklanın ve avuç içinize bası uygulayın. Baskılamayı yaparken de olumlu duygularda kalmaya dikkat edin, dediğim gibi fazla düşündüğünüz birine karşı olumsuz duyguların yüksek olması muhtemeldir. Olabildiğince kendinizi olumsuz duygulardan arındırın. Bu çapalamayı 7 gün boyunca her gün 15 dakika yapın.

İletişimsiz çapalamanın en büyük faydası sizi negatif duygudan arındırmaktır. Çünkü negatif duygu aslında size çok zarar verir. Olumsuz duyguları nötrlemek için olumlu duyguya çevirdikten sonra da dikkat etmek gerekir. Çünkü olumlu duyguya geçtikten sonra da o kişiyi yine odak noktası haline getirme tuzağı önünüzdedir.

Bu çalışmayı kızgınlık hissettiğiniz birine, annenize, babanıza, eşinize ya da kayınvalidenize yapabilirsiniz. Bu aynı zamanda aşk çapalamasıdır, hayatınızda birisi yoksa yeni birini düşünerek de yapabilirsiniz.

Gizli Çapalama

Karşınızdakiyle birlikte güzel bir anının içindeyken gelecekle ilgili bir hedef koyduğunda yapılan çapalamadır. Örneğin karşınızdaki kişi doktor olma hayalinden bahsediyor size, tam bu noktada şunu deyin: "Şimdi sen doktor olmuşsun, ben de senin ilk işgünü çıkışında seni görmeye geliyorum!" Tam üç kez tekrarlayarak onun hedeflediği hayalinin içine kendinizi de katarak bahsedin. Örneğin araba almak istiyorsa, "Arabayı almışsın ve seninle çok uzaklara doğru gidiyoruz..." ya da ev almak istiyorsa "Evi almışsın ve birlikte arkadaşlarla kocaman bir parti yapıyoruz..." örneklerinde olduğu gibi. Siz hayallerin gerçekleştiği gün o anda yanında olmasanız bile mutlaka aklına gelirsiniz, işte çapalamanın gücü bu şekilde kesinlikle ortaya çıkar.

Uzaktan Çapalama

Uzak mesafeden bir ilişki sürdürüyorsanız sevdiğiniz kişiye dokunmadan, temas etmeden de çapalama yapabilirsiniz. Görüntülü konuşurken güzel bir şey paylaştığınız bir anda göğsünüzün orta bölgesine çizeceğiniz yaklaşık 1-2 dakikalık dairesel bir hareket çapalama etkisi görür. Bu kişiyle ilk görüşmenizde de –henüz tensel bir temas kuracak kadar yakınlaşmanız mümkün değilse– yine benzer şekilde göğüs bölgenize dairesel bir hareket yapabilirsiniz. Bu dairesel kinestetik hareket aslında hipnotik bir etki yaratır. Bu dairesel hareketi yaparken ses tonunuzun yumuşak bir ifadeye bürünmesi çapalamanın etkisini artırır. Hangi elinizle çapalamayı yapacağınız önemli değildir. Önemli olan güzel bir anının içinde olmaktır. Ayrıca uzaktan çapalamada etkin olan yollardan biri de "S" harfinin içinde bolca geçtiği cümleler kurmaktır.

Cinsellikte Çapalama

Cinsellik esnasında hazzı köklendirmek için en keyifli ana yakınken yapılan en etkili çapalamadır. Cinsellikte çapalamada zamanlama önemlidir, orgazma en yakın an uygundur. Boşalma anı ya da boşalma sonrası değil, orgazm öncesi zirveye yakın yer hedeflenmelidir. Özellikle erkeklerde boşalma sonrası uzaklaşma, kendi halinde kalma ihtiyacı ortaya çıkabileceğinden ve boşalma sonrası gelişebilecek hassasiyet nedeniyle size uygun bir zamanlama fırsatı sunmaz.

Cinsellikte çapalama ile seks esnasındaki hazzı kendinizle ilişkilendirirsiniz. Erkekte ve kadında çapalama bölgeleri farklıdır. Erkekte poponun üst bölgesine, bel gamzesinin olduğu yere, iki tarafa da küçük basılar şeklinde yapabilirsiniz. Erkekte çapalama yapabileceğiniz diğer yer göğüs kısmıdır. Sırt bölgesini tercih etmeyin.

Kadında bel bölgesine, ayrıca kürekkemiğinin altına çapalama yapılabilir. Kadınlarda göğüsler çapalama için uygun değildir çünkü göğüsler sadece cinsellikle değil annelikle de ilişkilidir.

Erkeği çapalarken erkeğin üstte olduğu, kadını çapalarken de kadının üstte olduğu pozisyonları seçmelisiniz. Bu pozisyonlarda çapalama için hem kadın hem erkek kolaylıkla hedeflenen bölgelere erişim sağlayabilir.

Ters Çapalama

Hayatınızdaki kişide geçmiş deneyimlerden kalma çapalanmış bölgeler bulunabilir. Örneğin kimi annesini hatırlattığı için saçına dokundurmak istemez, kimi sakalının okşanmasından hoşlanmaz ya da taciz geçmişi olan biri belli yerlerine dair bir hassasiyet geliştirmiş olabilir. Böyle anlarda iyi bir gözlemci haline gelmekte fayda vardır. Hassas bölgeler keşfedilmeli ve buralar çapalama için tercih edilmemelidir.

Bir diğer ihtimal de önceki sevgililerden kalma izlerdir. Geçmişten gelen anıları yenileriyle değiştirmek için ters çapalama yapmanız gerekir.

- Yeni bir anıyı çapalamak için ters çapalama yapmak istediğinizde bası sayısını daha fazla sayıda tekrarlayarak yapmalısınız.
- Ters çapalamanın normal çapalamadan bir diğer farkı da çapalama alanını daha geniş tutmaktır.
- Ters çapalama birden fazla alana yapılabilir. Önceki çapalama alanlarını kestirmek güç olduğundan hem alanı genişletmek hem de farklı noktalara odaklanmak çapanın etkisini garantiler.
- Ters çapalamada en önemli nokta çapalama yapacağınız bölgelere yuvarlak hareket dediğimiz çizme işlemini yapmaktır. Ters çapalama anında kendinize yapacaksanız

avuç içinize, başkasına yapacaksanız uygulama bölgesine parmaklarınızla soldan sağa doğru geniş yuvarlaklar çizin. Özellikle bir başkasına yaptığınızda, çapaladığınız kişinin uyuması da etkiyi güçlendirir. Sizinle birlikte uyuduğu anlarda ya da yorgun bir halde dinlenirken geniş dairesel hareketlerle yapacağınız çapalama nötrler.

Zayıflama Çapası

Her gün akşam yemeklerinden önce yapılacak bir çapalamadır.

- Kendinizi iyi hissettiğiniz bir ortam seçin. Ortamda su ya da başka bir doğal ses olabilir. Youtube'dan su sesi, ateş çıtırtısı ya da orman sesi gibi sesler açabilirsiniz.
- Gözlerinizi kapatın. Kendinizi en tok hissettiğiniz ve en zayıf olduğunuz halini düşünün.
- Sol avuç içinizden parmaklarınızın yönüne ve aynı zamanda sağa doğru baskılar yapın. 5 dakika boyunca bu hareketi tekrarlayın. Bunlar aynı zamanda bağırsak hareketlerini artırır ve tokluk hissi verir.
- Sonrasında nane, zerdeçal ve karanfili ya ayrı ayrı ya da hepsini birlikte koklayın. Sonrasında yemek yemeye geçin.
- Bunları yaparken diğer kısımda yapmanız gerekenler yemek yerken yavaş olmaktır. Geç vakitlerde yemek yemeyin. Her lokmayı çiğneyin, lokmaları büyükken yutmayın. Tabağınıza daha küçük porsiyonlar alın. Öğünlerde aşırı sıvı tüketmeyin, soda içmeyin. Lifli yiyecekleri öğünlerinize eklemeye gayret edin.
- Bu çapalamayı saat 19.00'dan önce yapmaya gayret edin.

Kilo Alma İçin Çapalama

- Yalnız kalabileceğiniz bir ortam seçin.
- Öncesinde sevdiğiniz yemekleri görsel olarak göreceğiniz ya da sizi acıktıran videolar izleyin.
- Koku olarak vanilya, kakao, portakal kokuları koklayın.
- Gözlerinizi kapatın. Güzel yemekler yediğinizi hayal edin. İştahla ve severek en sevdiğiniz yemekleri yediğinizi düşünün. Olmasını dilediğiniz beden yapısını da hayal edin aynı zamanda, kilo almış halinize odaklanın.
- İştah artırmaya yönelik çapada da bu sefer avuç içi yerine sadece başparmağa ve diğer parmak uçlarına çapalama yapın. Hafif baskılar yapmaya özen gösterin.
- Sonrasında yemek yiyin, bu çapalama da yemek öncesinde yapılmalıdır.

Çocuklar İçin Çapalama

Çapalamayı çocuklarınıza da yapabilirsiniz. Çocuğunuz bir şeyden korkuyorsa, korkulu rüya görüyorsa, gece yalnız yatmak istemiyorsa ondaki olumsuz duyguyu olumluya çevirebilirsiniz.

- ➢ Çocuğunuzu kucağınıza yatırın, saçlarını okşayın. Kucağınızdayken onunla temas etmeniz ona güven verir. Arka planda rahatlatıcı bir müzik açın. Öncesinde çikolata ya da sevdiği bir tatlıyı da yapabilirsiniz. Hem koku hem de tat alma duyularını da aktive edersiniz böylelikle.
- ➢ Güven duygusunu ona hissettirdikten sonra gözlerini kapamasını isteyin. Sonra en sevdiği masalın ya da çizgi filmin

bir sahnesini hayal etmesini isteyin ya da en sevdiği arkadaşıyla çok eğlendiği bir anıyı düşünmesini isteyin. Sesli bir şekilde anlatmasını da sağlayabilirsiniz.

- Sonra avuç içine bası uygulayın ve bası uygularken çocuğunuza bunu neden yaptığınızı söyleyin. "Sen her korktuğunda avuç içine bastığında o korku uçup gidecek, burası senin güvenli bölgen olacak..." deyin. Bunu anlatarak onun kendini çapalamasına da yardımcı olun. Sonrasında o kendi avuç içine bası uygularken siz de onun şakaklarına bası uygulayarak onu destekleyin.
- Konuşmalarınızda "güvende olmak" sözünü sıkça geçirin. Olumlu sözcüklerle onu destekleyin, "Güvendesin, korunaklı alanındasın, sen özgüvenlisin..." gibi kelimeler seçin.

6. BÖLÜM

CİNSELLİKTE VAZGEÇİLMEZ OLMAK

Cinsellikte Vazgeçilmez Olmak Neden Önemlidir?

İlişkinizin yatak odası ne durumda?

Sessiz ve durağan mı?

Yoksa ateşli ve heyecanla mı dolu?

İlişkilerde çiftlerin birbirlerine en yaklaştıkları yer yatak odalarıdır. Orada sınırlar yoktur, maskeler, statüler, sığınılan etiketler hepsi yok olur. Çıplaklık, doğallık, derinlerde gizlenmiş gerçek siz varsınızdır sadece...

Cinsellikteki kadın ve erkek motivasyonlarının birbirinden nasıl ayrıştığını, cinselliğin fizyolojisini ve psikolojisini sıkça anlatıyorum. Ancak konumuz vazgeçilmezlik olunca cinselliğe gereken önemi vermek daha da önem kazanıyor. "Seks biterse ilişki biter!" söylemi kulaklarınıza çalınmıştır, bu söylem biraz abartılsa da bir yanıyla doğrudur çünkü cinsellik ilişkinin yüzde yetmişidir. İlişki elbette sadece seksten ve ateşli gecelerden ibaret değildir, güçlü bir iletişim kurmanın en içgüdüsel halidir ve harlanmış bir cinsellik doyum ve mutluluğun doruklarına çıkmanızı sağlar.

Cinsellikte vazgeçilmez olmak ilişkinizdeki tutkuyu ve aşkı güçlendireceği gibi partnerinizle aranızdaki bağı da sağlamlaştırır. Cinsellik sırasında ve sonrasında salgılanan oksitosin hormonu çiftler arasındaki bağlılığı ve güveni sağlar. Hipotalamustan salgılanan bu hormona aşk hormonlarından biri diyebiliriz, anne ile bebek arasında da benzer şekilde bağları güçlendiren bu hormon evrimsel olarak bir aradalığı sağlayan önemli bir araçtır, bir nevi hediye de diyebiliriz...

Erkekler cinsel olarak
arzu duydukları
kadınlara âşık olma
eğiliminde olurlarken
kadınlarda cinsellik
öncesi güvenli bağlar
kurmak esastır.
Motivasyon ne olursa
olsun kadınlar için de
erkekler için de mutlu,
tutkulu bir cinsellik söz
konusu olduğu sürece
ilişkinizde de o denli
vazgeçilmez olursunuz.

Mutlu bir cinsellik sağlıklı iletişim, güven, paylaşım, sevgi ve saygıyı beraberinde getirdiği gibi daha pek çok şey için de önemlidir.

Cinsellik İlişkinize Neler Katar?

Cinsellik bağ kurmak için bir fırsat olabilir

Çiftlerin yakınlık ve bağ kurmasında cinselliğin rolü çok büyüktür. Cinsellik, romantik aşk ve yakınlığın nihai ifadesidir. Nefes alıp verişlerin birlikte senkronize olarak sağlanması, göz temasının kurulması, dokunmak, sarılmak, öpmek cinsel ilişki sırasında oksitosin hormonunun salgılanmasını sağlar. Oksitosin bağ, güven ve sadakat ile ilişkilidir. Cinsellik sırasında salgılanan oksitosin sayesinde yaşadığınız duyguları partnerinize de yansıtırsınız. Kim zevk alıyorken ve mutluyken bunu gizlemeyi başarabilir ki! Partnerinizle ilişkilendirilen bu bağ kurma hissi zihin tarafından daha çok deneyimlenmek istendiği için karşı tarafa duyulan ilgi de dolayısıyla artar. Yaşanan her cinsel ilişkide oksitosin salgılanmaz. Örneğin taciz ve tecavüz sonrası istismarcı kişiye karşı bireyde bir bağlanma duygusu oluşmaz. Mutsuz ilişkilerde çiftler genelde cinsellikten de uzak durma eğiliminde olurlar ve yakınlaşma için gereken mesafe böylelikle kat edilemez.

Cinsellik iletişimin
en doğal ve güçlü
yollarındandır,
sözcüklere ihtiyaç
duymadan sevginizi
göstermenin en saf ve
samimi halidir.

Cinsellik partnerinize sevgi ve şefkat göstermenin etkili bir yoludur

Şefkat ve sevginin mevcut olduğu bir cinsel yaşamdan vazgeçmek mümkün değildir. Cinsellik erkeklerin içdünyalarını açtıkları, sevgilerini daha rahat gösterebildikleri, şefkatlerini yansıtabildikleri ve kendi feminen yönlerini fark edebildikleri alanlardan biridir. Kadınların sevildiklerini ve değerli olduklarını hissetmeleri ve bağ kurmaları hem vazgeçilmez hissetmeleri hem de vazgeçilmezliği deneyimletmeleri için oldukça önemlidir. Bu nedenle, cinsellik iyileştiricidir ve her iki tarafa da kendi sahici gücünü hatırlatır.

Kendinizi güvende hissetmeniz için bir fırsat olabilir

Sağlıklı ilişkide, cinsellik esnasında iki tarafın da kendilerini güvende hissetmesi önemlidir. Kimse kendini güvende hissetmediği birine bedenini açamaz. Kişilerin kendilerini güvende ve rahat hissetmesi cinsellikte hoşuna giden ve gitmeyen şeyleri paylaşması ve partnerlerin birbirlerinin zevklerine öncelik vermesi, kendilerini açması ve yakın hissetmesini sağlar. Böylelikle seksin yarattığı güven hissinden ve huzur duygusundan uzaklaşmak yani vazgeçmek zorlaşır.

Zevkli ve eğlencelidir

Günlük yaşam koşturmaları, hayatta kalma çabaları, stres gibi faktörler cinsel hayatın monotonlaşmasına sebep olabilir.

Böyle zamanlarda partnerlerin birbirine bağlanması açısından keyif alanları yaratması, günlük hayatta herkesi yoran, karmaşık deneyimlerden uzaklaşmaya yardımcı olur. Üstelik seks iyi bir yatıştırıcıdır. Hemen beden hem de ruh sağlığınıza iyi gelir.

Duygusal olarak tatmin olmanızı sağlar ve içsel motivasyonu artırır

Cinsellik üzerine yapılan araştırmalar ve teoriler, cinsel doyum ve motivasyonun fazla olduğu romantik ilişkilerde arzu ve bağlılığın da doğru orantılı olarak fazla olduğu sonucuna ulaşmışlardır. Kısaca, cinsel yaşamlarından tatmin olan kişiler, romantik ilişkilerinde de daha mutludur. İlişkideki arzu, partnerler birbirlerini tanıdıkça, birbirlerinin yanında daha rahat oldukça ve kendilerini daha güvende hissettikçe artar. Bu da doyumu sağlar ve bağlılığı perçinler. İlişkilerde karşı tarafın ihtiyaç ve ilgi alanlarına yönelmek, tek taraflı bir doyumu değil karşılıklı bir tatmini sağlamak ilişki içinde kendini gerçekleştirme hissi elde etmenin başka bir yoludur. Cinsellikte hedeflenen haz ve doyum öncelikli ihtiyaçtır, elbette sevgi, güven, paylaşma, değerli hissetme gibi insancıl taraflarını göz ardı etmekten söz etmiyorum burada ama hem fizyolojik hem de psikolojik olarak cinsellikten beklenti doyum almaktır. Doyum kümesinde pek çok duygu vardır. Bu doyumu karşı tarafa yaşatmak da içsel bir tatmin duygusu sağlar.

Cinsellik sırasında duyguları derinleştirmenin adımları

- Fiziksel samimiyete izin verin, temas sadece cinsellik sırasında yani sonradan aklınıza gelen bir şey olmasın. Ona zaman ayırmak için planlar yapın, randevular oluşturun ve zaman zaman önceliği ona vererek özel hissetmesini sağlayın.
- Beraberken ve gün içinde iletişiminize sevgi dolu temasları dahil edin. Bir anda elini tutun, hiçbir şey yokken kolunu okşayıp yaptığınız işe ve rutininize devam edin, bir anda sarılın. Dokunmanın veya temasın her zaman cinsellikle sonuçlanması gerekmez. O beklenti hissi heyecanı artırıp, size olan arzusunun sürmesini sağlayacaktır. Temas birlikte yaşadığınız anıların verdiği hissi unutulmaz kılar.
- Göz teması kurun ve birkaç saniye kalın. Aynı fikirde olduğunuzda, farklı fikirleri savunduğunuzda, şaka yaptığınızda, bunaldığınızda... Göz temasını sık sık kurun, bakışlarınızdaki sevgi ve derinlik "Seni görüyorum, anlıyorum, hissediyorum..." mesajını vermenizi sağlar.
- Gerçek bir öpücük her şeye iyi gelir. Beklenmedik bir anda gelen sahici bir öpücüğün ardından "Seni seviyorum..." demek yani duygularınızın doğaçlama olarak iletilmesi partnerinizi şaşırtır, tutku ve arzuyu uyandırır.

→

- Sizi ne tahrik ediyor? Mum ışığı, şehvetli bir müzik, ılık bir duş?... İhtiyacınız her neyse ortamı hazırlamak ve havaya girmek için alan yaratın. Fiziksel arzularınızı partnerinize belli edin, flörtöz tavırlar ve sihirli kelimeler arzuyu ateşlemek için varlar!
- Birlikte geçirdiğiniz zamanlarda AN'da kalın. Birlikte baş başayken bazı zamanlar sizden başka bir şey olmasın, sadece siz olun. Televizyonu ve cep telefonunu kapatın, sorunları ve günlük hayatın telaşlarını kapının arkasında bırakın. Özel oyun alanınızı festivale çevirin.

Cinsellikte vazgeçilmezliği sağlamak özgüveni ve öz değeri artırır

Cinsel hayatında motivasyonu artan çiftler, kendi yaşamındaki başka alanlarda da kendini güçlü hisseder. İş yaşamı, insanlarla kurulan ilişkilerde başarı ve mutluluk sağlıklı bir cinsellikle daha da güçlenir. Bir başkasına yaşattığınız tatmin ve mutluluk hisleri size öz değer ve özgüven olarak geri döner.

Kendi bedeninizle daha sağlıklı bir şekilde bağ kurmanızı sağlar

Araştırmalar, bedenimizle ilgili duyduğumuz utanç ve kaygının, fiziksel yakınlıktan kaçınmaya ve cinsel tatminin azalmasına yol açtığını gösteriyor. Yine araştırmalar gösteriyor ki vücut imajı güçsüz olan kişiler, sekse çok hızlı başlamazlar ve içekapanıktırlar. Cinsel yakınlık, en içteki özünüzü başka bir kişiyle paylaşmayı ve hem kendinize hem de partnerinize dikkatinizi vermeyi içerir. Cinsellik sırasında öncelikle kendi içinizde bedeninizi partnerinizle bir armağan gibi paylaşacağınızın farkında olmanız, bunu hissetmeniz önemli bir haz kaynağıdır.

Partnerinizin size sevgisini ve ilgisini ifade etmesi kolaylaşır

Cinsellikte o özel AN'ı paylaşmak, taleplerinizi söyleyip birbirinize özel olduğunu hissettirmek sizi daha çok yakınlaştırır. Bu yakınlık arzu ve ilgiyi artırıp birbirinize olan ilginizi dışa vurmanızı kolaylaştıracaktır. İlgi ve duygunun dışavurumu çiftlerin "aidiyet" duygusunu hissetmesini sağlar.

Seks Neden Önemlidir, Neden İhtiyaç Duyarız?

Temel olarak cinselliğin işlevi türümüzü sürdürmek ve türün devamlılığını sağlamaktır. Doğadaki diğer canlılardan farklı olarak cinselliği sadece üremek için hayatımıza katmayız, insan olarak cinsellik sevgimizi, aşkımızı, arzumuzu göstermenin de bir yoludur. Cinsellik, varoluşumuzun önemli bir parçasıdır, bizi diğer canlılardan farklılaştıran, insancıllaştıran yönleri de vardır. Sevinç, sevgi, rahatlık, şefkat ve bazen de coşku üretir. Coşku yalnızca fiziksel değil, psikolojik ve ruhsal bir eylemdir.

Seks bizi sadece başka bir bedenle değil, kendi varlığımız ve kişiliğimizle de bağlar. Cinsellik sadece karşı tarafı değil kendimizi tanımak için de önemli bir keşif alanıdır. İnsan psikolojisinin en derin sularına cinsellikle inmek mümkündür, cinsellik sadece cinsellik değildir özetle... Derinlerdeki kendinizle yüzleşmek, kendinizden sakladığınız ya da hiç itiraf edemediğiniz özelliklerinizle tanışmak için etkili bir kılavuzdur. Dişiliğinizi, cesaretinizi, sınırlarınızı, erkeksi yönlerinizi gözlemleyebileceğiniz bir ayna tutar size cinsellik...

Cinselliğin insan psikolojisi üzerine etkilerine baktığımız zaman, hem ailenin hem kültürün etkilerini görürüz. Bunun yanı sıra Freud'un ortaya koyduğu ve bugün hâlâ psikoloji denince akla gelen ünlü psikoseksüel gelişim aşamalarının etkileri de yadsınamaz. Freud'a göre bu gelişim evreleri kişiliğin ortaya çıkmasında etkilidir. Oral, anal, fallik, latent ve jenital dönemde kişinin haz kaynağıyla kurduğu ilişkinin sekteye uğraması, kişiliğin oluşumunda izler bırakır. Freud'a göre kişi yetişkinliğe eriştiği zaman, psikolojik olarak, yatak odasında en az 6 kişi daha bulunur, çiftler ve her birinin anne babaları... Tüm bunlardan dolayı seks modern psikolojide önemli rol oynar.

Erektil disfonksiyon, anorgazmi, erken boşalma, pelvik ağrısı/penetrasyon bozukluğu, cinsel ilgide ketlenme, uyarılma veya arzu, kompülsif karışıklık, seks bağımlılığı, cinsel kaçınma, karşı cinsten korkma, utanç veya cinsel sapıklıklar gibi cinsel sorunlar, cinsel sadizm veya mazoşizm bozukluklarının yanı sıra anksiyete, uykusuzluk, kronik kas gerginliği, baş ağrıları, cinsel engelleme veya bastırmayla bağlantılı olarak görülen psikolojik temelli sorunlardır. Yani cinsellik sadece bir ilişki bağlayıcı olmaktan çok öte pek çok ruhsal ve bedensel sorunun arka planında çalışan gizli güçtür.

Yine Freud'dan devam edelim. İnsanın daima doyumun peşinde olduğunu söylemiştik. Bu Freud'un haz ilkesi olarak tanımladığı şeydir. Tüm insanlar yani hepimiz içgüdüsel olarak hazzın peşinde koşma ve acıdan kaçınma eğilimindeyizdir. Haz, insanları cinsellik, açlık, susuzluk, boşaltım gibi hem içgüdüsel hem de yaşamla bağımızı kuran enerjilerin doyurulmasına iten bir güçtür. İnsanlara baktığımızda sürekli dolan ve boşalan varlıklar olduğunu söylemek çok da tuhaf kaçmaz.

Acıkırız, sonra yemek yeriz, sonrasında yine acıkırız. Bu devinimler ve içgüdüsel dürtüler biz ölene kadar bizimle beraberdirler, doyum hep bir adım uzağımızdadır ve biz sürekli onu kovalarız.

Hazzın en aktif peşinde olduğumuz dönem çocukluk dönemimizdir. Markette gördüğü şekerleme için kendini ağlayarak yerlere atan çocuk hazzının peşindedir. Yetişkinlikte ise bu haz dürtüsünün yerini gerçeklik alır, artık istediklerimiz olmadığında kendimizi yerlere atarak ağlamayız. Beklemek, sabretmek, çabalamak gibi şeyleri ekleriz sözlüğümüze...

Cinsellik kaderimizin bir parçasıdır özetle. Onunla ne yaptığımız da kaderimizi belirler. Seksin bizi motive eden ve cinsel doyum aramaya iten esrarengiz gücü hafife alınmamalıdır. Bu cinsel güç, hem kendine hem de başkalarına karşı yaratıcı, üretken veya yıkıcı olabilir.

Cinsel enerjiyle ne
yaptığımız (veya
yapmadığımız)
kim ve ne olacağımızı,
ne tür ilişkiler
kuracağımızı ve dünyada
kendimizi nasıl ifade
edeceğimizi belirler.

İnsanlar fizyolojik ihtiyaçlar ya da üreme gibi işlevlerin yanı sıra farklı psikolojik ihtiyaçlardan dolayı da sekse ihtiyaç duyarlar. Cinsellik karşı cins tarafından onaylanmak, beğenilmek ve talep edilmek için de ihtiyaç nedenidir. Çocukluğunda sevgisiz bir aile ortamında yetişen bir kişi seksi karşısındaki kişiden ihtiyacı olan sevgi ve ilgiyi alabilmek için bir araç olarak kullanabilir. Kendi içinde değersizlik ve yetersizlik duygularıyla boğuşan bir kişi kendini değerli kılmak ve partnerine kendini güçlü göstermek için de seksi bir araç olarak kullanabilir.

Seksin Nörokimyası

Aşk, seks, yemek yeme ya da heyecan verici bir yamaç paraşütü deneyimi sırasında bedenimizde bazı kimyasal değişiklikler olur. Bu salgılanan kimyasallar ve hormonlar vücudumuzda bir dizi aktivite başlatırlar, sonuçta havalara uçma, adrenalin, aşırı zevk sırasındaki mutluluk ve heyecan duygularını işte bu kimyasallara borçluyuz.

Temel olarak seksi ele aldığımızda belli başlı kimyasallar oksitosin, dopamin, testosteron, serotonin, östrojen, endorfin ve birkaç hormondur.

Oksitosin:

Oksitosin kadında doğum sırasında salgılanan ve doğumu kolaylaştıran bir hormondur, bunun yanı sıra annede emzirme esnasında süt salınımını kolaylaştırır. Evrimsel açıdan önemli olan bu hormon aynı zamanda haz alma, cinsellikte bağlılık ve aşkta da nerdeyse başroldedir. Oksitosin benzer şekilde bizim imge ve hayal dünyamızı da etkiler, cinselliğe dair kurduğumuz fanteziler, hayaller, cinsellikle ilgili hatıralar oksitosinle ilgilidir. Oksitosinin etkilerini genel olarak şöyle sıralayabiliriz:

- Cinsellikte aldığımız hazzı, zevki artırma, orgazm zevkini artırma
- Cinsel arzulamayı tetikleme
- Annelik güdülerini sağlama
- Bağlanma ve aşk duygularını sağlama
- Empati, duygusal yakınlaşma, sevgi duygularını yaratma
- Cinsellik esnasında bedensel uyarılma ve kasılmaları sağlama
- Cinsel fanteziler ve hayaller kurma

Dopamin:

Haz alma ya da cinsel ilişki kurma isteğinin hissedilmesinde sorumlu önemli kimyasallardan birisi de dopamindir. Dopamin beyinde ödül mekanizmasını çalıştırır. Örneğin alkol, kumar bağımlılığı, aşırı yemek yeme, uyuşturucu bağımlılığı gibi sürekli tekrarlayan davranışlarımızda da dopamin devreye girer. Orgazm sırasında beyindeki dopamin miktarı maksimum seviyeye çıkar, dopamin ne kadar fazlaysa sekste alınan haz da o denli yüksektir.

Orgazm sonrası düşmeye başlayan dopaminin yerini prolaktin alır. Prolaktin hormonu erkeklerde cinsellik sonrası gevşeme, uyku ve yorgunluğu meydana getirir. Genellikle erkeklerin seksten sonra uyumak ya da uzaklaşmak istemesinin nedeni bu kimyasaldır ki kadınlar açısından sorun yaratan bir hormondur denebilir. Ancak vücut kimyasını bilmek seksin psikolojisini anlamak için gereklidir, seks sonrası uyumak isteyen bir erkek evrimsel olarak gerçekleşen bir dizi reaksiyon sonrasında fizyolojik bir tepki vermektedir sadece. Ancak tuzağa dikkat, hormonların arkasına saklanarak söylenen bahaneleri de iyi gözetlemeniz gerekir. Çünkü bu durum sevgi ya da şefkatin gösterilmesine engel değildir, fizyolojik bir duraksama sevginin gölgelenmesine izin vermemelidir.

Kadınlarda seks sonrası dopamin düşüşü erkeklerdeki kadar sert olmaz, bu nedenle kadınlar seksten sonra bile cinsel arzuyu sürdürebilirler. Aynı zamanda erkeklerde orgazm sonrası düşen testosteron onların bir süre beklemelerine neden olur, düşük testosteron ereksiyon için gerekli uyarılmayı sağlayamaz.

Serotonin:

Serotonini bizler mutluluk hormonu olarak biliriz, düşük olduğu durumlarda depresyona neden olan bu hormon tıpkı dopamin ve oksitosin gibi cinsel davranışları düzenlemede etkilidir. Yapılan çalışmalar dopamin ve serotoninin birbirine zıt çalıştığını göstermektedir.

Endorfin:

Endorfin vücudumuzda salgılanan doğal bir ağrıkesicidir. Orgazm sırasında yükselen endorfin acı, ağrı gibi uyarıları daha az hissetmemizi, bedensel olarak daha konforlu yaşamamızı sağlar. Âşıkken ayaklarımızın yerden kesilmesine neden olan, kalp çarpıntısı yaratan, devamlı öfori hissetmemizi sağlayan da endorfindir. Bizi daha gözü kara yapan, cesaret veren endorfin zamanla düşüşe geçer, aşkın ömrü kaç yıldır sorunun ardında aslında kimya vardır. Yapılan araştırmalara göre bu kimyasalların belli bir süre sonra dengeye gelmesi evrimsel açıdan önemlidir. Çünkü kimse uzun yıllar boyunca heyecan ve duygu karmaşası ile yaşayamaz. Bedenimizde sürekli değişen bu hormonlar duygularımızı, davranışlarımızı etkiler. Bağlılık, istek, tutku, arzu, güven, saldırganlık kısaca insani dürtü ve davranışlarımızın pek çoğu hormonlarla ve elbette kültürle bağlantılıdır.

Östrojen:

Dişilik hormonu olan östrojen hem kadınsı içgüdüleri hem de cinsel motivasyonu yönetir. Kadınların kendini daha dişi hissetmesini sağlayan östrojen, ergenlikten itibaren rahim içi yapıların, göğüslerin gelişmesinde, hamilelikte süt salgılanmasında da etkilidir.

Testosteron:

Erkeklik hormonudur. Kas yapısının gelişmesi, ereksiyon, sperm üretimi, cinsel davranışları yönetir. Testosteronun erkeklerde cinsel ve sosyal saldırganlık, rekabet, kavga etmesavaşma gibi güdüleri yönettiği iddia edilse de tüm bunların erkek davranışları üzerinde yüzde yüz etkili olduğu iddiası doğru değildir.

Seks ve cinselliğin arka planındaki kimyayı bilmek pek çok şeyi anlamada işimize yarar ancak kötü, saldırgan tutum ve davranışları sadece hormonlara yıkmak çok büyük haksızlık olur. Aşkta azalan endorfin eskisi gibi tutkulu ve ateşli hissettirmez sizi ama yerini sevgi ve şefkate bırakabilir. Aksi halde sadece üremek için çiftleşen hayvanlardan bir farkımız kalmaz.

Cinselliğin Psikolojisi

İlişkilerde olduğu gibi cinsellikte de kadın ve erkeklerin motivasyonları birbirinden oldukça farklıdır. Erkeklerin sekse davet edildiklerinde harekete geçmeleri daha kolay olabilir ancak kadınlar söz konusu olduğunda uyarılma, motive olma ve orgazma ulaşmada hazır hale gelmek için zamana ihtiyaç vardır. Kadınlar cinsel yönden motive olmak için çok çeşitli nedenler ararken erkekler için bazen sadece çıplak bir beden bile tutkuyu ateşlemeye yetebilir. Genel olarak kadınlar cinsellik konusunda daha romantiktirler diyebiliriz, sevgi, güven, empati duygularıyla harekete geçirilirler, sevecen dokunuşlar, şefkatli öpüşler ve temelinde sevginin, güvenin hissedildiği bir davet kadını cinselliğe hazırlayacaktır.

Seks öncesi flörtler, yatak odanızın atmosferi, sesler, kokuların hepsi psikolojinize etki eder. Kadın olsun erkek olsun fizyoloji ve hormonlardan bağımsız olarak kendinizi iyi hissettiren her şey seksten alacağınız keyfi de katmerler.

Sağlıklı bir cinsel hayatın hâkim olduğu ilişkide kişiler kendilerini hem fiziksel hem de duygusal olarak daha iyi hissederler.

Ancak bazı zamanlar yoğun, stresli günlük yaşam ve diğer dikkat dağıtıcı etkenler cinselliğin bir ilişkide arka plana atılmasını kolaylaştırabilir. Bazı durumlarda ise cinsel hayatınız hakkında konuşmaktan kaçınmak, iletişim eksikliği de cinsellik konusunda partnerler arası hayal kırıklığı yaşanmasına ve cinselliğin öneminin azalmasına neden olabilir. Partnerinizle konuşmak, cinsellik için çevresel ortam yaratmak ve cinselliği öncelik haline getirmek cinsel yaşamınızı iyileştirir. Bunun için:

Cinselliğe öncelik verin:

- **Cinselliği planlayın.** Her zaman romantik olmak mümkün olmaz, yaşam bazen çok yorucu olabilir. Böyle zamanlarla karşılıklı iletişimle bir planlama yapabilirsiniz. Bu ilk başlarda garip gelebilir, spontane olmasa da kendinizi partnerinizle yeniden bağ kurmak için sabırsızlıkla beklerken bulabilirsiniz.
- **Ne sıklıkla seks yapmak istediğinizi tartışın ve bir anlaşmaya varın.** Bu sıklığı önemseyin ve unutmamaya özen gösterin. Birkaç ay arayla bu düzenle ilgili konuşun, iletişimde kalın.
- **Randevu gecesi planlayın.** Partnerinizle bir akşam yemeği planlayıp, ilk randevunuzdaki heyecanı yaratmak için birbirinizle şakalaşıp, flört edin. Randevunuzun sonrasında baş başa kalana kadar heyecanınızı sürdürün.
- **Televizyon, telefon ve diğer dikkat dağıtıcı etkenleri uzaklaştırın.** Gün sonunda televizyon programlarına dalmak ya da sosyal medyaya çekilmek yerine eşinizle bağlantı kurmaya çalışın. Herhangi bir telefon, ekran

olmadan partnerinizle ortak belirleyeceğiniz bir program yapıp gün içinde veya haftada belirli saat dilimlerini birbirinize ayırın. Bu zaman diliminde illa seks yapmak zorunda değilsiniz; sadece birbirinizle bağ kurma, vakit geçirme zamanı olabilir. Cinsellik olursa çok iyi fakat olmasa bile, bu zaman daha fazla yakınlığa zemin hazırlamak için harika. Partnerinize "Sadece uzanıp biraz dinlenelim mi? Sırtını okşamamı ister misin?" gibi tekliflerde bulunabilirsiniz.

- **Cinsellik için, enerji yaratın!** Gün sonunda, koşturmacadan sıyrılıp, baş başa kaldığınız zaman yorgun düşebilirsiniz. Ancak ilişkide seksi bir öncelik haline getirmek istiyorsanız yorgunluğunuzun engel olmasına izin vermeyin. Sıklıkla enerjinizi tazelemenin peşine düşün, her an hazır olma zorunluluğu olmasa da sürekli yorgunluktan söz etmek ilişkinizdeki tutkuyu da öldürür. Akşamları biraz egzersiz yaparak kendinizi daha dinç ve enerjik hissedip, bu enerjinizi partnerinize yansıtabilirsiniz.
- **Yaratıcı olun ve gününüze sevdiğiniz kişiyi dahil edin.** İkiniz de sabah insanıysanız sabahları normalinizden biraz daha erken kalkın ve birbirinizle vakit geçirin. İşe gitmeden önce, öğle aralarında, toplantı aralarında, cinsellik için birbirinize yaratıcı yollarla vakit ayırın.
- **Partnerinizle birlikte, yatağa daha erken gidin.** Partnerinizle farklı zamanlarda yatmaya karar veriyorsanız, geceleri cinsellik için vakit ayırmak muhtemelen zor olacaktır. Partnerinizle aynı zamanlarda yatağa gitmeye çalışın.
- **"İdeal sıklıkta" cinselliğin olmadığını unutmayın.** Çok seks yapmak mükemmel ilişki demek değildir.

Çevrenizde, medyada, arkadaş ortamınızda daha sık, daha fazla cinsellik yaşamak adına baskı hissedebilirsiniz. Partneriniz ve eşiniz için doğru sıklıkta cinsellik bazı dergi ve gazetelerin söylediği kadar değildir, sizin ve eşiniz için ortak istekleriniz "ideal" olandır. Haftada üç kez seks yerine, haftada bir kez yapma konusunda partnerinizle aynı noktada buluşuyorsanız uzlaşma sağlanmış demektir. Cinsellikte önemli olan her zaman iki tarafın da aynı noktada buluşuyor olmasıdır.

Cinsel ihtiyaçlarınız hakkında konuşun:

- **İstek ve hoşnutsuzluklar hakkında konuşun!** Partnerinizle arzularınız, hoşnutsuzluklarınız ve duygularınız hakkında konuşun. Karşınızdaki kişi hakkında, hisleri hakkında varsayımlarda bulunmayın; duygular, tercihler ve istekler değişebileceğinden bu konuşmayı sık sık tekrar edin. Çiftler bazı zamanlarda seks hakkında iletişimsizlik yaşarlar, bu nedenle kızgınlık ve hayal kırıklığı yaratmamak adına iletişimi açık ve net tutmak önemlidir.

Seksin hormonlarla ilintili bir durum olduğundan söz etmiştik, bazen modlar birbirine uymayabilir, örneğin regl öncesinde gergin olan kadın uzak durma eğiliminde olabilir ya da iş nedeniyle kendini başarısız hisseden bir erkek problem çözmek için kapanma ihtiyacı hissedebilir. Ya da belki rutinden sıkıldınız ve seks hayatınıza heyecan katmak istiyorsunuz. Partnerinizle cinsellik hakkında konuşurken kendinizi rahatsız veya savunmasız hissedebilirsiniz ancak yine de deneyin. "Seninle cinsellik yaşıyor olsam da, cinsellik hakkında konuşurken garip hissediyorum ama seninle çift olarak seks hayatımızı nasıl daha iyi ve keyifli hale getireceğimiz hakkında konuşmak istiyorum..." diyebilirsiniz.

- **Seks hayatınız hakkında neyi sevdiğinizi ve sizi neyin tahrik ettiğini konuşmaktan çekinmeyin.** Değiştirmek istediğiniz veya sizi havaya sokan şeyleri konuşun, örneğin "Duşta seks yapmaktan gerçekten hoşlanıyorum, bunu daha sık yapmak istiyorum..." ya da "Sabahları güne seninle başlamak hoşuma gider..." diyebilirsiniz. Bu talepler karşı tarafın motivasyonunu da artıracaktır. Çünkü arzulanmak karşı tarafın da arzularını harekete geçirir. "Haftada en az iki kez seks yapabiliriz, oyuncak kullandığımızda hoşuma gidiyor..." diyerek hem kendi beklentilerinizi dile getirebilir hem de partnerinize cinsel hayatınızda sizde neyi beğendiğini veya neyi değiştirebileceğinizi sorabilirsiniz.

- **Partnerinize neyi sevdiğinizi gösterin.** Partnerinize neyi sevdiğinizi göstermeyi ikiniz de keyifli bulabilirsiniz. Siz veya oyun arkadaşınızın nelerden hoşlandığınızı bilmiyorsanız, kendiniz veya birbiriniz üzerinde deneyler yapın. Mastürbasyon, cinsel bilginizin ve sağlığınızın önemli bir bileşenidir. Herkesin bedeninde keyif aldığı noktalar değişir, cinsellik yaşarken aynı zamanda iyi bir gözlemci olmaya çalışın. Hassas yerleri keşfetmek, süreleri ayarlamak, partnerinizden sizi yönlendirmesini istemek yatakta sizi vazgeçilmez yapar.

- **Yapıcı eleştirilere karşı açık olun.** İster seks hakkında tartışırken, ister cinselliğin ortasında olun, bir şeyden zevk almadığınız noktada birbirinizin görüşlerini kabul etmeye açık olduğunuz bir ortam yaratın. Seks sizi savunmasız hale getirir, bu sebeple eleştiriyle başa çıkmak zor olabilir, ancak partnerinizin bu durumu size söyleyemeyecek kadar hassas olması ilişkinizde gerginlik yaratabilir. Partneriniz "Bana böyle dokunmandan hoşlanmıyorum!" dediğinde "Özür dilerim, bana neyi sevdiğini gösterir misin?" diyebilirsiniz. Bu tarz söylemleri kişisel almayın. Aradan yıllar geçse bile birbiriniz hakkında öğreneceğiniz şeyler olacak.

- **Onayını alın.** Partnerinizle cinsellikte onay hakkında konuşun. Açık, sağlıklı bir cinsel ilişki için onayın birbiriniz için ne anlama geldiğini anlamanız ve onayın her an geri alınabileceğini kabul etmeniz gerekir. Örneğin, seks yapmaya karar verdiğinizi ve ön sevişmeye başladığınızı varsayalım. Partneriniz birdenbire "Biliyor musun, bu gece havamda olduğumu sanmıyorum!" diyor. Böyle bir durumda yaptığınız şeyi hemen durdurun ve "Tamam..." deyin. Bunun hakkında konuşmak isteyip istemediğini sorun. Onunla tartışmayın, tavır almayın veya devam etmesi için zorlamaya çalışmayın. Her şeyi kişiselleştirmeyin, kırıcı olmayın.

Romantik bir ortam yaratın:

- **Beklentileri ortadan kaldırın.** Cinsel deneyimlerinizi geliştirmek, sizin veya eşinizin sahip olabileceği tüm beklentileri ortadan kaldırmayı gerektirir. Cinsellik sırasında "Acaba nasılım, nasıl hissediyorum, orgazma beni ulaştırabilecek mi, bana âşık mı?" gibi sorulara odaklanmamaya çalışın. Bu soruların kaynağında partnerinizle birlikteliğiniz sırasındaki beklentiler vardır ve genellikle korkudan doğar bu beklentiler. Sorulara odaklanıp andan kopmak, duygusal, bilişsel ve fiziksel olarak bir şeyleri zorunlu olarak hissetmenize, kendinizi yargılamanıza neden olur. Şimdiden uzaklaşmanız deneyimlediğiniz şeyin ve partnerinizle olan yakınlığın soğumasına neden olur.

- **Cinsel yakınlık sınırsız ve özgür olmak demektir.** Cinsellik keyif vermelidir. Bu sebeple cinsel deneyime herhangi bir çatışma ya da kişisel, duygusal veya zihinsel ihtiyacınızı dahil etmeyin. Bunu uyguladığınızda zevk, bağ ve vazgeçilmezlik hissi kendiliğinden gelecektir. Yatağa bir hesaplaşmayı çözmek ya da almak istediğiniz başka şeyleri tahsil etmek için girmeyin. Yatakta muhasebe olmaz. Çözülmeyi bekleyen sorunlarınız olsa dahi yatak odanıza girerken bunları kapının ardında bırakın, sanki ilk kez seviyormuş gibi sevginizi ona gösterin.
- **Açıklık daima kazandırır.** Partnerinizle en çok hangi zamanlar, hangi koşullarda seks yapmak istediğiniz hakkında konuşun. "Romantik bir randevudan sonra..." veya "Birlikte tatile gittiğimiz farklı bir mekânda..." şeklinde önerilerinizi sunabilirsiniz örneğin. Hem kendiniz hem de partneriniz için motive olacağı ruh halini yaratmanın yollarını arayın. Genellikle uzun ilişkilerdeki monotonlaşma diğer taraftaki sorunların daha da büyümesine yol açar. Bir problemi çözmek için uğraşırken fark edilir ki aslında ana neden ikinci planda kalan ve konuşulmayan şeylerdir. İlişkinizdeki bu gizli hayaletler pek çok nedenle ortaya çıkabilir. Rutin genellikle heyecanın yok olmasına neden olur, bunu fark ettiğinizde koşulları değiştirin.
- **Onu zaman zaman tetikleyin.** Eşiniz küçük heyecanları seviyorsa, gün içinde bazı flörtöz, heyecan verici mesajlar gönderebilirsiniz veya kalabalık bir ortamda yapmak istediğiniz şeyleri kulağına fısıldayabilirsiniz.

Bazen bir fotoğraf, bazen aklınıza gelen yaratıcı bir fikir onu gün içinde motive etmenin yollarındandır. Oyuncu olmaktan korkmayın, cinsellikte yaratıcılık sizi vazgeçilmez kılar.

- **Yapmakta olduğunuz işleri paylaşın.** Bazı zamanlar kulağa romantik gelmese de, araştırmalara göre eşinize yapmış olduğu işlerde -bu ev işi de olabilir, tamir işi de- destek olmak paylaşımı artırdığı gibi cinsel isteği de artırır. Paylaşılan görevler stresi azaltır, bu da çekimi ve bağı artırır. Hem partneriniz salata yaparken işlerin nasıl değişeceğini kim bilebilir ki! Evliyseniz ve çocuklu bir hayatınız varsa partnerinizin rahatlayabilmesi için çocukları yatırdıktan sonra, onunla birlikte temizlik yapabilir ya da işi ile alakalı hesaplamalara yardım edebilirsiniz. Ancak bu yardımları cinsellik beklentisi içinde yapmayın, bu partnerinizde baskı yaratıp, arzusunu söndürebilir. Yardımlaşma ve paylaşma özellikle kadınlarda cinsellik öncesi iyi bir motivasyon kaynağıdır.

Cinsellikte Kadının ve Erkeğin Motivasyonu Nedir? Kim Neden Etkilenir?

Cinsel motivasyon veya cinsel istek, insanın cinsel nesnelere ve aktivitelere yönelttiği ilgisidir. Cinsel motivasyon hem içsel olarak hem de dış uyaranlar tarafından sağlanabilir ve büyük ölçüde hayal gücüne ve görsel uyarıma dayanır. İmge ve hayal dünyamızda oksitosinle birlikte kurguladığımız fanteziler, arzularımızı tetikler ve bizi cinsel paylaşıma götürür. Araştırmalar cinsel arzunun tiksinme, isteksizlik, duygusuzluk ve tutkuyu içeren spektrumlara da yol açtığını göstermektedir.

Cinsel dürtü olarak da adlandırılan cinsel motivasyon, cinsel ihtiyaçları doğrudan cinsel aktivite veya düşünce ile tatmin etme dürtüsüdür. Burada libido kavramından da söz etmek gerekir, cinsellikle ilintilendirilen libido kavramı sadece cinselliği arzulama ya da seksi görünmekle ilgili değildir. Freud'a göre libido davranışlarımızı yönlendiren güdüler ve içgüdülerden gelen enerjidir. Bu güdüleri ise ikiye ayırır Freud, üremeye, üretmeye, yaşamaya iten yaşama dürtüsü ve saldırganlığa, yaşamla bağı kesen faaliyetlerden uzaklaşmaya götüren ölüm dürtüsü.

Geçmişte, özellikle seksologların büyük oranda erkek olduğu zamanlarda, cinsel arzu ya da "libido" vücuttan dışarı çıkması gereken bir hidrolik basınç gibi düşünülmekteydi ve sadece erkeklerin bu boşalımı yaşaması gerektiği inancı hâkimdi. Ancak bu hidrolik model, çoğu kadının cinsel arzusunun olduğu gerçeğiyle örtüşmez. Kadınların cinsel birliktelik yaşaması için bir sebebe ihtiyaçları vardır. Aksi halde bu durum içinde hiçbir duygunun barınmadığı bir eylem olarak kalır.

Aynı şekilde erkeklerin de cinsellik yaşaması için bir nedene ihtiyaçları vardır ancak çoğu erkek için sebep partnerinin gömleğini çıkarması kadar basit olabilir. Araştırmalara göre, erkeklerin çoğunun zihni sekse kolayca "Evet..." deme eğilimindedir. Çoğu kadının zihni ise "Belki..." veya "Duruma göre değişir..." eğilimindedir.

Psikolojik sorunlar cinselliği doğrudan etkileyebilir. Cinsel isteklik, ereksiyon problemleri, cinsel ilişki sırasında acı ve ağrı gibi sorunlar cinsel terapi ile çözümlenirler. Cinsel terapiye başvuran, cinsellikte sorun yaşayan heteroseksüel çiftlerde, erkekler çoğunlukla düzenli olarak mastürbasyon yapmakta, kadınlar ise mastürbasyon yapmayı bırakmış veya nadiren yapmaktadır. Tatmin edici seksin olmadığı durumlarda kadının cinsel arzusu uykuya dalmış gibidir. Bir bilgisayar düşünün, uzun süre fareyi oynatmadığınız zaman kendiliğinden ekran kapanma moduna geçer. Bir kadının cinsel istek sistemi de birisi fareyi hareket ettirene kadar uzun süre "uyku modunda" kalabilir. Cinsel yaşama dair sorun yaşayan çiftlerin birbirlerine açık olmaları, birlikte psikolojik destek almaları sağlıklı bir ilişki için yapılması gerekenler arasındadır.

Cinsellik başarı odaklı olmamalıdır, paylaşım ve sevgi temelinde ilerlemek hem birlikteliği güçlendirir hem de ilişkinizi sadece sekse dayalı tekdüzelikten kurtarır. Eleştirmek, onur kırıcı ifadeler kullanmak, aşağılamak seks hayatını olumsuz etkiler. Bazen işler yolunda gitmeyebilir, dönemsel olarak çekicilik ve arzulara mesafe koyma ihtiyacı içinde de olabilirsiniz. Tüm bunlar normaldir ama uzun süreli isteksizlikler ve ertelemeler çözülmesi gereken başka şeylerin olduğuna işaret eder. Bu tip durumlarda cinsel terapi almaktan kaçınmayın.

Cinsellikte Kadınların Motivasyonları

Pek çok kadın seksi, sevginin ve bağın en derin biçimi olarak düşünür ve pek çok kadın bu tarz bir cinsel yönelimdedir. Erkeklerin orgazma ulaşmaları daha kolay olsa da kadınların orgazm deneyimleri erkeklerden farklıdır ve zevk alma kapasitesi birden fazla orgazmı içerebilir. Kadınların cinselliği deneyimleme ve ifade etme biçimleri erkeklerden çok daha farklıdır. Elbette bu konuda farklı mitler ve hikâyeler her daim anlatılır.

Bugün gördüğüm kadarıyla birçok çift cinsel uyarılmayı nasıl tanıyıp tanımlayacağını bilmiyor diyebilirim. Hatta orgazmın ne olduğunu, cinsellikte iletişimin nasıl kurulmasını gerektiğini bile öğrenmekten kaçınanlar olabiliyor. Bu elbette biraz da yerleşik inançlardan ve mahremiyetle ilgili öğrendiklerimizden kaynaklanıyor. Cinselliğin ayıp ya da yaşanmaması gereken bir şey olduğu inancıyla yetiştirilmek evlilikte de pek çok sorunun ortaya çıkmasına neden oluyor.

Motivasyonu tanımlanmamış, iyi olmayan bir cinsellikle ilişkiyi beslemek mümkün değildir. Motivasyonu yaratmak için o arzuyu desteklemek gereklidir. Kadınların cinselliğe nasıl baktıkları, nasıl motive oldukları konuşulmadığında erkeklerin kafası da karışabilir.

Kadınlar sadece seks yapmak istemez. Önce arzulandıklarını hissetmek isterler. Eğer kadın bunu hissetmiyorsa, cinsellik ona o kadar da çekici görünmeyebilir ve gerekli motivasyon sağlanamaz. Sadece seks odaklı bir erkek partnerle birlikte olan bir kadınsanız partnerinizi onun da mutluluğu için yönlendirin. Bunu bir oyun havasına sokarak yapabilirsiniz. Emir vererek ya da sert bir üslup benimsemeden "Ben cinsellik öncesi havaya girmek için bunlara ihtiyaç duyuyorum..." deyin. Eğer sevgilinizi oyunun içine çekmekte zorlanan bir erkekseniz seks öncesi ısınma turlarında değişikliğe gidin. Ona dokunun, masaj yapın, güzel sözler söyleyin.

"Ben cinselliğe ihtiyaç duymuyorum, isteksizlik içindeyim!" diyen kişilerde genellikle duygusal veya fiziksel olarak altta yatan sebepler incelenmelidir.

Yatak odasında neleri sevip sevmediğinizi bilin. Cinsellikte motivasyonun sağlanması için ihtiyacınız olan ilk şey nelerden hoşlandığınızı bilmektir. Neyin iyi hissettirdiğini, neyin sizi tahrik ettiğini, neyin ittiğini, uyarılmak için nelere ihtiyaç duyduğunuzu, sevdiğiniz pozisyonları belirleyin.

Olumlu beden imgesi ve cinsel özgüven geliştirin. Bir kadın vücudu hakkında iyi hissetmiyorsa, seksten zevk alması güç olabilir. Araştırmalara göre, kilo endişesi, fiziksel kaygılar, cinsel çekicilik ve cinsel aktivite sırasında vücut hakkındaki düşünceleri içeren beden imajının kadınlarda cinsel tatminle ilişkili olduğu bulunmuştur. Araştırmalarda çıkan bir diğer bulgu ise egzersiz sıklığının ve fiziksel uygunluğun çekiciliği, motivasyonu ve enerji seviyesini artırdığı ve kadınlara kendilerini daha iyi hissetmelerine katkı sağladığıdır. Ek olarak, kendilerini daha iyi hissedenler, cinsel olarak arzu edilir olduklarını algılayabilir ve cinsel olarak daha iyi performans gösterebilirler. Hem erkekler hem de kadınlar için olumsuz beden imajı cinsel motivasyonu etkileyici bir faktör olabilir.

İlişkide güven ve duygusal güvenceyi sağlayın. Partneriniz ile aranızda kopukluk hissediyorsanız veya eşinizin sadakati konusunda endişe duyuyorsanız, ilişkiyi kaygısız sürdürmek olası değildir. Hayatınızdaki kişinin başka bir ilişkisi olabileceğini düşünüyorsanız, bunu ele almanız önemlidir. Bunu yaparken sohbeti çatışmasız bir şekilde başlatmak için "Son zamanlarda bağlantı kuramıyormuş gibi hissediyorum, çoğu zaman telefonla ilgilendiğini, mesajlaştığını görüyorum. Bu durum ilişkide kendimi güvende hissetmememe neden oluyor. İlişkimize ve cinsel hayatımıza sana değer verdiğim için, öncelik vermeni istiyorum..." deyin. Suçlama ve öfkeli tavırlardan kaçının, dinlemek ve anlatmak için alan açın.

Çeşitliliği kucaklayın. Monotonluk, cinsellikle ilişkilendirilmemesi gereken bir kavramdır. Uzun süreli evliliklerde veya uzun süreli birlikteliklerde olan insanlar bazen eşleri hakkında biraz daha az meraklı olabilirler. Bu da cinsellikte gelişmeye, keyif almaya engel olabilir. Birlikte neleri farklı yapacağınızı, nelerin sizi heyecanlandıracağını konuşun. İlişki maceraları sever ve macerayı birlikte planlamak heyecan vericidir. Bu gerçeğin farkında olmak ve "rutine" düşmemek adına aktif adımlar atın.

Cinsellik zihinde başlar. Erkekler cinsellikte partnerinin kendisini fiziksel olarak aynı şekilde arzulamadığını hissettiğinde hayal kırıklığına uğrarlar. Ancak kadının seksüel arzu hissetmesi için başka bileşenler gereklidir. Erkekler fanteziler kurarak tahrik edici etkenlere ihtiyaç duyarken, kadınlarda ise âşık olduğu, sevgiyi hissettiği, birlikte olmayı düşlediği zaman cinsel iştah artar ve uyarılma kolaylaşır.

Arzuyu tetikleyin. Cinsellik arzularla ilişkilidir. Partnerinize dair eğilimler, istekler, hevesler cinselliğinizin gidişatını belirler. Cinsellikle ilgili yapılan araştırmalara göre, kadınlar için *arzulanmak orgazmdır*. Çekici bir erkek görmek, bazı kadınlarda küçük heyecanlar uyandırırken, bazı kadınlar daha görseldir ve karşı tarafın ona karşı arzu beslediğini, istendiğini bilmesi, hayal gücünü harekete geçirir ve beyinde seksle ilgili hayalleri, fantezileri ateşler. Kadın ya da erkek ayırmaksızın cinsel çekiciliği garanti eden romantizm beklentileri hepimizde vardır ancak hayvani arzuları benimsemektense yerini sevgiye bırakan arzuyu seçmelisiniz. Seks sadece rahatlama ve arzuları tatmin amacında olmamalı, arzu sadece ateşleyicidir.

Seks, sevgi vermenin bir yoludur. Seks sadece seks değildir! Çoğu kadın modunda olmadığında partnerinin onu sevişmeye davet etmesinden hoşlanmaz hatta bunu bir zorlama olarak bile algılayabilir. Kadın açısından hazır olunmayan bir seks davetini kabullenmek bedensel sınırları ihlal olarak görülebilir ve onu seksten soğutabilir. Ancak her seks daveti sadece tatmin aracı olarak görülmekle ilgili değildir.

Seks sevgiyi iletmenin etkili bir yoludur. Eğer ilişkide sıcaklık ve iyi niyet varsa, bu teklif gerçek bir sevgi armağanı olabilir. İsteksiz bir partnere onun da en az sizin kadar istekli olması yönünde baskı kurmanız hatalı bir davranış olur. "Ben istiyorum ve sen de en az benim kadar istemelisin..." beklentisi parterinizin duygu ve psikolojisini yok saymanız anlamına gelir. Çünkü cinsel dürtünün onun gerçek itici gücü olması gerektiğinde ısrar ederek, onun aşk güdüsünü küçümsersiniz. Bazı kadınlar, orgazm olmadan da olsa cinsel ilişkide derin bir tatmin bulurlar. Çoğu zaman seks yapmadan önce partnerinizle aynı sayfada olduğunuzu hissetmek isteseniz de, bazen sizi aynı sayfaya getiren de seks yapmaktır. Hem erkekler hem de kadınlar, mutluluk için partnerlerine derinden bağlı hissetmeye ihtiyaç duyarlar. Ancak başlangıç yerimiz genellikle farklıdır. Cinsel yakınlık ile birleşen duygusal yakınlık, tutkulu bir evlilik veya ortaklık yaratan kombinasyondur.

Kadınlar için cinsellik:

Seks erkekler için büyük ölçüde fizyolojik bir arzu iken, kadınlar için seks zihinde başlar.

Kadınlar için arzulanma düşüncesi cinsel olarak onları en çok motive eden şeydir.

Düzenli orgazm yaşamak kadınlar için erkekler kadar kolay değildir, ancak arzunun devam etmesi için gereklidir.

Kadınlar için seks sadece fiziksel bir eylemle sınırlı kalmaz, sevgi, şefkat, güven gibi duyguların da tetiklenmesi gerekir.

Cinsellikte Erkeklerin Motivasyonları

Seks bedende başlar. Kadınların seks ile ilgili arzuları zihinleri, hafızaları ve duygusal bağ duyguları tarafından harekete geçirilirken, erkekler için arzu fizikseldir. Erkek fizyolojisinde, cinselliği başlatan, yönlendiren testosterondur. Vücut algısı zihinlerini cinselliğe doğru yönlendirir.

Erkekler için cinsellik bazen bir açlık halidir. Acıktığımız zaman doyma ihtiyacı doğal olarak gelir. Seks arzusu da çikolata krizi gibi ansızın gelebilir. Böyle zamanlar sürprizlerle dolu bir şekerlemenin enfes olasılığını barındırır. Erkek zihni mutlu, şaşırmış hissetme fırsatının düşüncesi ve umuduyla büyülenir ve tatlısız bir yemek neredeyse tamamlanamaz. Yine de ilişkinin genel bağlamı, örneğin tartışma ve gerginlikler iştahı kaçırabilir.

Seks bir enerjidir. Cinsellik, bir erkeğin yakın ilişkilerini motivasyon ve heyecanla besler. Bu hormonal enerji, erkeğe hayatının amacını ve işini sürdürme, eşini takip etme dürtüsü ve saldırganlığı verir. Bu onun günlük yaşamın monoton ve stresli durumlarıyla baş etmesini –cinsel ödül arzusunun hayali sayesinde– kolaylaştırır. Ancak belirtmek gerekir ki erkekler sadece hormonlarından ibaret değildir, yaşadıkları kültürden devraldıkları da onları belirler. Bu enerji yıkıcı değil besleyici ve sevgi dolu bir enerjiye evrilmelidir.

Seks heyecandır. Cinsellik erkek için heyecan verici bir maceradır. Erkeğe göre seks, bedenin tamamıyla tadını çıkarmak istediği büyük bir zevk makinesidir. Orgazm genellikle güvenilir ve kolay olduğu için, çeşitli cinsel eylemler, pozisyonlar ve ritimler, erkeğin tatminini keşfetmenin ve yükseltmenin harika bir yoludur. İster hayali ister gerçek olsun, her flört davranışı, gülümseme, ima, biçimli figür veya cinsel görüntü, erkek beynini uyarır. Beyin dalgaları, erkeğe seksi hatırlatan bir şeylerin ipucunu vermesiyle bu heyecanın canlanmasını sağlar.

Seks erkeklerin sevgisini göstermelerini kolaylaştırır. Erkeklerin cinsellikte bencil olarak adlandırıldığını hepimiz duymuşuzdur ancak bu yargı yanlıştır. Esasında erkeklerin zihinlerinden geçen, karşılıklı ortak bir bedensel zevk inşa etmektir. Hayatlarındaki kadını cinsel olarak tatmin etmek ve cinselliği daha iyi hale getirmeyi amaçlamak onlar için en büyük motivasyonlardan biridir.

Cinsellik aşkı somutlaştırır. Cinsellikte salınan bazı salgılar erkekleri nihayetinde evlerinde gibi hissettirir. Günlük streslerden, acılardan ve zorluklardan sonra seks, sevgiyi, ilgiyi somutlaştırır, kişiyi yatıştırır, rahatlatır ve destek sağlar. Bazen "Yalnızca seks istiyor!" yargısı gelişse de, çoğu erkek için seks haz odaklı, basit bir bedensel salınımdan çok duygusal bağ ve yakınlık kurmayı sağlar. Sevişmek, kelimenin tam anlamıyla kadına derin bir bağlılık duygusu geliştirmesini olanaklı kılar ve ilişkide cömertliği, inancı ve iyimserliği teşvik eder. Partneri tarafından arzulanmak, ilişkisinin en güven verici kısmı olabilir. Çoğu kadın fiziksel bir bağ kurmadan önce duygusal bir bağ kurmak isteyebilirken, erkekler için cinsel bağ, duygusal kırılganlık açısından yeterince güvende hissetmek için bir motivasyondur. Nihayetinde, erkek için cinsel dürtü bir hediyedir, aşka giden başka bir yoldur. Arzu ve dürtülerinin atına binen bir erkek aşka koşar.

Uyarılma yolları farklıdır. 1960'lı yıllarda seks davranışları konusundaki çalışmalarıyla dünyada çığır açan Masters ve Johnson adlı iki bilim insanı, Dört Fazlı Model'e göre cinsel yanıt sürecini fizyolojik olarak birbirini takip eden 4 aşamaya ayırmışlardı:

1. Uyarılma evresi
2. Plato
3. Orgazm
4. Çözülme

1970'li yıllarda başka bir bilim insanı ise bu dörtlü aşamayı üçlü bir döngüye indirgedi:

1. Cinsel istek
2. Cinsel uyarılma
3. Doyum

Her iki modelde de anlatılan, uyarılma yollarının kişiden kişiye göre değişebileceğiydi. Fiziksel olarak kadında ve erkekte uyarılma sonrası ortaya çıkan bedensel tepkiler hemen hemen aynıdır ancak uyarılma noktasına götüren süreçler kişiye özeldir. Cinsel istek fizyolojik, bilişsel ve davranışsal bileşenlerle örülmüş, ayrıca gelişimsel ve kültürel etkenlerle biçimlenmiş karmaşık bir yapıdır. Hormonların büyük etkisinin olduğu tartışılmazdır ancak bu sadece pastanın bir dilimidir. Cinsel normlar ve tabular erkeklerin ve kadınların cinselliği deneyimleme biçimini şekillendirir.

Erkekler için cinsellik:

Seks erkekler için şiddetli bir arzudur; ancak partnerle yaşanan iletişim kopukluğu bu kuvvetli hissi bozar.

Erkek için uyarılma sadece hormonlarla ilgili değildir, cinsel arzuyu uyandıran süreç çok daha karmaşıktır ve erkekten erkeğe değişir.

Erkeklerin duygusal olarak bağ kurması ve güven duygusunu geliştirmesi için seks önemlidir.

Cinselliğin Arka Bahçesi: Arzular!

Cinsel arzuları tanımak ilişkinizin vazgeçilmezlik sahasında size üstünlük sağlar. Ancak bu üstünlüğü ele geçirmek için arzuların doğasını iyi kavramak gerekir.

Çocukluktan itibaren konu arzuların tatmini ve cinsellik olduğunda çeşitli tabulara hapsedilmiş buluruz kendimizi. Çocukluktan itibaren konuşulmaması gereken, gizli yollarla keşfedilmesi gereken bir şeydir sanki cinsellik. Çok azımız şanslı kesimdedir, çocukluk ve ergenlik döneminde cinselliğe dair bilgi paylaşımı yapılabilecek bir açıklık ve eğitime ancak bir kısmımız erişebilir.

Bu gizlilik içinde de erişilebilen bilgiler de genellikle yanlış ve mitseldir. Kimliklere hapsedilmiş cinsel tabularımız vardır. Erkeklerin sadece tatmin aradığı ya da tatmin istediği anda mutlaka doyurulması gerektiğine veya kadının arzu ve isteklerinin örtbas edilip sadece cinsel bir nesneye indirgendiğine şahit olmuşuzdur.

Ancak istek ve arzular bunların çok daha ötesindedir, sadece biyolojik birleşmeyi teşvik etmediği gibi mesele sadece bedenlerin bir araya gelip sonra uzaklaşması da değildir. Arzular, şehvet, dürtüler daima bizimle olsalar da istisnasız hepimiz uzun vadede derinlik, duygusal yakınlık ve güvenle bağ kurma eğilimindeyizdir.

İşte sır da burada gizlidir, arzuları dönüştürmek sizi vazgeçilmez kılar.

Arzularımızı yöneten enerjilere paçamızı kaptırmak mümkündür. Bazen trafik ışıklarında karşıdan karşıya geçerken, bazen oturduğumuz bir kafede bakışlarımız başka kadınlara/erkeklere kayar ve onlara yönelik bir cinsel çekim hissederiz. Bu çekim enerjisini tanımak önemlidir çünkü partnerinizle aranızdaki cinselliği yöneten de bu enerjidir. İlişkilerde aldatma ya da başka arayışlara girmeye iten bu enerjileri doğru yönetmek önemlidir. Partnerinize nasıl ki sadece onu zirvelerde uçuracak zevk vermek başlı başına yetmeyecekse, cinsellikten arınmış dostluk, samimiyet ve güven duygusu da yetmeyecektir.

Çok boyutlu bir
arzu kompleksi
yaratmadığınızda ilişkinizi
renklendiremezsiniz.

Çekicilik karmaşıktır, yaşam tarzı, statüler, eğitim durumundan farklı olarak çok başka tarzda insanlara yönelik çekim hissedebiliriz. Jung bunu ortaya koyduğu çeşitli kavramlarla özetlemeye çalışmıştı. Anima-animus kompleksinden söz eden Jung kadın erkek ilişkilerini bu komplekslerin yönettiğini söylüyordu.

Jung animusu bir kadının bilinçdışı erkek tarafı, animayı ise bir erkeğin bilinçdışı kadın tarafı olarak nitelendiriyordu ve her erkek kendi bilinçdışındaki kadını, her kadın da kendi bilinçdışındaki erkeği arar diye özetliyordu. Hatta birbirine hiç uymadığını düşündüğümüz, nasıl olmuş da bir araya gelmişler dediğimiz çiftlerde görev başında olanın bu anima-animus ilişkisi olduğunu söylüyordu. Özetle cinsel çekim dediğimizde işler çok daha karmaşıklaşıyordu.

Psikolojik düzeyde zaten hayli karmaşık olan bir sistemin üzerine tabular ve bakış açıları da girince cinselliğin nasıl bir kuyuya hapsedildiğini tarif etmeye gerek yok sanıyorum.

Erkekliğin sadece skor ya da cinsel organların büyüklüğü üzerinden tanımlanması ya da arzulu ve istekli bir kadının ahlaken yaftalanmasını tekrar tekrar eleştiri süzgecinden geçirmemiz gerekiyor.

Sevgi, duygular
ve cinselliği
birleştirdiğinizde
vazgeçilmezliği
yakalarsınız.

Erkekler, cinselliğin diğer boyutlarını keşfedip, ilişkiye bağlılık ve sevgiyi katmalıdır çünkü kadınlar her şeyi bütünüyle hissetmeyi severler. Kadınlar bu konuda erkeklerden daha başarılıdır ancak onları bekleyen başka bir tehlike vardır: Bağımlılık ya da aşırı eleştiri! Cinsellik sonrasında geliştirilen bağımlılık ya da her konuda yapılan aşırı eleştiri erkekleri uzaklaştırır, bu nedenle arzuları ve içsel enerjileri tanıma ve yönetme becerisi geliştirmek önemlidir. Arzularınızı ne kadar arındırıp parlatırsanız vazgeçilmezliğiniz o oranda artar çünkü partnerinizin aradığı şey parlak bir kristal gibi belirginleştiğinde sizden vazgeçemeyecektir.

Herkesin cinsel fantezileri ve hayalleri vardır, bunda utanılacak bir şey yok. Bu enerjilerin farkında olun ve onu kendi ilişkinizdeki cinselliği büyütecek bir şekilde yönlendirmeye çalışın. Canınız oyun oynamak istiyorsa partnerinizi oyuna davet edin. Onları kötülemek ya da bastırmak yerine kullanabileceğiniz araçlar haline getirin.

Arzu tatmini kazanılması gereken bir mücadele ya da ağaç tepesinden kurtarılmayı bekleyen bir kedi yavrusu değildir.

Böyle bir çaba herkes için yorucudur ve sonuç ya zafer ya da kayıp olarak iki sonuca indirgenir. Oysa cinsellik ortaya çıkan sonuçlardan çok daha fazlasıdır. Üstelik bu mücadele iki tip davranışı tetikler: Savaş ya da kaç! Tipik hayatta kalma tepkileridir bunlar ve böyle bir cinsellik muhasebe demektir. Bedensel ve duygusal olarak her an tatmin olursunuz aslında ancak beklentilerinizle ilgili yanılgılar sizi mutsuzluğa hapseder.

Beklenti yanılgısı, her an, her seksinizde mucizevi şeylerin olmasını ummaktır. Beklenti yanılgısına girdiğinizde ortaya "karşılanmayan gereksinimler" çıkar. Partneriniz ne yaparsa yapsın ya hatalı ya da eksik olan bir şeyler vardır. Bu ilişkinin her aşamasında ya da hayatınızın her alanında hapsolabileceğiniz bir yanılsamadır. "Bir gün gelecek ve her şey mükemmel olacak..." düşüncesi ilişkinizi şu anda onarma ve besleme yeteneğinizi elinizden alır.

Elinizdeki ilişkiyi
beslemek ve büyütmek
önceliğiniz olmalı ve onu
şu an, şimdi yapmalısınız.

İlişki dinamiklerinizi beklenti ve yanılsamalar yönetmesin, farkındalık ve güçlü bir iletişimle harekete geçin. Günlük koşturmalar, başarısızlıklar, hedeflere ulaşmaya çalışırken harcadığınız çaba bazen uzaklaşmaya ya da görünmez olmanıza yol açabilir. İlişkinizi hapsolduğu sığlıktan kurtarmak ve derinleştirmek iki tarafın da birbirine ne kattığının bilincine varmasıyla mümkündür. Erkek için şefkat, sevgi, doyum, kadın için güven, huzur ve ışıltılı hisler ancak ilişkide derinlik varsa mümkündür.

Derinlik ilişkinizin kapasitesini genişletir, boşluğun yerini bağlılık ve vazgeçilmezlik alır.

Cinsel Arzuyu Uyandırmak Nasıl Mümkündür?

Cinsel arzu özellikle uzun süreli ilişkilerde sürdürülmesi zor bir şey olarak tanımlanır. Bazen de partnerler bu arzuyu isteyerek frenler. Stres, rutin alışkanlıklar arzunun ateşini söndürdüğü gibi beden memnuniyetsizliği, partnere karşı duyulan öfke, kızgınlık, endişe gibi duygular, ağrılı ilişki, orgazm olmak için fazla baskı hissetmek gibi nedenler de arzuların bastırılmasına neden olur.

Beklentiler: Karşı cinse olan olan ilgi, yaşlandıkça ve çeşitli yaşam değişiklikleriyle (çocukların aileye eklenmesi, işten kaynaklanan stres, ekonomik endişeler veya sevilen birinin ölümü gibi) azalabilir. Rekabetçi erkek doğasının kendisini başarıya kilitlemesi ya da kadının aşırı fedakâr davranıp dağılması arzuların ikinci plana atılmasına yol açabilir. Araştırmalara göre, bu dalgalanmaları normal ve doğal olarak kabul eden çiftlerin, cinsel olarak daha fazla tatmin olduğu bulunmuştur. Bu dalgalanmaları problemden ziyade akışın içinde anlaşılabilir bir değişim olarak gören çiftler, ilişkideki bu potansiyel fırtınayı çok daha kolay önleyebilirler. Buna karşılık, bu bakış açısına sahip olmayan çiftler, doyuma ulaşmayan bir cinsellik yaşadıklarında daha fazla endişe ve strese maruz kalırlar. Bu da bir kısırdöngüyü başlatarak tatminsizlik ve soğumaya neden olur.

Cinsellikle ilgili beklentilerin de arzu tutarsızlıklarının da (bir kişinin eşinden daha çok ya da farklı zamanlarda cinsel istekte bulunması gibi) olması normaldir. Yani çiftler farklı sıklıkta cinsellik istenmesinin normal, hatta beklenen bir şey olduğunu kabul ettiğinde, bu farklılıklar ortaya çıktığında arzular olumsuz etkilenmeden beklentileri yönetmek daha kolay hale gelir.

Özerklik: Partnerinize yakın ve bağlı hissetmek ilişki doyumu için önemli olsa da, kendinizi kaybedecek ve "sadece" bir çift gibi hissetmeye başlayacak kadar yakın olmanın bir dezavantajı vardır. Cinsel istek ve tutkuyu artırmak için ilişkilerde biraz özerkliğe sahip olmak ilişkinin kalitesi açısından çok önemlidir. Bu alan, size partnerinizi "görmek" ve onu uzaktan takdir etmek için gerekli olan nefes alma odasını sağlar. Özerklik aynı zamanda size düşüncelerinizi ve duygularınızı partnerinizden ayrı olarak deneyimlemeniz için alan sağlar, kendi zor duygularınızı kendi kendinize yatıştırmanıza ve ihtiyaç duyduğunuzda partnerinize duygusal olarak daha fazla destek olmanıza izin verir. Bu dinamiğin ilişki memnuniyetini ve dolaylı olarak cinsel arzuyu artırdığı gözlemlenmiştir.

Duyarlılık: İlişkide, kişilerin birbirlerinin ihtiyaç ve isteklerinin farkında olması cinsel doyum ve vazgeçilmezlik için önemlidir. Zamanlama konusunda uzlaşmak, istekleri ifade etmede açık olmak, özel gün ve hastalık durumlarında anlayış geliştirmek çiftlerin cinsel yönden motivasyonlarını kaybetmemeleri açısından önemlidir. Cinsellikte amaç mutluluk ve doyumu sağlamaksa her iki taraf da işbirliğine açık olmalıdır.

Deneyim: Konu seks olduğunda, deneyimler yani yeni cinsel pozisyonlar denemek, farklı yerlerde veya günün çeşitli saatlerinde seks yapmak veya biraz sıra dışı şeyler giymek arzuları uyandırmanın bir yoludur. Çiftlerle yürütülen çalışmalardan elde edilen verilere göre, daha yüksek düzeyde cinsel istek bildiren çiftler, çok küçük bir şey bile olsa yeni ve farklı bir şeyler denediklerini, yatak odasındaki ilgiyi ve tazeliği korumak için çaba harcadıklarını bildirmişlerdir. Partnerinizle masumca flört etmek ve yatak odanızın dekorunda küçük değişiklikler yapmak bile buna örnek olarak sayılabilir. Cinsel ilgi alanlarınızı benimsemek eşinizle birlikte gelişmek ve yeni şeyler deneyimlemektir. Bu aynı zamanda cinsel monotonluk ve rutinden kaçınmaya yardımcı olur, böylelikle partnerinizin size olan ilgisi hep canlı kalır.

Eşitlik: Yine çiftlerle yürütülen araştırmalara bakıldığında, çiftler ilişkiye eşit oranda katkıda bulunduklarında, cinsel arzunun da yükseldiği gözlemlenmiştir. Eşitliği benimsemek, her angarya ve sorumluluğun tam olarak 50/50 oranında bölündüğü anlamına gelmese de (yani, ikinizin de bulaşıkları kaldırmanız, ardından çamaşırları katlamanız, ardından banyoyu birlikte temizlemeniz gerekmiyor), alma-verme dengesi korunduğunda eşitlik de sağlanmış olur. Örneğin market alışverişini biriniz yaparken diğerinizin yemeği pişirmesi ya da ortada yapacak bir şey yokken bile ondan rica ederek bir sorunu çözmesini istemek ilişkinize eşitlik hissini verir. Bölünmüş olsa da, her iki tarafın da güç dengesini eşit tutması ve cinsel arzuyu tetiklemek için eşit miktarda çaba harcadıklarını hissetmeleri önemlidir.

Kadınlar İçin Orgazmın Tanımı ve Belirleyicileri

"Orgazm nedir?" sorusunun cevabı son derece sezgiseldir, bunu okuyan çoğu kadın kendi kişisel cevabını verecektir. Yapılan araştırmalarda, orgazm nedir sorusunun cevaplarıyla ilgili kadınlardan alınan yaygın, önemli cevaplar şu şekilde:

"Baş dönmesi, kendini kaybetme hali, irkilme, tam bir beden olarak varmış hissi ve ardından gelen gevşeme, rahatlama ve gerçek yaşama dönüş, arzu ve sıcaklık tepe noktaya ulaştığında gelen gerilim hissi, bedende tüm sinirlerin aynı anda gevşemesi ve boşluğa süzülme hissi, art arda hissedilen kasılmalar..."

Orgazm esnasında yaşanan fizyolojik değişimleri inceleyen araştırmacılar, 382 kadınla yaptıkları çalışmada kadınların kendi öznel cinsel deneyimleri ve uyaranların etkilerinin farklı olduğunu ancak deneyimlenen fizyolojik tepkilerin birbirine benzediğini ortaya koymuştur. Cinsel gerilimin artmasıyla, pelvik bölgede uyarılmalar ve kasılmalar meydana gelir, bu sıkışma vajinanın dış çevresindeki dokuların tıkanmasıyla devam eder ve deneyimlenen kasılmaların ritmik olarak devam etmesi sonucu orgazma ulaşılır.

Orgazm duygusu, bu kasılmalarla oluşan kan akışının uzaklaşması sonucu ortaya çıkar. Kadının orgazmik platformunda oluşan kasılmalarla erkekte orgazm ve boşalma oluşturan kasılmalar aynı kaslarla gerçekleşir. Ek olarak erkekler, prostat bezi, meni kesesi ve ejakülatör ampulün etrafını saran kasların kasılmasını da deneyimler. Erkeklerin ve kadınların tepkisi arasındaki önemli bir diğer fark ise, orgazmı deneyimleyen kadınların erkeklerin aksine durma ihtiyacı yaşamamasıdır. Kadında etkili, önemli ölçüde cinsel uyarılmanın deneyimlenmesi durumunda, cinselliğin devam etmesi, bir sonraki orgazmın deneyimlenmesine zemin hazırlanabilir. Bu duruma "çoklu orgazm" denir.

"Çok mutlu" olarak değerlendirilen evliliklerde, %90 ile %100 arası orgazma ulaşan kadınların olduğu gözlemlenmiştir.

Orgazm Olamama Durumunun Psikolojik Etkisi

Orgazmın deneyimlenmemesinde, kişinin bilinçaltında yatan temel inançlar, katı görüşler, geçmiş travmatik etkiler, düşük özgüven, kişinin kendi bedeninin beğenilmemesi gibi durumlar yatabilir. Bu durumda kişinin, mutlaka kendini bilişsel, duygusal olarak iyileştirmesi gereken durumdur. Psikolojik etkilerin olduğunu gözlemliyorsanız, bu durumu terapi ile çözmek mümkündür.

Orgazm Olamama (Anorgazmi) Tedavisinde Mastürbasyonun Rolü

Mastürbasyon ile ilgili çeşitli yanlış inanışlar vardır. Zararlı olduğu ya da cinsellikte partnerler arasında iletişimi olumsuz etkilediğine dair bilinen mitlerin aksine mastürbasyon zararlı değildir, tam tersi, hem fizyolojik hem de ruhsal olarak sağlıklı bir durumdur. Mastürbasyon kadınlarda orgazm bozukluğunun birincil tedavisinde son derece etkili, yardımcı bir yöntemdir. Kişinin kendini, bedenini keşfetmesini, tanımasını ve cinsellikte geliştirmesini, keyif almasını sağlar. Bu cinsel terapi yönteminde kişinin önce yalnızca kendisinin dahil olması, ardından partnerinin dahil olması beklenir. Böylece mastürbasyon ile kendini geliştiren çift, cinsellikte de daha sağlıklı bir gidişat sağlar.

Mastürbasyonu kolaylaştıracak öneriler:

1. Kendinizi iyi hissedeceğiniz bir atmosfer oluşturun.
2. İhtiyacınız varsa kayganlaştırıcı ve seks oyuncakları edinin. Ürünlerin sağlığınıza zarar vermeyecek türde olmasına dikkat edin.
3. Zihninizi boşaltın.
4. Acele etmeyin.
5. Kendinizi deneyime bırakın.

Mastürbasyon sadece zevk odaklı bir deneyim değildir. Bedensel olarak sizi rahatlatır, daha sağlıklı uyumanıza, daha az gergin hissetmenize yardımcı olur.

Kendi Cinselliğinizi Keşfetmeniz İçin Parmak Egzersizleri

Hem kendi başınıza zevk almak hem de partnerinizle yaşayacağınız cinsellik öncesinde kendinizi keşfetmeniz için mastürbasyon mükemmel bir egzersizdir. Kadınların jenital bölgesi erkeklerden farklıdır, bu nedenle uyarılma da matematiksel olarak farklı yollarla gerçekleşir. Kadınlar klitoris ve vajina yoluyla orgazma ulaşabilir. Klitoris, vajinanın üst bölgesinde yer alan çıkıntılı ve etrafı dudaklarla çevrili kısımdır, bir aynadan yardım alarak, uzanabilir ve ayna ile kendinizi inceleyebilirsiniz.

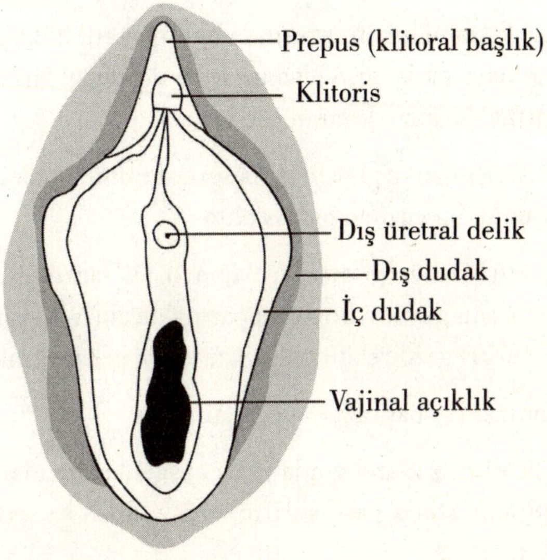

Klitoris uyarılma halinde erkek cinsel organı gibi hassaslaşan ve pompalama sonucu kanla dolan bir yapıdadır. Bu özelliği onu zevk alma bölgesi haline getirir. Kendinize dokunarak, ritmik hareketler ve hafif bası uygulayarak nasıl zevk aldığınızı keşfedin. Her kadının uyarılma yolu farklıdır, başkalarından duyduklarınızı bir kenara bırakın ve tamamen kendi kişisel deneyiminiz için alan açın. Havaya girmek için hafif bir müzik açabilir, ışıkları kapatabilir ve fantezilerinizden yardım alabilirsiniz.

Klitoris ön sevişmede de hazzı körüklemek için destek alacağınız erojen bölgenizdir. Klitorisinizi keşfettikten sonra bu hareketleri partnerinize de uygulatarak seks esnasında alacağınız zevki katlayabilirsiniz, açık olmaktan utanmayın yeter ki. Kendi üzerinizde yapacağınız denemelerden sonra da onu yönlendirebilir, hızını, basıncını nasıl ayarlaması gerektiği konusunda direktifler verebilirsiniz.

Klitoral orgazm için:

1. Kasık kemiğinizin tepesinde bulunan etli bölgeye masaj yapmaya başlayın. Vulvanın iç ve dış dudakları boyunca parmaklarınızı devamlı gezdirin.
2. Klitorisinizin uç kısmı sinir ağı bakımından oldukça yoğundur, bu yüzden hassas olun.
3. İşaretparmağı ve ortaparmağınızı "V" şekline getirerek klitorisin gövdesi boyunca parmaklarınızı iki yanda aşağı yukarı gezdirebilirsiniz. Size en iyi gelen ritmi bulun.
4. Sonrasında baş bölgesine yoğunlaşın.
5. Klitorisiniz ıslandığında ya da kayganlaştırıcıdan yardım aldıktan sonra parmaklarınızı daha hızlı ve sert şekilde

hareket ettirin. Orgazm olana kadar basınç uygulayarak hissi artırın.

6. Vibratör kullanmak kendinizi yormadan klitorisinizi uyarmak için harika bir yoldur. Orgazm olana kadar seks oyuncağınızı klitorisinizin olduğu bölgede aşağı yukarı gezdirin.

Klitorisinizi keşfetme deneyiminiz sonrasında yavaşça vajina bölgenize ilerleyin. Yeterince tahrik olmuşsanız vajina bölgenizin de ıslandığını fark edeceksiniz. Kendinizi iyi hissedeceğiniz bir pozisyon yaratarak başparmağınızı klitoris bölgesinde tutup, ortaparmağınızı vajinanızın içine doğru yerleştirebilirsiniz. Burada meşhur G noktasını keşfe açılmak için parmağınızı kendinize doğru çevirerek rahim duvarınızda baskılar yaratarak G bölgenizi arayabilirsiniz.

Zevk, hassasiyeti de artıracağından kendiniz için en uygun hızı ve basıncı bulun. Eğer zorlanıyorsanız kayganlaştırıcılardan yararlanabilirsiniz. Seks oyuncakları da mastürbasyonda oldukça işe yararlar, üstelik seks oyuncakları ile kendi cinselliğini keşfeden kadınların cinsel beraberlik sırasında hem daha kolay orgazma ulaştıkları hem de partnerlerini daha tatmin ettikleri bilinir.

Vajinal orgazm için:

1. Vajina girişine masajla başlayın, sonra parmaklarınızı (ya da seks oyuncağınızı) vajinanıza sokun. Vajinanızın tahriş olmasını engellemek için ıslandığından ya da yeterli miktarda kayganlaştırıcı kullandığınızdan emin olun.
2. Parmaklarınızı ya da oyuncağınızı dairesel hareketlerle kullanın, içeri dışarı hareketler yapın ya da okşayın, birkaç yöntemi aynı anda kullanabilirsiniz. G noktanızı

uyarmak için en iyi yöntem, birini yanınıza çağırıyormuş gibi parmağınızla "Gel buraya..." işareti yaparak iç duvarı uyarmaktır.

3. Yükselmeye başladığınızı hissettiğinizde parmaklarınızın hızını ve uyguladığınız basıncı artırın. Yoğun bir orgazm yaşayabilirsiniz ama yaşamazsanız da bu problem değildir. Herkes vajinal olarak orgazm olmaz.

Orgazmı Kolaylaştıran Eşsiz Yollar

➢ Mastürbasyon esnasında farklı pozisyonlar deneyin. Klitoral orgazm için sırtüstü yatmak ya da vajinal orgazm için çömelmek gibi. Seks oyuncakları kullanacaksanız da farklı pozisyonlarda nasıl zevk aldığınızı deneyerek bulun. Unutmayın bunlar yatak odasında iz bırakacak geceler için yapacağınız deneyler.

➢ Her kadının ve her erkeğin cinsel tetikleyicisi farklıdır. Kimi sesten tahrik olur kimi görsellikten. Sizi neyin en çok tahrik ettiğini keşfedin. Burada tüm duyularınızı işin içine katmaya çalışın, işitme, görme, dokunma, koku ve tat alma duygularınızla arzularınızı harmanlayın.

➢ Erotik romanlar okumak hayal gücünüzü genişletmek ve arzunuzu ateşlemek için birebirdir.

➢ Erotik porno filmler izlemek hem kendi cinselliğiniz için rehberlik almak hem de arzularınızı ateşlemek için işe yarardır. Aynı zamanda karakterlerin birbirlerine nasıl hitap ettiklerine, tavırlarına ve deneyimlediklerine bakarak kendiniz için farklı yollar geliştirebilir, yenilikler yaratabilirsiniz.

Ön Sevişme Süresinin Önemi

Ön sevişme, cinsellik esnasındaki tatmin ve orgazma ulaşma konusunda doğrudan öneme sahiptir. Ön sevişme, cinsellik arzusu yaratan, iki kişi arasında dokunma, öpüşme, samimi sohbet gibi yakınlaşmaları içeren bir eylemdir. Yapılan araştırmalarda ön sevişmenin 1-10 dakika sürdüğü durumda, 5 kadından yalnızca ikisinin orgazma ulaştığı, ön sevişmenin 15-20 dakikaya ulaştığı durumda ise bu oranın yarı yarıya yükseldiği gözlenmiştir. Bu sebeple, ön sevişmenin süresi hem cinsel yönden tatmin hem de evlilikteki, ilişkideki tatmin açısından çok önemlidir.

İlişkide orgazma ulaşamayan kadınların, ön sevişmeyi kısa tutması, kaçınması çok yaygın bir durumdur. Bu durumun aksine orgazmın yaşanması için ön sevişme süresini uzun tutmak, zevk halinin mümkün olduğunca sürdürülmesi gerekir. Kadınlar özellikle ön sevişmeye ihtiyaç duyarlar. Göğüslere, kalçaya dokunulması, seks öncesi baş başa güzel bir yemek yemek, gün içinde öpüşmek hepsi cinsellik öncesinde yapılan ön sevişme örnekleridir.

İlişkinizdeki Tutkuyu Canlandırmak İçin 10 İpucu

1. Cinselliği başlatma şeklinizi değiştirin: Her zaman klasik metotlardan gitmeyin, ara sıra farklı yollarla cinselliği başlatmak heyecanı diri tutar. Zamanlamayı değiştirmek örneğin işe yarar bir yoldur, pijamalarınızı giyip dişlerinizi fırçaladığınız bir zaman diliminin sonrasını tercih etmek yerine onu hazırlıksız bir anında yakalayabilirsiniz. Seksi erkek mi başlatır kadın mı kaygısını gütmeyin, karşı taraftan beklediğiniz adım gelmediğinde davet eden siz olun. Bazı nedenlerle ilişkinizde mesafe oluşmuşsa eleştiriden ve yakınlık taleplerinden kaçınmak yerine, partnerinize "Seni istiyorum..." demenin incelikli yollarını bulmaya çalışın.

2. El ele tutuşun: Dokunmak iletişim kurmada oldukça etkili bir yoldur, bazen bir takım çalışmasında cesaretlendirici bir omuz dokunuşu, bazen acısını paylaştığımız birinin ellerini sıkmak, bazen de sevgimizi göstermek için sarılmak... İkna etmede, sevgiyi göstermede, kutlamada, empatide kısaca her türlü duygunun ifadesinde dokunmanın gücü inkâr edilemez. İlişkilerde el ele tutuşmak, sarılmak, dokunmak, öpmek sakinleştirici bir his uyandırır. Hem hormon hem de beyin aktivitelerini hareketlendirir, ruhsal olarak beklediğimiz ilgi ve şefkati bize sunar.

3. Tansiyonun oluşmasına izin verin: Uzun süren bir ödül beklentisi sonunda elde edilen ödüller daha fazla zevk ve tatmin duygusu oluşturur. Ödül beklentisi yaratmanın çeşitli yolları vardır. Bu daha öncesinde paylaştığınız zevkli bir anı telefon mesajıyla hatırlatmak, ona küçük notlar bırakmak ve bulmasını sağlamak olabilir. Ön sevişmeyi uzatmak ve ara vermek de ödül beklentisini kamçılar. Bu yüzden ön sevişmeye özellikle zaman ayırın, fantezileri paylaşın, yerleri değiştirin ve seksi daha romantik hale getirin.

4. Cinsel yakınlığı rutinden ayırın: Dikkatimiz dağıldığında ve stresli olduğumuzda cinsel uyarılma, istek otomatik olarak düşer. Flört başladığında her şeyi kenara atın, ödenmemiş faturalar ya da öncesinden çözülmeyi bekleyen bir problem artık konunun dışındadır.

5. Özel zaman ayırın: İkinize de zevk veren çeşitli aktiviteler deneyin. Flört etmekten kaçınmayın, flört ederken tıpkı bir sevgili gibi eğlenin ve cinsel istek ve yakınlığı ateşlemenin bir yolu olarak flört edin. Çift ve aile terapisinin babası olarak bilinen Gottman, "ilişkinizde yaptığınız her olumlu şeyin ön sevişme olduğunu" söyler.

6. Sevgi dolu dokunuşa odaklanın: Partnerinize sırt veya omuz masajı yapmayı teklif edin. İnsanlar ön sevişmeyi cinsel ilişkiyle ilişkilendirir, ancak şefkatli dokunuş, hassas bir insan olmasanız bile tutkuyu göstermenin ve yeniden alevlendirmenin güçlü bir yoludur.

7. Cinsel yakınlık hakkında meraklı olun: Birbirinize zevk vermenin yeni yollarını deneyin. Eşinizi zamanla daha iyi tanımak için sekse bir fırsat olarak bakın. Onu gözlemleyin, sizi gözlemlemesine izin verin.

8. Sekste çeşitliliği artırın: Daima aynı ritim ve tarzda sevişmeyin. Nazik, sevgi dolu, samimi, cüretkâr ya da son derece erotik... Gün içinde değişen enerjilerinizi iyi okuyun, siz ne istiyorsunuz, partneriniz ne istiyor kavramaya çalışın. Bazen sadece sevgi ve şefkatle bazen de oldukça yaramaz bir tonda!

9. Cinselliği bir öncelik haline getirin: Günlük akış seksi ikinci plana atmanızı gerektirmez. Yemekten sonra, uyumadan önce gibi kurallar yoktur, cinselliği önceliğinizde tutmak geri kalan için de keyifli bir zemin sağlar.

10. Sorumluluğu paylaşın: Sekste kimin kimi daha çok tatmin ettiği ya da erkeğin görevi şunlar, kadın görevi bunlar gibi yaklaşımlar gütmeyin. Herkes kendi tatmininden sorumludur. Talepler varsa reddedilme de vardır. Tatmin bir görev ya da zorunluluk olmamalıdır, paylaşımcı ve telafi edici yaklaşımda olmak ve hissettirmek uzun soluklu sağlıklı bir cinsellik için gereklidir.

Cinsellikte İz Bırakan İletişim Teknikleri

Cinsellikte mutluluğun ve vazgeçilmezliğin temeli doğru, sağlam ve sağlıklı bir iletişimden geçer. Bu temeli oluşturmanın sırrı ise, partnerlerin birbirini hem duygusal, hem de bedensel olarak "güvende ve rahat" hissetmesidir.

Peki bu güven ve rahatlık hissi nasıl sağlanır?

Cinsel istekleri, fantezileri ya da cinsellikle ilgili bilgisi yönünden yargılanmayacağından emin olan kişiler partneri ile birlikteyken kendini güvende hisseder. Bunun sağlanamadığı ilişkilerde kişi istek ve taleplerini karşıya yeterince açık ve şeffaf bir şekilde geçiremez. Bu da güvensizlik, rahatsızlık hissine neden olur.

İlişkideki iletişimi sağlamak veya iyileştirmek için neler yapabilirsiniz?

Çok boyutlu bir iletişim kurun: Cinsel hayatınızda sağlıklı bir iletişimi sağlamak için partnerinizle günlük hayatınızdaki iletişimde özenli olun. İletişimde pozitif bir dil kullanmak önemlidir, ilişkinizdeki olumsuz durumları vurgulamak yerine olmasını istediğiniz şeyleri olumlu kelimelerle değiştirip "iletişim dilinin gücünden" yararlanın. Partnerinizle yalnızca cinsellik sırasında iletişim kuruyorsanız, rutin hayatınızda iletişiminiz zayıfsa cinsel iletişimde zayıflıklar kaçınılmazdır. Takdir ve onay cümlelerini daha sık kullanın, iltifat edin, başarılarını parlatın, beğendiğiniz şeylerin altını çizin. Sanki henüz yeni tanışmış ve flört etmeye başlamışsınız duygusunu saklı tutun.

İstediğinize evet, istemediğinize hayır deyin: Cinsellikte doğru veya yanlış gibi bir durum yoktur, her iki tarafın da gönüllü olduğu, istek ve taleplerinin uyduğu durumlar "normal" karşılanır. Cinsellikte istemediğiniz ve size uymayan şeyleri partnerinizle açık ve net bir şekilde konuşup sınırlarınızı çizmek bireyselliğiniz açısından önemlidir. Bu sizi değerli ve vazgeçilmez yapar.

Cinsellik sırasında duygularınızı kelimelere dökün: Cinsel ilişki esnasında konuşmamak gibi cinsel bir mit vardır. Oysa duyguları konuşmak, ilişki anında duyulan hazzı kelimelerle paylaşmak hem sizin hem de partnerinizin motivasyonunu destekleyecek, aranızdaki bağı güçlendirecektir. Bazen kelimeler yerine davranışlara bakarız ama bazen de davranış ve eylemlerin ardından bazı sihirli kelimeler duymak isteriz. Kulaktan kalbe uzanan yolu sık sık kullanın...

Beden dilinin mucizevi etkisini keşfedin: Güçlü bir iletişimin en önemli araçlarından biri beden dilidir. Hiç konuşmasanız dahi beden dilinizle karşı tarafa sözel olmayan mesajlar vermeye devam edersiniz. Üstelik cinsellik beden dilinin çok daha fazla kullanıldığı bir yerdir. Cinsellik esnasında bunu, partnerinizle teması maksimum seviyeye çıkararak sağlarsınız. Erkeklerin görselliği sevdiğini söylemiştik, kadınlarsa dokunulmaktan ve temastan keyif alırlar. Her iki taraf da kendi beden dilinin kapısını açacak anahtarı iyi kavradığında mükemmel uyum yakalanır.

Seks öncesi veya sonrasındaki duruşunuz, gülüşünüz, bakışlarınız, ellerinizle hafifçe dokunmak, uyurken ona sarılmanız kısaca hepsi sözsüz olarak sevginizi ve beğeninizi ona anlatır. Cinsellik sadece jenital organlarla sınırlı değildir, kulaklar, boyun bölgesi, bacakların iç bölgeleri temas edildiğinde farklı duyguları uyandıran hassas yerlerdir. Temas ve dokunma sadece cinsel birliktelik sırasında hatırlanmamalıdır. Böyle bir yaklaşım tüm dokunmaların yalnızca mekanik bir cinsel ilişkiyi çağrıştırmasına sebep olur, bu tersyüz edilmiş algı gün içinde temastan kaçınmaya itebilir. Hiçbir paylaşımda bulunmasanız bile aynı ortamda farklı şeylerle ilgilenirken, dinlenirken yakın oturmak, birbirinizin yanından geçerken temas halinde olmak, el ele tutuşmak, konuşurken koluna dokunmak gibi beden hareketleri sizi hep yakın tutar.

Mesajlaşmalarda Nasıl Davranmalısınız?

Şimdi kitabı okumaya ara verin ve partnerinize attığınız son mesaja bakın. Nasıl bir dil kullanmışsınız? Sevecen mi, tahrik edici mi, yoksa kısa ve sönük bir cümle mi? Bir isteğinizi belirttiyseniz duygu tonunuz nasıl? Emrivaki mi yapmışsınız yoksa trip mi atıyorsunuz? Öpücükler, kalpler kondurmuş musunuz? Kelimeleri bile tamamlamadan kısaltmalar mı hâkim mesajlarınıza?

Evliyseniz belki de günlük akışın beraberinde getirdiği talimatlarla dolu mesaj kutunuz. "Evde süt yok, elektrik faturası yatmamış, ev sahibi aradı, kaçta evde olursun?" Bu cümleler size tanıdık geliyor mu?

Zaman geçer ve bizler heyecanla bizim olmasını dilediğimiz insanlarla ilişki çatısı altına girdiğimizde bazı şeyleri unutur ve önemsememeye başlarız. Bakışlarımız söner, sözcüklerimiz eski gücünü kaybeder, alışkanlıklar ve görevlerin ağırlığı altında sanki sürdürülmek zorunda olduğumuz bir ilişki modeli yaşamaya evriliriz.

Yaşanan ilişki modeli ne olursa olsun kendinizi ifade ederken kullandığınız sözcükler, ifadelerinizi aktarım biçiminiz, diliniz, üslubunuz sizi siz yapan imzanızdır. İster basit bir istekte bulunun isterseniz gerilimli havayı yumuşatmaya ya da bir problemi çözmeye çalışın her ne yapıyorsanız ifadelerinize katacağınız tatlılık size üstünlük sağlar.

İletişimde sakin ve
yumuşak bir tarzı
benimsemek size tıpkı
sert kayaları yontarak
ilerleyen suyun
gücünü verir.

Partnerinizle yan yanayken geçirdiğiniz vaktin kalitesini artırmak, özeni her ana yaymakla mümkündür. Dahası bunu öyle yapmalısınız ki sizinle yan yana gelmek için dakikaları saymalı. Sürekli yapışık bir vaziyette iletişim halinde kalın demiyorum, aksine mesafedeki salınımı öyle ayarlamalısınız ki partneriniz duygudan duyguya geçmeli.

"Tüm gün seni ve bana tattırdığın hisleri düşündüm..."

"Seni istiyorum..."

"Sana bir sürprizim var!"

"Bir dahakine kontrol bende olacak..."

Telefon ekranına düşen bu tarz mesajlar partnerinizin heyecanını canlandırır, gün içinde sizi düşünmesini ve arzulamasını sağlar.

Araştırmalara göre, mesajlaşmalarda flörtleşme ve yazışmalara ufak cinsel içerikler eklemek ilişkilerdeki heyecan ve motivasyon düzeyini artırır ve bu tarz mesajlar alanlar duygusal ve cinsel olarak olumlu etkilenirler. Araştırmalar ayrıca gün içinde atılan, heyecan verici resim ve yazışmaların ilişkideki motivasyonu da artırdığını ortaya koyuyor. Buna ek olarak ilişkideki mesajlaşmalarda cinsel içeriklere yer vermenin evlilikte yaşanan birtakım çatışma ve sorunların iyileştirilmesine katkı sağladığını savunan birçok çalışma vardır.

Evli çiftlerle yürütülen bir araştırmaya göre, gün içindeki iletişime cinsel içerikli yazışmaların dahil olduğu ilişkilerde ilişki doyumunun daha fazla olduğu, ilişki bağının daha güçlü olduğu gözlemlenmiştir. Ve bu çiftlerin cinsel ve genel ilişkilerdeki memnuniyetsizliklerini, sorunlarını daha sağlıklı ve "güvenli" bir şekilde paylaşıp, çözüm için daha işbirlikçi bir yaklaşımda bulundukları da ortaya çıkan sonuçlar arasında.

Cinselliğin içerik olarak iletişime katılması sadece tahrik etme ya da arzuları alevlendirme olarak algılanmamalı. Esprilerle ve şakalarla, mizah dozu iyi ayarlanmış cinsel içerikler sizi ve partnerinizi güvenli sularda tutar. Çünkü bir şeyin esprisini yapabilmek demek bu alanda rahat olduğunuz mesajını da karşı tarafa verir. Üstelik sizi eğlenceli kılar ve eğlenmesini bilen insanlar vazgeçilmezdirler.

İşte iletişimin tüyoları:

Karşılıklı mı tek taraflı mı?

Partnerinizle cinsel içerikli bir mesajlaşma ya da sohbet başlatmanın ilk ve en önemli adımı, ikinizin de bu konuda rahat ve güvende hissettiğinden emin olmaktır. Sadece bir tarafın bu yakınlık konusunda istekli olması bu iletişimi engeller, üstelik karşı tarafın bu konuda isteksiz olduğunu hissetmeniz hem sizi boşa düşürür hem de cazibenizi yitirmenize neden olur. Öncelikle havayı koklayın, her erkek buna dünden razıdır gibi bir yaklaşım belirlemeyin. Bir şeylerin gölgeler ardında kalması erkekleri daha da tahrik eder. Acele edip satranç tahtasındaki taşları dağıtmayın.

Gizemli mesajlar her zaman daha çekicidir

Her zaman olmasa da bazen niyetinizi gizli tutmak, ufak sinyaller vererek bazılarını sezdirmek iletişimde ustalık gerektirir. Kimimiz bunu yapmakta maharetli olsak da hatta bu maharetin farkında olmasak da kimimiz bu konuda tökezler. Paniğe gerek yok, her şey öğrenilebilir. Bazen mektubu doğrudan posta kutusuna atmak yerine elinizde evirip çevirmek karşı tarafın daha çok hoşuna gider. Bu söyleyeceklerinizin değil aslında duygularınızın şiddetini gizlediğinizin habercisidir. Bir şeyi çok istemek ama isteğinizin şiddetini doğrudan karşı tarafa söylemeden imalarda bulunmak incelikli bir yoldur. Partnerinizin zayıf noktasını bulmak kaleyi fethetmek için yapacağız en büyük şey. Ancak istilayı kaba kuvvetle değil tercih ettiğiniz bir gizeme büründürerek yapmak karşı tarafın da hoşuna gidecektir. Eğlenceyi onun elinden çalmayın, zamana yayarak tatlılıkla ilerleyin.

Her şeyi bir çırpıda
söylemek, aklınıza gelen
her düşünceyi ve duyguyu
paylaşmak, elindeki tüm
kartları ilk elde açmak
acemi bir oyuncuya göredir.
Gizem belirsizliği sürdürür,
bu da arzuları canlandırır.

Unutmayın hedef değil süreç önemlidir, partnerinizin keyif aldığını fark ettiğiniz her şeyi uzun sürelere yaymaya çalışın.

Flörtöz olun

Flört sadece tanışma öncesi yapılır gibi yanlış bir kanı hâkimdir. Oysa flört tüm hayata yayılması gereken bir tavırdır. Hayatla bile flört etmek gerekir, kendinize vakit ayırdığınızda kendinizle, çok sevdiğiniz biriyle vakit geçirirken zamanla ya da çok sevdiğiniz bir yemeği yerken yediklerinizle... Flört sadece aşk ya da cinsellikle ilgili değildir, esasında kompleks bir süreçtir. Flört ederken karşınızdakini keşfedersiniz, eğlenir, eğlendirirsiniz, işin içinde arzularınız da vardır ama acele etmezsiniz. Flörtü keyifli bir yolculuk olarak düşündüğünüzde ilişkinizin her safhasında canlandırmak da mümkündür. Kadın ya da erkek olmanız flört etmenizi engellemez yani sadece erkekler flört eder gibi yanlış kanılara da kapılmayın. Her zaman cüretkâr olmak zorunda kalmadan bazen cilveli, bazen heyecanlı, bazen de muzip ve eğlenceli... Eğer adınızı unutulmazlar listesine yazdırmak istiyorsanız ilişkinize bolca flört katın!

Özgüvenli olun

Mesajlaşırken elimizde sadece kelimeler vardır, beden dilimizi kullanamayız. Ancak kelimeleri kullanırken de özgüvenli bir duruş sergilemek mümkündür. Bazı mesajları gülümseme ifadeleriyle geçiştirmek, bazen yanıtı geç yollamak, rahat ve sakin bir ritimde yazışmak size gereken özgüvenli havayı katar. Acelesi ve ısrarcı bir tavra girmeyin, daima davetkâr olma rolünü benimsemeyin. Bazen kaçın, bazen yaklaşın. Cesur olun ama bu karşı tarafın her istediğini vereceğiniz anlamına da gelmemeli.

İlham verin

Eğer her şeyi açıklıkla konuşabildiğiniz bir düzlemdeyseniz ilham verici fikirler sunabilirsiniz. Bazen cinsel içerikli bir metin bazen bir fotoğraf... Fikir alışverişinde bulunmak önemlidir. Örneğin "Akşam sana yapacağım masaj için iki farklı kokulu masaj yağından hangisini istersin?" demek ya da alacağınız seksi bir gecelik için fikir sormak ilham perilerini harekete geçirir.

Mesajlaşırken dikkat etmeniz gerekenler:

- Ne çok utangaç ne çok rahat olun. Bu iki duygunun birleşimi aranızdaki tutkuyu diri tutar.
- Cinselliği direkt sohbet ya da bir fotoğrafla başlatmayın, üstü kapalı bir sohbet daha heyecan vericidir.
- Eğer karşı taraf imalarda bulunursa yavaş adımlarla ilerleyin, sert ya da azarlayıcı bir tavra girmeyin, alaycı bir tavır da en az bunlar kadar tehlikelidir. Doğal tepkilerinizi gözden geçirin ama karşı tarafa daha azını yansıtın. Çok hazır görünmek işin büyüsünü bozar.
- Her zaman ulaşılabilir olmak iyi değildir, özellikle ilişkinizin tanıma safhasında bazen kendinizi gizleyin. Aslında burada altın kural her zaman ulaşılabilir olmak için ekstra çaba harcamamaktır. Özellikle kadınlarda sıkça rastladığım şey gün boyu telefon başında mesaj ya da arama beklemek oluyor. Yanıtlarınızı geç vermek sizi daha vazgeçilmez kılar.
- Özgüvenli olun, ne çok zor ne çok ulaşılabilir olun. Başlatan siz olsanız dahi, her zaman olduğu gibi alma-verme dengesini korumaya özen gösterin.

7. BÖLÜM

İZ BIRAKAN ÖZEL BİR GECE

Özel Bir Gecenin Püf Noktaları Nelerdir?

Özel bir gece sadece eşsiz bir cinsellikle hatırlanmaz. Ona eşlik eden her detay iz bırakan bir gecenin anısını güçlendirir.

Belki uzun zamandır beklediğiniz bir gecenin yakınındasınız ya da uzun zamandır vakit ayırmadığınız sevgilinize sürpriz yapmak istiyorsunuz. Rutinden sıkılmış ve alışıldık olanın sakin sularından sıyrılıp biraz harekete ihtiyaç duyuyorsunuz...

Motivasyonunuzun farklı nedenleri olabilir ancak aşikâr ki her ilişki özel geceleri hak eder!

Şimdi biraz düşünün onu şaşırtmak için en son ne yaptınız?

Yatak odasındaki hikâyeleriniz tekdüze mi ilerliyor?

Özel dokunuşlar ve farklı duyguları uyandıracak taktikler uyguluyor musunuz?

Çıtayı daha yukarı çekmek için aklınızı yoruyor musunuz?

Seks oyuncakları ya da giysiler seks hayatınıza dahil mi?

Yoksa sizin için zirve sadece basit bir baş başa yemek ve sonrasında yatak odasına gitmekten mi ibaret?

Başarıya ulaşan her şey çabayla mümkündür. Zafer kolaylıkla elde edilmez. İz bırakan özel bir gece için:

Geceyi siz yönetin: "Özel" gecenin mimarı sizsiniz, partnerinize gecenin sizin olduğunu ve kontrolün sizde olduğunu söyleyin.

Geceye özel bir organizasyon yapın: Partnerinize, planladığınız özel gecenizin sabahında bir not bırakın. Örneğin "Akşam sekizde en sevdiğin şık kıyafetlerinle şurada ol, senin için özel planlarım var..." ya da evde olacaksanız "Akşam yemeğe özel bir sürprizim var!" diyerek onu yönlendirin ve heyecanını yükseltin. Eve bazı özel ipuçları bırakabilir, onun hayal gücünü çalıştırmaya öncesinden başlayabilirsiniz. Ateşleyici kelimeler şunlar olabilir: "Akşamki sürpriz için komodinin üstüne bak!"

Dış görünüşünüze özen gösterin: Planladığınız özel gecenin başlangıcında partnerinizin sizi gördüğü an şaşırmasını sağlayabilirsiniz. Kendinize "Sevgilim beni nasıl görürse heyecanlanır?" diye sorun, onu şaşırtmak ve tutkuyu canlandırmak için hazırlıklara başlayın. Giyim, parfüm, saçlarınız ve cildinizin bakımlı olması çok önemli.

Birlikte pişirin: Partneriniz yemeğe düşkünse geceyi mutfakta başlatabilirsiniz. Seçeceğiniz özel bir mönüyü birlikte pişirmeyi teklif edin. Zor yemekler yerine, hikâyesi olan yemekler seçin ve elbette afrodizyak bir masa kurun. Tadım tabakları ya da enerjinizi yükseltecek yiyecekler hazırlayabilirsiniz. Mutfakta bir ön sevişme gibi düşünün bunu, maharetlerinizi sergilemek için bir fırsat olarak da yedekte tutabilirsiniz. İşin içine biraz şov katmayı da ihmal etmek istemezseniz meydan sizin! Hiç tatmadığı bir lezzeti onunla birlikte hazırlayın, eğer dünya mutfağından bir yemekse kendi deneyiminizi aktarın. Yatak odasından önce hem mideye hem de zihne dokunan bir deneyim tattırın ona. Unutmayın işin içine ne kadar çok duygu katarsanız alacağı zevk de o derece artar. Romantik bir ortam yaratmak zorunda değilsiniz, herkes romantizmden hoşlanmaz. Gözlemlerinize yaslanarak seçeceğiniz müzikler, ortam ışığı ile atmosferi canlandırın.

Farklı rollere girerek fantezilere can verin! Bunun için profesyonel bir oyuncu olmanıza elbette gerek yok, sadece doğaçlama yapın. Bir fanteziniz varsa gecenin tansiyonunu biraz yükseltmek için işte size bir fırsat. Farklı kıyafetler, oyuncaklar ve sıra dışı bir oyunculukla işe biraz eğlence katabilirsiniz. Seksi roller oynamaktan bahsetmiyorum. Buradaki fikir daha çok bir karaktere bürünüp kendinizi onun yerine koyarak, farklı bir psikoloji ve motivasyonla hareket ederek kurgu yapmaktır. Özellikle partneriniz bilgisayar oyunlarına ya da filmlere meraklıysa bu onu cezp edecek. Partnerinize etkinliğin adının, zamanının, yerinin ve eşinizin karakter adının, tanımının ve rolünün yazdığı eksiksiz bir davetiye göndererek bunu daha "resmi" hale getirebilirsiniz.

Planlama: Arada bir dışarı çıkmak eğlenceli ve faydalı olsa da, aynı evde kolayca kalabileceğinizi ve normal bir randevu gecesinin tüm avantajlarından yararlanabileceğinizi bilmek önemlidir. Araştırmalar, çiftler arasındaki mutluluğun birbiriyle bağlantı kurmak için harcanan zamanla geliştirildiğini ve bunun lüks bir restoranda olduğu gibi kanepede kıvrılarak da yapılabileceğini gösteriyor. Birbirinize odaklandığınız sürece –bağlantı kurduğunuz, iletişim kurduğunuz ve birbirinizle eğlendiğiniz– gerçekten önemli olan budur.

Onu yönlendirin: Cinsel birliktelik sırasında istekleriniz konusunda onu yönlendirin ve onun ne istediğini sorun. Hatta "Direksiyon sende!" diyebilirsiniz.

Hoşunuza giden hareketlerini takdir edin: Saçlarınızla oynadığında ya da omuzlarınıza dokunduğunda hoşunuza mı gidiyor? Bunu ona söyleyin. Kendinizi iyi hissettiğinizi belirtin. Doğru ve hoşunuza giden bir şey yaptıklarını anladıklarında bundan zevk alıp tekrarlamak isteyeceklerdir.

Taleplerde bulunun: Yenilikçi birisiniz ve denemek istediğiniz cinsel bir arzunuz varsa, bunu talep etmekten çekinmeyin. Özellikle bir bölgenize dokunulmasını istediğinizi beraberliğiniz sırasında dile getirin.

İzleyin ve sorun: Seks iki kişilik bir oyundur. Partnerinizin de sizin kadar iyi vakit geçirmesi ilişkinizin seyrini, ilişkiden aldığınız hazzı belirleyen, bir bütün olmanızı sağlayan en önemli şeydir. "Bunu yaptığımda hoşlanıyor musun?" gibi sorularla onun ne hissettiğini öğrenin.

Birlikte porno izlemeyi teklif edin: Birlikteliklerde, cinsel terapide ya da gençlere verilen cinsel eğitimlerde porno izlemenin faydası vardır. Pornoyu cinsel hayatınızı renklendirecek fantezi araçları olarak kullanabilirsiniz, cinsel yaşamınıza dozunda ve yerinde katılan porno heyecan ve hareket getirebilir, farklı deneyimler için kapılar açabilir. Ancak burada tuzak pornonun kurgu olduğunu unutup izlediklerinizi gerçekçi olmayan beklentilerle kendi cinsel yaşamınıza da aktaracağınızı düşünmenizdir. Örneğin filmlerde gördüğünüz bedenler, abartılı vücut ölçüleri ya da saatlerce süren performanslara takılıp kalmamalısınız. Seksi kadınlar ya da kaslı erkeklerle kendinizi ya da partnerinizi kıyaslamaya başladığınızda bu durum hem mutsuzluk hem de doyumsuzluk yaratacaktır. Bunlara takıldığınızda sadece mutsuz bir cinsel yaşam elde edersiniz. Gerçeklerden kopmadan işin eğlencesine bakın.

Evlilikte porno izlemenin yararları nedir?

- Porno izlemek daha yüksek erotizm sağlayabilir ve cinsel arzuyu artırabilir.
- Porno izlemek size veya partnerinize cinsellikle ilgili yeni fikirler verebilir ve cinselliği daha keyifli hale getirebilir.
- Cinsellikte neyi sevip sevmediğinizi anlamanızı sağlayabilir.
- Çiftlerin cinsel hayatları hakkında opsiyonlarını artırır ve cinsellikte monotonluğun yaşanmasını engeller.
- Cinsellik, beğeni ve güven hakkında açıkça konuşma fırsatı sunar.
- İletişimi kolaylaştırır ve birbirlerinin cinsel arzularının anlaşılmasını ve kabul edilmesini teşvik eder.
- Çiftler pornonun rahatlığının kendini kabulü desteklediğini algılarlar. Aynı şekilde, bazı cinsel davranışlara karşı utanç, suçluluk veya kaygıyı azaltmaya yardımcı olur.

Porno izlerken dikkat!

Porno izlemek, çoğu çalışmalarda aile ve çiftlerde olumsuz etkilere de işaret etmektedir. Pornonun zararlı olup olmaması çiftlerin tutumlarına, değerlerine, iletişimlerine ve pornoyu tek başına mı yoksa birlikte mi izlediğine bağlıdır. Burada partnerler arası uyum çok önemlidir, partnerinizin bu konuda istekli olduğunu düşünüyorsanız ve siz de katılmak istiyorsanız ona dahil olup bu paylaşımı birlikte yapın, böylelikle hem suçluluğu ortadan kaldırıp hem de cinsel iletişiminizi güçlendirebilirsiniz.

Pornonun bazı kişilerde bağımlılığa neden olduğu bilinir, bu olumsuz savrulma nedeniyle cinsel yaşamınız riske girebilir. Bu nedenle dozunda tutmak yönünde açık iletişim halinde olabilirsiniz. Genelde çiftler rutin cinsellikten sıkıldığında heyecanı yükseltmek için farklı deneyimlere ihtiyaç duyabilirler. Bu konuda anlayış geliştirmek önemlidir ancak tek taraflı bir eğlence haline geldiğinde bu konuda açık konuşmak da önemlidir. Burada mühim olan, çiftlerin her zaman iyi bir iletişim seviyesini koruması ve mümkün olduğunca sağlıklı ve dürüst şekilde cinsel konularda iletişime geçmesidir.

Özel gecede partnerinizi şaşırtın:

1. Partnerinizi her zamankinden daha tutkulu öpün.
2. Birlikte nefes alın ve birbirinizi tutkulu bir şekilde kucaklayın.
3. Saçlarınızı vücudunda dolaştırın.
4. Belli aralıklarla birbirinizin gözlerinin içine bakın.
5. Kıyafetlerinizi yavaş yavaş çıkarın, cinselliği başlatmanın zaman almasının tutkuyu artırdığını unutmayın.
6. Seksi bir ses tonu ile birbirinizi baştan çıkaracak cümleler kullanın.
7. Sırayla gözlerinizi bağlayarak, vücutlarınızda ellerinizi gezdirin.
8. Birbirinize yavaş ve ağır bir şekilde kremle masaj yapın.
9. Eşinizi, iş dönüşü şaşırtmaya ne dersiniz? Üzerinize sadece bir sabahlık ya da bir gömlek giyin. İçinizde mi? Hiçbir şey olmasın! Kapıyı açın, masum bir öpücük kondurun ve peşinize takılmasına izin verin.

→

10. Bir iş dönüşü kalçalarından onu sıkıca kendinize çekin. Onu çok istediğinizi vücut dilinizle gösterin.
11. İkinizin de üzerinde bir şey yoksa eşinizden yüzüstü yatmasını isteyin. Siz de sırtına uzanın, göğüsleriniz ona değsin ve tırnaklarınızla küçük dokunuşlarda bulunun.
12. Çocuklu ve kalabalık bir aile evine sahipseniz saatlerinizi gecenin ilerleyen saatlerine kurun ve herkesin uyuduğu saatte, etrafta kimseler yokken, sessiz ve gizlice seks yapmanın tadını çıkarın.
13. Birbirinizle fantezilerinizi paylaşın.
14. Seksi iç çamaşırları edinin ve partnerinizin beğenisine sunun.
15. Cinsellik esnasında gözlerinizi kapatmayın, göz teması cinsellik sırasında bağ oluşması için oldukça önemlidir. Partnerinize birbirinizi izlemek istediğinizi söyleyebilirsiniz.

Özel Gece İçin Doğru Ev Atmosferi ve Dekorasyonu Nasıl Yaratılır?

Evinizin dekorasyonunu nasıl dizayn ettiğinizin öneminden bahsettik. Evinize birini davet ettiğinizde eşyalarınız, seçtiğiniz objeler, duvara astığınız resimler, varsa beslediğiniz evcil hayvanınız, kitaplığınız, çiçek ve bitkileriniz, havlularınız, yere serdiğiniz kilimler, koltuklarınızın rengi sizin yerinize konuşmaya başlar. Bu nedenle ruh halinizi yansıtmak kadar evinizde ağırlayacağınız insanları sarıp sarmalayacak bir atmosfer yaratmanız da önemlidir. Lüks ve pahalı eşya seçimlerinden söz etmiyorum, sadelik içindeyken de etkili bir atmosfer yaratmak mümkün. Basit ama etkili dokunuşlarla içinde olmaktan keyif alacağınız bir ortam yaratabilirsiniz.

Vücudunuzdaki mevcut cinsel enerjiyi dengelemenin bir yolu da özellikle yatak odanızda tüm duyularınıza hitap eden bir ortam oluşturmaktan geçer. Yatak odanıza denge ve uyum getirmek aşk ve cinsel hayatınızda da etkisini gösterecek, mutluluk ve tutku olarak size geri dönecektir. Çünkü dıştan gelen uyarılar vücutta değişik etkiler yaratır.

Partnerimizle deneyimlediğimiz cinselliğin sıklığı ile yatak odamızdaki baskın renklerin ilişkisi vardır. Çiftlerle yürütülen araştırmalarda yatak odalarında bulunan perdenin rengi ve sevişme sıklıklarına bakıldığında kırmızı renk en yüksek oranı almıştır. İkinci sırada ise eflatun vardır. Bu renklerin en gerisinde ise beyaz, bej ve gri renkler gelmektedir.

Yatak odanızda renklerin gücünü yansıtmak için 4. Bölüm'de yer alan Renklerin Gücüyle İz Bırakma ve Renklerin Psikolojisi bölümüne göz atabilirsiniz

İz Bırakan Kokular

Evinizde, yatak odanızda, banyonuzda tercih edeceğiniz kokularda özenli davranmanızı öneririm. Çok ağır olmayan, tazelik ve temizlik uyandıran kokuları banyonuzda kullanabilirsiniz. Yatak odası ve salon içinse yine ağır olmayan, sıcak duygular uyandıran ev parfümlerini kullanabilirsiniz. Eğer tütsülerden hoşlanıyorsanız mümkün olduğunca doğal olanları tercih edin. Fazla baharatlı tütsüler yorgunluğa ve baş ağrısına neden olabilir. Koku alma duyusu en hızlı yorulan duyumuzdur aynı zamanda.

Bu nedenle otomatik olarak tazeleyen oda spreylerinden faydalanabilirsiniz. Ara ara atmosferin kokusunu yenilemek koku hücrelerini tekrar harekete geçirir.

Kokulu mumlar oldukça işe yarardırlar. Üstelik akşamınıza, gecenize hoş bir aydınlatma sunar, sıcaklık verir ve mum kokusu daha yoğun, kalıcı bir etki bırakır.

Cinsel yaşamınızı renklendirmek için afrodizyak kokuları kullanabilirsiniz. Vanilya, amber, sandal, tarçın, lavanta, kakao gibi kokular cinsel yönden uyarıcıdır. Ylang Ylang mumu ve yağı hem kadın hem erkeklerde cinsel isteği artırır. Gül ve portakal özü yağları da cinsellik dürtüsünü harekete geçirmeyi kolaylaştırır, enerjinizi yükseltir. Bu kokuları parfümlerinizde, ev kokularınızda tercih edebileceğiniz gibi aynı zamanda kullanacağınız kremlerde, şampuanlarda, masaj yağlarında hatta temizlik malzemelerinizin içeriğinde de seçebilirsiniz.

Kokuların tedavi edici özelliği yüzyıllardır bilinmekte ve kullanılmaktadır. Bazı kokular sakinleştiriciyken bazıları ise uyarıcıdır. Örneğin kahve kokusu uyarıcı olduğu için zamanın olduğundan daha kısa, bebek pudrası ise sakinleştirici bir etkiye sahip olduğu için zamanın olduğundan daha uzun algılanmasına sebep olur. Evinizde, işyerinizde kullanabileceğiniz lavanta ve biberiye kokusu sakinleştirici özellik gösterir. Bunların kas ağrılarına, strese, kaygı ve depresyona iyi geldiği bilinir. Özellikle uykuya dalmakta zorluk yaşıyorsanız yastığınıza damlatacağınız bir damla lavanta yağı birlikte kolayca uykuya dalmanıza yardımcı olur. Vanilya, limon, portakal, greyfurt gibi kokular canlandırıcı ve rahatlatıcı bir etkiye sahiptir. Ortamın gerginliğini yatıştırır. Çam, nane ve reyhan ise çalışma alanları için idealdir. Zihni yatıştırır ve beyin aktivitesini artırarak odaklanmayı kolaylaştırır. Yasemin, Ylang Ylang özü ve sandal ağacı ise afrodizyak özelliğiyle bilinmektedir. Yatak odası gibi alanlarda kullanılması çiftleri birbirine yaklaştırır. Tarçın sindirimi kolaylaştırır. Banyo, mutfak ve salon gibi alanlarda kullanılabilir.

Dokunma Duyusu İçin Küçük Detaylar Üzerinde Yoğunlaşın

Yumuşacık çarşaflar, ipekli çamaşırlar, saten sabahlıklar ya da pijamalar, halı, kilim ya da yer pelüşleri, kısacası temas etmekten hoşlandığınız, dokunma duyunuzu uyaran şeyler yatak odanız için olmazsa olmazlardır.

Dokunma duyusu bağ kurmada en etkili duyulardan bir diğeridir, teninizin yumuşaklığı kadar evinizdeki detayların verdiği his, yumuşaklık, pürüzsüzlük de konfor ve güven duygusu yaratmak için önemlidir.

Yatak odasındaki her şey "iki kişiye" göre düşünülmelidir. Yatak, partnerinizin ve sizin, yalnızca ikinizin olduğu bir alan olduğu için yatakta uyuyan her bir kişi için yeteri kadar yastık olmalıdır. Yastıkların rahatlığı ve inceliği ya da kalınlığı önemlidir. Bu nedenle partnerinizin ihtiyacını karşılayacak bir yastık seçimi yapmanız özenli davrandığınızı gösterir.

Yanı başınızdaki komodinin üstü fazla kalabalık olmamalı, gece aydınlatması için loş ışık verecek gece lambaları, mumlar ya da saat gibi şeyler bulunmalıdır. Dijital saatler gece sessizliği yaratmak için idealdir, tik taklar uykunuzu bölebileceği için yatak odasında bulundurulmamalıdır.

Yatak odanızdaki duvarlarda anne babanızın, arkadaşlarınızın ya da çocuklarınızın fotoğrafları kendinizi daha rahat, özgür hissetmeniz açısından bulunmamalıdır. Aile bireylerinizin bu alanda olması içe dönmenize ve kendinizi rahat ifade edememenize sebep olabilir. Bunun yerine duvarlarda soyut tablolar ya da doğa resimleri bulundurabilirsiniz.

Yatak odanızda televizyon bulunması, elektromanyetik dalgalardan dolayı sizi olumsuz etkiler, daha da kötüsü kişiyi psikolojik olarak cinselliğe kapatır. Bilimsel araştırmalara göre yatak odasında televizyon bulundurmanın çiftlerin cinsel aktivite sıklığını yarı yarıya düşürdüğünü göstermektedir. Gece yatağa gittiğinizde ne sizin ne de partnerinizin ilgisini dağıtacak hiçbir şey olmamalı. Telefonlarınız gece moduna alınmalı ve baş başa kaldığınız anları başka şeylerin bölmesine izin vermemelisiniz.

Özellikle yoğun bir iş hayatınız varsa gece yatağa iş gündeminizle birlikte girmemelisiniz. Telefonlar ya da mailler sabahı bekleyebilir. Bunu alışkanlık haline getirmek çok önemli, çünkü gece birlikte olduğunuz anı ne kadar izole ederseniz aranızdaki bağı güçlü tutmak da o denli kolaylaşır.

İşitmenin ve Müziğin Cinselliğe Etkisi

Müziğin cinsel istek üzerindeki etkisini inceleyen araştırmalara göre, tercih edilen müziğin beynimizi olumlu bir şekilde uyardığı gözlemlenmiştir. Cinsellik esnasında dinlenen müziğin dopamini artırdığı da yine çıkan araştırma sonuçlarından biri. Tür olarak arzunuzu uyandıracak, yumuşak müzikler seçmeniz de aynı zamanda ruh halini yatıştırıp rahatlatır. Kısaca, müzik dinleyerek hazzı beslemek fizyolojik olarak mümkündür.

Cinsel istek söz konusu olduğunda, libidoyu ve motivasyonu artıran kaynakların bireysel farklılıklar gösterdiğini söylemiştik. Burada önemli olan partnerinizin ve sizin hoşunuza gidecek "ortak" müzik tarzını bulmaktır.

Seks sırasında müzik dinleyen çiftlerin dinlemeyenlere göre seksten daha fazla haz aldıkları, boşalma ve orgazm sorunlarını cinsellikte müziğe yer vermeyen çiftlere kıyaslandığında daha az oranla yaşadıkları ve daha sık seks yaptıkları gözlemlenmiştir.

Cinsellikte, olumlu bir uyaran olarak müziğin dahil olması, çiftin cinsellik sırasında kendilerini daha rahat ifade etmesini, daha özgür hissetmesini sağlar. Bu durum da partnerler arası yakınlığı artırır ve duygusal bağı besler.

Duruma yalnızca "müzik dinlemenin psikolojiye etkisi" perspektifinden baktığımızda dahi, müziğin mutluluk hormonu olarak bilinen dopamin salınımını artırdığı gözlemlenmiştir. Birçok psikolojik tedavide, müzik terapisinden destek alınır. Bedenimizde dopamin salınımını artıran bir diğer faktör ise sekstir. Dolayısıyla, cinsellik sırasında dinlenilen müziğin, dopamin miktarını çok daha fazla beslediği söylenebilir.

Tıpkı seks gibi, duygusal ve bedensel bir ifade biçimi olan müzik, bilinçdışına ve duyguya yönelik süreçleri harekete geçirerek insanın psikolojisini etkiler. Seks sırasında, sözlerin daha az olduğu, coşkuyu artırıcı, duyusal tonların da dahil olduğu, ritmik yani "düzenli bir biçimde" tekrarlayan tonları dinlemeniz önerilebilir. Ritmik müzikler, kalp atış hızını artırarak vücuttaki kan dolaşımını hızlandırır ve cinsel organlara giden kan miktarının fazlalaşmasına neden olarak cinsel uyarılmayı tetikler.

Afrodizyak Yiyeceklerle Dolu Bir Masa Nasıl Hazırlanır?

Özel bir gecenin en önemli detaylarından biri de hazırlayacağınız masadır. Duygu ve anıyı hapsedeceğiniz özel bir masa için biraz sıra dışı düşünmeniz gerekir. Bazı zamanlar rutinden çıkmak, sürprizler, daha önce yapmadığınız, uzun zamandır deneyimlemediğiniz şeyleri yapmak ilişkinizin dinamiğini bir anda artırabilir.

Partnerinizle özel bir gece geçirmek istediğinize karar verdiniz, ancak nasıl bir masa hazırlayacağınızı, onu nasıl şaşırtacağınızı ve ne yapacağınızı bilemiyorsunuz. Ufak dokunuşlarla bunu sağlamak mümkün...

Öncelikle hazırlayacağınız masanın normal günlerden biraz daha özenli ve farklı olması gerekiyor. Etkileyici bir masa kurmadan önce alışıldık düşünme tarzınızın dışına çıkmak için kendinize "Sıradan günlerde soframıza dahil etmediğim neler var? Ne yaparsam partnerim ve ben kendimizi daha özel hissederiz?" diye sormanızı istiyorum. Sevgilinize ya da eşinize defalarca masa hazırlamış olabilirsiniz ancak şimdi yenilik zamanı.

Özel bir gecenin sırrı farklılık yaratmada, her zaman yaptıklarınızın dışında, yeni şeyler sunmada gizlidir.

İkinci soru da yeni bir şeyler eklemek kadar çıkarmaktır. Şimdiye dek hazırladığınız sofraları düşünün ve tüm bunları –bazıları elbette hariç tutulabilir– çıkarın. Klasik ev yemekleri, alışıldık lezzetler, acil durumlarda kurtarıcı olarak sarıldığınız tariflerin hepsini unutun. Kendinize yeni bir mönü hazırlayın. Bunun için yemek kitaplarından ya da ünlü şeflerin önerilerinden faydalanabilirsiniz. Eğer bütçeniz uygunsa özel bir restorandan da destek alabilirsiniz.

Masaya Romantik Bir Hava ve Özen Katın

Amacımız masayı daha önceki yemeklerinizden "daha farklı, daha özenli" hale getirmek. Daha önce kullanmadığınız bir masa örtüsü serin, eğer yoksa edinin. Dokunma duyusunun etkisini gözeterek yumuşak bir his veren ve aynı zamanda iştah açıcı bir renk olan kırmızı tonlarında bir masa örtüsü seçebilirsiniz.

Kullanacağınız tabakların, çatal kaşık ve bardakların farklı olmasına dikkat edin. Unutmayın her açıdan "yeni ve taze" bir algı yaratmalısınız. Klasik tabak ve bardaklardan başka değişik form ve ölçülerde seçimler yapıp göze hitap edebilirsiniz. Artık seçenekler çok daha fazla ve ekonomik olarak bütçenizi sarsmadan zarif objeler ve eşyalarla masanızı donatabilirsiniz. Masanız mutlaka özenli, düzenli olsun. Unutmayın, hedefimiz sizin ve partnerinizin kendini "özel" hissetmesi. Alkol tüketmeseniz dahi masada kadehlerden yararlanabilirsiniz, kadeh sofranın daha şık ve özenli görünmesini sağlar.

Özel bir gecenin olmazsa olmazı mumları da masanıza dahil etmeyi unutmayın. Yemek yediğiniz ortamın ambiyansını ve atmosferini değiştirmek için mumlardan yararlanarak loş ve romantik bir ortam yaratmanız mümkün. Işığın loş fakat yemek yiyebileceğiniz bir miktarda olması önemli.

Yemek yiyeceğiniz yerin iyi havalandırılmış ve hoş kokmasına dikkat edin. Eğer pişirdiklerinizin kokusu evinize sinmişse bu kokuyu giderin. Yemek yerken size eşlik edecek mumları kokulu olanlardan seçebilirsiniz.

Masada sevdiğinize özel bir not ya da kişisel bir şey bulundurun. Ona iletmek istediğiniz bir mesaj, onu arzuladığınıza, sizi heyecanlandırdığına dair bir notu servisin altına yerleştirebilirsiniz. Bu özel bir hediye de olabilir, hediyeleşmek için illa özel bir günü beklemeyin, bu onu şaşırtır ve özel hissettirir. Kişisel bir detaydan da yararlanabilirsiniz, partnerinizin baş harfi ya da ismini içeren bir pasta süslemesi, peçete gibi ufak şeyler kişiyi özel hissettirir. Masa hazırlığından başka yiyeceklerinizin seçimi bir o kadar önemli. Beslenme şeklinin cinsel istek ve haz konusundaki yeri tartışılmazdır!

Cinsel İstek Uyandıran Yiyecekler

Gıda bilimi araştırmacıları, belirli gıdaların cinsel istekte artışa yol açtığını söylerler. Afrodizyak yiyeceklerin, cinsel isteği artırdığı ya da desteklediği gözlemlenmiştir. Meyveler, sebzeler doğal afrodizyak olarak bilinir.

Aslında bizler kültürel olarak afrodizyak bir yeme alışkanlığına sahibizdir. Osmanlı'dan beri cinsel istek artırıcı ve güç veren macunlar, tatlılar, şerbetler, baharatlar ve yemekler saray mutfağının vazgeçilmezlerindendi. Osmanlı mutfağında yiyecekler sadece cinsellik için değil sağlık, perhiz ve tedavide de önemli bir odak noktasıydı.

Unutulmaması gereken önemli bir nokta tek başına hiçbir besinin cinsel gücü ve arzuyu artırmadığıdır. Dengeli ve sağlıklı beslenme ile uzun vadede cinsel yaşamınızı da desteklemiş olursunuz.

Sebzeler: Mantarlar, enginar, roka, patlıcan, kuşkonmaz, avokado, brokoli, acı biber (chili biberi), antepfıstığı, kereviz, soğan, bamya

Meyveler: İncir, çilek, karpuz, muz, kiraz, nar, elma, böğürtlen, şeftali, ahududu

İçecekler: Afrodizyak içecekleri damak tadınıza göre çeşitli bitkiler kullanarak elde edebilirsiniz. Önemli afrodizyak tohumlar; karanfil, zencefil ve rezenedir. Bunları isterseniz meyve suyunuzun içine dahil edebilir isterseniz de çay şeklinde içebilirsiniz.

Az miktarda tüketilen alkolün cinsel uyarı ile bağlantısı olduğu gözlemlenmiştir. Aynı zamanda kişilerin cinsellik sırasında rahatlamasına yardımcı olur. Ancak yüksek miktarda alkol alımı uyarılmayı azaltır ve cinsel işlev bozukluğuna sebep olur. Bu sebeple miktar çok önemlidir. Kırmızı şarabın afrodizyak etkisi olduğu gözlemlenmiştir.

Kahve-Çikolata: Kahve vücuttaki kafeini, dayanıklılığı artırır ve ruh halini yükseltir. Ayrıca, kahve beyindeki arzuyu ve hazzı artıran dopamin seviyesini yükseltir. Ancak kafein miktarının dengesi önemlidir, fazla kahve tüketimi olumsuz etkiler yaratır.

Baharatlar: Safran, zerdeçal, kimyon, karabiber, karanfil, zencefil, rezene, tarçın

Deniz kabuklular ve balıklar: İstiridye, karides, ahtapot, somon, havyar

Bunların haricinde çeşitli tahıllar, badem, yulaf, çamfıstığı, kabak çekirdeği, kakule, yumurta, nohut, ceviz, sarmısak afrodizyak masanıza katabileceklerinizden.

Giyiminiz ve Görünümünüz Nasıl Olmalı?

Özel bir gece için hazırlık yapmak hem erkek hem kadında cinsel motivasyonu artırır. Cinsellik öncesi o anı düşünmek, plan yapmak, kıyafetlerinizi hazırlamak, duş almak, güzel kokmak, saçınızı ve bakımınızı özenle yapmak, hem mental olarak iyi hissettirir hem de partneriniz önemsendiğini hissettiği, gördüğü için cinsel motivasyonu artar. Bu da cinsel hayatınızın kalitesini artırır.

Davetkârlık çıplaklıkla aynı şey değildir: Hem erkekler hem de kadınlarla yapılan araştırmalara göre sevişme öncesinde tamamen çıplak olmak yerine ne çok açık ne çok kapalı kıyafetlerin olmasının cinsel arzuyu daha da artırdığı gözlemlenmiştir. Gizem uyandıran, davetkâr kıyafetler daha etkilidir. Bunun nedeni "keşfetme arzusu"nun tetiklenmesidir. Kişi tam olarak "şeffaf" bir şekilde göremediği, hissedemediği şeye karşı merak duygusu geliştirir, bu merak duygusu da o şeye karşı duyulan isteği artırır. Araştırmalara göre erkeklerin, görsel materyallerle daha fazla uyarıldığını biliyoruz. Göze hitap eden seksi çamaşırlar, merak uyandırıcı kıyafetler uyarılma, arzu konusunda önemli role sahiptir...

Gizli dekolteden yararlanın: Bazen hiç dekolte vermemek fazla dekolte vermekten daha çekicidir. Örneğin her yeri açık mini bir gecelik yerine kalçalarınızın ve hatlarınızın belli olduğu ama hiçbir yerinizi tamamen göstermeyen bir gecelik daha seksi olabilir. Erkeklerin fantezi dünyaları geniştir, onlara hayal etme fırsatı için alan açın.

Sade seçimler yapın: Çok gösterişli değil, daha sade ama şık elbiselerden yararlanın... Baş başaysanız bu elbise dışarıda giymeyi çok da tercih etmediğiniz bir tarzda olabilir, hafif dekolteli, hafif yırtmaçlı, dar bir elbise... Ancak tüm detayları aynı anda kullanmamaya özen gösterin yani hem yırtmaç, hem dekolte, hem de dar bir elbise fazla olabilir. Benzer şekilde, örneğin kırmızı seksi bir elbise giyecekseniz, saçınız, makyajınız mutlaka daha sade olmalı. Çok fazla uyaranı aynı anda kullanmak partnerinizin zihnini yorar.

Erkekler için de özellikle kıyafetlerinin özenli olması en önemli unsurdur. Düzgün bir gömlek giyip kollarınızı kıvırabilirsiniz ya da sizi fit gösterecek ancak çok dar olmayan tişörtler fiziğinizi ön plana çıkarıp partnerinizin sizi arzulamasını sağlayacaktır.

Seksi topuklular: Evde, baş başa olsanız dahi partnerinize "özel" yapılan hazırlık, çiftler arası iletişimi oldukça olumlu etkiler. Topuklu ayakkabı bir kadının dişiliğini enerjisel olarak ön plana çıkaran önemli bir detaydır. Yerine göre, uygun olan ortamlarda topuklu ayakkabı giymekten kaçınmayın. Evde eşinizle baş başa olsanız dahi özel bir gece planlıyorsanız mutlaka partnerinizi topuklu ayakkabılarınızla karşılayın.

Kırmızıyı kullanın: Kırmızı kadınlarda dişiliği ön plana çıkarır, bunu doğru şekilde kullanmaya özen gösterin. Dudaklarda kırmızı tonları kullanabilir, tırnaklarınızda ve belki giydiğiniz parçaların birinde kırmızı rengi tercih edebilirsiniz. Kırmızıyı kullanırken aynı anda yalnızca birini tercih etmelisiniz. Yoğun olarak farklı yerlerde kullanılan kırmızı çekiciliğini kaybeder ve otoriter bir hava katar. Bunun yerine daha dengeleyici renkleri işin içine katabilirsiniz.

Joker – İç çamaşırı seçimi: Geceniz nasıl detaylandırılırsa detaylandırılsın en önemli kartınız iç çamaşırlarınızdır! En seksi iç çamaşırı ön sevişmeye çağıran iç çamaşırıdır. İç çamaşırı seçerken kendi zevklerinizin dışına çıkabilir, partnerinizin zevkini sorabilirsiniz. Ne tarz çamaşırlardan hoşlanıyor, dantelli mi, saten mi, jartiyer hakkında ne düşünüyor, farklı kesimlerden mi hoşlanıyor? Unutmayın yatak odasında doğru veya yanlış yok, siz ve partneriniz, sizin "ortak" istek ve talepleriniz var.

Seksi çamaşırlar giymek, partnerinizde hedefe odaklanmak yerine anda kalmayı sağlar. Bu sayede ön sevişme süresini uzatır ve aldığınız zevki katlarsınız. Seksi iç çamaşırları giymek asla sadece erkekler için yapılan bir hazırlık değildir. Kadınlar, kendilerini daha iyi ve özgüvenli hissederler. Aynı şekilde erkekler için de iç çamaşırı seçimi önemlidir, renkler ve desenler, zevkler mutlaka partnerler arası konuşulup paylaşılmalıdır.

Saç bakımı: Saç bakımı hem kadın hem erkek için çok önemlidir. Saçlarınız mutlaka temiz ve bakımlı olmalı. Saçınızdan yayılan koku, saçlarınızın yumuşaklığı, kesimi, modeli duyulara hitap eder. Saçlarını beğenen, saçları konusunda kendini iyi hisseden kadınlar daha özgüvenli hissederler, düzenli kuaföre gitmek, kendinize bakım yaptırmak sizi daha iyi hissettirir. Erkekler için; saç ve sakallarının aynı şekilde temiz ve orantılı olması, tıraşlarının düzgün olması, enselerinin temiz olması önemlidir.

Makyaj ve tırnaklar: Tırnaklarınızın bakımı önemlidir. Giyiminize uygun renkte oje kullanmak ya da basit bir french ile şık bir görünüm elde edebilirsiniz. Makyajınızı olağan bir günden çok daha fazla abartılı hale getirmeyin. Belki sadece dudaklarınızı ön plana çıkaran bir ruj elinizi güçlendirmeye yeter. Yanaklarınıza uygulayacağınız hafif pembe bir allık çekici bir hava katar. Ağır göz makyajından uzak durun.

Önemli bir not:

Buraya kadar yapılan öneriler erkekler için de geçerlidir. Cinselliğe hazırlık sadece kadınların yapması gereken bir şey değildir. Erkeklerin görünüş açısından bakımlı olması, hijyene, kokuya, giyime önem vermesi kadınların cinsel arzularını uyandırmak için oldukça önemlidir. Saç ve sakal bakımı, parfüm tercihleri, kıyafetlerin özenli, temiz ve düzenli olması, ayakkabı ve saat seçimi, kol düğmeleri, bileklik gibi aksesuvarların kullanılması karşı cinste arzu uyandırır.

Asla Yapmamanız Gerekenler

1. Partneriniz hakkında her şeyi bildiğinizi düşünmeyin

"Onun hakkında her şeyi biliyorum, kesin şundan hoşlanır, bundan asla hoşlanmaz..." şeklindeki düşünce kalıpları ilişkiyi direkt olarak olumsuz etkiler. Üstelik bu konuda dayatmacı olursanız partneriniz sizden uzaklaşır. Esneklik her zaman hayat kurtarır, zaten kendi istek ve arzularınızı gözden geçirirseniz sizin de farklı zamanlarda farklı istekler içinde olduğunuzu gözlemlersiniz.

İlişkiniz çok uzun zamandır devam ediyor olabilir, birbirinizi çok iyi tanıdığınızı düşünüyor olabilirsiniz. Ancak partnerinizin arzularını, tutkularını ve fantezilerini tam olarak bilmeniz mümkün değildir, üstelik bu sınırlama ve tanımlamalar ilişkideki hareket alanınızı daraltır. Onun adına karar vermek, niyet okumak sağlıklı iletişimi engeller. Partnerinizin istek ve tercihlerini anlamaya çalışmak hem fiziksel hem de duygusal açıdan "doyum dolu" bir ilişki yaşamanızı sağlar.

2. Yatak odanızı "negatif" bir alana dönüştürmeyin

Yatak odasında asla yapmamanız gereken şeylerden bir tanesi, sizin için özel olan bu bölgeyi "sorun konuşulan, huzursuz" bir bölge haline getirmektir. Birçok çift sorunlarını yatağa girdiklerinde konuşmak isterler. Ancak öfke, tartışma veya küslüklerin yatak odasında yaşanması, huzur, bağ kurma ve yakınlık alanı olan bu bölgeyi savaş alanına çevirir. Birbirlerine sırtını dönüp uyuyan ya da doyuma ulaşmayan seksin nedenlerinden en önemlisi budur. Yatak odasındaki savaş erkekte ve kadında güç kaybına neden olur, özellikle erkeklerde cinsel yönden uyarılmayı sekteye uğratabilir. Bu durum da uzaklaşmaya ve partnerlerin birbirlerini cinsellikle cezalandırmalarına yol açar. Klasik "Başım ağrıyor!" ya da "Bugün çok yorgunum!" ifadeleri bunlara örnektir.

Partnerinizle bir sorununuz varsa, ona öfkeli veya kızgınsanız bunu başka bir alanda çözün veya sonraki güne erteleyin. Bu durum sizin sorunu daha iyi muhakeme etmenizi de sağlayacaktır. Böylece yatak odanızı olumsuz anlarla doldurmamış, enerjisini olumsuz etkilememiş ve cinsel hayatınızı korumuş olursunuz.

Bazen bazı sorunları seksle kurduğunuz yakınlık da çözebilir. İstemediğiniz bir yakınlığa kendinizi zorlamanızdan bahsetmiyorum ama kendinize bir kural koyabilir ve "Her ne olursa olsun her gece yatakta birlikte sarılarak uyuyacağız..." diyebilirsiniz. Cinselliğin sekteye uğradığı bir ilişkiyi ya da evliliği sürdürmek çok daha zordur.

Hayatınızın geri kalanında
çözülmeyi bekleyen
problemleriniz olsa dahi yatak
odanız partnerinizle birlikte
bunları geride bıraktığınız
kutsal mabediniz olmalı...

3. Fantezilerinizi paylaşmaktan çekinmeyin

İlişkide çoğu zaman kadın ve erkek istek ve taleplerini konuşmak yerine, tam olarak tatmin olmadıkları bir cinsel hayata devam etmeyi tercih ederler. Bunun başlıca nedenleri özgüven yetersizliği ya da karşı tarafı incitmekten kaçınmadır. Örneğin,

"....... yapınca beni baştan çıkarıyorsun, beraberliğimizde .... olması beni heyecanlandırıyor!" gibi söylemlerden yararlanmak ilişkideki doyumu düşürmek yerine besler.

4. İyi hissetmediğiniz bir şeyi yapmayın

İlişkide partnerlerden hiçbiri kendisini iyi hissetmediği, huzursuz olduğu bir şeyi cinsellik esnasında yapmamalıdır. Cinsellikte yapılan her şey heyecan verici, güvenli, arzu uyandırıcı olmalıdır, rahatsız edici değil.

5. Yalnızca orgazm olmaya odaklanmayın

Cinselliğin tek hedefi orgazm olmak değildir. Partnerlerin sürekli olarak orgazm olup olmadığını sorması, zevki erteleyip orgazmı zorlaştırabilir. Buna odaklanmak "ters psikolojiyi" devreye sokar, yani orgazm olma durumundan uzaklaşılmasına sebep olur. Her sevişme farklı bir deneyimdir, bazen sadece dokunmak, öpmekten ibarettir. Önemli olan süreçtir, farklı duyguları uyandırmak ve bağ kurmaktır. Aksi halde seksin sadece bedene indirgenmesinden söz etmek gerekir, ruhsal ihtiyaçlarımızın farkında olduğumuz bir tür olarak seksi sadece orgazma yüklemek psikolojik açıdan iyi hissettirmez. Bu doğrultuda karşı tarafa görev vermek, orgazm olamadığınızda karşı tarafı suçlamak asla yapılmamalı. Her zaman şefkatle, anlayışla yaklaşılmalı.

6. Stresinizi yatağa taşımayın

Çok zor, stresli ve yorucu bir gün geçirmiş olabilirsiniz. Belki patronunuzla, belki yakın bir arkadaşınızla tartışmış olabilirsiniz.

Ancak yaşadığınız şey her ne ise bunu yatak odasının dışında bırakmalısınız. Sorunları, yatak odanıza gitmeden çözmeye veya anlamlandırmaya çalışın. Yapılan araştırmalara göre stres ve kaygı kadın ve erkeğin uyarılmasını engeller.

7. Eleştirmen olmayın!

Partnerinize karşı fiziksel eleştirilerinizi, yorumlarınızın sevişme öncesinde veya esnasında yapmanız kesinlikle doğru bir zaman değildir. Özgüven, hayatımızın her alanında olduğu gibi yatak odasında da kişinin varoluşunu, performansını etkileyen bir durumdur. Cinsellik esnasında partnerlerin birbirlerini çekici ve rahat hissetmesini sağlamak, cinsel doyumu direkt olarak etkiler.

8. Telefonunuzdan uzak durun

Cinsellik sırasında telefonla uğraşmak, bir aramaya veya mesaja cevap vermek amacıyla sevişmeye ara vermek, partnerinizin libidosunu, tutkusunu düşürmekle birlikte, kendisini önemsiz ve değersiz hissetmesine sebep olur. Geceleri birlikteyken telefonları sessiz moda alın.

9. Partnerinizin fantezilerini aşağılamayın

Partnerinizin fantezilerini, istek ve taleplerini aşağılamak ilişkiyi olumsuz etkiler. Fiziksel fanteziler, porno izlemek özellikle erkekler tarafından çokça talep edilen bir durumdur. Partneriniz size böyle bir teklifte bulunursa, bunu sakin ve anlayışla karşılayıp, onu yargılamadan anlamaya çalışın.

10. Cinsel sorunlar yaşıyorsanız yokmuş gibi davranmayın

Cinsel soğukluk, ereksiyon problemleri, vajinismus ya da fizyolojik ve psikolojik diğer çeşitli cinsel sorunlardan şikâyetçiyseniz birlikte cinsel terapi desteği almaktan çekinmeyin. Bu sorunların altında yatan nedenleri partnerinize anlatmaktan çekiniyorsanız tek başınıza da danışma alabilirsiniz. Eğer partneriniz bu konuların üstünü örtmeye ya da yokmuş gibi davranmaya çalışıyorsa bu tip problemlerin normal olduğunu, bunu bir tabu haline getirememeniz gerektiği konusunda konuşabilir ve onu yönlendirebilirsiniz. Eğer amaç mutlu olmaksa âşık olduğunuz kişiye bu anlamda destek olmaktan çekinmemelisiniz.

Cinsel terapiye aşağıdaki durumlarda ihtiyaç duyabilirsiniz:

- Erkeklerde ereksiyon problemleri
- Cinsel isteksizlik
- İlgi kaybı
- Erken boşalma
- Özgüvenle ilgili sorunlar
- Cinsellikten tiksinme
- Ağrılı cinsel ilişki
- Orgazm sorunları

Unutmayın cinsellik oldukça kompleks bir yapıdır. Cinsel sorunların altında yatan nedenler de bu sebepten dolayı oldukça karmaşık olabilir. İçinde yetiştiğiniz kültür, aile yapısı, kişilik özellikleriniz, ebeveynlerle kurduğunuz ilişki, dini inançlar, farklı cinsel kimlikler ve cinsel yönelimler, cinsel taciz ve travmalar, ilişki çatışmaları, performans kaygısı ve psikiyatrik hastalıklar cinsel hayatınızı etkiler.

İlk Kez Cinsellik Yaşayacaklar İçin Vazgeçilmez Olmanın Yolları

İlk kez yaşayacağınız cinsel ilişki, her zaman hatırlayacağınız, özel bir deneyim olacaktır. Bu deneyim sizin için eğlenceli, mutluluk, zevk ve heyecan verici, duygusal, tutkulu olabilir. Hisleriniz ne olursa olsun ilk gecenin, hayatınızın unutmayacağınız anlarından biri olacağı aşikâr. Birbirinize karşı duyduğunuz sevginin ve arzunun bir yansıması olarak ilk defa bedenlerinizi bu denli yakından hissedeceğiniz bu durumun her ikiniz için de bir ilk olacağını unutmayın.

Daha geleneksel bir aile yapısına sahipseniz flört aşamasında birbirinizi tanımak için fazla vakit bulamamış olabilirsiniz. Eğer düğün gecenizde birlikteliği ilk kez yaşayacaksanız stresinizi azaltmanız ve tedirginliğinizi yenmeniz mümkün.

1. İletişimi ilk sıraya koyun, açık, net, kısa konuşmalar yapın

Sağlıklı, mutlu bir cinsellik için isteklerinizi, ihtiyaçlarınızı, arzularınızı partnerinize iletin. Evet bunu defalarca tekrar ettik ancak ilk birliktelikte bu özellikler çok önemli. İlk cinsel deneyim kendinizi gergin hissetmenize sebep olabilir, bu çok normal. İletişimde olmanız, konu hakkında konuşmanız sizi rahatlatacaktır.

İlk seksin kötü geçmesinin en büyük nedenlerinden biri partnerlerin yeteri kadar konuşmamasıdır. Uzun diyaloglardan bahsetmiyoruz, teşvik edici ve onaylayıcı cümleler yeterlidir. Mesela hoşunuza giden bir şey olunca partnerinize devam etmesini söyleyebilirsiniz.

2. Performansa değil duygulara odaklanın

İlk birliktelik sırasında her şeyin kusursuz olamayacağını düşünmeniz son derece normaldir. Bu nedenle "Nasıl gidiyor, nasılım, acaba mutlu muyum?" diye düşünmek yerine, partnerinizin nasıl hissettiğine odaklanıp onunla iletişim kurun. Bunu yaptığınızda cinselliği olumsuz etkileyecek şeyleri ortadan kaldırmış olursunuz. Gözlerine bakın, şefkatli ve tutkulu bir şekilde partnerinize nasıl hissettiğini sorun.

Aynı şekilde partnerinize "Kendimi güvende hissediyorum, çok iyi hissettiriyorsun..." gibi cümleler kurmak aranızdaki görünmez bağı güçlendirip, vazgeçilmezliği sağlar.

3. Sorular sorun

Cinsel deneyimde partnerinizin ne istediğini bilmemek cinsel doyumu etkiler. Belirsizlik her zaman kaygı uyandırıcıdır. Bu nedenle karşınızdaki kişinin ne istediğini biliyor olmanız hem sizin hem de onun gerilimini azaltır. Karşılıklı olarak partnerinizle ne istediğiniz hakkında birbirinize sorular sorun. Bu hem sizin öz değere sahip duruşunuzu partnerinize geçirecek, hem partnerinize verdiğiniz önemi ona gösterecek, hem de cinsellik esnasındaki yakınlığı sağlayacaktır. "Dokunulmasından hoşlandığın veya hoşlanmadığın yerler var mı? Işık kapalı mı olsun yoksa açık mı? Hangi pozisyonda daha rahatsın?" gibi küçük sorular sorun.

4. Acele etmeyin, sakin ve yavaş olun

Cinsellik esnasında sakin, ne istediğini bilen, şefkatli bir duruş karşısında partnerinizin etkilenmemesi mümkün değildir.

Cinsellik esnasında birbirinizi keşfetmeye odaklanın, acele etmeyin ve partnerinizle birlikte ahenkle akışa kapılmaya çalışın.

5. Ne çok rahat ne de çok utangaç olun

Partnerinizle ilk kez cinsellik yaşayacağınızda stresli ve kaygılı hissedebilirsiniz. Ancak yaşanan bu duyguları birlikte anlamlandırıyor olmak ilişkiniz için çok anlamlıdır. Cinsellik sırasında özellikle çok rahat olmak ya da çok utangaç olmak duygularınızı göstermenizi engeller. Bu sebeple cinsellik esnasında mevcut duygularınızı düzenlemeye odaklanın.

6. Cinsellik sonrası partnerinize sevgi dolu dokunuşlarla yaklaşın

İlişkide cinsellik öncesi ve sonrası bir bütündür. Partnerinizle beraber her anlamda "bütün" olduğunuz bu eylem sonrası mutlaka sevgi dolu dokunuşlarla devam etmek, temas etmek bağlılığı artıracaktır. Seksten sonra öpmek, sarılıp uymak, konuşmak, gülmek hepsi çok değerlidir. Ancak unutmamak gerekir seks sonrasında erkekler uzaklaşma eğiliminde olabilirler. Böyle anlarda onları biraz kendi haline bırakmanız gerekebilir.

7. Kadın ve erkek fizyolojisi hakkında bilgi edinin

İlk cinsel deneyimler kadınlarda da, erkeklerde de daha fazla stres yaratabilir çünkü ilk cinsellik stres, korku yaratıcı olabilir. Kadınlar ilk cinsel deneyimlerinde kapanma, erkekler ise sertleşme sorunu ya da erken boşalma yaşayabilirler.

Erkeklerde performans kaygısı, kadınlarda ise bedensel birleşmenin ilk kez olması ve acıdan korkma bunlara neden olabilir. Gecenin sorunsuz bir şekilde ilerlemesi için bedeninizle ilgili konularda araştırma yapın, okuyun, uzman kişilerin önerilerini dinleyin. İlk cinsellikle ilgili abartılmış mitlere ve senaryolara inanmayın.

8. Başkalarının deneyimlerini kendinizinkiyle karşılaştırmayın

Başka insanların cinsel deneyimleri üzerinden kendi deneyiminizi puanlamayın. Bazen abartılı hikâyelere maruz kalabiliriz. Muhakeme etmek ve karşılaştırma yapmak gerçekçi olmayan beklentilere saplanıp kalmanıza neden olur, zevk yerine skora odaklanırsınız. Her deneyim mutlaka alt edilmesi gereken bir şey ya da yüceltilmesi gereken bir başarı olarak görülmemeli.

Unutmayın!

Bu sizin ilk deneyiminiz, her şey öncelikle sizin kendinizi iyi, rahat ve güvenli hissettiğiniz şekilde olmalı. İstediğiniz şeyleri yapıp, istemediğiniz, size keyif ve zevk vermeyen hiçbir şeyi yapmak için kendinizi zorunlu hissetmeyin. Bunlar sağlandığında partnerinizin ve sizin için her şey "istediğiniz gibi" olacaktır.

Etkili Bir Cinsel Yaşam İçin Özel Egzersizler

Bedensel çekicilik yaratmak, incelmek, kaslarımızı belirginleştirmek için egzersize sıkça başvururuz. Buna ek olarak cinsellik sırasında aldığınız zevki artırmak için de bazı özel tekniklerden bahsedeceğim şimdi.

Kegel egzersizi

Amerikalı jinekolog Arnold Kegel Henry tarafından geliştirilen bu egzersiz kadınlarda doğum sonrasında ya da yaşa bağlı olarak gevşeyen jenital kasları güçlendirmek için uygulanıyordu. Bu kasların güçlenmesi aynı zamanda cinsellikte alınan zevki de artırdığından kadınlarda özellikle güçlü orgazm yaşamak için kullanılmaya başlandı.

Kegel egzersizi hem kadın için hem de erkek için önemli bir egzersizdir. Sağlıklı bir cinsellik için başvurulan bu egzersizler kadınlarda daha kolay orgazm olmaya, erkeklerde de erken boşalmayı önlemeye yardımcı olur. Kegel egzersizini düzenli olarak her gün yapabilirsiniz.

Peki, bu egzersiz nasıl yapılır?

1. Adım

Yere uzanın. Cinsel organlarınızın etrafındaki kasları idrarınızı tutarmış gibi kasın ve sonra serbest bırakın. Bunu yaparken anüs çevresindeki kasların da kasıldığını hissedebilirsiniz. Ancak daha çok ön taraftaki kaslarınıza odaklanmaya çalışın. Eğer hangi kasınızı çalıştırmanız gerektiğini bilemiyorsanız idrarınızı yaparken kendinizi tutun, kasınız kendisini belli edecektir.

Kaslarınızı kasıp 5-7 saniye kasılı tutun. Sonra tamamen gevşetip birkaç saniye dinlenin. Kasılırken nefes alın, gevşerken nefes verin. Toplamda 5 tekrar yapın.

2. Adım

Aynı kasları 5 kere hızlı ve kuvvetli bir şekilde art arda kasın ve gevşetin.

3. Adım

Bu adımda perine bölgesinin arka kısmında olan yani anüs çevresindeki kaslara yoğunlaşın. Bu kasları iyice kasın, ardından gevşetin. Kaslarınızı 5-7 saniye tutun, ardından gevşetin. Bunu da 5 kez tekrar edin.

4. Adım

Son olarak anüs çevresindeki kasları 5 defa hızlı ve güçlü bir şekilde kasın ve gevşetin.

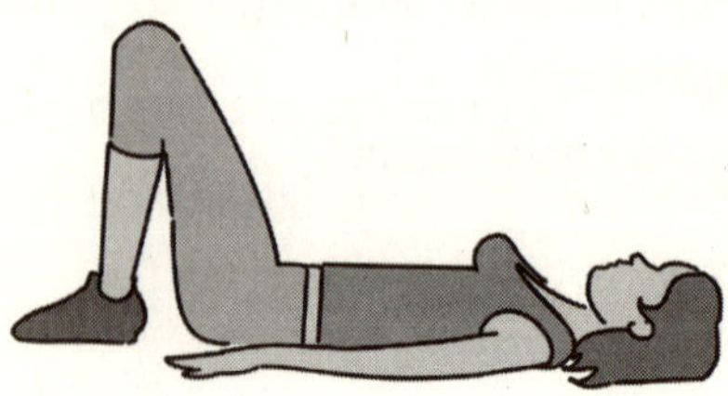

Aşağıdaki resimlerde pelvik kasınızı geliştireceğiniz diğer hareketleri görebilirsiniz. Haftada en az 2-3 defa bu hareketleri yapmanız partnerinizin ve sizin cinsel sağlığınızı olumlu yönde etkiler.

Özel Masaj Teknikleri

Partnerinizin sırtüstü uzanmasını isteyin. Avuçlarınızı hafifçe bası uygulayarak yan yana getirin ve ayak bileklerinden baldırlarının iç kısmına kadar hafif dokunuşlarla masaja başlayın. Ardından sırtüstü uzanmasını isteyin ve aynı şekilde bacağının arka kısmından alt kalça bölgesine kadar bası uygulayarak masaja devam edin. Bu şekilde kasık bölgesindeki kaslar uyarılmaya başlar, bu da cinsel isteği artırır.

Bir diğer teknikte, partnerinizin yüzüstü uzanmasını sağlayın, kalçalarına oturun ve ellerinizi paralel bir şekilde sırtına koyun ve omurganın iki kenarından aşağı doğru yavaşça kaydırarak aşağı doğru inin. Ardından boynuna kadar yavaşça ilerleyin, omuzlarından kollarına doğru hafif bası uygulayarak masajınıza devam edin. Sırta uyguladığınız teknikleri bacakların arka kısmına da uygulayın. Ardından ayak bileklerine ve kemiklerinin etrafına da yavaş hareketlerle masaj yapın.

Masaj sırasında, amacınız uyarmaktır. Özellikle masaj sırasında cinsel organlara dokunmayın. Direkt olarak temastan kaçınmak zevki artırır, hazzı güçlendirir. Bu tekniklerin yanında, partnerinizin uzanıp dokunulmasından hoşlandığı bölgeler konusunda sizi yönlendirmesini de isteyebilirsiniz. Bunu uygulamayı karşılıklı olarak yapabilirsiniz.

Masaj esnasında hazzı artırmak için uyaracağınız bazı önemli akupunktur bölgeleri, rahatlamayı, gevşemeyi, kan akışının hızlanmasını sağlar.

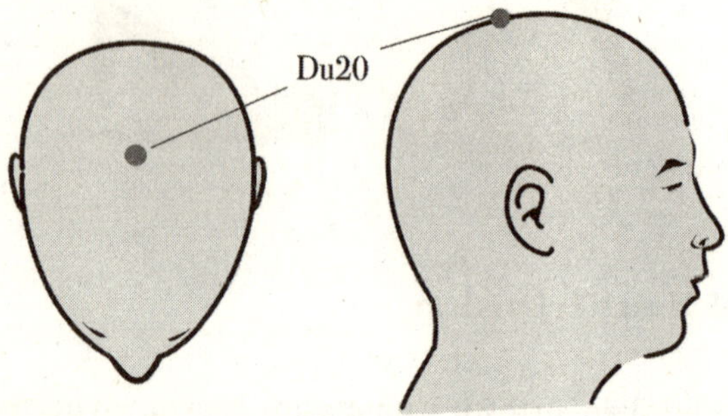

Du20 olarak bilinen başın tam üst kısmında bulunan bölgeyi merkez alarak, tüm baş bölgesine yapılan masaj zihni dinginleştirmeye ve dengeli kan akışının tüm vücutta sağlanmasına yardımcı olur.

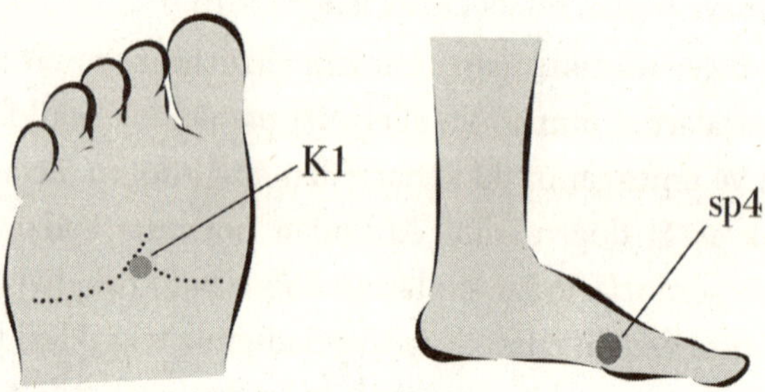

K1 olarak bilinen ayak tabanımızın tam altta kalan ve sp4 olarak bilinen ayağımızın iç tarafında kalan kısma masaj esnasında özellikle bası uygulamak kan akışının artmasını sağlar. Bu bölgeler direkt olarak hem erkek hem dişi üreme organları ile bağlantılıdır.

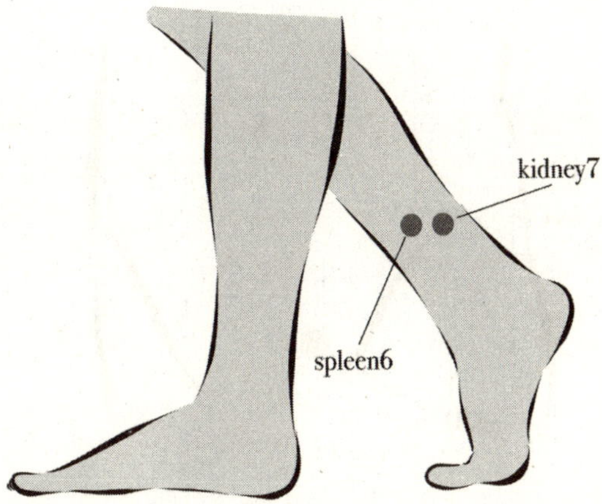

Çin tıbbına göre, yukarıda gösterilen spleen6 bölgesi dişil enerjiyi, kidney7 bölgesi ise eril enerjiyi temsil eder. Bu bölgelere masaj yapılması direkt olarak uyarılmayı sağlar.

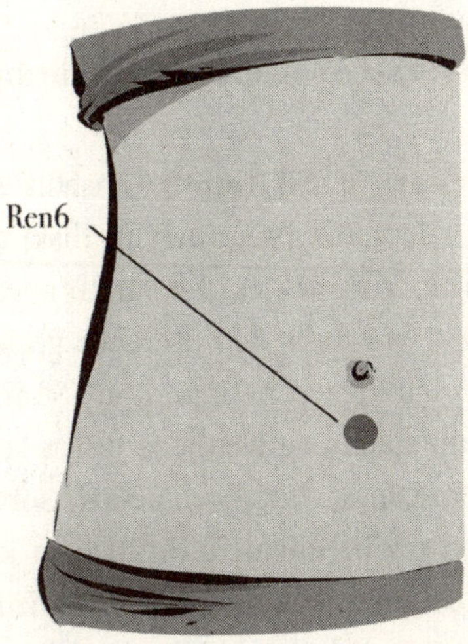

Ren6, bölgesi göbek deliğinin hemen altında olan bölgedir. Bu bölgeye oldukça nazik bir şekilde parmak ucunuzla hafifçe okşayarak masaj yapmanız uyarıcıdır.

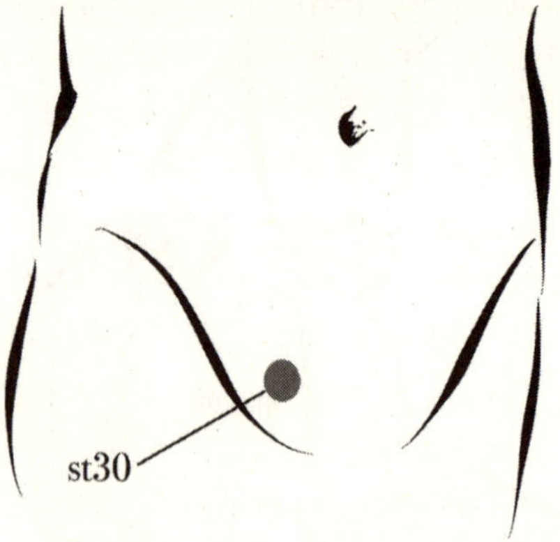

Son olarak st30 olarak bilinen bu bölge cinsel uyarılmanın, hazzın artacağı en önemli bölgelerdendir. Buraya bir iki saniye bası uygulayıp çekmek, nazikçe okşamak cinsel isteği arttırır.

Cinsellik Sonrası Vazgeçilmezliği Sürdürmenin Yolları

Beklentilerinizi stabil tutun. Cinsellik sonrasında karşı taraftan ekstra taleplerde bulunmayın. İlişki çatısı altında değilken yaşanan cinsellik beklentiler yaratır ancak bu beklentiler karşı tarafı uzaklaştırabilir de... Beraber geçirdiğiniz o "özel" paylaşım, ikiniz için de kıymetli bir andı. Sonrasında rahat, esnek davranmanız daha özgüvenli bir duruş sergilemenizi sağlar. Cinsellik sonrasında "Biz şimdi neyiz?" sorusunu sormayın, ilişkinizi hemen şekillendirmek, birim isim koymak çabasına girmeyin. Beklediğiniz tepkiyi göremediğiniz durumlarda asla trip atmayın, mesafeyi böyle bir durumda siz belirleyin. Aşırı ilgi ve alaka göstermek karşı tarafa cepte olduğunuz imajını verir, akıllıca durumu yönetmeye çalışın.

Ulaşılabilirliği dengeleyin. Cinselliği güdüleyen hormon dopamin, ödül kazanma duygusunu verdiğinden bu "ödül" mekanizmasını akıllıca çalıştırın. Kolay kazanılan her şeyin etkisi çabuk söner. Özellikle erkeklerde ödül tutkusunun onlar için müthiş bir motivasyon kaynağı olduğunu biliyoruz. Kendinizi değerli kılmak için her an ulaşılabilir olmamak ve kolay ele geçmemek önemli. Dolayısıyla cinsellik sonrasında partnerinize ne kadar yakın olmak isterseniz isteyin, tamamen "ulaşılabilir, şeffaf, yakın" olmayın, aksine çok uzak da olmayın. Yeterince gizemli bir tavrı korumak vazgeçilmezliğinizin uzun soluklu olmasını sağlar.

Kendinizi "iyi ve güvende" hissettiğinizi belirtin. Kendinizi ruhen iyi ve güvende hissettiğinizi belirtmek karşı tarafın egosunu okşar. Yeterlilik duygusu hissetmek önemlidir, basit bir davranışın karşısında bile bunun size çok iyi geldiğini söylemek duygusal olarak tatmin edicidir.

Partnerinize cinsellik harici sorular sorun. Partnerinizle deneyimlediğiniz cinselliğin haricinde konuşacağınız tek konu başlığı seks olmasın. Yavaş adımlarla onun hayatına dahil olmaya çalışın. Örneğin "Geçen gün işinle alakalı bu sorun vardı ne yaptın? Bir konu üzerine çalıştığını söylemiştin nasıl gidiyor?" gibi sorularla onunla ilgilendiğinizi gösterin.

İkinizin de hoşlanacağı bir plan yapın. Cinsellik sonrası hem bedensel hem de duygusal ihtiyacınızı karşılamak adına ikinizin de hoşlanacağı bir plan yapın. Sonraki buluşmanızı mümkünse dışarıda yapın, direkt eve davet etmeyin. Eğer o davet ederse dışarıda buluşmayı teklif edin. Örneğin beraber ikinizin de sevdiği bir yere yemeğe, konser ya da filme gidin. Ortak zevklerinizi paylaşacak planlar yapmak ilişkinizin sadece cinsellik odaklı ilerlemesini önler.

8. BÖLÜM

İZ BIRAKAN BİR İLETİŞİM

İletişiminizdeki Hataları Minimuma İndirin

Doğru iletişim becerilerine sahip insanlar başkaları tarafından tercih edilir ve aranırlar. Örneğin bir iş kurdunuz ve eleman alıyorsunuz. Aynı eğitim ve tecrübe düzeyinde iki insan arasından iyi iletişim kurabilen kişiyi seçersiniz değil mi? Aksi, benmerkezci, duygularını tanımayan ve davranışlarını ayarlayamayan, oturup kalkmasını bilmeyen ya da sözünüzü kesen birine yatırım yapmak, uzun süreli iş ilişkisi kurmak istemezsiniz. Bu yüzden etkili iletişim kurabilen biriyle daha rahat edeceğinizi düşünürsünüz. Çünkü bu kişiyle fikir ayrılıklarına düşseniz bile daha kolay uzlaşabilir ve anlaşıldığınızı hissedersiniz. Böylece karşılaştığınız güçlükler size daha aşılabilir gelir, en önemlisi kendinizi güvende hissedersiniz çünkü halihazırda zorlu bir süreci yönetmekle uğraşıyorken bir de iş yaptığınız kişinin derdiyle uğraşmak istemezsiniz.

Bahsettiğimiz tercih edilebilirlik durumu, tüm ilişkiler için geçerlidir. İyi iletişim kuran kişiler arasındaki güven artar ve bağ kuvvetlenir. Böylece bu kişiler birbirleriyle gelecek planları yapma konusunda daha rahat hissederler.

Anlattığım örnek hayatımızın her alanında çalışır aslında çünkü her ilişkide bir takas vardır. Patronunuzla parayı ve karşılığında iş, hizmet ya da görevi takas edersiniz. İlişkilerde de duygusal takas vardır, bazen gönüllü olarak yaparız bunu bazen de özellikle bekleriz. Çıkar ilişkisi değil elbette söz edilen, ancak daima bizi değerli hissettireni aradığımıza göre minimum düzeyde takasa açık olduğumuz nettir. Üstelik karşımızdaki de buna açıktır ve biz gizli bir anlaşma ile ilişkilerimizi sürdürürüz.

İletişim becerileri, tercih edilmek kadar, ilişkiyi sürdürebilmek ve geliştirebilmek adına da büyük fark yaratır. Örneğin, ilişkilerde tarafları birbirinden soğutan, umudun tükenmesine sebep olan en yaygın karşılaştığımız sorun empati yoksunluğu ve kabalıktır. İletişim becerileri gelişmiş insanlar daha avantajlıdır. Çünkü ihtiyaçları aktarma, anlama ve sorun yaşandığında çözüme yönelik ilerleme konusunda daha iyidirler. Yanlış anlaşılma ve istemeden kırıcı konuşma ihtimalleri daha düşüktür, hata herkese mahsus elbette ancak bu konuda daha titizdirler, en azından özür dilemeyi ve gönül almasını daha iyi bilirler.

İletişimimizi güçlendirmek için ilk adım, hangi davranışımızın işlevsel hangilerinin sağlıksız olduğunu fark etmektir. Aşağıda yaygın görülen ve uzak durulması gereken bazı iletişim hatalarını inceleyelim.

Pasif agresif tavırlar: Kişiler rahatsız oldukları şeyi güzel bir dille ifade edemedikleri için öfke duygusu içinde sıkışır ve ilişkiyi sabote edici davranışlar sergilerler.

- Birine kızdığınızda buluşmalara geç gitmek
- Önemli şeyleri unutmak
- Yapılacak işleri geciktirmek

- Sizden beklenen şeyleri çeşitli bahanelerle geri çevirmek gibi davranışlar pasif agresiftir.

Saldırgan tavırlar: Kişiler öfkelerini sağlıklı bir şekilde dışa vuramadıkları zaman abartılı ve şiddetli hareket ederler.

- Vurmak, eşyaları kırmak, kendine zarar vermek
- İsim takmak, dalga geçmek, dalga geçen ya da umursamadığını gösteren bedensel hareketler yapmak
- Göz devirmek
- Bağırmak, küfretmek
- İftira atmak
- Laf çarpmak, iğnelemek, küçük düşürmek
- Geçmişte yapılan alakasız hataları gündeme getirmek
- Aile/iş/okul gibi konularda görülen eksikliklerin alakasız yerlerde yüze vurulması
- Suçlamak saldırgan davranışlardandır.

Diğer iletişim hataları:

- Dinlerken verilecek cevaba hazırlanmak
- Karşımızdakinin zihnimizi okuduğunu düşünmek, anlatmadan anlamasını beklemek
- Söz kesmek
- Çok uzun ve ağdalı cümleler kurmak
- Çok konuşarak ortamı domine etmek, başkalarına fırsat vermemek
- Düşünmeden konuşmak

- Karşıdakinin niyetini bildiğinizi varsaymak
- Konudan konuya atlamak
- Yanlış zamanlamada bulunmak
- Tüm sorunları bir arada ortaya dökmek
- Sen diliyle konuşmak (Sen beni üzüyorsun, senin yüzünden uyuyamadım vb.)
- Haklı olmaya çalışmak, haklı olduğunu ispat etmeye çalışmak
- Yıkıcı eleştiri
- "Yapacaksın, yapmalısın, yapmak zorundasın, yap!" gibi emir içeren cümleler kurmak
- Küsmek, uzun süre konuşmamak, duvar örmek
- Dedikodu yapmak
- Önemli konuları mesajla konuşmak diğer iletişim hatalarındandır.

Bu listede kendinizde gözlemlediğiniz iletişim hatalarını defterinize not edin. Bu davranışları neden yaptığınızı, asıl ihtiyacınızın ne olduğunu anlamaya çalışın. Sonrasında bu davranışlarınızdan farkındalıkla kurtulmaya çalışın. Gelin bunu iki örnekle inceleyelim.

Örnek 1:

İletişim hatanız tüm sorunları bir anda masaya yatırmak olsun. Bu karşınızdaki kişiyi saldırıya uğramış hissettirir ve o da doğal olarak savunmaya geçer. "Savaş, kaç ya da donakal" zorlayıcı durumlarda verdiğimiz üç doğal içgüdüsel tepkidir ve iletişimin zorlaşmasına neden olur. Kaş yaparken göz çıkarmak tam da budur.

Öncelikle kendinize neden her şeyi aynı anda çözmeye çalıştığınızı sorun. Problemleri hep içinize attınız ve büyütüp patlama noktasına mı geldiniz? O halde bundan sonra küçük de olsa rahatsızlıklarınızı o anda ifade etmeye çalışın.

Partnerinizde sevmediğiniz her şeyi bir anda değiştirmeye mi çalışıyorsunuz? İlişki karşınızdakini tamamen değiştirme fırsatı değildir. Kendinizi ve partnerinizi tanımanız için bir fırsattır. O halde partnerinize değiştirme çabasıyla değil anlama çabasıyla yaklaşın.

Her hafta bir konuyu halletmeye odaklanın ancak bunu yaparken keskin sınırlar çizmeyin, unutmayın hiçbir savaş kesin sınırlarla kazanılmaz. Soğuk savaş taktiklerini kullanın gerekirse, diplomasi yapın, barışçıl kalın ve yavaş adımlarla ilerleyin. Yumuşak bir tonla açık uçlu sorular sorun. Neyi neden yaptığını merak edin. Değişim tek taraflı olmaz ve zaman ister. Birlikte dönüşmek ve ilişkinizi şifalandırmak için adım adım ilerleyin.

Örnek 2:

Eşinizin size sormadan bir tanıdığınıza yüklü miktar para verdiğini düşünelim. Buna kırıldınız ve soğuk davranmaya başladınız. Eşiniz sizin kızdığınızı ya da neden kırıldığınızı bile anlamadı. Siz de hem trip atıyor hem de "Neden böylesin, ne oldu?" dediğinde kızgın bir şekilde "Bir şey yok..." ya da "Sen daha iyi bilirsin..." diyerek kelimeler açısından fakir ancak tepkiler açısından aşırı yoğun ve anlaşılmaz tavırlar yapıyorsunuz. Anlaşılmadığınızı hissediyorsunuz.

Böyle davranışlarla hem duvar örmüş hem de karşınızdakinden zihninizi okumasını beklemiş olursunuz. Bunu yapmanızın nedenlerini düşünün. Belki de negatif şeyleri konuşmakta zorlanıyorsunuz, belki çatışmadan kaçıyorsunuz. Ya da belki paranın verilmesini istemediğiniz için kötü birisi olarak algılanmaktan çekiniyorsunuz. Ya da eşler olarak bu kararı birlikte almanız gerektiği için de kırılmış olabilirsiniz. Asıl ihtiyacınız duyulmak ve eşiniz tarafından dikkate alınmak olabilir. O halde tüm bunları yapmak yerine "Bunu bana sormadığın için benim fikrimi önemsemediğini, beni görmediğini hissettim, önemli kararlarda fikrimi sormanı ve birlikte karar vermemizi bekliyorum. Beni bu mutlu eder..." diyebilirsiniz.

Sağlıklı Bir İletişim İçin Kendinizi Yeniden Yapılandırın

Hatalarınızla ilgili cesur adımlar attıktan sonra bunları yeniden yapılandırmak üzerine çalışmalısınız. Yerine koyacağınız sağlıklı iletişim becerilerinin neler olduğuna bakalım:

Ben diliyle konuşun

"Sen beni üzdün. Beni deli ediyorsun. Beni önemsemiyorsun. Şunu yaptın. Bunu dedin!" gibi cümleler sen diliyle kurulmuş cümlelerdir. Karşınızdakini suçlu hissettirir. Suçlu hisseden kişi beklenilenin aksine sizden uzaklaşır. Kimse kendini suçlu ya da yetersiz hissettiği bir yerde kalmaktan memnun olmaz ve kaçar. Bunun yerine duygularınızın ve düşüncelerinizin sorumluluğunu alın. "Ben üzüldüm, kırıldım!" ya da "Beni önemsemediğini düşündüm..." gibi empati uyandıracak cümleler seçin.

Çözüm odaklı ve net olun

Genelde tartışmaların büyümesinin sebebi insanların tam olarak ne istediğini söylemekten uzak saldırgan tavrıdır. Böyle olduğu zaman küçük konular büyüyen kar topları gibi olurlar, ortaya tamir edilmesi zor durumlar çıkar. Bunu önlemek için önceliğiniz, tam olarak ne istediğinizi belirlemek olmalı. Örneğin eşinizin size değer vermediğini hissediyorsunuz. Bunu hissetmenizin sebebi size vakit ayırmamasıysa "Bana değer vermiyorsun, hiç vakit ayırmıyorsun!" demek yerine "Hafta sonları birlikte yürüyüşe çıkalım istiyorum..." ya da "Akşam yemeklerinden sonra yarım saat sohbet etmek için birbirimize vakit ayıralım mı?" demek daha çözüme yönelik ve net bir tavırdır. Değer görmediğinizi hissetmenizin sebebi eşinizin size sormadan karar almasıysa, trip atmak yerine bunu ifade edin. Birlikte annesine yemeğe davetlisiniz ve size sormadan onayladı diyelim. "Annenlere yemeğe gitmeyi ben de istiyorum ama onlara tamam demeden önce, ben bir eşime sorayım müsait mi demeni ve bana danışmanı isterdim. Bana sormadan ikimiz adına karar verdiğinde kırılmış hissediyorum, bu da sana yansıyor. İki dakika beni arayıp fikrimi sorduğunda ise daha mutlu oluyorum ve bu da sana yansıyor..." deyin.

Doğru zamanlama önemlidir

İletişimin en önemli unsurlarından biri karşınızdakini iyi tanımak ve zamanlamayı doğru yapmaktır. Özellikle zor konuları konuşacağınızda, karşınızdaki kişinin sizi dinlemeye ve anlamaya istekli olabileceği zamanları tercih edin. İnsanların bazı zamanlarda tahammülü düşük olur. Bunu iyi gözlemleyip belirlemeye çalışın. Örneğin bazı insanlar sabah kalktıklarında, bazıları işten çıktıklarında, bazıları da açken daha tahammülsüz ve sabırsızdırlar. Önemli ve zor konuları karşınızdaki insanların ters zamanlarında yapmamaya çalışın. Karşınızdaki kişi sizinle aynı frekansta değilse ne derseniz deyin dinlemeyecektir. Kimin ne düşündüğünü, neyi nasıl düşündüğünü çözmek sizi öne geçirir.

Karşınızdaki kişiyle aynı safta olmaya çalışın

İletişimin kuvvetlenmesi demek bağın kuvvetlenmesi demektir. Bağ demek ortak fikir ve düşüncelere sahip olmak demektir. Örneğin hemfikir olduğunuz konularda mutlaka ona katıldığınızı belirtin.

Hayır demeyi öğrenin

Hayır diyebilmek zorlanılan bir konudur. Hayır derken karşınızdakini kaybetmekten ya da üzmekten korkabilirsiniz. Hayır demek bazıları için çok maliyetlidir, hayır demeyen biri istemediği şeyler için taviz vermek zorunda kalır, hayır dediğinde de duygusal olarak vicdan azabı duyar, üzülür, suçluluk hisseder. Fakat hayır demek sınırları belirlemek demektir ve hayır dediğinizde bir kişiyi toptan reddetmiş olmazsınız, sadece o anlık durum, eylem ya da istek için hayır dersiniz. Esasında hayır demenin psikolojisi karşı tarafla değil sizinle ilgilidir. Karşı tarafa seçenekler sunmak ya da ertelemek çözümlerden bazılarıdır.

Aktif dinlemeyi öğrenin

Aktif dinlemek iletişimin yarısını oluşturur. Dinlerken karşınızdakinin yüzüne bakmak, hafifçe başınızı sallamak, ona doğru dönmek ve hafifçe ona doğru eğilmek onu dinlediğinizi hissettirir. Bir yandan da anladığınızı göstermek için onun söylediklerini anladığınız şekilde özetleyerek teyit etmeniz iletişimin kalitesini artırır. Bunun için, "Yani yarın yemeğe gitmeyi pek istemiyorsun doğru mu anladım?" ya da "Ben sen bilirsin dediğimde trip attığımı mı düşündün?" gibi cümleler faydalı olacaktır.

Gülümseyin

İnsanları güvende hissettiren bir başka iletişim taktiği de güler yüzlü olmaktır. Güler yüz ve tatlı dil gerçekten de yılanı deliğinden çıkarır. Yüz ifadenizle karşı tarafa olumlu bir yaklaşım içinde olduğunuzu gösterirsiniz.

Duygularınız yoğunlaştığında termostat ayarı yapın

Karşınızdakinde sizi rahatsız eden, üzen, öfkelendiren ya da şaşırtan bir şey duyduğunuzda, hemen kırıcı sözler söylemeyin. Anında verilen büyük tepkiler direnç oluşturur. Bunun yerine "Bu söylediklerini biraz düşünmem lazım..." diyerek konuşmanıza biraz ara verin. Bu tavrınız hem karşıdakini kırarak haklıyken haksız duruma düşmenizi engeller hem de karşınızdaki kişinin de söylediği şeyler üzerinde düşünmesini sağlar. Size karşı tavırları yumuşar.

Ayna karşısında konuşma pratikleri yapın

İletişimde hitabetin gücü önemlidir. Retorik yani belagat etkili söz söyleme sanatı demektir. Etkileyici, anlamlı ve ikna edici olmaya odaklanmak, konuşurken ses tonunuzu, beden dilinizi ayarlamak önemlidir. Kelimeler iletişimin bir kısmını oluşturur, gizli iletişimse kelimeler haricindeki diğer detaylarla gerçekleşir. Fiziksel görünümünüz, sesiniz, duruşunuz ve nefesleriniz gizli iletişimin parçalarıdır. Konuşma becerilerinizi geliştirmek için ayna karşısında konuşma pratiği yapabilirsiniz. Bunun için bir sandalyeye oturarak aynanın karşısına geçin. Seçtiğiniz bir kitaptan bazı bölümleri sesli olarak okumaya başlayın, okurken farklı tonlamalar, farklı yüz ifadeleriyle kendinizi izleyin ve dinleyin. Dilerseniz ayakta da aynı çalışmayı tekrarlayın. Hayalinizde karşınızdaki insanı farklı duygu durumlarında canlandırın, örneğin sırayla öfkeli biri, sonrasında üzgün birine konuşun.

Konuşma becerilerinizin ne durumda olduğunu görmek için kendinize sorun:

- Birinin sizi dinlemesini istediğinizde nasıl konuşursunuz? Tercih ettiğiniz bir tarz var mı? Peki bu tarzınız sürekli işe yarıyor mu? Daha önce denediğiniz ve işe yaramayan şeyleri tespit edin ve değiştirin.
- Kendinizde değerli bulduğunuz bakış açılarını nasıl ifade ediyorsunuz? İnsanlar sizin bakış açılarınızı ciddiye alıyor mu? Bunları dile getirirken nasıl sözcükler kullanıyorsunuz? Çokbilmiş ve kibirli görünüyor olabilir misiniz? Karşınızdakine ilham vermek için nasıl kelimeler kullanmalısınız hiç düşündünüz mü?

- İlgi çekmek için hangi yolları deniyorsunuz? Ağlak olmak, bağırmak, kızgınlıkla bir şeyleri fırlatmak ya da kapıları çarpmak mı yoksa karşınızdakinin kalbine dokunmak mı?
- Konuyu dağıtmadan toparlayabiliyor ve noktayı koyabiliyor musunuz? Yoksa karşınızdakini esir edip anlamsız konuşmalarla mı hapsediyorsunuz? Net ve doğrudan konuşmak etkili bir iletişim silahıdır, lafı dolandırmadan özetleyip niyetinizi söylemek ve finali getirmek önemlidir.

Olumlu konuşun

Hayat, insanlar, gelecek ve kendisi hakkında sürekli karamsar şeyler söyleyen, dedikodu yapan, ayıp/kusur arayan, karşısındakinin enerjisini düşüren, yersiz eleştiri yapan, küçümseyen, aşağılayan ve şikâyet eden kişiler kimseye çekici gelmez. Fakat gerçeklikten uzaklaşmadan insanlara umut aşılayan, soruna değil de çözüme odaklanan, diğer insanlar hakkında iyi konuşan, olayların olumlu yanlarına odaklanan kişiler başkaları tarafından daha çok tercih edilirler.

Fiziksel temas kurun

Eşiniz, çocuğunuz, sevgiliniz ve yakın arkadaşlarınızla konuşurken onların omzuna dokunmak, elini tutmak ya da onlara sarılmak onları psikolojik olarak rahatlatır ve size karşı ördükleri duvarı aşmanızı kolaylaştırır.

İz Bırakmak İsteyen Kadınlara Özel İletişim Tavsiyeleri

Bazı iletişim teknikleriyle feminen enerjinizi artırmanız ve karşınızdaki erkeğin maskülen enerjisini tetiklemeniz mümkündür. Erkekler sizin için bir şeyler başardıklarını hissetmek, yeterli olduğunu düşünmek ve kahramanınız olmak isterler.

Bu hissi ona nasıl mı vereceksiniz?

1. Partnerinizden küçük şeyler için yardım isteyin ve sonrasında "Çok teşekkür ederim, sen olmasan bunu hayatta halledemezdim..." deyin. Bu taktik basit görünse de onun maskülen tarafıyla temas etmeniz adına oldukça faydalıdır.

2. Partneriniz kendisine saygı ve hayranlık duyulmasını ister. Bu ihtiyacını karşılamak için ona fikirlerini sorun, çözüm önerileri isteyin. Önerileri aklınıza yatmasa da can kulağıyla dinleyin ve "Aslında dediklerin zihnimde başka bir bakış açısı yarattı, hepsini birlikte değerlendireceğim..." diyerek önerisini doğrudan yapmasanız da onu ihya edin.

3. Mantıklı bir şeyler söylediklerinde mutlaka "Çok mantıklı!" deyin. Bu cümle sihirli bir cümledir. Uygun olan her anda bu sihri yaratın.

4. Eğer partnerinizin size vakit ayırmasını ve sizi mutlu etmesini istiyorsanız küçük de olsa bir adım attığında, mutlaka "Bu söylediğin şey bana çok iyi geldi..." "Bunu benim için yapman beni çok mutlu etti..." "Beni nasıl mutlu edeceğini çok iyi biliyorsun..." gibi cümlelerle olumlu davranışlarını onaylayarak onu motive edin. Bu

tarz iletişim şekli birçok erkeğin ilişkisiyle ilgili en büyük problemi olan değer görmeme sorununu ortadan kaldırır. Onu takdir ederek ilişkide başarılı olduğunu hissettirin. Gerekirse biraz şımartın.

5. Konuşurken neşeli olun ve onu da güldürün. Erkekler kendilerini güldürebilen kadınlardan etkilenirler. Onunla sürekli problemleri konuşursanız sizi zihnine "sevgilim = problemler" olarak kodlar. Hepimiz gayet iyi biliriz, sürekli şikâyetlenen insanları görünce bir noktadan sonra yolumuzu değiştirmek istememiz kaçınılmazdır! Zihninde problemlerle aynı tarafta olmak istemiyorsanız bu koşullanmayı kırmak için ona sık sık hayat dolu yanınızı gösterin. Hatta bu beceriyi kendi yaşantınız için de yerleşik hale getirin, zorluklar ve sıkıntıların karşısında ayağa kalkma gücünü bulabilmek herkese ilham verir ve sizi sıra dışı biri yapar.

6. Konuşurken vurgu ve tonlamalara dikkat edin. Ayrıca hızlı konuşmak yerine biraz yavaş ve uzatarak konuşmak etkilidir. Konuşurken bazen çocuksulaşmak da ilginç bir şekilde bazı erkeklere çok çekici gelir.

7. Sevgilim, canım, aşkım, bir tanem, hayatım gibi sevgi sözcükleri kullanmak partnerinizle sizi yakınlaştırır. Günlük kullanım dışında yerine göre tonlamaları değiştirerek bu kelimeleri flört etmek için kullanabilirsiniz.

8. Olumsuz duygularınızdan bahsederken, partnerinizin sizi dinlemesini istiyorsanız durumunuzu abartmayın. Trajik bir kahraman olmaya soyunmayın, sakin ve dengeli davranışlarınızı sürekli kılmaya çalışın.

9. Güzel giyindiğinde, tıraşını beğendiğinizde ya da centilmenlik yaptığında mutlaka iltifat edin. Çoğu zaman

iltifat etmek erkeğin göreviymiş gibi görülür fakat erkekler de beğenildiğini duymaya ihtiyaç duyar. "Bugün çok şıksın..." "Ayakkabıların çok güzelmiş..." "Bu saç stili seni gençleştirmiş..." gibi sözler söyleyin.

İz Bırakmak İsteyen Erkeklere Özel İletişim Tavsiyeleri

Kadınlar partnerleriyle iletişimlerinde farklı ihtiyaçlara sahiptir. Bu yüzden erkekleri çekici yapan iletişim stratejileri kadınlar için olanlardan farklıdır. Kadınların doğası gereği iletişimde temel ihtiyacı, anlaşıldığını hissetmek ve diğer ihtiyaçlarının giderilmesi konusunda bir çaba görmektir. Çünkü kadınları ilişkide tutan şey genelde halihazırdaki durumdan çok gelecekte bir şeylerin daha iyi olacağına dair bir umuttur. Aslında partnerinizin sizi vazgeçilmez bulmasını istiyorsanız, yapmanız gereken şey çok basit, kendinizin ve onun ihtiyaçlarını fark etmek ve elinizden geldiğince karşılamak.

1. Kadınların anlaşıldığını hissetmesi onlar için çok önemlidir. Bu yüzden partnerinizi dinlerken onun gözlerinin içine bakın. Bazen onun söylediklerini özetleyerek "Böyle düşünüyorsun, değil mi?" diye teyit edin. Onu anlamaya çalıştığınızı görmesi, problemi çözmese bile aranızdaki buzları eritir.

2. Duygularınızı daha net ifade edin, bunun için kitapta yer verdiğim duygu çarkını inceleyin, duygularınızı tanıyın ve bunu iyi ifade edebilmek için duygu sözlüğünüzü genişletin.

3. Her zaman bakımlı, temiz ve özenli olun. Saçlarınız, dişleriniz, tıraşınız, kıyafetiniz, tırnaklarınız ve ayaklarınız her zaman temiz olsun. Kendinize uygun bir parfüm ve deodoran seçin ve her zaman güzel kokmaya gayret edin. Günlük duş alın ve kıyafetlerinizi her gün değiştirin. Tüm bunlar iletişiminizi birçok yönden destekler, bedensel yakınlığı güçlendirir ve size çekicilik katar. Ayrıca kendine özen gösteren bir erkek karşısındakine, sorumluluk sahibi ve değerli olduğu mesajını verir.

4. Araştırmalara göre ilk buluşmada, ciddi görünen erkeklerin, güler yüzlü erkeklere göre daha çekici bulunduğu saptanmıştır. Benzer şekilde eril enerjiyi yükseltmek adına orta yükseklikte, nazik, kendinden emin, ciddi, yavaş ve sakin konuşmak çekiciliğinizi artırır.

5. Oturuşunuza ve yürüyüşünüze dikkat edin. Eril enerjinizi artırmak için her zaman dik durun, omuzlarınızı hafif geriye çekin ve çenenizi hafifçe yukarı kaldırın. Bu duruş karşı tarafa kendinizden emin olduğunuz mesajını verir.

6. Kibar olun. "Teşekkür ederim..." "Lütfen..." "Rica etsem şunu verir misin?" gibi kibar cümleler kurun. Partnerinizin kapısını açabilir, ona iltifat edebilir, hesabı ödeyebilir ve elindeki ağır şeyleri taşıyabilirsiniz. Küfür etmemeye, emir cümleleri kurmamaya dikkat edin. Partnerinize kibar davranırsanız, size karşı duvar örmesini engelleyerek, ilişkinizi daha kolay yönetebilirsiniz. Unutmayın, partnerinizle aynı takımdasınız, o hanımefendi gibi hissederse, size de beyefendi gibi hissettirir.

7. Diyelim ki partneriniz sizin ilginizi çekmeyen şeyleri uzatarak anlatmaya başladı. Dikkatinizin hemen dağıl-

masına izin vermeyin. Takip edemiyorsanız "Hayatım kusura bakma tam anlayamadım, kısaca özetler misin?" "Canım bu detayları tam anlamlandıramadım, peki sen ne hissediyorsun?" "Ben bu detaylarda kaybolduğumu hissediyorum ama senin ne düşündüğünü ve ne hissettiğini önemsiyorum. Biraz da kendi hislerinden bahsetmek ister misin?" diyerek konuşmayı sizi birbirinize yakınlaştıracak konulara çekebilirsiniz.

8. Kadınlar ne istediğini bilen erkekleri çekici bulur. Bu yüzden rüzgârda savrulan bir yaprak gibi olmayın. Kendi hedefleriniz, zevkleriniz olsun. Bir şeye karar verileceği zaman mutlaka kendi fikrinizi ve planınızı belirtin. "Sen bilirsin..." ya da "Sen nasıl istersen..." diyerek geçiştirmeyin. "Benim fikrim bu fakat ikimizi de memnun edecek ortak bir yol bulalım..." ya da "Ben bunu beğendim ama ikimizin de sevdiği bir şeyi alalım istiyorum..." deyin. Eşinizin sonunda yine kendi istediği şeyi yapacağını bilseniz bile "Bu konuya senin kadar önem vermiyorum ama ben olsam şunu yapardım..." diyerek kendi fikrinizi söyleyin. Çünkü ancak bu şekilde kendi benliğinizi ortaya koyabilir ve onu önemsediğinizi gösterebilirsiniz.

9. Koruyucu, sahiplenici ve gözeten yanınızı ortaya koyun. Partnerinizin sizi vazgeçilmez bulmasını istiyorsanız, onun kendini güvende hissettiğinden emin olmalısınız. Buluşma sonrası eve güvenle vardığından emin olmak, bu kişiler sizin bir yakınınız olsa bile ona zarar veren insanlardan uzak durmasına destek olmak, her ortamda haklarını korumasını desteklemek, onun güvende hissetmesine yardım eder. "Eve vardın mı canım?" "Ben senin yanındayım..." "Senin için yapabileceğim bir şey var mı?" gibi bir yaklaşım çok etkilidir. Onu gözettiğinizi göstermek için

onun önem verdiği şeyleri anlayıp, o konular hakkında sorular sorarak, ihtiyaçlarını karşılamalarına kendi kaynaklarınızla destek olarak onunla ilgilenebilirsiniz.

10. Maçoluk tuzağına düşmeyin. Erkeklerin kadınlardan üstün olduğu, kıskançlık, şiddet ya da otorite ile kendini efendi olarak tanımlayan erkekliği tanımlar maçoluk. Ne yazık ki anne babalardan aktarılan kodlamalar erkek çocukları büyürken onların da zihnine işler. Kültür ve toplum da bu yanlış yerleşik inançları destekler. Eğer bir kadının kalbini fethetmek istiyorsanız zihin yapınızı dönüştürün, erkek olmanın üstünlük sayılmadığını gözeterek bu anlamda kendinizi geliştirin.

Beden Diliniz Sizi Nasıl Vazgeçilmez Yapar?

Beden dilinin karşınızdaki kişiye verdiğiniz sözel olmayan fiziksel mesajlardır. Bu mesajlar ne söylediğinizden belki de daha çok etkilidir. Hatta günlük hayattaki iletişimimizin büyük bir çoğunluğunu oluşturur. Örneğin bir bilgiyi aktarırken gözleri kaçırmak ve kambur durmak, söylediklerinize ne kadar inansanız da karşınızdaki kişiye söylediğiniz şeyden emin olmadığınızı düşündürür. Ya da araba alan birine onun adına çok sevindiğinizi söylerken yüzünüz buruşuyorsa verdiğiniz genel mesaj, pek de sevinmediğinizdir. Bu yüzden beden dilinizin ne dediğini anlamak ve onu kontrol etmek, karşınızdakine verdiğiniz mesajın amacınıza uygunluğunu sağlamak adına çok önemlidir. Ayrıca karşınızdaki kişiyi de daha iyi okumanızı sağlar.

Vazgeçilmez biri tercih edilen, yanında mutlu ve rahat olunan yani aranan biridir. Böyle bir insan güvenli, ilgili, rahat ve çekicidir.

Peki, vazgeçilmezlik için beden dilinizi nasıl kullanabilirsiniz?

Elbette bizi özgüvenli, ilgili, rahat ve çekici gösterecek hareketleri uygulayarak.

Öncelikle vazgeçilmez biri mimikleriyle de olumlu mesajlar verir. Yani yüz hareketleriniz anlayışlı, meraklı ve sevgi dolu olmalı. Bunu sağlamak için gülümsemeli, konuşurken karşınızdaki kişinin gözlerine bakmalı ve başınızı hafif yana eğmelisiniz. Diğer yandan vücudunuzla da özgüvenli ve ilgili bir duruş sergilemeniz önemlidir. Örneğin dik durmak, omuzları hafif geri almak ve bacak bacak üstüne atmak sizi özgüvenli gösterir. Ayrıca yüzünüz ve vücudunuz karşınızdaki kişiye dönük olmalı. Böylece tüm dikkatinizin karşınızdaki kişide olduğu mesajını verirsiniz. Lider pozisyonundayken parmak uçlarınızı birleştirmeniz ve önünüzde tutmanız sizin o ortamda otorite olduğunuzu gösterir. Şimdi bazı olumlu ve olumsuz vücut dili hareketlerini inceleyelim.

Olumlu beden dili hareketleri:

- Karşınızdaki kişiyi dinlerken gözlerinin içine bakarsanız kendisini daha anlaşılmış ve ilgilenilmiş hisseder.
- Dinlerken hafifçe karşıdaki kişiye doğru eğilmek, sizin karşınızdaki kişiyi gerçek anlamda duymaya çalıştığınızı ve söylediklerine önem verdiğinizi gösterir.
- Gülümsemek samimi ve sıcak bir tavırda olduğumuzu gösterir.
- Ses yüksekliğinizi karşınızdaki insanın sesinin yüksekliğine göre ayarlayın. Bu sayede ondan daha baskın ya da çekinik algılanmamış olursunuz. Aynı seviyede ve dengede olmak iletişim konusunda önemlidir.

- Karşınızdaki kişinin beden dilini taklit ettiğinizde, iletişimde dengeyi sağlamanız kolaylaşır. Örneğin o bacak bacak üstüne atıyorsa siz de atın. Kollarını önünde çapraz bağlıyorsa siz de aynısını yapabilirsiniz. Karşınızdaki kişi sizin beden dilimizi taklit ediyorsa söylediklerinize ikna olmuş demektir.
- Dinlerken elinizi yanağınıza yerleştirdiğinizde karşınızdaki kişi sizin onu dinlediğinizi ve söyledikleri hakkında düşündüğünüzü düşünür.
- Karşınızdakiyle aranızdaki uzaklığı iyi ayarlayabilmek sizin ya da onun rahat hissetmesi adına çok önemlidir. Her insanın ihtiyaç duyduğu kişisel mesafe aynı değildir. Bazıları çok yakınlaşıldığı zaman rahatsız olur. Bu yüzden insanlarla konuşurken aranızda ortalama bir kol mesafesi bırakmaya özen gösterin.
- Yakınlarınızla konuşurken onların omzuna, koluna ya da eline dokunun. Bu hem aranızdaki enerjiyi dengeler hem de yakın hissettirir. Özellikle zor konuları konuşurken hafif dokunuşlar yapmak, işleri kolaylaştırabilir.
- El sıkışırken güçlü bir şekilde karşınızdakinin elini sıkmak kendinize güvendiğinizin göstergesidir. Fakat bunu fazla abartırsanız bu yapay hatta bazen tehditkâr bir güç gösterisine dönüşür.

Olumsuz beden dili hareketleri:

- Tırnaklarınızı yemeniz gergin olduğunuzu gösterir.
- Kollarınızı göğsünüzde bağlarsanız bu sizin karşınızdaki kişiye karşı savunma pozisyonu aldığınızı gösterir. Savunma

pozisyonu kendinizi o kişinin olumsuz etkilerine kapatmak istediğinizi gösterir.

- Kulaklarınızla oynuyor ve onları aşağı doğru çekiyorsanız bu sizin gergin ve kararsız olduğunuzu gösterir.
- Yumruğunuzu sıkıyorsanız, öfke gibi bazı olumsuz duyguları bastırmaya çalışıyorsunuz demektir.
- Zayıf ve kaçamak bir şekilde el sıkışıyorsanız bu karşınızdaki kişiye sizin kendinize güvenmediğinizi gösterir.
- Gözlerinizi kaçırıyor ve aşağı bakıyorsanız bu, zayıf ve tedirgin algılanmanıza sebep olur.
- Gözlerinizi sık kapatıp açmak da karşınızdakine, rahatsız olduğunuz bir şeylerin olduğunu hissettirir.
- Dudak ısırmak sizi kaygılı ve stresli gösterir.
- Tekrarlayan hareketler sabırsızlık işaretidir. Örneğin sürekli bacağınızı sallamanız, parmaklarınızı masaya sık sık vurmanız ya da sürekli ellerinizi ovuşturmanız karşınızdaki kişide baskı oluşturur.
- Elleri bele koymak saldırgan ve kontrolü ele almak isteyen bir algı yaratır.
- Konuşurken burnunuza dokunmak karşınızdakinde yalan söylediğinize ya da kaçamak cevap verdiğinize dair bir algı yaratır. İkna edici olmak istiyorsanız burnunuza dokunmayın.

Yandaki görselleri inceleyerek olumlu ve olumsuz beden dilinin nasıl duygular uyandırdığını gözlemleyebilirsiniz.

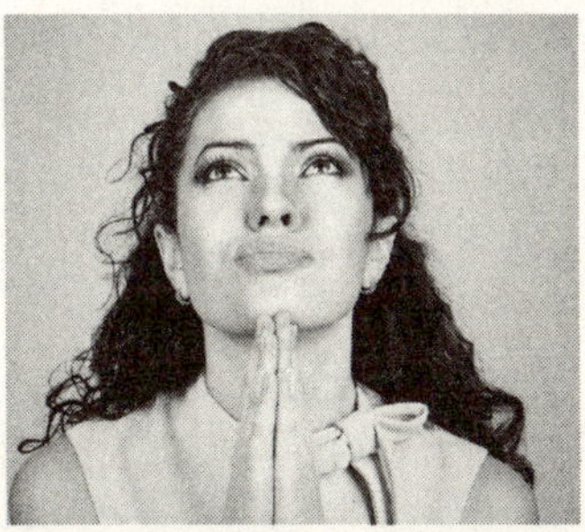

9. BÖLÜM

21 GÜNDE HEDEFE ULAŞTIRACAK EYLEM PLANLARI

Bu bölümdeki çalışmalarda yazarak not tutmanızı istediğim şeyler olacak. Bunun için kendinize ayrı bir defter edinebilir ya da kitabın başında yazmaya başladığınız defterinize ayrı bir bölüm açabilirsiniz. Bu bölümde yazdıklarınızı günlük gibi tutun, 21 gün boyunca yaptıklarınızı, yapmadıklarınızı, duygusal değişimlerinizi, düşüncelerinizi, davranışlarınızı her şeyi not edin. Kendinizdeki değişimleri gözlemlemek için yazma egzersizi yapmak çok işe yarar.

21 gün yeni bir alışkanlığı derinleştirmek için gereken minimum süredir. İster eski ilişkinizde alışkanlık yaratmak olsun isterseniz yeni tanıştığınız ve iz bırakmak istediğiniz biri olsun, bu yöntemleri 21 gün boyunca ilişkinizin her döneminde uygulayabilirsiniz. Dikkat etmeniz gereken başlıca unsurlardan biri doğal olmanızdır, örneğin 30 yıllık eşinize bu metotları uygulayacaksanız karşısına bambaşka biri olarak çıkmamaya gayret edin. Ani değişim karşınızdakini ürkütür, kendinizle meşgul oldukça kendinizi gözlemleme beceriniz de artar. Ufak ufak

ilerleyin. Daha yavaş yol almak isterseniz çalışmanızı 21 gün yerine 42 güne yayabilirsiniz.

Bazı maddeler diğer bölümlerde bahsettiğim ve tekrarlayacağım şeyler olacak. Çünkü bazı noktalar mihenk taşları gibi olmazsa olmazlardan. Bu nedenle her çalışmayı kendi içinde bir bütün olarak görün ve odaklandığınız konu her ne ise ona yönelik çalışmalarınızı tamamlayın. Bu maddelerin hepsi 21 gün boyunca yapmanız gerekenleri içeriyor, sizin için sıraladıklarımı 21 günlük bir çalışma takvimine bölerek çalışmanızı yapabilirsiniz.

21 Günde Unutulmayan Partner Olmak İçin Gizli Çapalama

1. Düşünceleriniz nasılsa o gerçekleşir, olumlu düşünceye sahipseniz olumlu davranışlar gelişir, bu nedenle kendinizi ve bedeninizi sevin. Çünkü sizin inanmadığınız bir şeyi karşı tarafa inandıramazsınız. Kendinizin sevilebilir olduğuna önce kendinizi inandırın. "Ben kendime inanmıyorum, karşı tarafın bende değerli bulacağı bir şey de yok!" tarzındaki düşünceler zihninizdeki olumsuz yüklerdir. Kendinizi önce bu olumsuz düşünce bagajından kurtarın. Defterinize kendinizle ilgili sahip olduğunuz olumsuz düşünceleri yazın.

2. Karşınızdaki kişiyi iyi tanıyın. Uzun zamandır hayatınızda olan birini de yeterince iyi tanımamış olabilirsiniz. Yeni biriyle tanıştığınızda da kendinizi anlatmaktan çok onu tanımaya odaklanın. Korkuları ne, neler deneyimlemiş, zaafları var mı, ne zaman kızıyor, nelerden hoşlanır?... Karşı tarafın güçlü ve zayıf yönlerini keşfetmeniz

lazım ki iz bırakmanız da o derece kolay olsun. Karşı taraftan bir şey istemek, onu ikna etmek, politik olmak onu yeterince tanırsanız daha kolaylaşır.

3. Karşı tarafı taklit etmek iz bırakmak için önemli bir adımdır. Onunla ortak zevklerinizin, fikirlerinizin olduğunu beyan etmek, ben de onu severim, ben de onu izlemiştim gibi karşı bildirimlerde bulunmak ortak kurduğunuz bağı güçlendirir. Örneğin karşı taraf annesiyle yeterince güçlü bir bağı olmadığından söz ettiğinde siz de "Benim de annem beni küçükken yuvaya yollamak zorunda kaldığı için benimle yeterince ilgilenememiş..." dediğinizde ortak bir bağ kurmuş olursunuz. Hepimiz bizi anlayacak ve duygularımızı sezinleyecek insanlara ihtiyaç duyarız öyle değil mi? İşte bu noktada iyi bir gözlemci olun ve ortak alanları belirginleştirin. Böylece insanların size karşı gardı düşer, biri size güçsüz olduğu bir yeri gösterdiğinde siz de kendi güçsüz olduğunuz alanı ona açın ve mümkünse ortak paydada buluşmaya çalışın, öyle olmasa dahi öyleymiş gibi yapın.

4. Hiçbir zaman hayatınızın merkezi ilişki olmamalı. Öyle olduğunda ne kadar iyi anlaşırsanız anlaşın karşı tarafın kaybetme korkuları kaybolur. İlişkiyi dinamik ve sürekli tutan bu kaybetme korkusunu hemen kaybetmemeye çalışın, delice âşık olsanız bile kendinizi tamamen ona teslim ettiğinizi sakın belli etmeyin.

5. Kendi değerinizin farkında olun. Onunla geçmişteki güçsüz günlerinizden bahsettikten sonra, artık o günlerin geride kaldığını, artık kendinizi sevdiğinizi ve şimdi kendinizi çok daha güçlü hissettiğinizi belirtin. Mutlu olduğunuzu mutlaka gösterin. Hayatınızda hobileriniz, sevdiğiniz arkadaşlarınızın olduğunu ve hayatı dolu dolu

yaşadığınızı gösterin. Umutsuz, yılgın, çaresiz durmayın, güçlü bir duruş iyidir ama dişiliğinizi kaybetmeden bunu sergileyin.

6. Çok anlatan olmayın, kendinizle ilgili iyi ya da kötü yanlarınızı sürekli anlatmayın. Dinleyen taraf olmak, kendinizle ilgili bilgileri ufak ufak paylaşmak stratejik bir hamle olacaktır.

7. İhtiyaç duymak dişilik özelliklerinden biri demiştik. Karşı tarafa ihtiyacım var demek önemlidir, muhtacım demekten çok başka bir durumdur ihtiyaç duymak. Bunu duyan biri size karşı daha pozitif duygular besler. "Beni oraya sen götürür müsün, bunu giysem ne dersin?" gibi fikir almak karşı tarafı yücelten bir davranıştır.

8. Takdir etmenin öneminden sıklıkla söz ediyorum. Karşı taraf ufacık bir tatlılık dahi yapsa onu takdir edin. Erkekler kendilerini takdir eden kadınları kolaylıkla unutmazlar.

9. Çok ilgili olmak büyük bir yanlıştır. Aşırı ilgi karşı tarafı kaçırır. Bazen ilgilenseniz dahi ilginizi geri çekin.

10. Gizemli ve az bulunur olun. Çekiciliğinizi korumak için arada mesajlara geç dönmek, her aramaya cevap vermemek, arada gözden kaybolmak, sonra tatlı tatlı konuşmak karşı tarafı sizi düşünmeye iter. İz bırakmada önemli noktalardan biri karşı tarafı düşündürmek ve merak ettirmektir.

11. Tuzlu suyu aksatmayın. Enerjinizi dengelemek için ilgili bölümde bahsettiğim tuzlu su uygulamalarını yapın.

12. Karşınızdaki kişi onun için endişelendiğinizi bilmeli. Sağlık sorunu varsa ya da bir yakınının problemi varsa

bu gibi durumlarda ekstra hassasiyet gösterin, mesaj atın ve sorun.

13. Açık ve net olmak, kendinizi ifade etmek çok etkilidir, buna gayret edin.

14. Hem dişi hem masum olmak erkeklerde iz bırakır. Bazen saf olmak, her şeyi bildiğinizi belli etmemek, onun bir şeyi sizden daha iyi anlamasını sağlamak karşı tarafı iyi hissettirir.

15. Gerektiğinde hayır demek etkili bir yoldur. Aceleci olmayın, bazı şeyleri erteleyin. Karşı tarafın kafasında soru işareti bırakmak onun sizi düşünmesini sağlar.

16. Pozitif kalmaya ve pozitif bir ortam yaratmaya gayret edin.

17. Geçmiş konuları ve olumsuz geçmiş ilişkilerinizi anlatmayın. Evlilik içinde de eski ve kötü olaylardan sürekli bahsetmeyin.

18. Ara sıra iletişimi kısa kesin.

19. Çıkacağınız ilk tatil deniz kenarında olsun. Deniz kenarında yapılan ilk tatil iz bırakır. İlk buluşmalarda ya da evde vakit geçirdiğinizde de arka planda su sesi açabilirsiniz.

21 Günde Duygusal Zekâyı Yükseltme

Duygusal zekâ, kendimizdeki ve diğer insanlardaki duyguları daha iyi anlama, sezme, yönetebilme becerilerinin bir ifadesidir. Kimi insanların duygusal zekâları yüksektir, iletişim halinde oldukları insanların bütünsel olarak duygularını daha iyi kavrarlar ancak kimileri de duyguları kavrama noktasında gelişmeye ihtiyaç duyabilir.

Korku, öfke, şefkat, güven, sadakat, sevgi gibi pek çok duyguya sahibiz ve hayatta tüm bu duygulara ihtiyacımız var. Duygular bizi hayatta tutar, sevgi ve aşk gibi duygular neslimizi sürdürmek için lazımdır ya da korku, kaygı gibi duygular biz tehlikelerden koruyabilir. Ancak kimi duyguların ölçüsüz olması bize zarar verebilir, örneğin çok öfkeli davranmak ya da sabırsız olmak gibi. Zararlı oldukları yerde duygularımızı, isteklerimizi ve dürtülerimizi yönetebilme becerisi kazanmak da en az duygular kadar bizi hayatta tutan bir şeydir.

Duygunun, düşüncenin,
dürtünün, davranışın
fazlası zararlıdır.
Ölçüsüz olan her şey
size zarar verir.

Duygusal zekâ karşınızdakini anlama, onun duygularını hissedebilme ve ona tepki verebilme becerisidir. Duygusal zekâ (EQ), mantıksal zekâdan (IQ) farklıdır. Mantıksal zekânın yüksek olması duygusal zekânın da yüksek olacağı anlamına gelmez, mantıksal zekâ bilgiyi anlama, işleme konusunda etkinken duygusal zekâ daha çok insanlar arası etkileşim ve iletişimle ilgilidir. Çok zeki olup iletişim kurma konusunda sorun yaşayan insanların duygusal zekâsının zayıf olduğu söylenebilir.

Çok iyi bir firmada çok yüksek bir pozisyonda işe başlamanıza yarayan şey mantıksal zekânızdır ancak işe başladıktan sonra kıskançlık, öfke gibi duygularınızı yöneterek orada çalışmayı sürdürmenize yarayan şeyse sizin duygusal zekânızdır.

21 günlük bir çalışma ile duygularınızı anlamada, yönetmede ve başkalarının duygularını okumada daha başarılı olabilirsiniz.

1. Duygularınızı gözlemleyin. Gün içinde duygular sürekli değişirken kendinizi gözlemleyin, hangi duygular içindesiniz? Birine kızgınken ya da birini kıskandığınızı fark ettiğinizde aslında ne hissediyorsunuz, anlamaya çalışın. Defterinize duygusal zekâ bölümü yapın ve 21 gün boyunca karşılaştığınız her durumla ilgili duygularınızı tıpkı bir günlük tutar gibi not edin.
2. Duygularınızı tespit ettikten sonra gözlemlemenizi istediğim sonraki şey nasıl davrandığınız. Varsayalım eşinize kızdınız, bu durumda duygunuz öfke. Öfkelendikten sonra ne yaptınız? Örneğin telefonla arayıp kızdınız, bu da sizin davranışınız. Başka bir örnekten gidersek işyerinde haksızlığa uğradınız ve kırıldınız. Duygunuz

kırgınlık. Kırıldığınız için o hafta teslim etmeniz gereken işleri yapmadınız, bu da sizin davranışınız. Benzer şekilde duygu-davranış analizi yaparak yaşadıklarınızı deftere yazmaya devam edin.

3. Düşüncelerinizi sorgulayın. Bu duygular size geldiğinde nasıl düşündünüz? Sonraki adım bunu bulmak. Örneğin, eşinize kızdınız, aradınız, telefonu geç açtı ve "Acaba şimdi başkasıyla mı?" diye düşünmeye başladınız. "Neden geç açtı, beni önemsemiyor mu, kesin bir işler karıştırıyor..." şeklinde belirenler sizin bu durum karşısında ürettiğiniz düşüncelerdir. Her duygunuzun getirdiği bir davranış olduğu gibi, her duygunun altında aynı zamanda düşünceleriniz de vardır. Çoğu zaman ürettiğimiz otomatik düşünceler nedeniyle belli davranışlara itiliriz ve bu düşüncelerin farkında olmayız bile. Düşüncelerin üzerine düşünmeden ani kararlar verip duygularımıza teslim olduğumuzdaysa sonuçlarından memnun olmayacağımız tablolar yaratırız. Davranışı düzeltmenin yolu bu durumda duygu ve düşüncenin farkında olmaktan geçer. Farkındalık koruyucu bir zırhtır, otomatik duygu ve düşüncelerinizi tanıdığınızda zırhınızı kuşanırsınız. Eğer eşiniz sizin kıskanç olduğunuzu biliyorsa en ufak bir küslükte sosyal medyasına başka kadınları eklemeye başlar. Ancak sizde kıskanç olduğunuz farkındalığı uyanırsa, onun davranışlarını yönetmede daha usta olursunuz.

4. Duygularınızın sorumluluğunu alın. Duygunuz öfkeyse bu duygu sizinle alakalıdır. Değersizlik, bağımlılık, fedakârlık, suçluluk gibi duygular karşınızdaki kişiyle ilgili gibi gelse de aslında tamamen sizin şemalarınızla ilgilidir. Değişime daha çok yaklaşmak için bu kabulü

sağlayın. Her şeyin sizinle de ilgili olmadığını aklınızda tutarak kendi içsel gözleminizi yapın ve değiştirmeniz gerekenleri değiştirin. Ancak karşınızda zor bir insan varsa ve bir türlü sorunlarınız çözülmüyorsa bunun sizinle ilgili olmadığını da aklınızdan çıkarmayın.

5. Yaşadığınız olumlu şeyleri kaydedin. Gün içinde pek çok pozitif şey olurken sadece negatife takılıp kalabilirsiniz. Park yeri buldum, trafiğe takılmadan eve döndüm, bugün arkadaşım bana sürpriz yaptı gibi olumlu şeyleri de görün ve defterinize yazın. Negatif düşünce bataklığından kurtulmak bazen zordur ve oraya düşünce direksiyonun yönünü ters yöne çevirmek için çok büyük enerji gerekir. Olumlu durumları görme becerisi kazanmak olumsuz durumlarla başa çıkabilme gücünü size verir.

6. Negatif duyguları görmezden gelmeyin. Bastırma ya da inkâr hiçbir şeyi çözmez. Değişim için mevcut olanı kabullenmek gerekir.

7. Nefes egzersizi yapın. Özellikle öfkeliyken nefes egzersizi yapmak sizi rahatlatır. Öfkeliyken bedeninizde bazı değişiklikler olur, kalbiniz daha hızlı çarpar, daha hızlı nefes alıp verirsiniz. Bedensel tepkileri kontrol etmek için nefes iyi bir yatıştırıcıdır.

8. Kendinizin farkında olun. Güçlü yanlarınız, zayıf yanlarınız, iyi olduğunuz noktaları bulun. Defterinize bunları da not edin.

9. Günlük tutarken ne olduğunu, nasıl hissettiğinizi ve bununla nasıl başa çıktığınızı detaylı bir şekilde yazın. Zayıf yanlarınızla başa çıkmak için neler yapacağınızı tespit edip, gelişmeleri adım adım izleyin.

10. Negatif düşüncelerle başa çıkma yollarını keşfedin. Kendinize iyi gelecek alternatif yollar geliştirin, örneğin öfkeliyseniz yürüyüşe çıkmak, üzgünken kendinizi şımartacak bir şeyler yapmak gibi...

11. Kendi kendinize kalacağınız vakitler yaratın. 21 gün boyunca kendinizi sakin hissedeceğiniz anlar yaratın ve yarım saat boyunca o anın içinde kalarak duygularınızı dinleyin. Hayatımızda kendimizi dinlemeye ne yazık ki hiç vaktimiz yok, ama kendi kendinize kalacağınız zaman dilimleri yaratmak kendinizi gözlemlemek için önemli.

12. Planlar yapın. Hayat akışınızı gelişigüzel bırakmak yerine 3 yıllık, 5 yıllık, 10 yıllık planlar yapmak duygularınızı yönetmenizi kolaylaştırır.

13. Düzenli ve sağlıklı bir yaşam stratejisi belirleyin. Dengeli beslenmek, düzenli uyumak, spor yapmak duygularınızı kontrol altına almak için gereklidir.

14. Güven duygunuzu gözden geçirin. Herkese çabucak güvenmeyin, sınırlarınızı korumayı bilin.

15. Akıllıca sevin. Herkesi sevmek zaten mümkün değildir ama iyi niyetiniz kolayca suiistimal edilir. Biz sevmeye çok alışkın bir toplumuz ancak bu durum ilişkileri bozan bir dinamiktir. Hayatınızın tüm düzenini karşınızdaki kişiye entegre ederek ilerlemeyin.

16. Hedeflerinizde gerçekçi olun. Uç hedefler koymak duygusal olarak çok yıpratıcıdır. Hayatla ilgili gerçekleştirebileceğiniz hedefler koymak duygusal zekânızı daha kolay yönetme becerisi sunar. Doğru hedefler başarıya ulaşır. Çocuklarınız için de aynı tutumu koruyun, benim çocuğum CEO olacak demek aşırı uç bir hedeftir. Aşırı uç hedefler hem başarısızlığa götürür hem de motivasyonu düşürür.

17. Pozitif insanlarla birlikte olun. Duygusal zekânızı olumlu yönde geliştirmek için pozitif insanlarla vakit geçirin. Sizi aşağıya çeken insanlarla mesafenizi ayarlayın. Bazı insanlar sizi sadece aşağıya çekmeye programlıdır, bu duyguya kapılmayın ve her insanla duygu paylaşımı yapmayın. Duygusal zekânızı yükseltmeniz size aynı zamanda politik olma becerisi de kazandırır. Kayınvalidenizle, görümcenizle başa çıkamadığınız sürtüşmeler yaşadığınızda politik olup, bunların sizinle değil onlarla ilgili olduğunu kavradığınızda çok daha huzurlu hissederseniz. Gereksiz duygusal sürtüşmelere girmemek için duygusal zekânızı güçlendirin.

18. Hayat boyu öğrenmeye açık olun. Hiçbir konuda fanatik olmayın, fanatiklik insanı kısıtlar. Yeni şeylere kendinizi açın ve kendinizi geliştirin.

19. Yardımlaşma konusunda kendinizi açın. Hem diğer insanlara yardım etmede hem de yardım istemede açık olun. Başka insanları duygusal olarak desteklemek duygusal zekâyı yükseltir.

20. Hayır demeyi öğrenin. İstemediğiniz şeylere hayır dediğinizde, karşı tarafın size önerdiği şeye hayır demiş olursunuz. Hayır demek toptan bir reddediş değildir, sadece size uymayanı reddetmek ya da ertelemektir.

21. Başkalarının duygularını önemseyin. Duygusal zekâ sadece kendinizle ilgili değildir, biri size bir şey anlatırken açıklıkla dinleyin. Beklentileri önemsemek duygusal zekânızı yükseltir.

İnsanları zaaflarından
tanırsınız, eğer zaaflarınızı
ve zayıflıklarınızı bilirseniz
kimse sizi oradan vuramaz.

21 Günde Politik Olma, İletişim ve İkna Becerilerini Geliştirme

Bizi diğer canlılardan ayıran şey iletişim kurma becerilerimizdir. Duygu ve düşüncelerimizi ifade ederek, bazen kelimelerle bazen beden diliyle karşıyla bağ kurarak sosyal bir varlık haline geliriz. İletişim becerileri ve ikna sanatını geliştirmek ilişkilerinizde mutluluğu getirir ve zor insanlarla başa çıkmayı kolaylaştırır. İlişkilerin bozulma sebeplerinden en önemlisi iletişim becerilerini bilmemektir.

1. İletişimde kullanılan sözcükler iletişimin sadece %7'lik bir kısmını oluşturur. Kalan kısım ise beden dilidir. Ses tonu %38'lik kısma denk gelir. Kızgınlık yaratacağınız bir cümleyi ses tonunuzu değiştirerek farklı anlamlar yaratacak şekilde söyleyebilirsiniz. "Şu odanın kapsını kapatır mısın?" cümlesini sert bir şekilde söylediğinizde ya da tam tersine nazik bir tonlamayla söylediğinizde iki farklı anlam yaratırsınız. Kelimeler değişmediği halde anlamı değiştiren sihir ses tonunuzda ve beden dilinizde gizlidir.
2. Kendinizi tanımanız önemli. Sizin için nelerin önemli olduğunu bilmek, nelerin ön planda olduğunu keşfetmek

ve hayatta neleri önemsediğinizi belirlemek için defterinize bir liste çıkarın. Bu listedeki değerli şeyleri büyütmek için gerekli iletişim becerilerini geliştirmeye odaklanmalısınız. Bu liste size hangi konularda esnek olabileceğinizi, hangi konularda hayır diyeceğinizi, hangi konuları daha iyi tolere edebileceğinizi ve neyi asla kabul etmeyeceğinizi anlatır. Böylece var olan kişilik yapınızı nasıl şekillendireceğinizi bilirsiniz.

3. Karşınızdaki kişiyi iyi tanımanız gerekir. Karşınızdakini tüm yönleriyle anlarsanız iyi bir iletişim kurarsınız. Tüm özelliklerini, baskın ve zayıf taraflarını bildiğiniz birini ikna etmek çok daha kolaydır. Neyi ne zaman söyleyeceğinizi bilmek ancak birini iyi tanımakla mümkündür.

4. Politik olmada ve iletişim becerilerinde önemli yollardan biri de karşınızdakini taklit etmektir. Onu desteklemek, aynı konuda hemfikir olmak iletişimi güçlendirir. Her şeye evet demekten öte, minimum da olsa katıldığınız ortak şeylerin altını çizin. Her zaman olmasa da ara sıra aynı fikirde olduğunuzu gösterin.

5. Ara sıra karşı tarafın merhametine oynayın. İkna etmek istediğiniz kişi, sizin onun için endişelendiğinizi bilmeli. Karşı tarafın zorlandığı konularla ilgili ara sıra sorular sormak merhamet duygusuna dokunur, işleriyle alakalı bir durum varsa takip etmek, herhangi bir sağlık sorununun çözülüp çözülmediğini merak etmek aradaki duvarları yok eder.

6. Hayır demeyi öğrenin. İletişimde aynı fikirde olduğunuzun altını çizmek kadar hayır demek de güçlü bir iletişimin olmazsa olmazı. İstemediğiniz ya da o gün yapamayacağınız şeylerde ya da başka bir şey tercih ettiğinizde hayır demeyi öğrenin.

7. Dinlemeyi öğrenin. Dinlemeyi bilmek konuşmaktan daha zordur. Beden dilinizi işin içine katarak içten dinlemeyi önemseyin.

8. Hoşlanmadığınız bir şey duyduğunuzda kötü söz söylemeyin. Egonuzu zedeleyen şeyler hoş olmayan kelimelerin dudaklarınızdan dökülmesine neden olabilir, kelimelerle olmasa da beden dilinizle olumsuz tepkiler vermeye meyilli hale gelebilirsiniz. Karşınızdakini incitmeyecek sözler söylemeye ve ifadeler vermeye özen gösterin.

9. Dolambaçlı değil açık ve net olun. Bir şeyi net söylemek sizi özgüvenli gösterir, aynı zamanda size güven duyulmasını sağlar. Kararlı bir duruş ikna edicidir.

10. Bir şey isterken tatlı tatlı konuşun. Sözel olmayan iletişim yollarını kullanmak ve isteklerinizi yüz yüze yapmak iletişim ve iknada çok etkilidir.

11. Aynada konuşma çalışması yaparak iletişim becerilerinizi geliştirin. Aynada kendinize bakarak, sesli kitap okuyarak, okurken beden dilinizi ve dil becerilerinizi gözlemleyerek, sanki karşı tarafa anlatıyormuş gibi ellerinizi kollarınızı da dahil ederek her gün yarım saat konuşma egzersizi yapın.

12. Her gün yarım saat kitap okuyun. 3-5 sayfa kitap okumak kendinizi ifade etme becerilerinizi güçlendirir. İyi bir iletişimin yolu iyi ve etkili ifade etme sanatından geçer. Aynı zamanda okumak başka insanların duygu ve düşünce dünyasını anlamanızı kolaylaştırır. Film ve dizi izlerken de bunu yapın, karakterleri gözlemleyin, diğer insanların ruh dünyasını anlamak için kapılarınızı açın.

13. Önyargısız iletişim kurmayı alışkanlık haline getirin. Yeni durumlara ve yeni insanlara karşı açık olun. Her şeyi eleştirmek, hiçbir şeyi beğenmemek, herkesi kınamak sizi itici yapar, üstelik zihninizi negatif düşünce ve duyguyla doldurursunuz. Düşünce hijyeni önemlidir, düşüncelerinizi yargılarınızdan temizleyin ve herkesin sizin gibi düşünmeyeceğini, dünyayı sizin gibi görmek zorunda olmadığını kabul edin.

14. Pozitif olun. Daima olumsuz duygularda kalmak sizi hem yıpratır hem de diğer insanlarla kurduğunuz iletişimi olumsuz etkiler. Derdiniz varken bile gülümsemeyi ve umutlanmayı hayatınıza katın.

15. İyi şeyler konuşun. "O zaten bana bakmaz, o iş beni bulmaz, benim yüzüm zaten hayatta gülmez!" gibi yaklaşımlar bilinçaltınıza değersizlik kodlar. Henüz elde edemediğiniz bir şey için bile olumlu şeyler telkin edin kendinize. Kelimeler zihninizi etkiler. Zihni kandırmanın yolu pozitif düşünmektir.

16. İletişiminize 5N1K'yı katın. Birini dinlemek, katılmak bazen hayır demekten ve aktif olmaktan bahsettik. Ancak bunlar kadar önemli olan bir bileşen de dinlerken karşınızdakine sorular sormaktır. 5N1K, neden, nasıl, ne, nerede, ne zaman ve kim sorularını kapsar. Karşınızdaki kişi bir şey anlatırken bu soruları sormak aktif katılımı sağlar ve karşılıklı bir sohbet geliştirirsiniz.

17. Karşınızdaki güzel bir şey söylediğinde takdir edin. Daima eleştirmek ve kötü şeyler söylemek sağlıksız bir iletişime yol açar.

18. Öneri sunun. Karşıdan bir öneri geldiğinde "Doğru bu dediğin, çok iyi olurdu ama şuna ne dersin, acaba bunu şu şekilde yapsak daha iyi olmaz mı?" gibi önerilerle sohbeti taçlandırmak yapıcı bir iletişimi olanaklı kılar. Çözüm odaklı olun. Özellikle tartışmalarda haklılık-haksızlık savaşındansa çözüm üreten olun.

19. Duygularınızı gözlemleyin. "Duygusal Zekâyı Yükseltme" bölümünde bahsettiğim gibi duygu-düşünce-davranış zincirini takip edin ve neyi neden yaptığınızın farkında olun.

20. Birine bir şey yaptığınızda "Teşekkür ederim, eminim sen de aynısını benim için yapardın..." demek onu bunu yapmaya teşvik eder. Gizli bir ikna çapalaması olarak bunu sık sık yapın.

21. Kendiniz için gerektiğinde yardım isteyin. Bir şeye ihtiyacınız olduğunda yardım almak karşı tarafa iyi hissettirir. İyi hissettirdiğiniz insanların size karşı zaafı oluşur ve kendini yine iyi hissetmek için bir şeyler yapmak ister.

21 Günde Değerli Hissetmek İçin Sabah Ritüeli

Her yeni gün yeni bir hediyedir, peki bu hediyeyi nasıl karşılıyorsunuz? Asık bir suratla mı yoksa neşeyle ve açıklıkla mı? Sabahları güne nasıl başladığınız, nasıl sürdürdüğünüzü de belirler, bu nedenle kendinize değerinizi anımsatacak bir sabah ritüelinden bahsedeceğim.

1. Güne başladığınızda zaman ayıracağınız ilk şey kendiniz olmalı. Belki evlisiniz ve okula yetişmesi gereken çocuklarınız var, hemen olmasa da sabahın ilk saatlerinde tüm yapılması gerekenler yapıldıktan sonra kendiniz için bir saat de olsa zaman ayırmayı alışkanlık haline getirin.

2. Uyandıktan sonra şöyle bir esneyin, belki hemen yataktan çıkmak istemiyorsunuz, aceleniz olsa da kendinize 5-10 dakika daha zaman verin. Kollarınızı uzatın, iki yana açın, bacaklarınızı aynı şekilde uzatın, esneyin ve bedeninizi uyandırın. Yataktan fırlayıp telaşla bir şeylere yetişmek için yeterince zamanınız var, kendinize biraz izin verin ve bu kısacık zamanın aslında gününüzü daha iyi bir hale getireceğini unutmayın.

3. Yüzünüzü yıkadıktan sonra aynada 5 dakika gülme egzersizi yapın. Gözlerinizi iyice kısarak, mimiklerinizi iyice belirginleştirerek gülün, sonra dişlerinizin tam ortasına bir kalem koyun ve kalemi düşürmeden, sizi çok eğlendirecek bir müzik eşliğinde kahkaha atmaya başlayın.

4. Sonrasında aydınlık bir yere geçin ve beş dakika nefes egzersizi yapın. Nefes alırken karnınızı iyice havayla doldurun, sonra verirken birkaç saniye daha geç olacak şekilde nefesinizi bırakın ve bırakırken karnınızı indirin. Nefes egzersizi sırasında nefes verirken daha uzun bırakmanızın sebebi sinir sistemini uyararak sakinleştirmek içindir. Yani 4 saniye boyunca nefes alın, 2 saniye tutun ve 7-8 saniyede nefesinizi geri verin.

5. Kendinize dolu dolu ve sağlıklı bir kahvaltı hazırlayın. Süslü ve güzel bir tabak yapın. Siz kendinize davranışta güzel bir şey hazırlarsanız zihin bunu görür ve ben değerliyim düşüncesini besler. Hayat hepimiz içi telaş içinde geçiyor, unutmayın burada acele etmek yok. Eğer bunun için yeterince vaktim yok diyorsanız yarım saat erkene kuracağınız alarmınız bunu çözecek. İyi bir kahvaltı güne iyi başlamanıza yardımcı olur. Kendiniz için gerekli özeni kendinizden esirgemeyin.

6. Güzel bir müzik açın, kulaklarınızı ve ruhunuzu okşayın. Belki dans etmek istiyorsunuz, dans edin ya da ufak egzersizler yapın.
7. Her sabah önceki gün başınıza gelen 3 güzel şeyi defterinize not edin. Defterinize yazdığınız olumlu şeyleri okuyun. Nelere sahipsiniz, halihazırda elinizde tuttuğunuz değerli şeyleriniz neler, sevdiklerinizle neler paylaşabiliyorsunuz bunları okumak ve hatırlamak sizi iyi ve değerli hissettirir.
8. Evinizde vakit geçirecekseniz evinizin atmosferini değiştirecek kokular, tütsüler yakabilirsiniz. Su sesi dinleyebilir, meditasyon yapabilirsiniz.
9. Kendiniz için geliştirmek istediğiniz alanlarla ilgili size bu kitapta önerdiğim egzersizler için yarım saat vakit ayırabilirsiniz. Unutmayın kendinize ayırdığınız zaman dilimiyle güne başlamak sizi değerli hissettirir ve lütfen bunu alışkanlık haline getirmek için en az 21 gün sabah ritüelini hayatınıza katın.

21 Günde Öz Değerli ve Özgüvenli Olma

21 günlük bu çalışma için öncelikle defterinizde kendinize ilgili bir bölüm ayırarak başlamanızı istiyorum. 21 günlük bu çalışma programında özellikle yazarak çalışmanızı istediğim şeyler olacak.

1. Haftalık program yapın. 3 hafta boyunca yapacaklarınızı planlayarak işe başlayın. Yapmanız gerekenler için haftalık bir çizelge yapabilirsiniz, bir ders programı gibi bölümlere ayırabilir ve sonrasında daha detaylı notlar tutarak ilerleyebilirsiniz.

2. İlerleyen maddelerde anlatacaklarımdan hangilerini yaptığınızı, hangilerini yapmadığınızı, yapmadıklarınızı neden yapamadığınızı not ederek tıpkı bir günlük tutar gibi yazarak çalışın. Yapmadığınız şeylerin gerekçelerini tespit edin, neden ertelediniz ya da neden canınız istemedi? Gerçek nedenleri bulun ve çözümleyin.

3. Defterinizde bölümün ilk sayfasına iyi olduğunuz alanları not edin. Şimdiye kadar neleri başardınız, neleri kazandınız, hangi konularda yeteneklisiniz?... İşinizde mi iyisiniz, aile yaşantınızda mı?... İyi yemek mi yaparsınız, insanların duygularını çok iyi mi anlarsınız?... Hayatınızın herhangi bir alanındaki basit bir detayın bile peşine düşün, hepimizin iyi yaptığı bir şey mutlaka var.

4. Gelecek planlarınız, denemek istedikleriniz, başarmak istedikleriniz neler? Şimdi sırada hayalleriniz ve hedefleriniz var. "5 yıl sonra öğretmen olmak istiyorum, 5 yıl sonra kendimi evlenmiş olarak görüyorum, 5 yıl sonra kendimi boşanmış olarak görmek istiyorum..." Var olanı değiştirmek ya da tamamen yeni bir adım atmak istediğiniz her neyse zihninizi özgür bırakın ve not etmeye başlayın.

5. Sabah güne kendinizi motive ederek başlayın. Yukarıdaki sabah ritüelini alışkanlık haline getirin.

6. Günde 3 öğün yemek yiyin, akşam 19.00'dan sonra yemek yemeyin. Beslenmenizi dengeli yapın, et, süt, yumurta, balık, sebze dengeli bir şekilde öğünlerinizde yer alsın. Tek tip beslenmeden uzak durun, sadece fast food yemek ya da sadece karbonhidrat tüketmek sağlığınızı olumsuz etkiler. Sofranızı süsleyin, gözünüze güzel gelecek detaylar ekleyin. Kendiniz için yaptığınız her şeyde görsele, kokuya, tada, dokunmaya önem verin, böylece

zihninize ben değerli ve güzel şeyleri hakkediyorum mesajı verirsiniz.

7. Eski arkadaşlarınızdan, uzun süredir görüşmediklerinizden her gün birine mesaj atıp halini hatırlarını sorun. Eski sevgililerden bahsetmiyorum, eski dostlarınıza yazın, arayın ve sohbet edin.

8. Haftada iki gün arkadaşlarınızla dışarıda buluşun ve aktiviteler düzenleyin. Çok değer verdiğiniz kişilerle haftada iki gün buluşmak sizi mutlu hissettirir.

9. Her gün yarım saat egzersiz ya da yürüyüş yapın.

10. Normalde haftada bir yapmanızı önerdiğim tuzlu suyu 21 günlük bu çalışmada haftada 2 kez yapın. Bol su için ve suyunuzu cam şişede ya da bardakta tutun. Plastikler hormonal olarak bizi etkileyen şeyler içerir ve sağlığımız için iyi değildir.

11. Her gün 20 sayfa kitap okuyun. Sadece kişisel gelişim okumayın, romanlar ya da kurgulanmış hikâyeler zihninizi andan kurtarıp sizi başka dünyalara götürür.

12. Salonunuzda ya da oturma odanızda çiçek bulundurun. Bonzai bitkisi negatif enerjiyi alıp pozitif enerji veren bir çiçektir. Kışın nergis kış depresyonuna çok iyi gelir. Yasemin ya da beyaz orkide dişilik enerjinizi artırır. Yatak odanıza çiçek koymayın.

13. Her gün yarım saat aynada konuşma çalışması yapın. Seçtiğiniz bir cümleyi sesli olarak okuyun. Daha sonra okuduğunuz bu cümleyi aynaya bakarak sanki karşınızda biri varmış gibi canlandırın, ellerinizi kollarınızı kullanın, öne doğru eğilin ve gülümseyin.

14. Kişisel hedef koyun ve ilerleyin. Yaptığınız hamleleri not edin. Örneğin yabancı dilinizi geliştirmek istiyorsunuz,

"Bugün kendime İngilizcemi geliştirmek için kurs baktım, bugün seçtiğim kurslardan birkaçını arayıp bilgi aldım, bugün kursa kaydoldum ve derslere başladım..." gibi.

15. Çevrenizde yardıma ihtiyacı olan insanlara yardımcı olun. Sadece maddi yardımdan öte bazen birine konuşarak destek olmak size de gereken bir duygudur.

16. Dinlemeyi öğrenin. Aktif bir dinleyici misiniz yoksa sabırsız mı? Kendinizi gözlemleyin. Otomatik düşünceler en çok dinleme anında belirir, birini dinlerken hangi otomatik düşünceleri geliştiriyorsunuz, bu gözlem bu işe de yarar.

17. Açık olun, kendinizi ve duygularınızı ifade etmeyi öğrenin. "Annenlerin yanında sesini yükselttiğinde kendimi çok kötü hissediyorum ama diğer zamanlarda daha nazik olduğunu görüyorum..." ya da "Normalde benimle gerçekten çok tatlı bir şekilde ilgileniyorsun ama son zamanlarda bazı konularda beni dinlemediğini görüyorum..." gibi net cümlelerle hislerinizi ve düşüncelerinizi berrak bir şekilde ifade edin.

18. Mizah yeteneğinizi güçlendirin. Espri yapın, bazı şeyleri dalgaya alın, bazı şeylere gülün. İnsanları güldürmek cazibe uyandırır.

19. Negatif düşüncelerden arının. Korkunun nedeni olumsuz düşüncelerdir. Ya hasta olursam, ya evlenemezsem, ya hiç sevilmezsem, kesin beni beğenmedi, kesin beni sevmedi, kesin benden boşanacak... Olumsuz düşüncelerinizi defterinize yazın. Bu düşüncelerde haklı mısınız yoksa yersiz şeyler mi gözlemleyin ve eylem planına geçin. Örneğin işsiz kalmak olumsuz düşüncenizse kendinize olumlu düşünme için eylem planını şu şekilde tasarlayabilirsiniz: "Evet işsiz kalma ihtimali var ama işsiz kalırsam şu şu seçeneklere bakabilirim ya da bu fırsatı kendimi geliştirmek ve o istediğim kursa gitmek için değerlendirebilir ve krizi fırsata çevirebilirim." Olumsuz düşünceniz boşanmaksa: "İlişkilerde her zaman iyi şeyler olmaz ama her şeyin bir çözümü var, bunun için elimden geleni yapacağım ve kendimi merkeze alarak kendim için iyi adımlar atacağım, yalnız başıma da hayatla başa çıkabileceğim becerilere sahibim." Alternatif olumlu düşüncelerinizi 21 gün boyunca defterinize bu şekilde aktarın.

20. Her gün yaşadığınız olumlu bir şeyi defterinize yazın. O gün güzel olan basit bir şeyi bile kutlamayı unutmayın. Hayatın döngüsünde her gün yaptığımız şeyler normale döner ve kanıksarız. Bugün yemeğe ulaşamayan, yürüyemeyen, evden dışarı çıkamayan, hasta olan binlerce insan var. Elinizdekilerin kıymetini bilin ve şükredin. Görebilmek, nefes almak, her gün uyanmak ve güne başlamak bile bir mucize!

21. Her gün kendinizi çapalayın. Akşam uykudan önce 21 gün boyunca çapalama yapın. Hafif bir müzik açın, gözlerinizi kapayın. Nefes alın, 4 saniyede aldığınız nefesi 2 dakika tutun ve sonrasında 6-7 saniyede verin. 3 kez nefesinizi anlattığım şekilde alın ve bırakın. Sonra kendinizi sevdiğiniz bir yerde, huzurlu bir deniz kenarında düşleyin. Bu duyguyu düşünürken avuç içinizi ya da başparmağınızın ilk boğumunu 5 saniye boyunca sıkın ve bırakın. Bu sıkma işlemini 3 kez tekrarlayın. Bu çapalama işlemini 21 günlük çalışma programı sonrasında kaygılı ya da mutsuz hissettiğinizde geri çağırın.

21 Günde Cimri İnsanla Başa Çıkma

Duygusunu göstermede, sevgisini göstermede, cinsellikte, parasını paylaşmada cimri insanlar hayatınızda var olabilir. Ancak cimri insanları açmak iz bırakmanız için önemlidir çünkü bir erkek bir kadına ne kadar yatırım yaparsa ona o kadar değer verir. Bu yatırım her türlü şeyi kapsar, hem maddi hem de manevi yatırım ne denli büyük olursa o kadar değerli hale gelirsiniz. Herkesin maddi anlamda verebileceği bir parası olmayabilir. Ancak bunun bir dengesi olmalıdır, yüksek miktarlarda olmasa da maddi ve manevi anlamda karşı tarafın size yatırım yapmasını sağlamanız lazım. Yatırım yapmasını sağlamakla kendinizi onun için vazgeçilmez hale getirirsiniz. Sizin için bir şey yapmayan birinin sizden vazgeçmesi de kolay olur. Cimri insanlarsa bunu sizden esirger ancak onları açmanın da yolları vardır.

1. Karşınızdaki kişinin cimriliğini kesinleştirin. Gerçek bir cimri mi? Örneğin dışarıda yemek yemek yerine sürekli evde program ayarlıyorsa, alışverişe gittiğinizde direkt olarak kaçıyorsa, ben özel günlere inanmam deyip hediye almaktan kaçıyorsa hatta size ödetmeye çalışıyorsa karşınızda cimri biri var diyebilirsiniz. İlk buluşmalardan itibaren özellikle bir kadın ödeme için yeltenmemeli, elinizi cüzdanınıza atmayın, çantanıza sarılmayın. Biri sizi yemeğe götürdüğünde zaten onun ödemesini kabul ederek gittiğinizi unutmayın. Ödedikten sonra da çok teşekkür ederim, çok güzel bir yemekti diyerek teşekkür etmeyi unutmayın. Bu dişi ve eril denge için önemlidir, kadın kendi maddi imkânlarına sahip olsa dahi erkek bu ödemeyi yapmalı, bu davranış tamamen

kadının sorumluluğunu almakla ilgili bir meseledir ve eril-dişil dengenin önemi için korunması gerekir.

2. Eşinizin ya da sevgilinizin cimri olduğunu anladınız diyelim, peki bunun nedeni nedir, sıra bunu anlamada. Ya çok parasızlık çekmiştir, ya çok zor para kazanıyordur, ya da ailesinde cimri biri vardır. İkna ve değişim sürecine girmeniz için birazcık o kişinin neden cimri olduğuna dair bir fikir edinmeniz gerekir.
3. Eğer geçmişinde çok yokluk çekmiş biriyse "Çocukluğunda çok kıtlık ve yokluk çekmişsin ama şimdi geleceğini garantileyecek kadar çok kazanıyorsun..." diyerek olumlama yapmalısınız. Karşı tarafın bu tarz bir kaygısı ve korkusu varsa karşı tarafa belli sürelerde bu olumlamayı yapın ve onun kendini güvence altında hissetmesini sağlayın. Bu tarz insanlara aileleri sürekli parasını dikkatli harcamasını ve saklamasını telkin ederler ve telkinler o kişilerde iyice derinleşir. Parası olsa dahi tutmaya devam ederler. Bunu kırmak için tatlı konuşmalarla ona yardımcı olun.
4. Eşinize ya da partnerinize geleceğe yönelik hedeflerinizden bahsedin. "İleride bir arabam olsun istiyorum, gelecekte bir iş kurmak istiyorum..." şeklinde gelecek planlarınızdan söz edin.
5. Eğer cimri olduğunu düşündüğünüz birinden bir şey isteyecekseniz, onun en mutlu olduğu zamanı seçin. Sabah çok ters uyanıyorsa sabah istemeyin, akşam eve çok yorgun ya da aç geliyorsa akşam istemeyin, duygularını ve davranışlarını izleyerek onun için en uygun olan zamanı bulun. Herkesin iyi zamanı vardır, sinirliyken birinden bir şey istenmez. Keyifli bir sohbetin ya da birlikteliğin ardından isteğinizi söyleyin.

6. Karşı taraf sizin için bir şeyler yaptığında "İyi ki varsın, senden destek almak çok güzel, senden destek almak bana iyi geliyor, sen benim ihtiyaçlarımı karşılayan kişisin ve bu beni çok mutlu ediyor..." deyin. Karşı tarafa muhtaç olmayın ama ihtiyaçlarınızdan mutlaka söz edin.

7. Alamadığınız, yetiştiremediğiniz şeyler için karşı tarafa üzüldüğünüzü gösterin. Her şeyi yapabilecek potansiyelde olsanız dahi bunu çok fazla gösterin, her şeyi karşılayabilecek potansiyelde değilsiniz ve bu noktada üzüldüğünüzü karşı taraf bilmeli. Merhamet duygusuna oynayın, yapamadıklarınızdan dolayı öfkeli değil üzgünsünüz.

8. Onun yanında ailenizden birinden yardım istediğinizi ona duyurun. Yanında annenizle telefonda konuşurken "Anneciğim bu ay şu bahsettiğim şeyi yetiştiremedim, biraz zorlandım ama bir yolunu bulmaya çalışıyorum..." şeklinde bir cümleyi ona duyurun. Bunu elbette göze sokar gibi yapmayın ama onun size yardım etme dürtüsünü uyandırmanız lazım. Bir erkek yanında yardıma ihtiyaç duyan bir kadına yardım etmek ister. Direkt isteyemediğinizde onun yanında başka birinden istemek çok başarılı bir taktiktir. Para istemek kötü bir şey de değildir, bunu yapmak onun size emek ve enerji harcamasını sağlar, bu da duygularını besler.

9. Kadınsı olmayı bırakmayın, öfkelenseniz dahi sesinizi yükseltmeyin.

10. Saygıyı elden bırakmayın. Saygısızca davrandığınız birinden para talep etmeniz kolay olmaz. Saygı varsa karşınızdaki kişi de size daha çok yardımcı olmak ister.

11. Diyelim para istediniz ama alamadınız "Olsun canın sağ olsun, olsa zaten verirdin..." gibi cümlelerle mağduru oynayın. Öfkelenip kızmak karşı tarafı sizden uzaklaştırır. Bu taktikleri yapmak sizi birbirinize yakınlaştırır.

12. Bir şey isterken karşı tarafa seçenek sunun. "Bak şu da olur şu da, hangisi bütçene uygunsa onu alabiliriz..." diyerek iki seçenek verin.

13. "Hediye almak çok hoşuma gidiyor..." ya da "İlgiyi çok severim..." gibi cümlelerle beklentilerinizi belirginleştirin. İstediklerinizi söylemek onu motive eder. "Bana hediye almıyorsun!" demek yerine "Bana hediye aldığında çok mutlu oluyorum..." demelisiniz. "Sen ne biçim adamsın, bana hiçbir şey almıyorsun!" yerine "Sen çok gönlü zengin birisin, bu hediye senden gelse acayip olurum!" demelisiniz. Önce takdir sonra istek...

14. Normal durumlarda da karşı taraf için endişelendiğinizi ve onu önemsediğinizi hissettirin. Sadece ihtiyaçlarınız söz konusu olduğunda değil daima bu önemsenme hissini belli edin. Çok ufak hediyeler alabilirsiniz, erkeklere aşırı pahalı hediyeler almayın, onun aldıklarından daha ucuz hediyelere yönelin, bırakın pahalı şeyler ondan gelsin.

15. Alma enerjisine kendinizi alıştırın. İstemek kötü bir şey değildir.

16. Karşı tarafa onun gözüyle bakmayı öğrenin. Onun endişesini bildiğinizi ve önemsediğinizi ama bu endişenin ona zarar vermeyeceğini söyleyerek onu motive edin.

17. Olmayan şeyler için cezalandırıcı olmayın, cinselliği engellemeyin ve kapıları kapatmayın.

21 Günde Hem Dişi Hem de Masum Olma

Dişilik fazla kadınsılık ya da seksilik anlamına gelmez. Dişilik dişil özelliklerin ilişkinize dahil olması demektir. Masumiyetle birleştirilmiş bir dişilik her şeyi çok iyi bilen, her noktayı kontrol eden biri olmaktan öte, karşı tarafı masumane tavırlarla gizlice yönetme gücünü size verir. Dişilikte öncelik kendinizsiniz, kendi ruhunuzla ve bedeninizle bütünleşmeden dişiliğinizi ön plana çıkaramazsınız. Kimi kadınlar bedeninden şikâyetçi olabiliyor, göğüslerim çok küçük ya da kiloluyum ve kendimi beğenmiyorum diyenlerin sayısı oldukça fazla. Ancak dişilik sadece bedenle ilgili değildir, ağırlıklı olarak ruhsallıkla ilgilidir. Ruhunuzda kendinizi dişi hissederseniz bu sizden yansır. Paranızı kendiniz kazanabilirsiniz, kendi ayakları üzerinde duran bir kadın olabilirsiniz ama bu dişiliğinizden götürmemeli. Güçlü bir kadın olun ama erkek kadın olmayın.

1. Sabahları uyandıktan sonra kendinizi aynada inceleyin. Bedeninizde mutlaka beğendiğiniz ve güzel bir yer vardır. Bacaklarınız, burnunuz, karnınız, elleriniz... Bedeninizle barışmak için onu dışlamayın, o sizi taşıyan ve sizin yorgunluğunuzu çeken çok değerli bir parçanız. Bedensel barışma için onun size ait olduğunu fark edin.
2. Öz bakımınıza dikkat edin. Dişilik öz bakımla fazlasıyla ilgilidir. Cildinize, saçınıza, tırnaklarınıza, dişlerinize, hijyeninize gereken özeni ve bakımı verin.
3. Öfkenizi kontrol altına alın. Öfke bir kadının dişilik ve masumiyet enerjisini düşürür. Öfkelendiğinizde salgılanan hormonlar eril yönlerinizi sivrileştirir.
4. Sesinizi düşük tonda tutarak konuşun. Yüksek sesle konuşmak dişilik enerjinizi düşürür. Ayna karşısında düşük

sesle konuşma egzersizleri yapın. Kısık ses flört duygusu verir. Yumuşak bir ses tonu istediğinizi yaptırmada da çok etkilidir. Basit bir cümleyi söylerken bile masum bir tavır sunduğunuzda karşı taraf size karşı zafiyet geliştirir. Yumuşak konuşma alışkanlığını hayatınızın her alanına yayın, bu etkili bir iletişim silahıdır. Bu alışkanlığınızı kimliğiniz haline getirmek için her gün ayna karşısında kısık sesle çalışın.

5. Alma enerjisine kendinizi açın. Her şeyi ben yaparım tavrından kurtulun, bazı kişilik yapılarının buna müsait olmadığını biliyorum. Ama masumiyet bazı konularda bazı şeyleri yapamamaktır aynı zamanda. "Bugün ben oraya tek başıma gidemem, beni oraya götürür müsün? Bunu yapamadım, benim için yapar mısın?" sorusu karşı tarafta zafiyet geliştirir. Erkeğinizin sizin için bir şeyler yapmasına izin verin hatta vermekten de öte isteyin. 2 tip kadın ayrılıklardan sonra aranmaz, ilki bağımlı kadın, ikincisi de her şeyini kendisi yapan kadındır. Danışanlarımın hikâyelerini dinlediğimde aşk acısı çeken erkeklerin hemen hepsi benzer şeyi tekrarlar: "Ona şunları yaptım, ona bunları aldım." Bunları söyleyen erkeklerin aşk acısı çekmelerinin nedeni bu yatırım duygusunu hissetmeleridir, erkekler bir şey verebildikleri, katabildikleri kadınlara âşık olurlar. Küsebilen, saf bir tarafı olan, almaya açık olan kadınlardan vazgeçemezler. Her şeyi mükemmel giden birine bir şey katamazsınız, bir şey katamadığınız biriyle de bağ kuramazsınız.

6. Dinlemek dişilikle ilgili bir özelliktir. Onu anladığınızı belli edin, ilgi ve alaka gösterin. "Gel biraz sohbet edelim, sana kahve yaptım..." diyebilmek karşı tarafta duygu oluşturur.

7. Yaratıcı aktiviteler dişiliği artırır. Evde bir şeyler üretmek, çiçek bakmak, boyama, dikiş gibi hobiler ve elleri çalıştırmak dişil enerjinizi besler.

8. Aşırı ilgi dişiliği öldürür. Bir süre ilgi gösterip sonra geri çekilin.

9. Dişil çapalama yapın. Müzik eşliğinde ya da su sesi dinlerken ve dişilik özelliklerine odaklanarak yapılan bir çapalama yöntemi bu. El ayanız, başparmak ve avuç içini çapa noktaları olarak seçebilirsiniz. Çapalamadan önce esneme hareketleri yapın, kollarınızı açın, öne eğilin, ayak parmaklarınızı ve el parmaklarınızı esnetin. Sonrasında 5 dakika boyunca dişilik özelliklerinize odaklanın ve seçtiğiniz bölgeye çapalama yapın. 21 gün boyunca her sabah bunu tekrarlayın.

10. Dans etmek dişil enerjiyi artırır. Egzersiz, yoga da aynı şekilde...

11. Gizemli olmaya özen gösterin. Her şeyinizi anlatmayın. Gecikmek, ağırkanlı olmak dişilikle ilgilidir. Bir şeyi çok istediğinizi gösterdiğinizde tüm gizemi yok edersiniz.

12. Doğada ve toprakta vakit geçirin.

13. Tuzlu su yapın.

14. Cinsellikten keyif alın. Keyif almak sadece erkeklere has bir şeymiş gibi bir algı toplumda var olabilir. Kadın olarak nelerin size iyi geldiğini, nelerden zevk aldığınızı bilmelisiniz.

15. Teşekkür ve takdir etmeyi ilişkinize katın. Bazen özür dilemek gardı düşürür.

16. İstediğiniz bir şey olmadığında üzgün ve çekimser olun. Geri durun. Kızıp mesaj döşemeyin ya da sinirlenip bağırıp çağırmayın.

17. Vicdan yaratın. Mağduru oynayarak karşı tarafın vicdan duygusunu tetikleyin.

18. Arada sırada kıskandırın. Doğrudan değil ama imalı bir yolla "Ay bana çiçek getirdi, ne kadar zarif biri..." diyerek saf bir şekilde yapabilirsiniz bunu.

19. Bazen ulaşılmaz olun. Daima size ulaşamasın. Bazen telefonlara geç dönün, bazen mesajlara birkaç saat sonra bakın. Sonrasında trip ve tavır yapmadan "Ah canım aramışsın şimdi gördüm, biraz işim vardı..." diyerek tatlı tatlı konuşun.

20. Bazı konularda sanki karşı taraf sizi ikna etmiş gibi gösterin. Bu başarı size ait değil ona aitmiş gibi hissettirin.

21. İletişimsiz çapalama yapın.

SON SÖZ

Tutkulu bir eylem planından, çok boyutlu iz bırakmaya dair bilmeniz gereken her şey şimdi sizinle. Bugünden başlayarak kendiniz için bir adım atın, her şeyi öncelikle kendiniz için yapın. Kendi ruhunuza yapacağınız her katkı sizi güçlendirecek, değerinizi hissettirecek ve dengeye getirecek. Sizi unutulmaz kılacak hikâyeleri yaratmak sizin elinizde...

Unutmayın, iz bıraktığınız kadar varsınız ve iz bıraktığınız kadar hatırlanırsınız...

ESRA EZMECİ

SÜT LEKESİ

Her insan lekeli midir?

Ne zaman bulaştı bu lekeler bize?

Habil ile Kabil zamanında mı?

Bir yara mıdır bu leke, bir nişan mıdır yoksa?

Masum, saf ve temiz olarak dünyaya gözlerini açan insanoğlu, neden bu dünyayı yaşanmaz kıldı?

İnsan kötülükle mi doğar, sonra mı kötü olur?

Bir bebek, başka bebeği gördüğünde neden rahatsız olur, neden onu tırmalar, canını yakar?

SÜT LEKESİ insanın içsesi olmaya aday bir roman. Kimseye söylemediklerimize, yalnızken kendimize bile fısıldayamadıklarımıza, aklımızdan bile geçiremediklerimize ışık tutuyor.

Acı içinde kıvranırken gelen mutluluğu, karanlık içinde boğulurken yanan ışığı, çaresizlik içinde debelenirken yanı başınızdaki çareyi göreceksiniz.

Sadece iyiyi ve güçlüyü değil, kötüyü ve zayıfı da anlayacak, önyargılarınızdan rahatsız olacaksınız.

Uzman Psikolog

ESRA EZMECİ

Düştüğünde Kalkarsan *Hayat Güzeldir*

Yaşanmamış bir hayattan daha üzücü ne olabilir?
Yaşam size ne getirir bilemezsiniz ama sizden ne götüreceğini siz belirlersiniz.
İnsanız. Yanlışlarımızla doğrularımızla, başarılarımızla başarısızlıklarımızla, sevdiklerimizle sevemediklerimizle, yaptığımız ve var olduğumuz her şeyde her an gelişiyor ve büyüyoruz.
Bazen canımız o kadar acıyor ki hayata küsüp büyümeyi ve gelişmeyi unutuyoruz. Oysa varlığımızın en anlamlı kısmı hatalarımızdan, tecrübelerimizden ders alarak gelişmek, ilerlemek ve en büyük besinimiz sevgiye her zaman yer açmaktır. Unutmayın, hiçbir zaman, bir daha sevemeyecek, yeni bir hedefin peşine düşemeyecek, yeni hayaller kuramayacak kadar yaşlanmayacaksınız. Hâlâ nefes alıyorken yaşamdan istediğinizi alın.

Neden yanlış kişiye âşık oluruz?
Neden kimseye hayır diyemeyiz?
Neden ilişki kurmaktan ve bağlanmaktan korkarız?
İlişkilerde kaybettiren davranışlar nelerdir?
Sevdiğiniz kişiyi evliliğe nasıl ikna edersiniz?
Nasıl kendiniz olursunuz?
Özgüven nasıl kazanılır?
Geçmiş travmalarla nasıl başa çıkılır?
Hayatınızı nasıl değiştirirsiniz?
Mutluluk yanılsaması nedir? Neden hep mutsuz hissederiz?

Uzman Psikolog
ESRA EZMECİ

Kararı Ben Veririm

Her yeni ilişki temiz bir defterdir. Yaşadıkça yepyeni bir hikâyenin yazılıyor olduğunu bile düşünürsünüz. Ancak sonra bir de bakarsınız ki defter aslında boş değil... Çocukluk anıları, travmalar, eski ilişkilerin yaraları, paternler, inançlar, kalıplar, alışkanlıklar, takıntılar, korkular, endişeler, beklentiler, kompleksler ve daha neler neler...

İşte tam da bu noktada karışır işler.

Çünkü artık ilişki sizden emek ister. Üstelik de en çok kendinize emek veriyor olmanızı ister. Hiçbir ilişki, akıntıya kapılıp gitmek değildir, kürekleri güvenle elde tutmaya devam etmektir. Ne isteyip ne istemediğinizin kararını kendiniz veremediğiniz sürece yaşanan şey bir sürüncemeden fazlası sayılmaz.

Unutmayın ki kimse sizi mutsuz edemez, ancak siz buna izin verirsiniz. O halde mutsuzluktan yakınmayı bırakın. Hayatınızda neyin olmasına, neyin olmamasına sebep olduğunuz gerçeğine uyanın. İlişkisini yöneten, hayatını da yönetir kuşkusuz. Ancak bunun için kim olduğunuzla yüzleşmelisinizdir önce...

Nasıl mı?

Tabii ki bir karar vererek...

Bu kitabı okumakla kalmayıp Uzman Psikolog Esra Ezmeci'nin sayısız danışmanlık hizmetinden sonra incelikle üzerinde durup çalışarak sistematikleştirdiği önerilerini uygulamaya da karar verdiğinizde, hayatınızda gerçek bir temiz sayfa açabildiğinizi deneyimleyeceksiniz.

Uzman Psikolog
ESRA EZMECİ

Kadınlar Sıcak Erkekler Soğuk Sever

İlişkilerin doğası karmaşıktır. İnişleri çıkışları vardır. Kadınla erkek arasında işler her zaman yolunda gitmeyebilir, tıpkı hayat gibi... İlişkiler bazen sıcaktır, içinizi ısıtır, bazen soğuktur ürpertir.

Her ilişkinin kendince bir ritmi vardır ve hep değişkendir. Kadınla erkeğin doğası birbirine hiç benzemez. Problem çözme becerileri, yalnızlıkla başa çıkma yolları, ilişkiden beklentileri, iletişim modelleri, cinselliğe bakışları ve motivasyonları çok farklıdır.

Bir kadını elde etmenin yolu ondan uzak durmak yerine ona ilgi göstermekken, bir erkeği elde etmek için dozu iyi ayarlanmış mesafelere ihtiyaç vardır.

Çok satan *Düştüğünde Kalkarsan Hayat Güzeldir*, *Kararı Ben Veririm* ve *Süt Lekesi* kitaplarının yazarı Uzman Psikolog Esra Ezmeci, bu kez kadın erkek ilişkilerinin doğasını ve dinamiklerini enine boyuna yatırıyor masaya. Sunduğu basit ve etkili önermelerle kadın erkek ilişkilerinde yaşanan kısırdöngüleri kırmak hiç de zor değil...